台灣の讀者の皆さんへのコメント

海を越えて旅したことのない私の書いた小説が、海を越えて多くの讀者の皆様のもとに屆いていることを、心から嬉しく思っています。
この作品も、どうぞお樂しみいただけますように！

致親愛的台灣讀者

從未出國旅行的我，這次很高興自己寫的小說能跨海與許多讀者見面，希望這部作品能帶給您無上的閱讀樂趣。

高野みゆき

宮部美幸

茂呂美耶、高詹燦――譯

扮鬼臉
（あかんべえ）

miyabe
miyuki

作品集/23
MIYABEMIYUKI

扮鬼臉

Contents

005 總導讀 進入「宮部美幸館」，就是進入最具原創力與當下性的新新羅浮宮　張亦絢

013 扮鬼臉

492 解說 大江入海，揚船啓航　陳栢青

497 附錄 扮鬼臉料理帖

總導讀｜張亦絢

進入「宮部美幸館」，就是進入最具原創力與當下性的新新羅浮宮

宮部美幸並不是不容錯過的推理作家——她是不容錯過的作家。她不只值得我們在休閒時光中，一飽推理之福，也為眾人締造了具有共同語言的交流平台，讓我們得以探討當代的倫理與社會課題。

在這篇導讀中，我派給自己的任務，是在高達六十餘部作品中，挑出若干作品，介紹給兩類讀者，一是還未開始閱讀宮部美幸者；二是面對她龐大的創作體系，雖曾閱讀一二，但對進一步涉獵，感到難有頭緒的讀者。

入門：名不虛傳的基本款

在入門作品上，我推薦《無止境的殺人》、《魔術的耳語》與《理由》。《無止境的殺人》：對於必須在課業或工作忙碌時間中，抽空閱讀的讀者，短篇集使我們可以自行調配閱讀的節奏——小說其實具備我們在小學時代都曾拿到過的作文題目旨趣：假如我是×××——本作可看成「假如我是某某的錢包」的十種變奏。擬人化的錢包是敘述者。如何在看似同一主題下，變化出不同的內容，本作也有「趣味作文與閱讀」的色彩，是青春期讀者就適讀的想像力之作。短篇進階則推《希望莊》。從短篇銜接至較易讀的長篇，《逝去的王國之城》則是特別溫馨

的誠摯之作。

《魔術的耳語》：這雖不是作者的首作，但卻是作者在初試啼聲階段，一鳴驚人的代表作。北上次郎以〈閱讀小說的最高幸福〉讚譽，我隔了二十年後重讀，依然認為如此盛讚，並非過譽。媚工、心智控制、影像——分別代表了古老非正式的「兩性常識」、傳統學科心理學或醫學、以至商業新科技三大面向的操縱現象及後遺症——這三個基本關懷，會在宮部往後的作品，比如《聖彼得的送葬隊伍》中，不斷深入。雖是作者的原點之作，也已大破大立。

《理由》：與《火車》同享大量愛好者的名作，雖然沒有明顯資料顯示，是枝裕和的《小偷家族》受到《理由》一書的影響，但兩者除了有所相通，寫於一九九九年的《理由》更是充分顯露宮部美幸高度預見性天才的作品。住宅、金融與土地——社會派有興趣的主題，偶爾會得到若干作家略嫌枯燥的處理——《理由》則以「無論如何都猜不到」的懸疑與驚悚，令人連一分鐘也不乏味地，就看完了批判經濟體系的上乘戲劇。說它是「推理大師為你／妳解說經濟學」，還是稍微窄化了這部小說。除了推理經典的地位之外，也建議讀者在過癮的解謎外，注意本作中，無論本格或社會派中，都較少使用的荒謬諷刺手法。

冷門？尺度特別的奇特收穫

接著我想推三部有可能「被猶豫」的作品，分別是：《所羅門的偽證》、《落櫻繽紛》與《蒲生邸事件》。

《所羅門的偽證》：傳統的宮部美幸迷，都未必排斥她的大長篇，比如若干《模仿犯》的讀者非

但不抱怨長度,反而倍受感動。事實上,後兩部完全不是拖拉前作的兩度續作,三部都是堅實縝密的推理。最後一部的模擬法庭,更是將推理擴充至校園成長小說與法庭小說的漂亮出擊:宮部美幸最厲害的「對腦也對心說話」,更是發揮得淋漓盡致。此作還可視為新世紀的「青春冒險小說」。說到冒險,過去的未成年人會漂到荒島或異鄉,然而現代社會的面貌已大為改變:最危險的地方,就在「哪都不能去」的學校家庭中。誰會比宮部美幸更適合寫青春版的「環遊人性八十天」?少年少女之於宮部美幸,恰如黑猩猩之於珍古德,或工人之於馬克斯,三部曲可說是「最長也最社會派的宮部美幸」。

《落櫻繽紛》:「療癒的時代劇」,本作的若干讀者會說。但我有另個大力推薦的理由,我認為,這是通往,小說家從何而來的祕境之書。除了書前引言與偶一為之的書名,宮部美幸鮮少吊書袋。然而,若非讀過本書,不會知道,她對被遺忘的古書與其中知識的領悟與珍視。如果想知道,小說家讀什麼書與怎麼讀,本書絕對會使你/你驚豔之餘,深受啟發。

《蒲生邸事件》:儘管「蒲生邸」三字略令人感到有距離,然而,融合奇幻、科幻、歷史、愛情元素的本作,卻可說是一舉得到推理圈內外矚目,極可能是擁護者背景最為多元的名盤。如果對「二二六事件」等歷史名詞卻步,可以完全放下不必要的擔憂。跳脫了「你非關心不可」與「你知道也沒用」兩大陣營的簡化教條,這本小說才會那麼引人入勝。我會形容本書是「最特殊也最親民的宮部美幸」。

以上三部,代表了宮部美幸最恢宏、最不畏冷門與最勇於嘗試的三種特質,它們有那麼一點點專門的味道,但絕對值得挑戰。

中間門:看似一般的重量級

最後,不是只想入門、也還不想太過專門——介於兩者之間的讀者,我想推薦《誰?》、《獵捕史奈克》與《三鬼》三本。

《誰?》:小編輯與大企業的千金成婚,隨時被叫「小白臉」的杉村三郎成為系列作中,業餘到專業的偵探。看似完全沒有犯罪氣氛的日常中,案中案、案外案——至少有三案會互相交織連鎖——其中還包括一向被認為不易處理的陳年舊案。喜歡生活況味與懸疑犯罪的兩種讀者,都容易進入;宮部美幸還同時展現了在《樂園》中,她非常擅長的親子或手足家庭悲劇。動機遠比行為更值得了解——這不但是推理小說的法則,也是討論道德發展的基本認識:不是故意的犯罪、不得已的犯罪與不為人知的犯罪,為何發生?又如何影響周邊的人?除了層次井然,小說還帶出了「少女勞動者會被誰剝削?」等記憶死角。儘管案案相連,殘酷中卻非無情,是典型「不犯罪外,也要學會自我保護與生活」的「宮部伴你成長」書。

《獵捕史奈克》:主線包括了《悲嘆之門》或《龍眠》都著墨過的「復仇可不可?」問題。節奏快、結局奇,曾在《魔術的耳語》中出現的「媚工經濟」,會以相反性別的結構出現。本作是在各種宮部之長上,再加上槍隻知識的亮眼佳構。光是讀宮部美幸揭露的「槍有什麼」,就已值回票價——何況還有離奇又合理的布局,使得有如公路電影般的追逐,兼有動作片與心理劇的力道。雖然不同年齡層的男人互助,也還是宮部美幸筆下的風景,但此作中宮部美幸對女性的關愛,已非零星或一閃而過,而有更加溢於言表的顯現。

《三鬼》:《本所不可思議草紙》的細緻已非常可觀,《三鬼》驚世駭俗的好,並不只是深刻運

用恐怖與妖怪的元素。它牽涉到透過各式各樣的細節，探討舊日本的社會組織與內部殖民。以兼作書名的〈三鬼〉一篇為例，從窮藩栗山藩到窮村洞森村，令人戰慄的不只是「悲慘世界」，而是形成如此局面背後「不知不動也不思」的權力系統。這是在森鷗外〈高瀨舟〉與〈山椒大夫〉譜系上，更冷峻、更尖銳也可說更投入的揭露——看似「過去事」，但弱勢者被放逐、遺棄、隔離並產生互殘自噬的課題，可一點都不「過去式」。雖然此作最令我想出聲驚呼「萬萬不可錯過」，不代表其他宮部的時代推理，未有其他不及詳述的優點。

透過這種爆發力與續航性，宮部美幸一方面示範了文學的敬業；在另方面，由於她的思考結構具有高度的獨立性與社會批判力，也令人發覺，她已大大改寫了向來只強調「服從與辦事」的「敬業」二字的涵意。在不知不覺中，宮部美幸已將「敬業」轉化為一系列包含自發、游擊、守望相助精神的傳世好故事。

進入「宮部美幸館」，就是進入最具原創力與當下性的新新羅浮宮。

本文作者簡介

張亦絢

巴黎第三大學電影及視聽研究所碩士。早期作品，曾入選同志文學選與台灣文學選。另著有《我們沿河冒險》（國片優良劇本佳作）、《晚間娛樂：推理不必入門書》、《小道消息》、《看電影的慾望》，長篇小說《愛的不久時：南特／巴黎回憶錄》（台北國際書展大賞入圍）、《永別書：在我不在的時代》（台北國際書展大賞入圍）。二〇一九起，在BIOSMonthly撰寫影評專欄「麻煩電影一下」。

「姑娘幽靈……這我倒是第一次聽到。那姑娘怎麼了?」

——岡本綺堂
牛七捕物帳〈津國屋〉

1

本所相生町一目橋旁的高田屋，是老闆七兵衛憑自己的廚藝創立且擴大規模的包飯鋪。所謂「包飯鋪」，又叫「御賄」或「炊出」（註），也就是便當鋪。是給江戶城公役、外城門警衛、三百諸侯武家宅邸，以及各個組宅邸（註）送便當的行業。人活在世上不能不吃飯，高貴的武士也會肚子餓，因此這是大生意。

但絕非輕鬆的生意。高田屋也是歷盡千辛萬苦才有今天的規模。

原因是，客戶雖然是三百諸侯，大部分卻很窮，日常生活中能省則省，日子過得極為節儉。想打敗眾多競爭對手抓住客戶，有時就算犧牲賺頭也得把好吃的便當送過去。

另一個原因是，做這門生意的，都有自己的老主顧，左顧禮讓，右守義理，上有顧忌，下有人情，不是說把便當做好了熱熱鬧鬧地上市，就能生意興隆。尤其對新手來說，很難有插足之地。

七兵衛本是江戶人，還沒來得及記住雙親的面貌便遭拋棄，在世間污泥的底層長大，十二、三歲便已是竊盜慣犯，是個眼神乖戾，不相信別人的孩子。要是任由他這樣下去，將來準是個如假包換的廢物。

十三歲那年春天，他在賞花勝地淺草一家滿是賞花客的天麩羅攤子偷東西，失手被老闆逮個正著，自此改變了人生。天麩羅攤子的老闆，乍看之下不過是個臉色紅得發黑的老頭子，但他追趕七兵衛的腳力，哎呀呀！簡直像飛毛腿一樣，七兵衛才暗吃一驚，老闆已抓住他的後頸整個拎了起來。事後才知道這老頭子擅長抓小毛賊，可說經驗老道。他不會把小毛賊送辦事處，總是留下孩子在

註：槍砲組、長矛組、忍者組等公家人員的宅子聚集區，依其地位高低配給土地。

扮鬼臉 | 15

攤子幫忙工作，對方偷了多少東西，就讓他做多少工，最後再教訓一頓才放走。對那些小毛賊來說，是個像廁所蛆蟲般討人厭的老傢伙。

老頭子也以同樣手法對待七兵衛。他命七兵衛在攤子後洗東西，並得鞠躬道謝送客。每當七兵衛想逃，他都像疾風般追上來抓住。七兵衛在兩個時辰（四小時）內逃過八次，每次都被抓到，最後完全喘不過氣來，老頭子卻一副若無其事的樣子。

到了收攤時刻，老頭子不知有什麼打算，望著做了一天苦工、屢逃屢敗而筋疲力盡的七兵衛說「我給你飯吃，你跟我來」。七兵衛本想逃，但肚子餓得跑不動，也沒其他主意，只好拖著腳步跟他走。

老頭子拉著攤子不停往前走，來到本所松坂町。當時那一帶人家很少，老頭子用下巴示意一座傾頹破爛的大雜院角落時，七兵衛心想，比起這種住居，自己棲身的觀音菩薩廟附近的稻荷神社窄廊下還比較舒服。

那住居當然是老頭子家，拉開格子紙門一看，出乎意料地屋內整理得十分乾淨。老頭子給七兵衛吃了冷飯和梅子。七兵衛問他有沒有天麩羅，他敲了一下七兵衛的頭說「那是要賣的東西，你這混蛋」。

老頭子吃的是茶泡飯，七兵衛吃了三碗飯，第三碗等不及泡茶，乾脆淋上白開水當泡飯吃。老頭子只吃了一碗飯，之後直接用飯碗邊喝茶邊凝視著狼吞虎嚥的七兵衛。

當七兵衛總算放下飯碗抬起頭，狠狠地打了個嗝時，老頭子笑著說：「在我抓過的小鬼頭中，你是逃最多次的，到今天為止從來沒有人讓我在兩個時辰內跑了八趟。老頭子說這話時看上去頗為愉快。

七兵衛默不作聲。老頭子也沉默了一會。之後，他問：明天你還想吃飯嗎？七兵衛當然想，便回

答：那當然啦。結果老頭子說：那你明天也來幫忙。

——只要肯工作就有飯吃。世上就是這樣。

七兵衛每次談起往事時，總不肯說出這個抓住他、還幫助他重生的老頭子名字，只是稱其為「老頭子」。後來他坦承，其實「七兵衛」這名字也是老頭子為他取的，在那之前他根本沒有名字。

「老頭子抓住的小鬼頭中，我是第七個，所以取名叫七兵衛。」

七兵衛一直到十六歲都在老頭子的攤子幫忙做事，跟著他學了一點廚藝。本以為會一直那樣過下去，有天老頭子卻突然說：

——我幫你找到做事的地方了。

老頭子帶七兵衛到吾妻橋附近的一家包飯鋪。和鋪子老闆見過面後，老頭子說：今天開始，你就在這裡做事。

他一副卸下擔子的神情，打算離去。七兵衛慌忙追上去，又被敲了一下腦袋。

——我雖然把你梳洗過了，卻沒辦法把你剪裁成一件衣裳，才將你交給那個老闆。你應該感恩。

說完，老頭子就快步離去，此後一次也沒來找過七兵衛，七兵衛也忙得沒空去見老頭子。包飯鋪以主廚老闆為首，在那家包飯鋪，他的名字不再是七兵衛，而是「窩囊七」或「狗七」。

在鋪子內負責洗菜、運貨、打掃廚房的打雜小廝，頂多是這種小角色。不過再怎麼上下關係牢不可破，在鋪子內負責洗菜、運貨、打掃廚房的打雜小廝，頂多是這種小角色。不過再怎麼

七兵衛即使想逃，終究寡不敵眾，每次都吃了比自老頭攤子逃走時還要厲害的苦頭。不過再怎麼挨吼挨罵，只要不逃走，乖乖地工作，他們還是會給飯吃，給被褥睡。

「回想起來，那真是粗暴的修練過程呀。」七兵衛笑著回憶道：「不過，也託他們的福，我才習得真正的廚藝。」

七兵衛在那裡一做十五年。對他來說，只是一年又過了一年，不知不覺中就過了十五年，但這十五年卻將本來那個餓著肚子專偷東西的小毛賊，徹頭徹尾地改變成另一個人。老闆過世後，後繼者平素就跟七兵衛合不來，他才決定在被趕走之前先走人。

七兵衛離開包飯鋪並非出於自願。

他很快就找到工作，這回也是包飯鋪。老闆比七兵衛大八歲。對他來說，雖然失去父親一樣慈愛的前任包飯鋪老闆，但這回的老闆令他感覺像是多了個兄長。事實上，這位老闆也是前任包飯鋪老闆培育的廚師之一。前任老闆似乎曾暗地拜託他：萬一有一天我走了，你要代我照顧七兵衛。

——老闆期待你將來能自己開鋪子，不一定非要包飯鋪不可，小攤子或小食堂都好，他希望你能獨立。

——為什麼？七兵衛覺得奇怪。新老闆笑著回答：

——因為你有足以開鋪子的手藝。

一個小毛賊自淺草天麩羅攤子前跌跌撞撞走著，居然闖出一條路來了。

之後七兵衛又花了十二年才擁有自己的鋪子，他也選擇開包飯鋪。由於如兄長般的老闆將自己的老主顧讓給七兵衛，起步算是很順利。

就這樣，「高田屋」開張了。

勞碌的前半生，讓七兵衛四十過半了還一直沒討老婆。後來本所相生町的房屋管理人做媒，不容易討了個離過婚的女人阿先，三十五歲，有個與前夫生的孩子，那孩子已在外面做事。七兵衛娶了阿先不久後，那孩子被鋪子老闆看中入贅老闆家，很快就有了小孩。換句話說，七兵衛討了老婆沒

阿先這把年紀很難再懷孕，事到如今七兵衛也不期望有小孩。阿先個性剛強，卻心胸寬大，跟七兵衛十分合得來。七兵衛擔心若是勉強阿先生小孩，萬一難產失去妻子，反而會懊悔莫及。七兵衛這個宛如完全被裁製成一件新衣、脫胎換骨的男人，怕極了再過孤零零的生活。

夫妻倆把熱情貫注在生意上頭，苦心經營鋪子，並培育年輕廚師。

「我以前也是受人照顧才改變人生，現在該輪到我報恩了。」

七兵衛總是這麼說，他經常收養無親無故的孤兒或雙親招架不住的調皮孩子，將他們照顧長大。其中有孩子逃走，也有孩子就此安居。經年累月下來，安居的孩子逐漸增加。只是這些孩子並非都擅長廚藝，七兵衛有時必須擇期為孩子找新工作。

眾多孩子中有個年紀小卻意志堅強，名叫太一郎的孩子。他不是在街頭混的壞小孩，而是在火災中失去雙親的孤兒。

太一郎不但在高田屋安居下來，更學會廚藝，成為高田屋廚師。

太一郎二十三歲那年，跟小兩歲的多惠成親。多惠在高田屋當下女，娘家在下谷坂本町，家裡窮，孩子又多，必須靠自己養活自己，處境跟太一郎一樣。

高田屋生意成功，逐漸富裕起來，在押上村蓋了員工宿舍，這對年輕夫婦的新生活也是在宿舍起步。這裡的每個廚師都在七兵衛夫婦的庇護下過日子，之後才離巢獨立。

太一郎和多惠成親後很快生了個男孩。既是太一郎的孩子，就等於是七兵衛的孫子，而且是長孫，自然疼愛不已。

然而，命運無常。這孩子兩歲時患上天花，無法平安長大成人，轉眼間便夭折。那時多惠腹中已

扮鬼臉 | 19

懷第二個孩子，埋葬長子兩個月後平安無事地生了下來。本來多惠失去可愛的長男，傷心得臥病在床，產後總算恢復元氣，七兵衛也放寬了心，沒想到……
俗話說，七歲之前的孩子，都是神的孩子。這孩子甚至活不到患天花的年齡，還在襁褓中便夭折。連患了什麼病都不清楚，只是拉肚子，才一個晚上孩子就哭聲轉弱，斷氣了。
七兵衛是個白手起家，勇於開闢人生道路的男人。只要是拚命去做就能解決的問題，他都一路解決過來。然而，再如何努力也對生死大事無能為力。這樣的他，不禁對掌握幼兒命運的上天如此殘酷的安排發出詛咒。
就在他抱著頭感到無奈憤怒，一天又過一天之際，他發現太一郎和多惠這對年輕夫妻變得很怪。原來因為接連失去兩個小孩，夫妻間的感情似乎出現嫌隙。太一郎開始在外頭花天酒地，甚至喝醉酒跟人打架，傷了廚師視為吃飯傢伙的手。至於多惠，則是每天窩在押上村宿舍，不吃不喝整天躺在被褥裡。
這樣下去不行，總之自己得先振作起來，不然這對年輕夫婦，甚至整個高田屋都會垮掉。七兵衛如此鞭策自己，他斥責了太一郎，也鼓勵多惠，比以前更賣力做生意。
阿先理解七兵衛的心情，也盡力幫助丈夫。七兵衛深深體會到在這種逆境下，老婆存在的可貴。
如此，高田屋好不容易恢復正常時，太一郎和多惠又不期然地得了個女嬰。名叫「鈴」。
阿鈴是個健壯的孩子。嬰兒時期從沒拉過肚子，連兄長跨不過的天花感染高峰期也平安無事，一天一天長到五、六歲。太一郎和多惠之間那幾乎斷掉的羈絆，不但因阿鈴健康明朗的牙牙學語聲重新銜接起來，而且比以前更堅韌。

七兵衛每次看到跟在身後,「爺爺、爺爺」叫著的阿鈴那紅通通的小臉以及晶亮的眼睛,總覺得至今為止的辛勞都沒白費,往後這幼女將為高田屋的所有人帶來幸福。

「阿鈴是個特別的孩子。」七兵衛經常抱起她,貼著她的臉說:「特別受保佑的孩子。」

至於受到什麼保佑,高田屋沒有人特意回問。即使不問,大家也都心照不宣。

阿鈴不會發生任何事。

阿鈴肯定沒事。

只是,這終究是一種類似願望的心意,並非是一種保證。阿鈴十二歲那年春天,就在初雪般的櫻花花瓣急著飄落、把院子染成一片粉白時,竟發高燒病倒。

診病的醫生說:有性命之憂。

「我會盡力而為,之後只能禱告了。或許你們覺得我這麼說太殘忍,但請先做好發生不測的心理準備。」

七兵衛第三度仰望上天、詛咒上天,太一郎和多惠也搥胸頓足,長吁短嘆。一旁的阿鈴則安靜地、無聲地挪動她的小腳,準備渡至彼岸。

扮鬼臉 | 21

2

——我會死嗎？

阿鈴在高燒中迷迷糊糊地這麼想。

因為高燒一直不退，全身關節痛得咯吱咯吱響著。仰躺時背痛，朝右躺時右肩痛，朝左躺時左肘痛。額頭滾燙得似火在燒，感覺像有人用拳頭使勁頂住太陽穴兩側。額上的濕手巾溫溫的，很不舒服。

——我不想死啊，我想一直待在這個家。

阿鈴無力地想。她又想到，自己現在躺著的榻榻米房間並不是押上那令人懷念的宿舍，就算打開格子紙門，不但沒有窄廊，脫鞋石上也不見七兵衛爺爺的大木屐和阿鈴的紅帶子木屐並排放著。院子裡也沒有蒲公英。不，說起來，這房子連院子都沒有。

這是……哪裡？搬過來十天了，阿鈴仍然記不住地名。

這……是不是海邊大工町？七兵衛爺爺說過這裡比押上村更靠近海邊，還說漲潮時可以聞到海水的氣味。這一帶的河道上架著許多小橋，河面上叫賣商品的小船來來去去，有賣魚的、賣青菜的、賣醬油的。爺爺曾指著船告訴阿鈴：那叫團團轉船。

對了，有次在橋上望著河面，看到了一艘有趣的小船。那小船載著一大堆青菜，划船的是一個七兵衛爺爺臉龐還要皺巴巴的爺爺，船頭坐著一隻狗。我指著狗嚷嚷著「啊，是狗」，那狗汪汪大叫。然後小船爺爺大聲說「這小子叫八公」。我喚著「八公、八公」，那狗又汪汪大叫，不停搖著尾巴。

「這青菜很鮮美，如果是叫賣的，賣給我一把吧。」

一聽七兵衛爺爺這麼說，小船爺爺哼了一聲，挺起胸膛回道：

「別開玩笑了，這些菜都是要給平清的。」

說完，他便划船走了。七兵衛爺爺笑說「原來是要給平清啊」，接著雙手圈在嘴邊，朝已划遠的青菜船爺爺大喊：

「既然是給平清的，那就靠得住。我們是海邊大工町一家叫船屋的料理鋪，剛掛出招牌營業。在高橋橋畔，改天過來一趟吧。」

「聽好，是海邊大工町的船屋，是船屋啊——

對了，這裡就叫「船屋」。阿爸和阿母將要掌管這家鋪子，我才搬過來，結果我卻生病了……

高田屋七兵衛有個始終無法達成的夢想，就是開料理鋪。不是一般的包飯鋪，而是真正的料理鋪。

真正的料理鋪不做便當；不把做好的料理送到客人身邊，而是靠著廚師的手藝吸引客人上門。廚師接受客人「提請做菜」的要求，然後挑選食材、思考食譜，大展身手籌備宴席。所謂的「料理鋪」，就是同時出租宴席場所和廚師手藝的行業。

宴席種類繁多，有喜事也有法事，有才藝發表會也有俳句會。有人想為自己的人生大事辦場正式宴席，也有人單純只想熱鬧一場。長久以來，七兵衛的夢想正是讓人們認可他是一個有才能的廚師，做出的料理能增添宴席光彩，讓客人指名說：如此重要的宴席一定要在七兵衛的料理鋪舉行，吃七兵衛做的菜才像話。

無奈七兵衛一生勞碌，光是忙著經營高田屋、培育年輕廚師、研究新菜色，大半人生就匆匆流逝。回過神來，他早過了花甲之年。

於是七兵衛決定將夢想託付給太一郎實現，這是他前年做的決定。

七兵衛一手調教的太一郎早具有獨當一面的能力。他和多惠成家，又生了阿鈴，如今已是一個堂堂大男人。太一郎凡事都聽從七兵衛的吩咐，畢竟為太一郎的人生打下基石、搭起梁柱的，正是七兵衛這個大恩人。所以太一郎從未主動提出想獨立門戶或自薦成為高田屋後繼者，他堅守著高田屋廚師的本分，和其他傭工一樣在年中、年末領些零用錢，帶著妻女儉樸地住在押上宿舍。他早已決定要讓七兵衛安排自己的將來。

七兵衛也清楚太一郎這種老實個性，某天晚上他把太一郎叫到宿舍一室，端坐著提出此事。他說：太一郎，我要你開一家我夢想中的料理鋪。當然，一切由我來準備，不管是找地方、租鋪子，還是必要的生財器具，錢都由我來出。簡單說，就是讓你獨立。你不用客氣。不過條件是，不開包飯鋪，而是開料理鋪。你一定沒問題，以你的廚藝一定做得來。

太一郎大吃一驚，面無血色地婉拒：老闆撫養我長大，又栽培我，我怎麼能獨立呢？就我的立場，即使老闆趕我出去，叫我往後靠自己，我也無話可說，還得更賣力工作，好報答您至今為止的恩情。

七兵衛佯怒道「是的，我是你的恩人，難道恩人說的話你不聽？」，接著笑道「口氣不要這麼硬，我真的很想開家料理鋪」，繼而又噙著淚說「只要達成這心願，我隨時都可以含笑前往極樂世界」。總之，七兵衛軟硬兼施，試圖說服太一郎。他的嗓門很大，連多惠都一臉憂心忡忡地過來探看。

長久以來，太一郎第一次看到七兵衛如此真情流露，不禁動容。他暫且告退到裡房跟多惠商量，畢竟多惠也是從小蒙受七兵衛的恩澤。夫婦倆徹夜討論，天邊發白時終於得出結論。

太一郎夫婦在七兵衛面前躬身回話：「我們決定接下這個重責大任，完成老闆的心願。」不過，七兵衛還來不及欣喜，兩人又提出一個絕不讓步的條件。

「我跟多惠沒多少積蓄，開料理鋪的錢怎麼說都得請老闆出。可是，請老闆將那些錢當成是我們借的。如果要獨立又要分財產的話，我們萬萬不能接受。請您當成是借款，就算我們能還的錢有限，也會努力慢慢償還。拜託老闆這樣辦吧，就算是為我們餞別，拜託您了。」

七兵衛起初對這條件很不高興，怒道：「我把你當自己兒子，你卻還要逞強！」太一郎一時嚇壞了，甚至和多惠兩人覺悟這下子恐怕得離開高田屋。幸好七兵衛的老伴阿先適時出來打圓場。

「太一郎的確就像你的兒子，連個性都和你一模一樣。你想想嘛，換成是你，在太一郎這年紀，要是栽培你的包飯鋪老闆提出同樣的要求，你的回答肯定跟現在的太一郎一樣。不信的話，要不要賭一賭？我甚至可以拿出為去伊勢存的錢下注。」

七兵衛正是中意阿先這種大剌剌的直爽個性。

「我知道了，我認輸。那就來寫借據吧。」

阿先長久以來一直在存錢，打算等七兵衛退休後，兩人一起到伊勢神宮參拜。如今應該已攢下一筆不小的數目，足夠來一趟闊綽的旅行，她竟然說願意全部拿出來下注。七兵衛笑著回答：「妳到底打算怎麼賭？除非拜託老天爺讓我們回到過去，否則這賭注根本不能成立。」

不過，七兵衛的夢想，以及太一郎夫婦往後的人生目標——料理鋪，至此有了具體的方向。

然而，沒想到開新鋪子的地點遲遲找不著。

首先不能離包飯鋪高田屋太近，最好是幽靜一點的地方。可是，離鬧區太遠生意又不好做，而地段行情太高也會影響獲利。

七兵衛想開在淺草和神田一帶，太一郎則打算選在深川。深川富岡八幡宮附近有家料理名店「平清」，捧場的主顧中有許多日本橋一帶的大商鋪老闆或是富裕的武家人，名聲響亮。太一郎認為，深川這一帶近十幾年來發展快速，或許有不少手頭寬裕的人雖沒那麼多預算到「平清」揮霍，卻又覺得一般便當沒意思，希望有一家比「平清」便宜且格調不俗的料理鋪。太一郎想著，與其特意到名店櫛比鱗次的淺草、神田一帶，貿然投身激烈戰局，不如在深川開發新主顧，反倒有趣。

何況，深川地價也比淺草、神田便宜多了。太一郎說服七兵衛，集中在深川一帶找鋪子。然而，還是一直找不到合適的鋪子。高田屋已培育出足以接替太一郎的廚師，傭工們也由衷祝福太一郎能夠自立門戶，可是最重要的落腳處遲遲無法決定，膨脹的夢想和期望逐漸澆熄，宛如冷卻的燒酒。

就這樣過了一年多，太一郎在高田屋的立場尷尬地懸在半空沒著落時，突然聽到一個消息，說是小名木川旁的高橋橋畔有幢原是料理鋪的屋子，願意帶器具一起出租。

一得知這個難以置信的好消息，太一郎和七兵衛趕緊前去拜訪房屋管理人。那地方叫「海邊大工町」，一如其名，往昔是木匠聚居之地（註），現在木匠遷徙到小河道對岸的「大工町」，這裡則緊挨著幾家小商鋪。

房屋管理人孫兵衛是個八十二歲的老人，耳背得厲害，腦筋卻比太一郎還靈光，談起錢來爽快俐

註：「大工」即木匠。

扮鬼臉 | 29

落，地價也合預算。據老人說，之前的料理鋪是因為廚師手藝欠佳才經營不下去，並非地點不好，而且這附近寺院很多，應該挺適合開料理鋪。

那鋪子隔著小河道跟海邊大工町東端的武家宅邸並排，河道成鉤形深入繞至鋪子南側，簡單地說，這豆腐般的長方形鋪子，東側與三分之二的南側都被河水環繞著。

鋪子正面寬約三十六尺，二樓南側有兩間客用的十蓆大榻榻米房。跟武家宅邸毗鄰的牆壁沒有窗戶，但南側窗口可以俯瞰南邊河道。太一郎手擱在欄杆上探看，只見河面如鏡，兩、三隻野鴨悠閒地在水面划動，鸕鷀潛入水中又浮上來吃著餌食。

武家宅邸的主人名叫長坂主水助，是小普請組〈註一〉的旗本〈註二〉，據說年齡將近四十。宅邸格局還算不錯，但自從上一代加入小普請組以來工作一直沒著落，經濟說不上寬裕。老房屋管理人如此直言不諱。料理鋪跟茶館不同，罕有客人叫藝妓來作陪取樂，但多少也會傳出歌舞樂聲，既然是商家，客人進進出出當然熱鬧。老房屋管理人說：只要年中、年末記得送禮，向長坂大人打聲招呼就沒問題了。

「也許對方求之不得呢。」

老房屋管理人用耳背的人特有的大嗓門如此說，太一郎聽得提心吊膽。他從二樓南側窗口悄悄側身打量，隔著貧瘠樹林，長坂大人的宅邸鴉雀無聲，沒有任何動靜。望見宅邸屋頂那些需要修繕的凌亂瓦片時，太一郎暗忖，老人說的應該沒錯。

如果此地開了料理鋪，西鄰緊湊並排的那些小商鋪多少也能得到好處，因此眾人都笑臉可親地觀望著跟在老房屋管理人身後，環視鋪子四周、進進出出的太一郎和七兵衛，這點令太一郎感覺安心。

儘管其中有人不時交頭接耳，也有人皺眉搖頭，不過這種小事也是沒辦法的吧。

太一郎和七兵衛看過鋪子後，暫且不急著回覆，第二天太一郎再帶多惠來看鋪子。多惠用那雙滴溜溜轉的眼睛裡外查看，最後背向小名木川，雙手插腰筆直站著，仰望鋪子說：這鋪子簡直像一艘船，跟野鴨和鸕鶿一樣孤零零地浮在河上。

這句話促使太一郎決定租下這家鋪子。是啊，就像一艘船。不是相當合適嗎？正是往後將載著我們一家人往前行駛的船。鋪子就叫「船屋」不是挺好嗎？

是的，船屋。這名字彷彿早就取好，不是很恰當嗎？

——船屋。

阿鈴在被褥裡翻個身。是的，這裡是船屋，是我們的新家也是新鋪子，七兵衛爺爺和阿先大媽都不在這裡。自從搬家以來，阿爸和阿母每天忙著鋪子的事，天還沒亮就開始工作，夜深了還在燈火旁湊著頭商討，一直忙著準備開鋪子的事。

結果我卻病倒了。

今天是第五天了，高燒還是不退。阿鈴只能喝水，整個人瘦了一圈，鎮日昏睡。阿母哭喪著臉來看護病人，但現在是鋪子的關鍵時刻，她不能成天陪在阿鈴身邊。阿先大媽時常過來探病，七兵衛爺爺每天跟醫生來一次，每當醫生皺眉搖頭，爺爺也跟著搖頭，垂下那對蓬亂的眉毛。

——原來我真的快死了啊。

町醫生總是避著阿鈴，和她的家人討論病情。他說：退燒之前，就看這孩子的身體能不能撐過去，輸了就會死，贏了就活得下去。畢竟連我也判斷不出到底是什麼病。雖然很可憐，但目前只能讓她睡暖一點，讓她多喝水，再觀察看看……

阿母一直陪在阿鈴身邊，但今天阿母身子也不舒服。阿母非常擔心她，只是身體撐不住。

阿鈴很傷心，昏沉沉地流著淚時，突然有人伸出手，抓起從阿鈴額上滑落的手巾為她擦眼淚。

阿鈴想睜開眼。誰在身邊呢？爺爺嗎？阿先大媽嗎？阿爸太忙，不到晚上不會來這裡。難道是醫生來了？

不知是誰的手在撫摸阿鈴的額頭。對方的手很冷，冰冰涼涼的，好舒服。

——是阿母嗎？阿母身體好點了，起來看我了嗎？

阿鈴努力想睜開雙眼。她拚命轉動眼珠、臉頰抽動，彷彿滾動圓木般讓沉重的身子仰躺，想看看身邊那人的臉。

那隻冰冷的手離開額頭，阿鈴像追趕對方的手似地好不容易睜開雙眼。

有個黑影籠罩在仰躺著的阿鈴頭上。好像不是大人。是個跟阿鈴差不多大的人影。

——是誰？

那人影像是要回答阿鈴內心的疑問，彎下身來，在阿鈴眼前探出臉。阿鈴終於看到了對方。

是個小女孩，比阿鈴還小。而且那孩子——在扮鬼臉。

註一：有世代固定的俸祿，卻無職務的旗本。有職務的話，可另領津貼。

註二：直屬將軍的家臣。

3

持續的高燒讓阿鈴眼前始終霧茫茫，她抬起沉重的眼皮，眨了眨眼，以為自己看錯了。

可是再怎麼睜大眼睛看，在阿鈴頭上探出臉的那孩子都是在扮鬼臉。

──是做夢？我在做夢嗎？

我一定是在做夢。怎麼可能有人特地在病榻上的阿鈴枕邊扮鬼臉呢？家中沒有這種年紀的女孩。

七兵衛爺爺也說過，搬到船屋後阿鈴會失去玩伴，很可憐，令他相當掛心。

那張臉十分陌生。對方因扮鬼臉只露出眼白，看不清長相，但的確不是一起長大的阿弓。

阿鈴就算扮鬼臉，阿鈴也認得出來，兩人的感情很好。對了，阿弓現下不知在做什麼？開始去學針線活了嗎？

可是，這孩子到底是誰？她也不是三個月前，那在高田屋只待半個月、臉色不好的女孩。那孩子比較瘦，而且眼神很壞。阿鈴雖然努力想跟那孩子交朋友，但對方脾氣暴躁。她想要阿鈴珍藏的可愛紙糊狗，阿鈴不肯，她竟然揮舞著尖端燒得通紅的火箸在家中追趕阿鈴，因此七兵衛爺爺才趕走她們母女。那次阿鈴真的嚇了一跳，第一次碰到有人拿火箸威脅她，而且也是她頭一次看到七兵衛爺爺表情凶狠地怒斥孩童。

──我感到十分抱歉，但妳們不能繼續待在這裡了。

七兵衛爺爺大聲斥責過後，向那對母女說明。

──我很高興妳聽聞風聲前來投靠，可是這裡跟以往不同了，家裡人多，也有女人家和孩童，我們不能收容會隨便傷害其他孩童的孩子。

於是，那對母女跟來時一樣抱著布包離去。當時那個母親露出憎恨的眼神，瞪視著阿鈴，阿母察

覺後慌忙把阿鈴趕進家裡。

──用那種眼神瞪人，萬一被詛咒就不好了。

是的，阿母當時真的非常害怕。所以我生病後，阿母一直哭著說「果然是那個被趕出去的女人為了報復而向阿鈴作祟」，結果遭阿爸罵了一頓。

阿鈴昏昏沉沉地想著這些事，回過神來，扮鬼臉的女孩已消失。阿又只能朦朦朧朧地看到天花板的木紋。

啊，我果然是在做夢，但那孩子到底是誰呢？

當阿鈴再度睜開雙眼時，醫生已坐在枕邊，用帶著藥味的手觸摸阿鈴的胸口。醫生看上去跟七兵衛爺爺同齡，一張臉皺巴巴的，怎麼手卻這麼細皮嫩肉？

「來，深呼吸一下看看。」

聽醫生這麼說，阿鈴吸了一口氣。胸口深處發出呼嚕呼嚕聲。阿鈴覺得自己體內有一個更小的阿鈴，像轉動腳踏水車的白老鼠一樣拚命奔跑，想盡力保住阿鈴的性命。呼嚕呼嚕聲就是那個小阿鈴的呼吸聲。

醫生向一旁的阿母交代許多關於湯藥和湯婆子的事，又摸摸阿鈴的頭才離去。今天七兵衛爺爺好像沒一起來，阿鈴有點失望。

阿母替她換了衣服，阿鈴覺得清爽許多。阿母臉色很糟，她一定是強忍著不舒服，特地起身照顧阿鈴。

阿鈴撐著阿鈴起身喝湯藥時，阿藤大姨竟然走進榻榻米房，嚇了阿鈴一跳。只見她雙手抱著湯婆子，以免湯婆子冷掉。

「阿鈴，妳好啊。身體好點沒？」

阿藤大姨換過阿鈴腳邊的湯婆子，笑嘻嘻地問阿鈴。不等阿鈴開口，她又自顧自地回答：

「妳馬上就會好起來。醫生也這樣說。」這是阿藤大姨的習慣，總是一個人自問自答。不過阿鈴喜歡阿藤大姨，所以一點也不在意。

阿藤大姨粗糙的手掌撫摸著阿鈴的額頭說：

「阿姊，我覺得阿鈴有點退燒了，妳覺得呢？」阿母問。

「啊，真的，好像沒那麼燙了。」

「是吧，不是我多心吧。」阿母明顯安心下來。

阿藤大姨比阿母大了約十歲，聽說阿母剛進高田屋做事時很受大姨照顧。阿藤大姨從基本事項教起，教了阿母許多事，所以阿母直到現在仍喚大姨「阿姊」。

阿鈴還未嫁給阿爸之前就跟阿藤大姨十分要好。阿藤大姨之前就跟阿藤大姨十分要好。

決定租下船屋時，阿母曾拜託七兵衛爺爺把阿藤大姨借給她，說阿姊不在身邊的話自己沒信心掌管鋪子。可是無論怎麼拜託，七兵衛爺爺就是不答應。阿母那麼拚命拜託，為什麼七兵衛爺爺不肯答應呢？阿鈴覺得奇怪，也有點生氣。

在搬來船屋之前，阿鈴偷聽到七兵衛爺爺對阿爸這麼說：

──你應該知道我為什麼不答應多惠吧？

──是，知道。

──阿藤在身邊的話，多惠一定凡事都依賴阿藤，這樣不就變成阿藤像是老闆娘，多惠反倒是下女總管了？阿藤個性直爽，還不至於不知分寸，不過要是阿藤一直跟在多惠身邊，多惠恐怕永遠都無法成為獨當一面的老闆娘吧。

——我也認爲這麼做對她不好。

——其實要經營船屋，最好儘量僱用新傭工，但鋪子才剛起步，大概有很多不方便的地方。下女總管派阿律去當，阿律比多惠年輕，人也老實，只要好好教導，絕不會和多惠作對，可以成爲你們的左右手。

因此阿律才從高田屋跟過來，她現下應該在鋪子裡忙著整理東西、洗碗盤吧。可是爲什麼阿藤大姨在這裡呢？對阿鈴來說，這眞是個驚喜。

阿藤大姨總是精神飽滿，早上起得早，飯量又大，是個大力士。住在高田屋時，七兵衛爺爺每次喝醉都笑著說：她和力士比腕力，三次中有兩次會贏過力士。

阿藤大姨常笑稱自己是個愛吃鬼，也常拿點心給阿鈴吃，阿母總會叮囑「糯米點心只能吃一個」，不過沒多久阿藤大姨又會偷偷再塞一個給阿鈴，兩人在廚房笑著偷吃。有賣糖人來叫賣時，她會跟阿鈴說：「快，阿鈴去買來。」每次逛夜市她也一定會買東西給阿鈴。去年夏天阿鈴哭著要青蛙造型的水槍，被阿爸狠狠罵了一頓，哭著睡著後，第二天枕邊就擱著一把青蛙水槍，阿鈴嚇了一跳，原來是阿藤大姨買來的。

「是我自己想玩。」阿母去道謝時，阿藤大姨說：「雖然我年紀一大把了，有時也想玩這種玩具，不過買回來後還是不好意思玩，就給了阿鈴。」

整個夏天阿鈴都開心地玩著青蛙水槍，阿藤大姨有時會陪著她玩。她們用水槍給盆栽澆水，還對七兵衛爺爺噴水，在院子追逐嬉戲……

此刻阿母和阿藤大姨不知小聲地在說些什麼，兩人似乎就坐在阿鈴的被褥旁。阿鈴想開口卻說不出話，她好幾天沒吃東西，沒有說話的力氣了。

「嗯,什麼?」

阿母悄悄湊過臉來,阿藤大姨那張大臉也湊了過來。

「阿鈴,妳說了什麼嗎?」

阿鈴想問「阿藤大姨是不是會一直待在這裡」,只是阿母她們好像都聽不懂。

「說夢話了?」

「是不是做夢了?」

阿鈴原以為自己睜著眼睛,看樣子眼皮是閉著的,兩人才會認為阿鈴在睡覺。

阿母、大姨,我剛剛做了怪夢,有個陌生女孩對我扮鬼臉。阿鈴想接著說,可是聲音依舊出不來。漸漸地,連阿鈴都不曉得自己到底是出聲說了,還是只在腦中想著而已。

阿母帶著哭腔低語:「阿姊……這孩子好得了嗎?」

「不行呀,妳這麼軟弱,不振作起來怎麼行呢?」

「我知道……我知道……可是我這個做母親的實在沒用。好像是遭人作祟,為什麼老是這樣,孩子一個接一個……」

「阿鈴不會死的。」阿藤大姨生氣地說:「這孩子啊,有福氣,有神明保佑,大老闆不也說過了?」

「可是……」

「沒事的,她一定會好起來。妳先到裡面躺一下吧,看妳的臉色簡直像個病人。」

「可是舊貨鋪的人快來了,就是那個……那人是不是叫仁吉先生?」

「他來了我再叫妳,人來之前妳先去躺一下。我就是要幫妳才過來的。」

阿母打開紙門出去,阿藤大姨用那粗壯的手幫阿鈴重新擰了擰額頭上的濕手巾。阿鈴感到一陣清涼,十分舒服。原來阿藤大姨是得知阿母不舒服才趕來幫忙,這樣就可以安心了。對了,剛剛發現那個扮鬼臉的孩子之前,有人用冰冷的手溫柔地摸我的額頭,又幫我擦眼淚,那大概也是阿藤大姨吧。

一定是的。啊,太好了。

想著想著,阿鈴便睡著了。

是啊,阿鈴睡著了。睡著——睡著——應該睡著了——

「這是哪裡?」

回過神來,阿鈴發現自己走在陌生的暗處。四周霧氣瀰漫,冷颼颼的。眼前雖不像夜晚那般漆黑,但也不見陽光。這地方感覺很寬廣。可是霧很濃,阿鈴只能看到自己的鼻尖,回頭望去也看不到方才走過的道路。

附近不知什麼地方傳來河流的潺潺水聲。那水聲不快,緩緩的,聽得見流水在河灘碰到小石子的聲響。

對了,腳底都是小石子。有大石子,也有小石子,每顆都是沒有稜角的圓石子。是河灘石啊。

嗯?河灘?

阿鈴暗吃一驚,停下腳步。

難道……這裡是冥河河灘?

難道終於來了?難道人死時都是這樣不知不覺地來到冥河河灘?

阿鈴止步蹲下。七兵衛爺爺經常講有關冥河河灘、閻羅王的事給阿鈴聽。他說:阿鈴,不准撒

謊，不准給人添麻煩、存心騙人，因為閻羅王都在仔細看喲。

阿鈴不想聽河流的潺潺水聲，用雙手掩住耳朵。如果就這麼抱著膝蓋睡著了，不知道會怎麼樣？醒來時會不會又回到船屋的被褥中呢？好，就這麼辦。

本來因為高燒滾燙的身子，現在有些發冷。阿鈴肚子餓極了，雖然不覺得累，卻渴得不得了。啊，不能光想這種事，要睡著。閉上眼，睡覺。那樣就可以回去了——

「喂——」

大霧彼方傳來悠閒的呼喚聲。

「喂——蹲在那邊的，那個穿紅衣的孩子。喂——」

是在叫我啊。阿鈴抬起頭。阿母驅邪師說紅色可以驅邪，才特地幫她穿上這件通紅的睡衣。白霧緩緩流動，視野突然開闊起來，一望無際的遼闊河灘上孤零零地燃著一堆火，火堆旁坐著一個黑色人影。正是那人影在招手呼喚阿鈴。

「喂——過來，來這裡暖暖身子。」

是老爺爺在叫她。不過那聲音阿鈴沒有印象，阿鈴認識的人裡頭，沒有老得會在冥河河灘相遇的老爺爺，至少現在想不出來。

「很冷吧，過來這邊坐。」

阿鈴慢吞吞地跨出腳步，挨近火堆。出聲呼喚的老爺爺大概想讓阿鈴安心，臉上掛著親切的笑容，用手示意阿鈴坐在火堆旁。

「請問……」

「小姑娘，妳叫什麼名字？」

是個非常親切的老爺爺。他的下巴瘦削,有著下垂的八字眉,年紀看起來很大了。到底幾歲了?大概有八十歲吧?身上穿著洗白了的細條紋衣服,繫著邊緣磨破了的腰帶。腰間插著一根棕褐色的菸管,把手上還刻著一條龍。那條龍一圈圈地盤繞在上頭。

「我叫阿鈴。」

「阿鈴嗎?這名字好聽。妳先坐下暖暖身子。」

老爺爺的臉上堆滿笑容,但阿鈴還是鼓不起勇氣正視對方。她小心翼翼地隔著一段距離坐下,火堆十分溫暖,火焰的顏色明亮、美麗,木柴燃燒爆裂的聲音也足以壯膽。七兵衛爺爺從來沒提過冥河河灘有火堆呢。

「妳放心。」老爺爺突然說,臉上的笑容更深了。

「放心?」

「妳迷路了,糊里糊塗地來到這裡,正不知該怎麼辦吧?這裡的確是冥河河灘沒錯。」

阿鈴心頭打顫,不禁用雙臂環抱胸口。

「所以我才要妳放心,不用那麼害怕。阿鈴可以回去。迷路來到這裡的人,還未到該渡河的時候。」

阿鈴第一次聽到這種事,睜大眼睛問:「真的?」

「嗯,真的。真正該渡河的人不會來到這裡,他們一開始就會出現在渡口附近。」

「渡口——也就是冥河渡船口。」

「真的嗎?我真的可以回家?還不會死嗎?」

「嗯,沒事的。」

老爺爺重重地點頭，瞇著眼望向阿鈴身後，像是要看透濃霧彼方。

「偶爾有人會像妳這樣，臨死前……魂魄離開身體，輕飄飄地飄到這裡。很不可思議吧。」

「我以前沒聽人說過。」

「這不是該說給孩子聽的事。」

老爺爺手伸到火堆旁，沙沙地摩擦手指。

「妳也這麼做做看，暖暖身子。等妳全身都溫暖了，就可以回到原來的地方了。」

阿鈴重新換個位置，挨近火堆。

「喂、喂，不要太靠近。」老爺爺笑了出來。「頭髮會燒焦，妳會燙傷的。」

火焰的確差點燒到鼻尖。好熱！阿鈴叫了一聲，雙手按住鼻子。

「看吧，我不是說過了？」老爺爺目不轉睛地凝望著阿鈴映著火光的臉，問…「咦……阿鈴……妳說妳叫『阿鈴』吧？」

「是的。」

「看妳的長相……難不成妳是那個搬到高橋家的女孩？四周圍著河道，長坂大人宅邸隔壁那幢屋子的……」

他指的應該是船屋。阿母也確實稱呼鄰居武家大人為「長坂大人」。

「嗯，是的，十天前剛搬過來。」這回換阿鈴注視著老爺爺。「爺爺，你認識我？」

「不、不。」老爺爺不知為何突然慌張地搖著大手，挪了一下位置，離火堆稍遠一點。

「可是，爺爺說是高橋家……那麼，爺爺知道那房子？」

「啊？嗯，知道。」

扮鬼臉 | 45

老爺爺四下張望，往火堆另一邊移動，阿鈴也看向那邊。鋪滿石子的河灘上有個水窪，呈現完美的圓形，簡直就像一面鏡子。老爺爺正在探看那水窪。

「那是什麼？」

「嗯，這個啊，跟窗口一樣。」

老爺爺凝視水面一會，抬起眼，目不轉睛地看著阿鈴說：

「是緣分嗎……不，正因如此，阿鈴才來到這裡嗎？」

對方似乎話中有話。阿鈴站起身，迅速來到老爺爺俯視的水窪旁。可是水面上什麼都沒有，只見清澈的水。

「這不是窗子啊，只是個水窪。」

「這不是阿鈴該看的東西。」老爺爺溫和地阻止她。

「這水窪，是爺爺的？」

老爺爺舉起瘦骨嶙峋的手，抓抓下巴。

「也可以這樣說。」

「那爺爺可以看到什麼呢？爺爺在這裡做什麼呢？」

「跟阿鈴一樣，也是迷路了，在這裡休息。」

可是爺爺看起來對這裡相當熟悉，不慌不忙的，根本不像是迷路了。

不知是不是抵擋不了阿鈴強烈的目光，老爺爺低聲說「哎呀、哎呀」，抱起手臂，又說「爺爺有時會來這裡歇口氣」。

「歇口氣？」

「嗯。爺爺啊⋯⋯抓了個壞人，為了不讓那個壞人繼續做壞事，要牢牢看住他。」

阿鈴聽說出最先浮現腦海的想法：「爺爺是為官府做事的捕吏？」

老爺爺搖頭，回答：「不，不是捕吏。只是，那個壞人唯有爺爺才抓得住。」

阿鈴聽不太懂。不過，她倒是聽懂了老爺爺不是捕吏這件事。況且，對方看起來一點也不凶，給人的感覺像是附近的大好人房屋管理人。

「可是，爺爺也會累啊。」老爺爺搔著頭繼續說：「所以偶爾會趁那壞傢伙睡著時，跑到這裡來對著火堆取暖。」

「跑到冥河河灘來？」

「嗯。其實啊，我早就可以到河的對岸去了⋯⋯每次都這麼想，在這裡發發呆，當成休息。」

接著，他又望向水窪。阿鈴靈機一動說：

「爺爺，難道這水窪可以照出現世的事？可以照出爺爺抓的壞人？是這樣吧？爺爺看水窪是為了監視壞人吧？」

「阿鈴真聰明。」老爺爺佩服地說：「不過阿鈴是看不到任何東西的。」

阿鈴再度探身俯視水窪。真的，什麼都看不到。但這水很清澈，宛如一塊平坦的玉，就算伸手去摸，也許不會起漣漪？

阿鈴迅速用指尖沾了水，水面震動一下，出現圓形波紋。原來只是普通的水啊。水相當冰冷，阿鈴想起自己口渴的事。她不經意舔了指尖的水滴，心想：這水甜嗎？

「哇——」老爺爺突然大叫，「妳做了什麼？妳剛剛做了什麼？阿鈴！」

阿鈴含著手指，莫名其妙地問：「什麼做了什麼？」

扮鬼臉 | 47

「妳喝了這水?」

老爺爺指著水窪。阿鈴點頭說:「也不算喝水,只是舔了一下。」

「舔了也一樣。」老爺爺單手搗著臉。「哎呀、哎呀……這孩子膽子真大。這樣會惹來麻煩的。

不過……也許這樣比較好?嗯,也許是吧。」

老爺爺嘀嘀咕咕的。阿鈴仔細看著舔過的手指,自己做錯了什麼嗎?

「咦?」老爺爺發出驚嘆,又俯首探看水窪,接著回頭望著阿鈴說:「原來如此,阿鈴已經……

那麼,說來說去,反正都會看到。既然是這樣,也許沒問題。」

「爺爺,你在說什麼?」

老爺爺重新坐在河灘石子上,挺直背脊說:

「來看鋪子的那個人,怎麼瞧都是正派商人,感受不到任何陰霾。她正想抱怨時,感覺身體逐漸失去了力氣,

應出租。哎呀呀,沒想到竟然多了一個小跟班。」

阿鈴來愈聽不懂老爺爺的話,不耐煩地微微噘起嘴。她正想抱怨時,感覺身體逐漸失去了力氣,

全身暖和起來,難道是返回人世的時間到了?

「嗯,妳快回去吧。」老爺爺溫柔地笑著說:「阿鈴,妳放心,等妳醒來以後大概會忘掉爺爺的

事,就跟做夢一樣。不過,也許我們還會再碰面。」

「爺爺?」

火焰飄忽,顏色逐漸變得鮮豔,輪廓卻漸漸模糊,阿鈴身體熱了起來——腦袋昏昏沉沉——視野

朦朦朧朧——

阿鈴醒來時感覺枕邊有人。她以為是阿藤大姨，轉頭一看，發現枕邊竟然坐著一個按摩師。

——？

阿鈴嚇了一跳，眨了眨眼，如果不是病得全身無力，她一定會伸手揉揉眼睛。

——？

阿鈴沒看走眼，確實坐著一個按摩師。

那個按摩師全身灰撲撲的。不但衣服是灰色，臉和光滑的頭頂也是灰色的，全身瘦得剩下一把骨頭，兩邊肩膀宛如衣架般掛著衣服。

按摩師一臉不高興，緊閉的嘴唇像並排的兩個ㄟ字，看上去既像在生氣又像快哭出來似的。不過，阿鈴從沒看過按摩師哭泣或生氣的樣子，這些都只是她的想像罷了。

——澤庵先生？

阿鈴輕聲說出住在高田屋時，七兵衛爺爺常請來的那個按摩師的名字。他叫「澤庵先生」，跟從前一個偉大的和尚同名。澤庵先生替七兵衛爺爺按摩後，爺爺總是高興地說：啊，重新活過來了，我又活過來了。七兵衛爺爺有時會叫阿鈴領路，帶要回去的澤庵先生走到後門，但澤庵先生在高田屋根本不需要人帶路，他連哪裡要拐彎、哪裡地面高低不同、哪裡有紙門都記得一清二楚。最先察覺院子的梅花或山茶花開花的，也是澤庵先生。每當他說「花好像開了」，阿鈴跂著木屐去看時，總會在被榻榻米房擋住的枝頭上，找到一、兩朵綻放的小花苞。阿鈴問他怎麼知道的，澤庵先生笑著回答「因為聞到花香啊」。阿鈴心生佩服，從那以後就很尊敬澤庵先生。有次他還笑說，也許是自己身體太重，所以膝蓋會痛。那時澤庵先生教了阿鈴一句成語「自顧不暇」。

再說，澤庵先生一向笑嘻嘻的，眼前這個按摩師卻一臉不高興——

阿鈴吃驚地望著對方，但枕邊的按摩師突然消失了。阿鈴正覺得奇怪，又在被褥右側隱約瞧見一個輕飄飄拖長影子的白色東西，她想看向那邊時，身子竟不由自主地動了起來，俯臥在被褥上。似乎是按摩師翻動了阿鈴的身子。

接著傳來聲音：「這邊，這樣。」

然後，突然有人用力按住阿鈴的背部中央。

聲音繼續傳來：「這邊，這樣。」

按摩師再度用力指壓，指頭陷入阿鈴瘦削的背部，痛得不得了。阿鈴忍不住喊出聲⋯好痛！不料，一個聲音叱喝⋯「不痛！」

那聲音威嚴十足，令人不由得想道歉⋯是，對不起。

那手指重新使勁按著阿鈴的背部。因為太痛了，阿鈴繃緊全身極力忍耐，卻又挨了罵：「不要出力！」

是，明白了。阿鈴放鬆身子，那指頭再度按住背部，剛才指壓過的部位。阿鈴想喊疼，但怕挨罵，只好忍住。

如此持續了一段時間。按摩師指壓阿鈴背部，有時低聲咕嚕「這邊這樣」或「這邊就這樣」，約莫是在自言自語。有時他說：「這邊大概這樣吧？」阿鈴以為是在問她，想開口回答時，他又會罵：「安靜點！」因此阿鈴決定默不作聲，安靜地趴著。

忍耐一陣子後，即使那指頭又按上阿鈴的背部，她也逐漸不覺得痛，反而感到背部硬邦邦的肌肉漸漸放鬆，舒坦起來。這時阿鈴總算察覺一件事⋯原來他在幫我按摩，這就是所謂的按摩治療啊

之後按摩師讓阿鈴仰躺，再度繞到枕邊。這回他按摩起阿鈴的頭部和脖頸。最初阿鈴也是疼得快跳起來，但肌肉放鬆後人也舒服了，她閉著眼睛安靜躺著，逐漸不再感覺痛苦。

半個時辰後，按摩師拍了拍阿鈴的額頭說：

「快退燒了。」

語調很冷淡。阿鈴睜開眼睛，四處張望尋找按摩師的身影，對方消失了──啊呀，啊呀，我會昏倒。她慌忙坐起身，這才發現可以自行起身，反倒嚇了一跳。

阿鈴坐起身後，覺得自己餓得發昏。真的，天花板都在團團轉了──

阿鈴「啪嗒」一聲往前倒下，就這樣暈了過去。不知過了多久，傳來拉紙門聲。

「阿鈴！」

是阿藤大姨。她放下懷中的水桶奔過來。

「妳怎麼了？不舒服嗎？嗯？」

阿藤大姨抱起阿鈴，阿鈴緩緩搖頭，令人發抖的冷勁。雖然全身都很疲倦，現在搖頭也不會頭痛了。雖然身子仍在發燒，但已沒有那種令人發抖的冷勁。不過可能是肚子餓的關係吧。

阿鈴躺在惴惴不安的阿藤大姨懷中，在開口回答之前，肚子搶先發出咕嚕咕嚕聲。

「哎呀，」阿藤大姨睜大雙眼問：「妳肚子餓了？」

然後，阿藤大姨笑了出來，揉搓著阿鈴瘦弱的身子又笑又哭。阿鈴也跟著笑了出來，看樣子自己保住了一條命。

阿鈴好想快點吃到稀飯。

4

阿鈴康復後，深川船屋也終於來到揚帆的日子。開幕籌備工作總算告一段落，決定在三月二十日迎接第一組客人。自從太一郎決定在海邊大工町開鋪子以來，剛好過了一個月。

還沒決定鋪子地點的那段日子，太一郎的心總是懸在半空中，內心十分痛苦，不過也因此有充分的時間做足招攬顧客的準備。至於什麼樣的客人才適合當船屋的第一組顧客，七兵衛做了各種美夢，而太一郎則冷靜地面對現實。他除了向以前曾送便當過去的武家宅邸或有生意往來的大商家宣傳船屋，也不忘傾聽同是料理鋪主人或廚師帶來的小宗顧客消息，勤快地上門打躬作揖說「鋪子開張時，請多加捧場」。

而船屋的第一組客人正是太一郎招來的。二十日當天，位處深川元町御稻藏對面、一家小規模的五穀批發商「筒屋」一家人來到船屋。退休已久的前任老闆今年將迎接古稀壽辰，召集了親朋好友和生意伙伴約二十人，打算在船屋設宴慶祝。

筒屋現任的老闆五十多歲，夫婦倆踏踏實實地經營鋪子，獨生女已招贅，年輕夫妻也跟著老闆夫婦一起勤快地做生意。招贅的女婿跟太一郎是老交情，名叫角助。這回的生意正是他從中斡旋定下來的。

角助和太一郎同齡，十七、八歲時在便當鋪做過事。他不是廚師，做的是負責送便當及回收餐具的粗工。那時太一郎剛進高田屋的廚房修業，常被派去跑腿。角助做事的便當鋪許多顧客也是高田屋的老主顧，因此他和太一郎經常碰面。兩人剛認識便很合得來，不久就成了好朋友。太一郎雖然有七兵衛這個可靠的長輩提攜，卻沒有雙親與兄弟；而角助不一樣了，他雙親健在，弟妹成群，日子熱鬧歸熱鬧，但過得頗為辛苦。生活的沉重壓力，壓得他話

也少了。太一郎說十句話，他頂多說一句。角助解釋，弟妹們白天擠在家中做家庭副業，七嘴八舌嘰哩呱啦，根本沒他插嘴的餘地，自然而然變得沉默寡言。

角助跟立志當廚師的太一郎不同，他對做菜不感興趣。實際上，他只在便當鋪做了一年半就辭職。他並非懶人，從來沒遊手好閒過，可惜每一份工作都不長久，做過各式各樣的粗工活，簡單來說，他工作只是為了生計。

角助在木場一家木材批發商當紫木筏學徒時，老闆的親戚主動向他提親，讓獨生女隻身到批發商那裡當侍女兼學禮儀，她似乎看上了角助。當時角助已二十二歲。

角助來找太一郎商量時，太一郎鼓勵他：這有什麼好遲疑的？對方是正派生意鋪子，詳問之後，角助也表示不討厭筒屋那個女兒。於是太一郎立即建議他接受。

可是，角助猶豫不決。他認為自己身為長男，一旦入贅筒屋，等於拋棄了弟妹。對此事放心不下的太一郎特意瞞著角助造訪他家，他的家人都表示非常贊同這門親事。角助的弟妹異口同聲地說：「至今為止哥哥為我們吃了許多苦頭，如今總算走運，根本用不著顧慮什麼。」

太一郎勸角助說：「其實你的弟妹都已長大，只是你沒察覺到而已，你顧慮太多，反而會傷了弟妹們的心。」角助這才總算下定決心。

親事終於談成了。太一郎看著角助幸福的表情，回想起兩人從前在夏天頂著烈日、冬天踏著霜柱挑便當四處送貨的日子，不禁感嘆自己和角助的處境已是天差地別。當時太一郎雖然已升格為廚師，但以七兵衛培育的大廚為首，上面還有兩個師兄，他跟每天跑龍套的學徒沒兩樣。

他覺得自己的前途茫茫，遠遠落後角助，也羨慕角助受到弟妹敬仰。有一個角助這樣的朋友，二

十二歲的太一郎會覺得人生寂寞也是情有可原。這段時期,太一郎總是無法專心修業,怠忽職守,屢次遭七兵衛斥責,卻始終無法振作,自己心裡也不好受。

角助入贅一年後,他和多惠成了家。如今已然可以笑談往事,儘管七兵衛始終不肯鬆口承認,然而太一郎認為,當初七兵衛很可能是為了讓暮氣沉沉的他振作起來,才會和阿先商議,決定讓他討老婆。太一郎的確也是因為跟多惠成家才恢復生氣的。如果當時他一直萎靡不振,和角助的交情恐怕也無法持續至今。

太一郎聽聞七兵衛決定讓自己掌管料理鋪時,除了多惠以外,第二個商量的人便是角助。好久不見的兩人在富岡八幡門前町的居酒屋喝酒,太一郎聊著往事和今後的抱負,徵求角助的意見。如今已成為筒屋小老闆的角助鼓勵太一郎說:「你吃了這麼多苦頭,現在總算走運,沒必要畏縮不前。」太一郎聽著對方似曾相識的話語,笑著點頭。

——等你的料理鋪開張後,我一定設法籌錢去吃你做的菜。對我們這種老百姓來說,能前往料理鋪享用廚師的手藝,是十分奢侈的事,但我一定會去的。

——第一組客人是筒屋,會不會降低了船屋的格調?

七兵衛深知角助和太一郎的交情,才如此不客氣地表示意見,太一郎只是笑著聽過。他認為船屋的首航,能替筒屋一家人辦一場完美的宴席,最適合不過了。

料理鋪全靠廚師撐持,廚師可說是料理鋪的精華與支柱,然而那精華與支柱若不讓客人知道便毫無意義。太一郎雖然理解七兵衛的心情,但早已暗下決心,在船屋廣為全江戶所知之前,不,正是為了讓那時期提早到來,眼前必須更珍惜至今為止所構築的人脈。

「後天筒屋叔叔要來當客人,那麼阿園和小丸也會來吧?」

三月十八日夜裡,阿鈴在廚房角落吃著阿藤大姨張羅的遲來晚飯。最近阿爸和阿母為了準備迎接第一組客人,更加忙碌,有時甚至整天都不能好好跟阿鈴見上一面,照顧阿鈴的事完全落在阿藤大姨肩上,只是大姨常常也空不出手來,阿鈴往往拖到很晚才吃飯。

阿鈴病癒後,七兵衛爺爺終於拗不過阿爸和阿母的請求,決定把阿藤大姨借給船屋。對阿鈴來說,這樣正好。要不是有阿藤大姨在,她早就因阿爸和阿母沒空理睬自己,耐不住寂寞而發脾氣了。

阿鈴跟筒屋角助叔叔也很熟。每逢新年碰面時,他總會瞇著眼說「阿鈴長大了」。雖然角助叔叔話不多,但眼神溫柔,聲音也親切。

角助叔叔有兩個孩子,姊姊阿園和阿鈴同齡,弟弟小丸小阿鈴三歲。小丸當然另有一個適合長男身分的堂堂名字「長一郎」,只是他還是嬰兒的時候生得圓滾滾,自此大家就喚他「小丸」。阿鈴很期待跟兩人見面。

「老人家的古稀大壽嘛,阿園和長一郎當然都會來。」阿藤大姨撿拾著阿鈴掉落食案上的魚肉。

「不過,阿鈴,妳要記住,這裡是料理鋪,阿園和長一郎是我們的客人,妳不能跟他們玩,也不能在走廊上亂跑,要守住鋪子和客人之間的分寸。」

「這樣嗎?真不好玩。」

「現在跟高田屋那時不一樣了,妳不懂可不行。」

「是嗎?大姨,什麼是古稀?」

「就是慶祝七十歲大壽。」

「阿園和小丸的爺爺要過古稀嗎？」

「不是爺爺，是曾祖父。」

「七兵衛爺爺不也是古稀嗎？」

「他已經過了，真是可喜。」

阿藤大姨咯咯大笑。因為爐灶是中空構造，廚房天花板又高，大姨的笑聲聽起來格外響亮。

「應該不會吧，畢竟這裡是妳阿爸和阿母的鋪子。」

「七兵衛爺爺不來這裡當廚師嗎？」

阿鈴雖是個孩子，卻也明白船屋的航行並非通暢無阻。前幾天她聽到阿爸跟七兵衛爺爺的談話，說阿藤大姨和修太、阿律的年中年末零用金都由七兵衛爺爺負責張羅。爺爺還說「就算這樣生計也相當窘迫」，阿爸聽完皺著眉點頭。

「不知道阿爸決定要做什麼料理了嗎？」

阿鈴自言自語。阿藤大姨瞇著眼，笑說：「阿鈴，妳臉頰黏著飯粒。」

船屋的首航參與人數很少。對於在高田屋看著許多廚師和傭工工作的阿爸來說，少得令她有點不安。廚房方面除了主廚太一郎，還有從高田屋帶來的年輕廚師修太，日後會進來一名在阿鈴仍是小嬰兒時，在高田屋幫忙過兩年的廚師島次。島次是個年紀很大的伯伯，比阿爸年長一輪。他不會每天來，說好三天來一次。聽說他自己在本所二目橋開了一家外送料理鋪下女人數也少得可憐。以阿母為首，還有個從高田屋帶來的阿律，另外就只有阿藤大姨而已。聽說店剛開幕時一天只有一組客人，況且不是每天都有客人上門，所以這樣的人數足夠應付。等客人多了，再增添人手就行了。

扮鬼臉 | 59

阿鈴慌忙擦拭嘴角。

「妳儘管放心。」阿藤大姨柔聲說：「老闆精心設計了菜單，一直忙到昨天，聽說今天早上已完成。」

最近太一郎頻繁前往筒屋跟角商討宴會事宜。

「因為這是筒屋的喜事，老闆說，想推出跟筒屋有關的料理。」

「那麼，是稗子或小米之類的食物嗎？」

「那就跟喜事不相稱了，大概會用紅豆做成紅豆飯吧。」

「這樣嗎？」

如果只是這樣，似乎不怎麼好玩。阿藤大姨看著阿鈴若有所思的表情，笑了出來。

「看來阿鈴長大了，竟然會為老闆的工作設想。再說妳也恢復了精神，真是太好了。」

阿鈴擱下筷子，草草合掌低聲說：「我吃飽了。」阿藤大姨回道：「吃飽就好。」

「大姨，妳以後都會叫阿爸『老闆』嗎？」

「是啊，應該這樣叫。」

「叫阿母『老闆娘』？」

「是的。」

「那麼，七兵衛爺爺和阿先大媽呢？」

「應該叫『大老闆』和『大老闆娘』。」

「好難喔。」

「怎麼會難，每家鋪子都是如此啊。筒屋那邊也是有位退休的大老闆，以及現任老闆和阿園她阿

爸這位小老闆。」

阿鈴腦袋明白，卻還是感到不自在。之前阿藤大姨和阿母一起在高田屋工作，兩人情同姊妹，現在卻必須尊稱阿母為「老闆娘」……阿藤大姨以前會拍拍阿爸的背，鼓勵他：「太一郎，要振作啊！」而現在竟要向阿爸行禮稱他「老闆」……

阿鈴搬到這裡後立刻病倒了，始終沒時間細細體會這些變化。等到病好下了床才發現，不知不覺中自己的世界全變了——這令阿鈴覺得有點寂寞。

阿藤大姨收拾阿鈴吃完的食案，放到洗碗槽。四周非常安靜，座燈旁有兩隻小羽蟲，振翅的嗡嗡聲聽得清清楚楚。

這房子面對水路，所以羽蟲比高田屋宿舍多。阿藤大姨說過，恐怕要比以前提早一個月掛蚊帳，也曾憂心地低語：「水邊雖然涼快，但蚊子一定也多，夏天夜裡有客人上門時，大概必須準備很多驅蚊木（註），這種東西往往是一筆無形的花費。」她說這話時語氣裡透著不解：「幹麼選這種水邊房子開鋪子？」這些時候總是令阿鈴感到不安。

阿鈴站起身，心想：睡前到阿母那邊看看也好。阿母應該會在裡屋記帳。

這時，阿鈴突然察覺有人站在廚房門口。雖然只瞥見人影，看不清面貌，但從髮髻看來似乎是個女人。她當下以為是阿母。

「阿母。」

阿鈴喚了一聲，站在洗碗槽前背對阿鈴的阿藤大姨回過頭，望向阿鈴注視的地方。

註：通常用櫸樹，別名野杉，窮人家用櫸樹鋸屑。

扮鬼臉 | 61

「老闆娘?」大姨也喚了一聲。

阿鈴眨著眼。剛才看到的人影已消失。座燈的昏暗火光勉強照到廚房門口,廚房外的泥地卻一片漆黑。春天夜晚的黑暗總是特別濃稠。

「阿鈴,老闆娘在裡邊榻榻米房呢。」「呼」地流進屋內,拂過阿鈴臉頰。座燈火焰搖曳著。

「嗯,可是剛才我好像看到那邊有人。」

「是嗎?那我去向阿母道晚安了。」

「是阿律從澡堂回來了吧?」

「阿鈴,老闆娘在裡邊榻榻米房呢。」阿藤大姨拿抹布擦手說道。

阿鈴感到很驕傲。

阿鈴步出廚房、跑過走廊,阿母的小榻榻米房位於通往二樓的樓梯後面。那是四蓆半大的小榻榻米房,帳房格子屏風內有矮桌、算盤和帳簿,所有用具一應俱全,阿母坐在那裡看上去相當威風,令阿鈴:在這種小地方花心思省錢,是經營鋪子最重要的訣竅。

走廊上只在樓梯口放一盞瓦燈,沒有其他燈火。有客人上門時,這盞瓦燈會換成蠟燭,因為燒魚油的瓦燈會破壞料理的香味,讓宴席氣氛顯得窮酸。等客人回去後,會再點起瓦燈。阿先大媽曾叮囑對阿鈴來說,阿先大媽相當於奶奶的身分,只是她比七兵衛爺爺小了十幾歲,不好意思稱她為

「奶奶」,所以阿鈴都喊她「阿先大媽」。

阿鈴的手擱在紙門上,聽到小榻榻米房內有談話聲,是阿爸和阿母。阿鈴側耳傾聽,他們似乎在討論宴席菜色。

「所以用豆腐皮這樣包起來⋯⋯」

「包起來送出去是可以，但老人家如果不方便吃也不好吧。」

「就算是古稀喜筵，要是每樣料理都是軟食，其他客人恐怕會吃得不盡興。」

兩人熱中地商量著。阿鈴決定不打擾他們，悄悄轉身回到樓梯下。

突然間，她聽到有人走上二樓的咚咚腳步聲。

二樓只有儲藏室、被褥室以及兩間榻榻米客房。阿鈴一家三口住在樓下東側房間。阿藤和修太從高田屋宿舍通勤來船屋，沒有房間。而阿律起居的三蓆大的房間，則在阿鈴一家人的榻榻米房隔壁。

這時候到底是誰有事到二樓？

阿鈴急忙繞到樓梯下仰望二樓，隱約看到一雙纖弱雪白的孩子的腳，正登上樓梯，往榻榻米房跑去。

阿鈴眨眨眼，無法確信剛才看到的景象。那是誰？這個家除了我，應該沒有其他孩童。這時彷彿有人在眼前「啪」地拍了一下手，她突然想起一件事。對了，是那個扮鬼臉的孩子。那個不知是誰家的女孩。是不是她？

阿鈴跑上樓。二樓一片漆黑，樓下瓦燈已照不到二樓。阿鈴平日怕黑，可是現在也顧不得害怕，只想趕快追上對方。

那雙光腳丫「啪嗒啪嗒」地跑到二樓後，阿鈴察覺有人「咻」地拉開右邊榻榻米房的紙門，在她鼻尖前「啪」地關上。阿鈴用力拉開紙門。原來在那邊！阿鈴跑了過去，畫著朦朧月色圖案的紙門，在她鼻尖前「啪」地關上。阿鈴用力拉開紙門。

房內關上擋雨的滑門十分黑暗，然而十蓆大的榻榻米房內的東西阿鈴卻看得一清二楚。

——真是的，我簡直變成貓了。

阿鈴居然能在黑暗中看到東西。仔細想想，剛才看得到紙門花紋也挺奇怪，畢竟二樓根本沒有任

扮鬼臉 | 63

何燈火。

耳邊傳來很大一聲「哼」。

阿鈴嚇一跳,轉頭看向聲源處。

「扮鬼臉!」

有個小女孩坐在壁龕多寶格上晃著雙腳,黑暗中隱約發白的那張臉,正對著阿鈴大大地扮鬼臉。

阿鈴目瞪口呆,無法出聲。她目不轉睛地凝望著對方,女孩放下手不再扮鬼臉,卻噘著嘴瞪著阿鈴。那張臉正是阿鈴高燒不退、痛苦不堪時,在枕頭上抬眼看到的臉。是同一個女孩。

「……妳是誰?」

阿鈴好不容易問出口。女孩再度用扮鬼臉代替回答,這回拉下另一邊的下眼皮。

「鬼——啦!」

女孩比阿鈴矮許多,瘦到只剩皮包骨。她穿著紅底染白梅小碎花的衣服,但下襬短得可笑,露出枯枝似的小腿。

「妳是誰家的孩子?」阿鈴挨近女孩一步,問:「妳是從哪裡來的?住在這房子嗎?妳叫什麼名字?」

女孩不再扮鬼臉,雙手規規矩矩地放在膝蓋上,歪頭望著阿鈴。阿鈴心想,簡直像在跟一隻流浪貓講話:來啊、來啊,不用怕,來這邊我就給妳飯吃——可是,小貓只是雙眸發亮,一步步後退。

這時,身後有人大聲呼喚阿鈴。

「是阿鈴嗎?」

阿鈴不禁跳了起來。回頭一看,只見阿藤大姨在身後舉著蠟燭,她也嚇了一跳,尖聲說道:

「阿鈴？是阿鈴吧？妳在這裡做什麼？」

「大姨！」

阿鈴險些衝到阿藤大姨身旁，好不容易才待在原地。她回頭望向壁龕多寶櫓，可是那裡已不見女孩的身影。

「阿鈴，一個人爬到這麼黑的地方，到底怎麼了？」

阿藤大姨靠過來，有點粗魯地抓住阿鈴手肘。阿鈴目瞪口呆，無法自櫓子上移開視線，自言自語般問：

「大姨，妳看到剛才女孩了嗎？」

「什麼？」阿藤大姨皺著眉頭說：「女孩？」

「她剛才坐在壁龕那櫓子上，穿著紅衣，兩隻腳晃來晃去，還對我扮鬼臉。」

阿藤大姨高舉手中蠟燭，讓燭光照到壁龕。榻榻米房內出現一個圓形光圈，黑暗退到四方角落。

「沒人啊，阿鈴。」

「剛剛還在的，大姨沒看到嗎？」

「沒看到。」

阿藤大姨說完，舉著蠟燭挨近壁龕。燭火晃動時，阿鈴眼角餘光瞄到從陰暗的房間角落匆匆跑開的白皙瘦弱小腳。

「啊！那邊！」

阿鈴用力拉扯阿藤大姨的袖子。蠟燭傾倒，蠟淚滴落在榻榻米上。火焰搖搖晃晃地變小。

「燙燙燙！阿鈴，妳不可以拉我呀。」

扮鬼臉 | 65

阿鈴奔向看見小腳的地方，但那裡只剩下黑暗，阿鈴的腳丫子踩在冰冷的榻榻米上。

「阿鈴，妳是不是睡迷糊了？」阿藤大姨笑著問。阿鈴雖然有許多話想說，卻想不出可以壓倒大姨爽朗笑聲的話。

「來，我們下樓。沒事到這地方來，小心會碰上鬼。」

這時，阿鈴腦中也點起了蠟燭。鬼？

「大姨，這裡有鬼嗎？」阿鈴像要撲到阿藤大姨胸前似地問。「這裡是鬼屋嗎？大姨也看到鬼了？」

「這屋裡沒鬼。怎麼可能有鬼呢？這裡是妳阿爸和阿母新開張的料理鋪啊，不可以說不吉利的話。」

「阿鈴，危險啊！」

阿藤大姨舉起握著蠟燭的手往後仰，避開阿鈴。

「可是大姨……」

「阿鈴？」

阿藤大姨伸出空著的手想牽阿鈴，阿鈴本想握住她的手，卻臨時改變主意，跑到壁龕多寶櫃前。

「我說鬼會跑出來只是嚇唬妳的，沒想到妳怕成這樣，對不起啊。」

阿藤大姨斥責她。不過一看到阿鈴垂頭喪氣的模樣，她又恢復笑容，摸摸阿鈴的頭，接著說：

「阿鈴」

多寶櫃上沒放任何東西。本來就是設計用來裝飾的，櫃子深處還不到三寸，頂多只能放個小花瓶或香爐。

不管女孩再怎麼瘦，真的有辦法坐在這裡嗎？

難道那孩子——不是坐著,是浮在半空中?

阿鈴感到全身冰冷,急忙跑回藤大姨身邊,拉住她的袖子。

「哎呀,阿鈴,怎麼回事?」阿藤大姨笑著用蠟燭照亮阿鈴的腳邊。

那天晚上阿鈴睡不著,一直在想有關鬼的事。鬼到底是帶著什麼樣的表情,又是怎麼出現的呢?在親子三人躺成「川」字形的小榻榻米房裡,此刻阿鈴睡在阿爸和阿母中間,總算有勇氣想些可怕的事。

阿鈴聽過一些可怕的鬼故事。以前住在押上宿舍時,每次碰到悶熱的夏夜睡不著覺,七兵衛爺爺總是在蚊帳內講鬼故事,陪阿鈴睡。像是妖貓啦、狐仙附身啦,被踩到影子而死去的女孩啦、擅長游泳的武士被含恨而死的溺死鬼抓住腳溺死啦⋯⋯七兵衛爺爺很會講故事,有次阿鈴聽完,當晚嚇得尿床,被阿母狠狠罵了一頓。阿鈴在尿濕的被褥旁哭泣時,七兵衛爺爺偷偷過來,頻頻向阿鈴道歉:「對不起、對不起。」阿母聽到後,也狠狠訓了七兵衛爺爺一頓,那時爺爺只是乖乖地垂著頭挨罵。

那天晚上,爺爺帶著阿鈴到夜市,對阿鈴說「妳想要什麼就買什麼」。阿鈴看中一隻表情像是在笑的紙糊狗,夜晚就抱著那狗狗睡著。當時阿鈴心想,那隻紙糊狗在自己睡著時也會睜眼醒著,要是有鬼想嚇人,狗狗會汪汪叫地把鬼趕走。

阿鈴從來沒去過雜技棚或戲棚子,阿爸和阿母也沒有那種閒情逸致,一家人不曾聽說過在那裡流傳的恐怖故事。七兵衛爺爺說過他有一幅掛軸,上面畫著非常可怕的女鬼,但自從尿床事件以後,無論阿鈴再怎麼苦苦哀求,他也不讓阿鈴看那幅掛軸。

阿鈴每次問大人「鬼到底是什麼模樣」,大人總是舉起雙手垂在胸前晃來晃去,睡眼惺忪地發出

怪聲說：「好恨呀。」那種鬼根本不可怕。雖然聽說鬼沒有腳，可是沒有腳又怎麼能到處走動？今晚阿鈴看到的女孩有兩隻腳，而且不要說走路，甚至還到處亂跑。她沒有做出怨恨的表情，也沒有雙手晃來晃去。對了，從來沒聽過有扮鬼臉的鬼。

如果那孩子是鬼，就非常奇怪。

可是，如果那孩子不是鬼，就更奇怪了。那孩子到底哪來的？好奇怪。

七兵衛爺爺買的那隻紙糊狗，搬家時沒帶過來。啊，要是有那隻狗在就好了……改天請人幫忙找找。若是還在押上宿舍，就請人帶過來。愈想愈嚇人，真是氣人，自己真的有點怕起來了。

阿鈴對著天花板扮了個鬼臉。

「扮鬼臉，哼。」

阿鈴出聲這麼說後，心情總算舒暢一點。睡在一旁的阿母「嗯？」地抬起上半身。

「阿鈴，什麼事？」

阿母雖然抬起上半身，雙眼卻緊閉著。阿鈴屏息假裝睡著，一會後阿母又「啪嗒」一聲躺下，沒多久阿鈴也睡著了。

親子三人各自的鼾聲，在狹窄的小榻榻米房內「呼呼」地來來去去。牆壁和榻榻米、天花板也一起安靜入睡。

然而，如果擅長徹夜守更的紙糊狗在場，大概會在夜色最深的丑時三刻（半夜兩點）看到有趣的景象吧。

它會看到熟睡的太一郎腳邊，坐著一個身穿灰衣的瘦削按摩師。

會看到熟睡的多惠枕邊有個苗條女子的身影自右而左穿過。

扮鬼臉 | 69

還會看到熟睡的阿鈴臉龐上方，有個罩住阿鈴、目不轉睛地盯著阿鈴睡臉的小女孩身影。小女孩穿著紅底碎梅和服，從過短的袖子中露出骨瘦如柴的胳膊。小女孩表情悲哀，好像隨時都會哭出來。即使阿鈴身邊有紙糊狗在，它或許也不會汪汪叫著趕走小女孩，因為她看起來太可憐了。

東方的天空染上魚肚白時，三個影子突然消失蹤影。消失前，按摩師發出陰鬱的聲音呢喃「他肩膀太硬，必須花一番工夫」，但這話似乎並非特地說給任何人聽。

5

這天,五穀批發商筒屋一家人以船屋的第一組客人身分來訪。宴席預定自傍晚進行到晚上。西邊天空剛隱約染上紅光時,雙腳不便的主角大老闆便領著筒屋一家人的轎子隊抵達船屋。角助夫婦事前會吩咐太一郎夫婦,宴席開始前他們想先為船屋的首航道賀。

角助夫婦讓大老闆坐在榻榻米房的大座墊上,吩咐專屬下女負責照料,才跟在多惠身後參觀船屋。太一郎不能離開廚房,而且在宴會開始前不想讓角助夫婦得知今晚到底會端出什麼料理,於是早早回到崗位。角助則不時發出讚嘆並慰勞多惠,愉快地四處走動。

起初,阿鈴與筒屋女兒阿園、小丸也跟在大人身後參觀屋內,但小丸沒多久便看膩了,一會說要到河道釣魚,一會又說要到儲藏室玩捉迷藏,不停嚷嚷著四處亂跑,阿鈴和阿園氣喘吁吁地在他身後追趕。阿藤大姨眼尖,發現這件事,右手拿著糖果、左手握著一把稗子,趕過來說:

「你們到河道旁撒稗子,會飛來很多麻雀和燕子喔。要在太陽下山前撒,小鳥才會飛來。小心別掉進河裡!」

幸好阿藤大姨解圍,阿鈴和阿園才能坐在河道旁,舔著糖果看小丸追逐麻雀和燕子玩。

「小丸,不要太靠近河邊!」

阿園大聲叮嚀小丸。真不愧是當姊姊的人,嘴裡含著糖果還能這樣大喊,簡直像在變戲法。阿藤大姨給的是變色圓糖果,舔著舔著顏色會變。剛才阿園嘴巴大張、斥責正要踩麻雀的小丸時,隱約可見她口中糖果是紅色。

「阿鈴,妳搬到這裡會不會很無聊?」

阿鈴取出口中糖果,是橘紅色。實在是不可思議,這糖到底怎麼做成的呢?

阿園在小丸頭上敲了一記，回到阿鈴身邊，歪著頭問。這女孩細長的脖子到下巴的線條很有女人味，將來一定會成為美女。河水的漣漪映在她的圓眼睛上。

「有點無聊。」阿鈴老實回答。「因為七兵衛爺爺不在嘛。」

「那個爺爺人很好，」阿園的口氣宛如在鑑定什麼，「一把年紀了還會陪我們賽跑。我家老爺爺連走路都走不好。」

「畢竟活到古稀了嘛，沒辦法。」

「也是，實在沒辦法。」

兩人如此交談，姑且不論談話內容，阿鈴覺得自己彷彿長大了，在進行一場大人的對話。

「我阿爸帶來貴重的掛軸說要給船屋當賀禮，等一下會打開給大家看吧。」

「什麼掛軸？」

「是惠比壽神在釣魚的掛軸，釣的是鯛魚呢，眼睛以下有這麼長的鯛魚。」阿園豎起雙手食指比出有一尺長的動作。「聽說是吉祥物。」

「謝謝，角助叔叔總是這麼體貼。」

「我阿母說他只有體貼這點好。」

「我阿母也說過，阿爸要是像角助叔叔那麼體貼就好了。」

正確地說，阿鈴並沒有親耳聽到多惠這麼說，只是偷聽到阿藤向阿律轉述多惠這麼說過而已，此刻卻煞有介事地有樣學樣。嗯，這種對話，真的很像大人。

「阿鈴，妳知道今天會端出什麼菜嗎？」

「不知道，阿爸不告訴我。他說要是告訴我，我一定會跟妳說。」

阿園高高揚起嘴角，笑容像個成熟女人。阿鈴心想才幾天不見，阿園就學會這種表情啊。

「那當然啦，伯伯都把我們看穿了。」

阿鈴回答「嗯，看穿了」，接著不經意地望向小丸。只見小丸正不時撿起腳邊的小石子拋到河裡。他其實是想用小石子打水漂到對岸，但用力過猛，石子只「撲通、撲通」地掉進河裡。

小丸身邊隱約可見穿著紅衣的人影。

阿鈴倒抽了一口氣，急忙站起。

是那女孩。紅底染白梅小碎花。那女孩站在小丸身邊，也朝河道丟石子，只見石子俐落地橫切水面，如水黽般輕快滑過水面。

「喂，妳！」阿鈴大叫。

糖果當下在口中轉了一圈，「咕嘟」一聲落到喉嚨裡，阿鈴「嗄」地喘不過氣來。

阿鈴再大叫，張開嘴巴卻發不出話聲，只發出寒夜裡冷風吹過沒關牢的滑門縫隙時的咻咻聲。

「阿鈴，妳怎麼了？」

阿鈴的喉嚨很痛，雙眸發熱，眼珠像要迸出來一樣。

「阿鈴！」

阿園在阿鈴眼前揮舞雙手，似乎在大叫什麼。小丸停下扔石子的手，看向這邊，在他身後依舊可見紅衣。紅衣女孩躲在小丸背後。阿鈴拚命想叫出聲，那女孩打算把小丸推進河裡。危險、危險——可是她發不出聲。眼前逐漸發白，霧氣聚攏，頭在團團轉。

「阿鈴不好了！」

遠處傳來阿園的叫聲。

此時，有什麼東西像一陣風快速挨近阿鈴，把她整個身子抬起。阿鈴雙腳浮在半空，瞬間又到轉過來，變成頭下腳上。阿鈴腦袋裡閃電般掠過一幕光景：以前她爬到押上宿舍的院子一棵老櫻樹上，雙腳勾在最下面橫伸出來的樹枝，像猴子一樣倒掛著又笑又叫，結果挨了一頓罵。頭頂是河道旁的地面，腳底是逐漸染紅的天空。阿鈴眼珠子發熱，張著嘴巴，鼻尖刺痛起來，快要喘不過氣了。

啪！有人的手拍著阿鈴的背部。阿鈴的背脊咯吱作響。

啪！再一次，啪！

就像設有機關的玩具，阿鈴口中猛然飛出圓糖果，頓時恢復呼吸。她深深吸進一口氣，發出「哇」地一聲。她並不想哭，卻聽到哭聲，正覺得奇怪，才發現原來是小丸在哭。那一陣風再度將阿鈴轉了個圈，阿鈴眼前可見條紋模樣的衣領，頭上傳來話聲：

「慢慢呼吸，要慢點。」

回過神來，阿鈴發現有個陌生男人抱著她。那男人正緩緩蹲下身，打算讓阿鈴站在地面上。阿鈴想按照對方吩咐慢慢呼吸，卻只能像狗伸出舌頭喘氣般呼呼喘氣。想哭，又想笑，但喉嚨很痛。想說話，卻只是不停咳嗽。

「阿鈴！」

阿園拋下哭泣卻滿臉淚痕的小丸奔過來。陌生男人望向阿鈴腳邊，伸手拾起一個東西。

「很少見呢，是青色的。」

男人捏著從阿鈴喉嚨飛出的變色糖果。

「難得看到變成青色的，不過妳差點被這顆糖害死。」

阿鈴逐漸理解是這位伯伯救了自己，但還發不出聲音，沒辦法向對方道謝。阿園摟著阿鈴背部，像姊姊或母親似地向對方行了個禮。

「謝謝大人。」

陌生男人笑著說：「哪裡，沒什麼。」

他看上去年齡跟太一郎差不多。穿著條紋單衣，腰上佩著長刀和短刃。身材高大，卻很瘦，宛如披著衣服的衣架，肩膀骨頭都突出來。剃光的額頭光潤油亮，看上去兩眼之間距離頗遠。阿鈴覺得很像什麼，想了一下：像鮫鱺魚？

這位伯伯是武家人。他在這裡做什麼？

一旁的狗好似要回答阿鈴的疑問，「汪」地吠叫。阿鈴回頭一看，有隻跟她喜歡的紙糊狗差不多大小的白狗，正豎起耳朵、睜著圓眼望向這邊。白狗脖子上繫著粗繩，牽繩一端在地面拖著。

「知道了、知道了。」救了阿鈴的那位陌生武士笑著呼喚白狗，拾起粗繩一端說：「好了，走吧。」

看來，這位武家大人正帶著狗沿河道散步，碰巧發現阿鈴差點被糖果噎死。

「沒事了嗎？」他安撫頻頻搖尾巴催促的白狗，回頭問阿鈴。

「是的，沒事了。」阿鈴總算可以說話，雖然有點沙啞，但確實是自己的聲音。「謝謝大人。」

「哪裡、哪裡。」

武士匆匆邁開大步。他那光著腳跟拉的雪履已磨損不堪，每走一步就掀開一下。白狗高興得在他腳邊撒歡。

男人和白狗沿著河道走向鄰家宅邸，阿鈴蹲在地上目送。只見他拐過隨處剝落斷裂的寒磣木板圍

扮鬼臉 | 77

牆，消失在宅邸北側。

「那人是阿鈴的鄰居。」阿園說：「妳知道他是什麼人嗎？」

「阿母說過他是旗本。」

阿鈴摸著發痛的喉嚨，站起身來。

「回去吧？」阿鈴牽著小丸的手說：「還好沒被阿母他們發現，要不然一定會狠狠挨一頓罵。」

阿園突然覺得疲累似地嘆了一口氣。慶賀宴席才剛要開始，她卻看似很想回家。因此阿鈴也就沒說出心裡的疑問：呃，阿園，妳看到小丸身邊那個穿紅衣的女孩了嗎？

總之，那女孩已消失。河道上的漣漪看著涼颼颼的，阿鈴打了個哆嗦。

「筒屋」在五穀批發商中是個罕見的字號，即使是在所有商家中也相當稀罕。其實，這字號其來有自。

說起來，「筒屋」本來並非字號，而是通稱。本來的字號很平凡，取自上上一代開業老闆的故鄉地名「三河屋」（註一），而「筒屋」這個稱呼，正是到鋪子買五穀的客人開始叫的。

無論白米、五穀、味噌、醬油或油，客人到零賣鋪子買東西時一般都會自備容器，三河屋當然也不例外。可是，屢次看到腿腳不好的老人和奉命來買東西的孩童，因雨天路滑或不小心跌倒時，剛買的一升紅豆或稗子整個撒在地上，上上代老闆思忖：有沒有失手掉落或跌倒時，五穀也不會撒出來的容器？他和老闆娘商量，請熟識的棉布批發商幫忙，最後訂製大小兩種袋子。大的可以裝一升紅豆，小的可以裝半升五合，裝入五穀後拉緊繩子，即成筒狀的袋子。棉布很耐用，耐磨損。客人來購物時，先量好客人要的五穀再裝入袋子，之後請客人下次再帶來。也就是說，袋子是免費提供的，對鋪

子而言這其實是一筆大開銷。

但老闆決心試試看，意外地廣受好評。於是客人對這家用筒狀袋子賣五穀的鋪子三河屋，直接就叫「筒屋」。這正是「筒屋」字號的由來。

只是不久後發生了各種麻煩事，他們不得不改變這種對每位來鋪子的客人都給袋子的作法。有些客人弄丟前回給的袋子，又捧著方木盒來買；有些客人則表示只想買袋子。結果，筒屋因此蒙受不小的損失。此外，流失客戶的鄰近五穀批發商也故意找碴，花錢僱人接二連三來買最便宜的稗子。下回客人再來買東西時，如果帶袋無論買的商品再怎麼便宜，都必須給新客人袋子裝，這樣一來，新客人愈多，筒屋就損失愈多袋子。畢竟最後只好換取方式，客人索取時才給袋子，而且不單賣袋子。

子來，就繼續用袋子裝五穀。此後筒屋一直以這種方式做生意，現在的老闆和角助自然也不例外。

今天慶賀上一代老闆古稀的宴席，重頭戲正是體現筒屋名稱由來的筒狀料理。

這是太一郎的苦心傑作。雖說這回是食材豐富的春季宴席，但光是依次送出應時料理也沒什麼意思，太一郎左思右想：有沒有更適合筒屋的菜色呢？苦思的成果正是筒狀料理。

這天的菜單考慮到主角大老闆的年紀，加上事前打聽了大老闆口味的好惡，大致上都選擇鬆軟容易入口的料理。小菜是芥末拌油菜花，盛在類似小酒杯的小碗中，另有兩小片烤花椒江珧（註二）。碗湯是銀魚豆腐湯，其次是鰹魚的季節還早，再說老人家近來幾乎不吃生鮮東西，因此略過生魚片，之後是烤鯛魚澆上味噌的竹筍、煎蛋捲，最後才是費心製作的筒狀料理。

註一：三河國，約為現今愛知縣東部。
註二：一種貝類。

扁魚碎肉撒上切碎的青菜，製成筒狀後先蒸一下，再以細絲土當歸和豆腐皮包成筒狀用湯汁煮，盛在碗中後澆上浮著紅豆的勾芡，具有五穀批發商本業和喜事的雙重意義。太一郎擔心料理太燙，會燙著老人家和孩子，他觀察宴席上的狀況，等到時機適宜，才一齊送出。

結果備受好評。客人打開碗蓋，看到裡面盛著筒狀的豆腐皮捲時，熱鬧氣氛頓時高漲，有人憶起剛用筒狀袋子做生意時的辛勞和回憶，這話題又勾起其他話題，眾人聊開了。

擔任女侍的多惠聽著筒屋一家人的愉快笑聲，下樓到廚房，笑著向太一郎和年輕的修太報告好消息。兩人的表情明顯鬆了一口氣，自今早起始終繃著臉的太一郎，此刻總算放鬆了。

「看來不枉我們下工夫在該怎麼捲豆腐皮上，沒人抱怨不方便吃呢。」

「這表示我們沒有白費時間。」太一郎說。

接下來，只剩下讓客人換口味用的清爽醋拌涼菜和大老闆喜歡的豌豆飯，最後是水果。

「對了，老闆娘，剛剛阿藤姊要了些煎蛋捲，說是小姐愛吃，要給小姐配晚飯。」修太說。

「是啊。我也想問小姐，跟大老闆的煎蛋捲比起來味道怎麼樣。」

多惠皺起眉頭，太一郎則搖著頭說：「有什麼關係，只不過是一道菜。」

「噯，我說過不能讓她吃給客人的料理。」

修太還是個表情倔強、稚氣未脫的小夥子，認真的態度一點也不輸年輕時的太一郎。目前雖然只負責廚房的準備工作，但因為擅長雞蛋料理，今晚的煎蛋捲工作大半都交給他。儘管廚藝還不及格，說話遣詞也很乾脆。

高田屋七兵衛親手傳授的煎蛋捲，是七兵衛年輕時在別處學來的作法，甜得像是甜點，煎得像長崎蛋糕（註）般鬆軟。阿鈴一家人還在高田屋時，每逢七兵衛說要煎蛋捲給大家吃，阿鈴和宿舍的孩

子們總是興奮得又叫又跳。

「那麼，阿鈴吃過晚飯了？」

「是的。阿藤姊姊馬上回來，她說可以幫我們的忙。」

多惠最近沒時間照顧阿鈴，都讓阿藤負責照料，每天腦袋剛沾到枕頭就沉沉入睡。阿鈴是個乖孩子，雖沒開口抱怨，但心裡一定覺得寂寞。儘管光是一盤煎蛋捲不足以補償她，至少能撫慰她一下——多惠邊想邊上樓回到熱鬧的宴席。

修太功力還不行，遠不及七兵衛爺爺。這是阿鈴下的評語。七兵衛爺爺的煎蛋捲更鬆軟，兩者簡直有紡綢和抹布之別。

阿藤送來晚飯，陪阿鈴吃了一會，但由於今晚有客人上門，她焦急地坐不住，途中便離開了。阿鈴獨自吃了晚飯，想起七兵衛爺爺的口頭禪，說吃飯時要仔細嚼，嚼得愈仔細愈能像烏龜那樣長壽，所以她努力咀嚼。不過聽著自己的嚼飯聲，愈聽愈寂寞，最後她還是大口大口地吞下飯。飯後阿藤也沒回來。阿鈴整齊排好空碗盤，合掌說聲「我吃飽了」，打算將食案搬到廚房。老是自己一個人，實在很無聊。

阿鈴早已恢復精神，彷彿沒發生過差點被糖果噎死那回事。救了阿鈴的那位長得像鮟鱇魚的武士，看上去不像無所事事的米蟲少爺，應該是鄰家的長坂大人吧。下次碰到他時，得好好向他道謝才行。

註：十六世紀日本室町幕府末期，由葡萄牙人傳來，質地細緻綿密。

可是,要是跟雙親一起碰到那位帶狗散步的長坂大人,就麻煩了。差點被糖果噎死的事得保密,萬一長坂大人無意間向阿爸和阿母說出這件事,自己肯定會狠狠地挨一頓罵。不過,或許武家大人不會隨便拿這種事閒聊?

——還是偷偷告訴阿藤大姨好了?

大姨,妳給的變色糖卡在喉嚨,我差點噎死呢。不過,如果這麼說,阿藤大姨約莫會嚇一跳,在罵阿鈴之前可能會先向阿鈴道歉,那也不好,畢竟又不是阿藤大姨的錯。

要不要告訴阿藤大姨有關紅衣女孩的事呢?那個女孩令人心裡發毛。大姨,這房子好像真的鬧鬼喔⋯⋯

阿鈴捧著食案來到今晚點著蠟燭的樓梯底下,發現有人坐在樓梯中央。朦朧的光圈籠罩下,阿鈴清楚看見對方的白襪和裙褲摺痕。是客人嗎?大人們吩咐過,在家中碰到客人時要默默行禮致意,阿鈴行禮後,打算走過樓梯底下。

不料,樓梯上的人突然呵呵笑起來。

阿鈴抬頭望去,竟和對方四目交接。她嚇了一跳,差點打翻食案。

那不是今晚的客人,是位年輕武士。他穿著繡有家紋的禮服裙褲,悠閒地坐在樓梯上,雙肘撐在膝上,雙手交握,笑著俯視阿鈴。

「晚安。」那人說。

阿鈴目不轉睛地仰望他,跟糖果噎在喉嚨那時一樣,喘不過氣來。

仔細一看,阿鈴才發現對方的身體是半透明的。今晚藉著樓上宴席的燈火和樓梯底下的燭光,連樓梯的木紋都看得一清二楚。而阿鈴竟透過對方的臉和肩膀看見木紋,甚至連白襪腳尖到髮髻頂端之

阿鈴僵在原地，對方突然鬆開交握的雙手。見阿鈴慌忙後退，對方笑了出來。

「妳不用怕，我不會對妳做什麼。」

對方的嗓音爽朗好聽，五官也很端正。年齡大約二十出頭。濃眉、雙眼清澈、臉頰光滑，看上去相當年輕。

就算對方是半透明人，但如果是美男子就不怎麼可怕。對於相貌普通的人來說，這麼說可能十分失禮，不過這個世上就是如此。阿鈴在樓梯底下悄聲問：

「武士大人，你是幽靈嗎？」

「嗯。」坐在樓梯上的人說：「妳怎麼知道？佩服、佩服。」

看樣子，是個親切的幽靈。

「你怎麼坐在那裡？」

對方微微聳肩說：「我也不知道，我一直都在這裡呀。我倒想問妳，妳父母為什麼在這種地方開料理鋪？」

有關這事阿鈴也沒向雙親問個明白。是啊，為什麼呢？

「我想他們一定是看中了這裡。」

「之前的那家料理鋪倒了啊。」年輕武士悠閒地搔著後頸說。阿鈴透過他的臉龐，看到他搔著後頸的白皙手掌，好像在看幻影。不可思議，卻很美，阿鈴看得入迷。

「上來吧，我們聊一下。」

對方拍拍自己坐的那一階樓梯，呼喚阿鈴。

間有幾層樓梯，也看得見。

扮鬼臉 | 83

「妳叫阿鈴是吧？」

阿鈴低頭看了一眼手中的食案。樓梯上的武士似乎察覺了阿鈴的猶豫，哈哈笑道：

「妳先端去廚房，我在這裡等妳。」

阿鈴應了聲「是」，小跑步到廚房。廚房沒人在，阿藤大姨約莫也到榻榻米房幫忙了。阿鈴把碗盤浸在洗碗池中盛著水的木桶內，再把食案整齊地放在架上，急忙回到樓梯口。

對阿鈴來說，收拾食案是份內的事。雖然目前阿藤大姨負責洗大家的碗盤，但日後這應該是阿鈴的工作。在每天的例行公事之間，趁著空檔和幽靈聊天，實在可笑。阿鈴以為自己在做夢，撐了一下臉頰，好痛。

回到樓梯一看，半透明武士還在，正望著阿鈴。

「那麼用力搓蹂妳可愛的臉蛋。」武士爽朗地說。「女孩子最好不要隨便搓弄臉頰。妳根本不必特地確認，我既不是夢中人，也不會消失。」

阿鈴的手貼在臉頰上，點了點頭。她攀著扶手登上樓梯，戰戰兢兢地坐在武士旁邊。在他身旁一看，武士的身體依舊透明到很不真實，卻又可以看到裙褲的筆直摺痕，實在是不可思議。

而且這幽靈身上隱約傳出一股香味，既像焚香味又像花香……

「上頭似乎十分熱鬧。」武士說。

他隔著肩膀，右手拇指比向榻榻米房。的確，樓上不但傳來說話聲，也聽得見五音不全的歌聲。阿鈴和武士背對著二樓的燭光，像在玩捉迷藏似的。

酒香和飯菜香也飄到樓梯這裡。

「今天的客人當中有個跟阿鈴差不多年紀的女孩，妳和她很要好吧？」

「是的,她叫阿園。」

「對方以客人的身分前來,阿鈴就被冷落在一旁,很無聊吧?當生意人的孩子就是這點可憐。」

看樣子,是個通情達理的幽靈。

「請問……」

「嗯?」

「武士大人剛才說你一直待在這裡?」

「嗯,是啊。」對方露出白皙的牙齒笑道。「阿鈴,如果妳想用恭敬的語氣,不能用『你』,要用『您』,這才是敬語。」

「是。大人您剛才說過……」

「不必重複用『您』和『大人』這兩個敬語。再說妳不必對我那麼客氣,就照妳平常說話時那樣就行了。」

「是。」阿鈴眨眨眼。

「又怎麼樣呢?我的確一直待在這裡。」

「是……那個,為什麼呢?」

「什麼為什麼?」

「武士大人是幽靈吧?」

「嗯。」

「而且一直待在這裡是吧?」

「是啊。」

「那麼，就是說……呃，你在這屋子作祟？」

「不作祟就不能待在這裡嗎？」

阿鈴又眨眨眼。

「所謂的作祟，應該做些什麼？」武士雙臂交抱，手支著下巴，想了一會說：「是做壞事嗎？」

「故事中的幽靈都是這樣。」阿鈴小聲說：「七兵衛爺爺告訴我的。」

「例如，做這種事？」

武士說完，右掌左右搖晃，突然自右而左吹過一陣冷風戲弄阿鈴頭髮。

「還是這種事？」

武士這回「啪」地一聲彈了手指。瞬間，樓梯下的小榻榻米房、廚房、走廊上的蠟燭及瓦燈，全眨了一下便熄滅了。阿鈴腳邊漆黑得像蒙住一塊黑布巾。頭頂上方的榻榻米房依舊散發出溫暖的光線，也聽得到喧鬧聲。

「要不然就是這種事？」

武士保持坐在樓梯上的姿勢，凌空浮起約一寸，就像阿鈴在二樓黑暗的房間內看見的那個紅衣女孩一樣。

「我能做很多事，」武士飄然落到原地，又露出白皙的牙齒笑道：「但對生活處世沒什麼用處，這也是當然的吧。」

阿鈴腦中同時浮起一堆疑問，不知該先從哪裡問起，也沒有自信說得得體，最後只低喃一句「好像在變戲法」。

「阿鈴喜歡變戲法？」

「是的。不過,我只看過一次。」

「在哪裡看的?東兩國嗎?」

七兵衛爺爺說那裡的戲棚子不正派,從來沒帶阿鈴去過。

「是嗎?我在東兩國的臨時戲棚子看過。」武士口氣中帶著幾分自誇。「那裡有個非常漂亮的女人,名叫麗蘭。這女人真的美得要命,她在觀眾眼前,從空無一物的地方取出一個美得像龍宮的小箱子擱在手心,打開那箱子……」

武士比手畫腳地熱心描述,突然察覺阿鈴的表情不對勁,張著嘴停下來。阿鈴默默地仰望他。

「阿鈴,」武士放下雙手,故意咳了一聲,問:「妳從剛才就一直提到『七兵衛爺爺』,他到底是誰?也住在這裡嗎?」

阿鈴搖頭說「不是」。

「那正好。妳能不能說一下你們到這裡來的經過?不光是我,大家都想知道。」

「大家?」

「嗯,大家。妳應該見過其他人了吧?阿梅和阿蜜,還有笑和尚老頭子。」

「見過?……那麼,那些人都跟你一樣是幽靈?」

「是的,事到如今妳也不會太吃驚吧。」

不,阿鈴還是吃了一驚。她不禁站起身,指著樓上榻榻米房說:「我之前在黑漆漆的房間裡看到一個小女孩……」

「她就是阿梅。」

「穿著梅花圖案的紅衣?」

「是啊。阿鈴生病時,笑和尚不是幫妳做指壓了?」

「那人也是幽靈?」

「他手藝很好,可惜是幽靈。老頭子雖然老是繃著臉,但他額上的橫紋不是很像在笑的嘴巴形狀嗎?所以才叫『笑和尚』。」

阿鈴一屁股坐在樓梯上。

「大家都是幽靈?」

「對不起啊,」武士又搔搔後頸,「其實還有其他人。」

「其他?總共有幾個?」

「連我在內有五個。」

「五個都對這房子作祟?」

「我剛才不是說了,『作祟』這種說法不好聽嗎?我們又沒有做壞事。」武士意有所指地補了一句⋯「至少目前還沒有。」

這話太嚇人,阿鈴愣了半晌,武士最後那句「目前還沒有」是什麼意思,她實在問不出口。武士也心知肚明,沒有繼續說下去。

阿鈴仔細回憶看到紅衣女孩以及按摩師幫她按摩時的事,前後想了一遍。她很快就接受女孩是幽靈這件事。可是,那按摩師怎麼會是幽靈——不過,的確,沒聽見拉門聲他就出現在枕邊,按摩結束又突然消失,明明沒人請按摩師來——

卡在阿鈴內心那種似驚訝、似恐懼，又荒謬的感覺，彷彿要散去，卻又像全部攪和在一起。阿鈴雙手貼著臉頰呼出一口大氣。她沒打算這麼說，卻不知不覺說出口：「哎呀，原來如此。」而且說得很大聲。

樓上傳來拉門聲，接著是腳步聲。一盞蠟燭靠過來。

「噯，阿鈴。」

樓梯上響起阿藤大姨的叫喚。

阿鈴站起身仰望她，一旁坐著的武士也回頭仰望樓上。

「妳在這裡做什麼？」阿藤大姨笑著問阿鈴。

她捧著盛放空碗盤和酒瓶的食案。阿鈴目不轉睛地盯著阿藤大姨，再回頭看看身旁的年輕武士。

他向阿鈴使個眼色。阿鈴再度望向阿藤大姨。

「大姨……」

「什麼事？」阿藤大姨邊回應，邊一步步走下樓。「阿鈴，妳吃完飯了？」

「煎蛋捲好吃吧？」

阿藤大姨在阿鈴上方。

「大姨……」

阿藤大姨下到跟阿鈴同一階樓梯。

「大姨……」

阿藤大姨就站在跟武士坐著的位置，阿鈴看見武士和阿藤大姨的身影重疊在一起。

阿藤大姨的條紋衣服下，可見武士繡有家紋的袖子。

扮鬼臉 | 89

「妳今天不能和阿園他們玩實在很可憐,但妳要忍耐一下。何況,小丸好像睏了。」

阿藤大姨一手托著食案,另一隻手摸著阿鈴額頭說:

「阿鈴,妳怎麼了?一直叫大姨。哎呀,妳怎麼全身發抖?難道又發燒了?」

阿鈴自阿藤大姨臉上移開視線,垂眼覷向一旁浮在半空中的武士。他雙肘撐在膝上,扶著下巴,望著阿鈴。

──大姨看不到嗎?

阿鈴以眼神相詢,他點頭說:「看來,目前只有妳看得到我們。」

「阿鈴?」

阿藤大姨蹲下身探看阿鈴的臉。阿鈴心不在焉地回應:

「沒事,大姨,我沒事。我沒有不舒服。」

阿藤大姨眼神中充滿疑問,但可能是想到捧著食案站在樓梯口再度仰望阿鈴,語氣比剛才更嚴厲,說:

「妳坐在那裡小心會著涼,快回房,聽見沒?」

等阿藤大姨走向廚房後,阿鈴才呼出一口大氣,接著向一旁的武士說:「武士大人,你不能待在樓梯口太危險,於是咚咚咚地跑下樓。她在樓梯上太危險,於是咚咚咚地跑下樓。她太亮的地方嗎?」

「唔,不怎麼舒服。」

「要是熄掉座燈的話,你可以待在我房內嗎?」

「嗯,我想不用熄掉,只要調暗一點就行了。」

「那我們走吧。」阿鈴邁步下樓。「一直坐在這裡聊天,我會頭昏眼花。」

「那就不好了。」年輕武士說完就消失了。阿鈴回到裡屋的小榻榻米房,關上紙門,將座燈燈芯縮短到恰恰沾上油的長度,燈光暗下來後,武士又突然出現。這回他的雙肘撐在火盆邊緣。

「這樣很剛好。好,繼續聊吧。」武士爽朗地說:「阿鈴一家人究竟為什麼來這裡?」

雙親為何在此處開料理鋪的來龍去脈,阿鈴其實也不太清楚,但她還是盡可能說明自己知道的一切。年輕的武士幽靈興味盎然地專心傾聽,頻頻點頭或「嗯、嗯」地隨聲附和,有時會用火箸戳灰或伸出手掌在燒紅的炭上取暖,簡直不像個幽靈。

「這麼說來,開料理鋪不是妳父母的心願,而是高田屋七兵衛的夢想?」

「是的,不過阿爸和阿母也很想開料理鋪。」

「妳父親似乎是個手藝高明的廚師。」

「看得出來嗎?」

「今天的宴席料理頗受客人好評。」

「阿爸絞盡腦汁,下了一番工夫,他說要做出跟筒屋名稱由來有關的料理……請問……」

「什麼事?」

「那樣用火盆烘手可以取暖嗎?」

武士縮回火盆上方的手掌,連連搖手說:

「不,完全沒感覺。只是不做點什麼雙手閒得無聊。阿鈴覺得冷吧?」

聽武士這麼一提,阿鈴才察覺背部和膝蓋一帶涼颼颼的,明明緊挨著火盆。

扮鬼臉 | 91

「對不起啊,不知爲何,只要我們一出現,屋子裡似乎就會變冷。」

「所以大人們才說幽靈是夏天的風物。」

武士發出笑聲:「不是的,我們終年都會出現,反正也沒其他住處。」

「那個……武士大人,你爲什麼住在這裡?其他人也是,爲什麼大家都在這裡……那個……那個」?

七兵衛爺爺每次講怪談時,都是怎麼形容幽靈出現的呢?是「留在這世上」?還是「徘徊迷路」?

「妳是不是想問我,爲什麼會在這種地方迷路?」

「啊,是的!沒錯。」

「傷腦筋。」武士又抓起火箸,歪頭戳著灰說:「阿鈴,我們並不是迷路。死不瞑目倒是眞的,不過不是迷路才到這裡來。我們生前都死在這附近。而且,這裡以前是墳場。」

「墳場?有墳墓的地方?」

「是啊。阿鈴,這房子從前是座墳場。說是從前,也不過是三十年前。這附近的人應該都知道吧。」

阿鈴環視小榻榻米房,用手掌拍著榻榻米問:

「在這底下?在這地面下?」

「是的,這裡是墳場。道路另一邊有座小寺院。」

「可是都沒人提起這件事。」

「當然啦。既然蓋了這麼好的房子,事到如今大概也沒人會再提舊事。」

「那寺院最後怎麼了?」

「發生火災燒掉了,全部燒得精光。」

「再蓋不就好了?」

阿鈴慌忙用手壓住嘴巴。妳把臉弄成這樣,小心長大後會嫁不出去。」

「喂、喂,不要噘嘴。」縮回嘴唇。武士看著覺得好笑:「女孩子真有趣。」

「我不知道有不有趣,不過,我將來不嫁人。」

「不嫁人?為什麼?」

「要是嫁人,我必須離開這個家吧?嫁人就是去當別人家的人吧?我才不要。」

阿鈴是真心這麼想。

「是嗎?」武士隔著火盆凝望阿鈴,笑道:「看來,妳很喜歡妳父母和高田屋七兵衛。」

「是的。」

「我想趕快幫鋪子做事。」

「既然這樣,阿鈴乾脆當廚師好了。」

「現在雖然還不行,但再過幾年,或許阿鈴可以幫忙送菜,也可以洗碗。」

阿鈴心想,這人怎麼說這種話?果然是武士出身,不懂世間民情。

「我不能當廚師。」

「為什麼?」

「女人不能當廚師。」

「那又是為什麼？」

武士認真回問，阿鈴有點為難。

「這是規定。」

「誰規定的？」

「誰……很久很久以前就這麼規定了。」

「是誰告訴阿鈴的？」

沒人特意告訴阿鈴。只是女人不能當廚師，也不能進鋪子的廚房，這是一直以來的規定，在高田屋也一直是這樣，因此阿鈴從來沒想過「為什麼」不可以。

「武士大人，比起這件事，更重要的是，」阿鈴這回故意噘起嘴巴問：「為什麼沒有重建寺院呢？為什麼在墳場上蓋了這房子呢？」

年輕武士發出「唔……」一聲，搔著下巴說：「要向阿鈴解釋，就必須說些難懂的事。」

「為什麼？」

幽靈搔著下巴，微微歪頭，眼神中流露笑意，俯視阿鈴。

「原來女人到了妳這個年紀就開始學會問『為什麼、為什麼』了。」

阿鈴聽不懂對方的意思，只是望著幽靈。這時她才仔細看清武士身上衣服的家紋。

這是……什麼？是藤花。順著圓圈內側畫有兩串藤花，模樣雖漂亮，但不知道是不是藤花本來就給人無常的印象，這家紋看上去也給人孤寂的感覺。

幽靈似乎發現阿鈴在打量自己衣服上的家紋，故意將袖子甩到身後，雙臂交抱，藏起家紋。阿鈴

有一種被人揭穿自己的惡作劇的感覺。然後,她突然想到……真是的,我還沒問對方的名字。

「武士大人……」

「什麼事?」

「那個……你叫什麼名字?」

年輕的武士幽靈笑開了。他誇張地揮著右手,敲鼓般拍了一下自己的額頭,應道:

「噯,太失禮了,原來我還沒有自報姓名啊。嗯?我知道妳叫阿鈴,妳卻只知道我是個幽靈,真是對不起。」

他愉快笑著說「就叫我玄之介吧」,接著又說:

「也有人叫我『玄大人』或『阿玄』,不過阿鈴還是叫我『玄之介』吧,嗯。等妳到了非叫我『玄大人』不可的年紀時,這樣叫也無所謂,不過現在稍嫌太早。」

好——阿鈴無精打采地回了一聲。從剛才開始就只有這位大人一副開心的樣子,阿鈴卻愈來愈覺得自己像被狐狸迷住了。

不,難道我真的被什麼妖物迷住了?迷路的幽靈出現在人世,還快活地說了一大堆話,本來就很奇怪。幽靈應該更——該怎麼說呢——看上去不是會更若有所思,更悲哀,更沉默寡言嗎?

「這人,真的是幽靈嗎?」

阿鈴突然叫道:「南無阿彌陀佛!」

玄之介瞪大雙眼,僵在原地。阿鈴用食指指著他的臉,又大叫:

「南無妙法蓮華經!」

大概有一、兩秒,兩人維持著交抱雙臂和伸出食指的姿勢。

「我沒看過這種狐拳（一種划拳）。」玄之介捧腹大笑,繼而低頭望著自己交抱雙臂的姿勢,說:「阿鈴的手勢是獵人,但我的姿勢呢?我如果是村長便是我贏,但村長的姿勢應該是雙手放在膝上吧?還是,現今的狐拳跟我那時代不一樣了?」

阿鈴依舊頑固地伸出食指。玄之介斂起笑容,突然往前探出臉說:

「別擔心,我說的沒錯吧。妳用手指戳我的臉看看。」

阿鈴有點猶豫,指尖左右搖晃著。

「快呀,戳戳看,不用客氣。」

玄之介說著又往前探出臉。結果阿鈴的指尖碰到他的鼻子——照理說,應該碰到了。實際上,阿鈴的手指卻落了個空,穿過他的臉。

「瞧,我說的沒錯吧?」阿鈴手指依然停在他的臉中央,玄之介說:「妳大可放心。」

說自己是真的幽靈再要人放心,這道理雖然很怪,但阿鈴還是收回手指,點點頭應道:

「我以為是狐狸或狸貓化成幽靈出現。」

「太失禮了。」玄之介的表情看似真的在生氣。「那些畜牲蠢得要命,不會在鎮上出現的。牠們只會在自己地盤內蒙騙那些闖入者。」

「呃……是嗎?」

七兵衛爺爺說過,狸貓雖然蠢笨,但狐狸十分聰明。

「況且,每個幽靈都怕佛經,這道理也說不通。這樣的話,和尚不就不能成為幽靈了?」

阿鈴瞪大雙眼,「不能這麼說,會遭報應的。」

「為什麼?」

「和尚很偉大，他們積德，心乾淨得像清水一樣，就算死了也不會成為幽靈。」

玄之介誇張地皺起眉頭說：「妳真是個正直的女孩，不過人不能總是按正理做事。啊，實在替妳擔心。」

玄之介用力搔著後頸，接著說：

「阿鈴長大後應該會成為大美人，可是對破戒和尚太無戒心。妳啊，或許搬來這裡對妳比較好，因為這裡有我這個通曉人情世故的男人在嘛。嗯，從今天起，我來當妳的人生老師好了。就這麼辦。」

跟這人講話，腦袋只會愈來愈混亂。阿鈴雙手按住臉頰，彷彿不這樣做，混亂的腦袋似乎就會從肩膀上掉下去。

「咦，話題轉回來了。」

「那裡的和尚不值得尊敬嗎？」

「嗯，完全不值得尊敬，只是一直到發生火災前都沒人知道。寺院燒得精光，眾人整理廢墟時才發現住持做過的壞事。」

「住持做了什麼事？」

「這個啊，就是不想說給妳聽，我才轉移話題。妳真要我說嗎？」

「可是……」

玄之介再度像個孩童般將雙肘撐在火盆邊緣，望著阿鈴說：

「阿鈴，如果和尚都跟妳說的那樣，個個都值得敬重的話，對面的寺院也不會被關閉了。沒錯，這就是阿鈴的問題。為什麼發生火災後，對面那座寺院沒有重建呢？

話聽到一半，很不痛快啊！

「聽完後嚇得尿床,我不負責喔。」

「我才不會尿床!」阿鈴鼓起雙頰。

「真的嗎?」

玄之介仰頭哈哈大笑,露出整齊的牙齒。這個幽靈沒有蛀牙呢。想到這裡,阿鈴又覺得輕鬆起來。

「我年紀沒那麼小,像小丸那種小孩子才會尿床!」

「既然如此,就當妳不是小孩子吧。」

玄之介望著火盆內的火炭。火炭燒得溫暖通紅,火光映在他眼中。這樣的玄之介不像個幽靈,似乎只要伸手就能碰得到他,但如果伸手了又撲空,只會令人感到悲哀吧。因此,阿鈴也學他把手肘撐在火盆邊緣。

「對面的寺院叫興願寺,宗派是⋯⋯總之,他們就是念誦阿鈴也會念的佛經。」

阿鈴點頭說「是」。

「寺院就在船屋正對面,現在那裡不是成了防火空地嗎?長了許多雜草。」

玄之介說的沒錯,對面是空地。那地方不大,約莫跟船屋差不多大。

「本來是座正派的寺院,歷史相當悠久。深川這一帶開發後馬上就蓋了那座寺院,所以擁有眾多當地的地主信徒,寺院雖然小卻十分有錢,裡面有尊華麗的金佛像。至於和尚呢,住持以下大概五、六個,這些和尚並未跟住持狼狽為奸。」

「狼狽為奸?」

「啊,就是幫忙的意思。不過,幫忙好事時不能這樣講,只有幫忙壞事時才能說『狼狽為奸』,妳懂嗎?」

「嗯,要記住。

「只是和尚們大概很怕住持吧。那住持真的非常可怕。另一個理由是,和尚們不願意相信住持會做出那種事。只要假裝不知情,就等於什麼事都沒發生。阿鈴應該也有這種經驗吧?就算尿床了,只要把褥墊藏起來,沒看見濕痕的話就等於沒尿床。」

「剛才不是說過我不會尿床嗎?」

「說過了。」玄之介笑了出來。

我也做過許多假裝不知情的事──玄之介繼續說:「賭債、騙女人,只要當成沒去賭博或這女人不存在就沒事了。有關這一點,賭債比較容易蒙混,女人就不行。她們會追問到底,不斷逼問『為什麼、為什麼』。為什麼拋棄我?為什麼那小女孩比我好?為什麼你這麼無情?為什麼騙了我⋯⋯」

玄之介繼續喃喃自語。阿鈴漸漸知道這人說話有離題的毛病。

「那個興願寺住持做了什麼事?」阿鈴回到正題。

「嗯?對了,我們是在聊這件事啊。」玄之介搔著下巴,「他殺了人。」

說到壞事,阿鈴也認為大概是這種事,但聽在耳裡還是不太舒服。她緊閉雙唇,望著玄之介。

「而且殺了許多人,殺了一座小山那麼多的人。他像削芋頭一樣隨便殺人,把屍體埋在居室後面。火災燒掉寺院後,從廢墟挖出大量的骨頭,事情就是這樣。」玄之介望著阿鈴,問:「很噁心吧?」

「嗯。」阿鈴老實點頭。

阿鈴本來想說「很怪」，發現玄之介表情嚴肅，只得閉嘴。

「這些都是事後拼湊興願寺和尚們說的話才得知的實情，說起來火災是遭人縱火，而縱火者就是住持。起火後引發的騷動中，有幾個和尚看到住持逃離寺院，可是那時沒人責問或阻止住持。據說其中一個和尚望著寺院逐漸燒毀時，暗自心想⋯⋯啊，總算可以結束這場恐怖的災難了。他認為，住持是一時鬼迷心竅才會誤入歧途。」

「住持為什麼⋯⋯要放火逃離寺院呢？」

「不知道。」玄之介搖頭。「我剛才也提過，直到發生火災時，至少寺院外沒有人發現住持幹的壞事。他根本沒必要逃得這麼匆忙。」

阿鈴害怕起來。她保持面向火盆的跪坐姿勢，挪動膝蓋挨近玄之介，問：

「那麼，住持後來被捕了嗎？抓到他了吧？」

「沒抓到。」

阿鈴想哭。啊，搞不好今晚真的會尿床。

「阿鈴，妳別怕成那個樣子。住持當時都六十多歲了。我不是說過，這是三十年前的事嗎？他應該早就死了。」

「那就更恐怖了。要是死了，住持不是真的會變成鬼嗎？鬼應該沒有壽命吧？至少應該比人長壽。」

扮鬼臉 | 101

那不是有可能突然回到這裡嗎？」

阿鈴再也忍不住，雙手摀住眼睛，抽抽搭搭地哭起來。

玄之介一臉狼狽地呼喚著：「喂、喂，阿鈴。」

見阿鈴放聲大哭，他手足無措地尖聲說：

「別哭了。所以我剛才就說嘛，這事聽了很不愉快，是妳纏著要我說出來的。拜託妳，不要哭了，好不好？」

他的說詞有些孩子氣，很好笑。阿鈴心裡這麼想，眼淚卻不停湧出，無法說停就停。

「這樣好了，阿鈴，萬一那個住持……唔，怎麼說呢，變成陰魂回來了，我會保護妳，妳儘管放心。所以妳不要哭了，好不好？」

「真的？」

「當然是真的。」

「那我就不哭了。」阿鈴淚眼汪汪，硬擠出笑容。「眼淚馬上就停了，請等一下。」儘管因為害怕心裡涼颼颼的，但擦把臉後的確覺得舒坦許多。

「好了，我不哭了。」

玄之介明顯鬆了一口氣，垂下肩膀。

「哎呀呀，女孩子真難應付。」他語帶感慨。「眼淚真是最強的武器啊，嗯。」

阿鈴自小抽屜取出草紙擤了一下鼻涕，吸了一口氣後，眼淚似乎也止住了。

他像是在說服自己。

「總之，因為有這層內情，沒有重蓋寺院。也就是說，興願寺就像從來沒有存在過一樣，消失得

乾乾淨淨。本來建寺院的土地也因為不乾淨而一直空著，成了防火空地。」

玄之介皺起眉頭，又說「剩下的是墳場問題。這也是當然的，既然興願寺沒了，施主必須移到其他寺院，祖墳也得遷走」。

一切手續都慎重地辦理。住持手下的和尚們當然受到上頭嚴厲的審問和處罰，全被判了死刑，但處刑日期延至墳場遷移結束後。畢竟有些墳墓年代久遠，不是施主絕後就是傾家蕩產逃出當地，或者家破人亡，事實上已成無主孤墳，改葬時需要深知內情的和尚協助才行。

「墳墓全都遷走後再整平土地，這裡暫時變成了空地。」

「果然，那件事之後，這裡有段日子一直是空地吧？」

玄之介窺探阿鈴的臉，似乎擔心阿鈴又會哭出來。

「為什麼必須一直空著？」

「因為⋯⋯」

「因為這裡曾是墳場嗎？不過，這道理說不通。墳場絕對不是不乾淨的地方，至少跟興願寺那塊土地不一樣吧。這裡是祖先長眠的土地，不是最乾淨的嗎？」

玄之介說「所以現在的地主收購了這塊土地」，又說：

「最初蓋了一座十戶毗連的大雜院。當時這一帶發展迅速，人愈來愈多，大雜院很快就住進房客。只是興願寺的壞名聲太響亮了，聽說有房客覺得可怕。於是，對地主十分忠誠的房屋管理人一一上門拜訪，向對方說了我剛才對阿鈴說的那番話，說服對方。或許房屋管理人也擅自減了一些房租吧。對了，那房屋管理人正是介紹這裡給妳父母的人，我記得他的名字叫孫兵衛。」

阿鈴目不轉睛地凝視著玄之介，仔細打量，像在觀察他。

扮鬼臉 | 103

「怎麼了？」玄之介神色有點慌張。

「那座大雜院是不是發生過什麼事？」

「為什麼這麼問？」

「要不然這裡不會有現在這房子。」

玄之介猛力摩搓著人中說：「唔，有關這一點，以後再慢慢說明好了。阿鈴，凡事都要按順序進行。」

阿鈴不肯作罷，探出身子問：

「不要騙人。玄之介大人果然……不，你或許什麼事都沒做，但你的同伴一直在這裡，有時也會做出什麼壞事吧？是不是？所以，那座大雜院才會拆掉。後來蓋了這房子，成了料理鋪，也因為你的同伴作怪而關門，這回又換了我們搬進來，對吧？」

「不，根本沒人做壞事。」玄之介慌張地揮舞雙手否認。「妳這樣說等於找碴。沒有人做壞事，我可以向妳保證……」

他還沒說完，樓上榻榻米房突然傳出尖叫聲。

6

阿鈴嚇得跳了起來，頭髮幾乎倒豎。榻榻米房傳出的尖叫聲實在太駭人，叫喊的人聽起來像是走投無路了，而且還不只一、兩人。

「救命啊！」男人的叫聲中夾雜女人的尖叫，是筒屋老闆娘。

「哎呀，糟了。」玄之介用手掌拍了一下額頭，輕飄飄地起身。「阿鈴，妳待在這裡，我去看看。」

「我也要去！」

樓下傳來雜沓的腳步聲，臉色大變的太一郎、修太、多惠睜大雙眼、眼珠快要迸出來般抓著太一郎的袖子，當場嚇呆了。

玄之介趁阿鈴注意力轉移到他們身上時，飄上樓去。阿鈴正想追趕，太一郎喊住阿鈴。

「阿鈴，妳在那裡做什麼？」

「阿鈴，不要動！」

「阿鈴小姐，快下來！」

三人同時說著或問著不同的話，阿鈴嘴巴一張一合，沒回話，也沒聽任何命令，決定去追玄之介。太一郎跟著衝上樓，年輕的修太則兩階併成一階地跑上來，差點撞上阿鈴。阿鈴鑽過他袖子下方，又穿過跑在前頭的父親身邊，衝進燈火通明的榻榻米房。

阿鈴不禁「啊」地叫出聲。

客人用的漆器食案都打翻了，小盤子和小碗散了一地，酒瓶也倒了，太一郎精心製作的料理撒在榻榻米上成了污穢的垃圾。溢出的酒和料理混在一起，發出一股令人想摀住鼻子的氣味。所有座燈都

扮鬼臉 | 107

筒屋一家人與賓客約二十人都嚇得一屁股坐在地上，彼此摟在一起或抱住對方，擠在壁龕附近。大老闆雪白的襪底清晰可見沾著醬油，這光景令阿鈴印象深刻。今天的宴席主角大老闆像是暈了過去，躺在牆邊。小老闆角助張開雙手護著背後的妻子和兩個兒女。

「阿鈴，閃開！」太一郎衝進房內，問道：「角助，怎麼回事？到底發生什麼事？」他顧不得禮貌，追問朋友。

角助沒有回答，不，應該說是回答不了。他望向上方，視線在比太一郎的頭更高、座燈亮光照不到的天花板四方角落，彷彿在尋找什麼似地轉來轉去。

「角助，怎麼了？」太一郎想奔向他，不料往前摔倒。女人們又發出尖叫，縮著手腳。阿鈴以為父親絆到打翻的食案，跑向俯臥的父親，卻發現父親背部的衣服「唰」地裂成兩半，露出肌膚。

眨眼間，肌膚滲出鮮血。阿鈴又驚又怕，腳步踉蹌，跌在父親身上，雙手抵著他的背。太一郎疼得呻吟了一聲。

「來了！」角助大喊。

阿鈴感覺頭上吹過一陣冷風，如刀刃般銳利的風。窗戶和格子紙門都沒打開，榻榻米房內卻颳著強風，阿鈴的頭髮散開，凌亂飛舞，貼在臉上。

「蓬髮，別再惡作劇了！」

是玄之介的聲音。他的聲音跟剛才迥然不同，凜然精悍。

「再不住手，小心我給你好看！」

阿鈴從凌亂的髮絲間隙中看到了。她看到在全身僵硬、擠在壁龕旁的眾人面前，玄之介飄在半空中。他張開雙手，眼角上揚，雙唇緊閉。

冷風這回從榻榻米房的右方吹至左方，一個客人衣服下襬「唰」地裂開。阿鈴護著俯臥的父親，趴在他背上閉起眼睛。

「真是不聽話的傢伙！」

玄之介怒吼，發出中氣十足的「呀」一聲。房內某處的食案又被打翻，撞到牆壁，「砰」地摔壞了。

「阿鈴、阿鈴！」是阿藤大姨的叫聲。趴著的阿鈴透過垂落眼前的散亂髮絲間，尋找她的身影。然後在筒屋大老闆穿著襪子的腳邊，發現阿藤大姨圓滾滾的臉龐。她的下巴像掉了一樣，不停哆嗦著。

「阿鈴，危險！」阿園哭出聲。「快逃、快逃！」

躲在角助背後的阿園面無血色地哭叫著。這時，阿鈴發現不僅是阿園、角助、筒屋老闆娘以及衣服下襬被砍破的那個穿著高雅的婆婆，所有客人都望向阿鈴所在的位置上方。好像大蜜蜂飛進屋內時──不，是巷子內出現瘋狗時，男人們手中各自握著頂門棍、竹竿、梯子、柴刀，把女人和孩童趕進家中，一齊目不轉睛、屏氣凝神地緊盯著那隻瘋狗。

阿鈴屏住氣息，緩緩抬頭看向自己和太一郎的上方。

眼前出現刀尖。刀尖映出阿鈴的鼻子。有冰冷的氣息吹在臉上。

阿鈴緊緊抓住太一郎的衣服後領，藉著父親的體溫鼓起勇氣，視線順著刀尖往上移。她看到一隻體毛濃密的手臂握著刀柄。那是一隻連手背上都長滿體毛的粗壯手臂。沒了袖子的骯髒衣服，污垢斑

扮鬼臉 | 109

斑、皺巴巴的領口，敞開的胸口露出濃密胸毛，樹幹般的脖子。

那脖子上是一個頭髮蓬亂、粗獷男人的腦袋。

「阿鈴，快逃，會被砍。」阿園哇哇大哭。

然而，阿鈴卻忘我地凝望頭上那男人。哎呀。「不快逃不行呀。」

鼻子下方是厚嘴唇，上唇和下唇彷彿想盡可能遠離對方，往反方向翹曲。凌亂的濃眉左右長度不一，高度不同，連方向都不一樣。宛如一個沒捏好的飯糰，輪廓歪曲、凹凸不平。

那一頭垂落在臉上的亂髮中，有一雙紅眼正瞪著阿鈴。那是酒鬼的眼睛——阿鈴暗想。不，是不喜歡酒卻酗酒的酒鬼眼睛——阿鈴又更正。七兵衛爺爺也常喝酒，但從來沒喝成這樣。

「你要是砍了那孩子，我絕不饒你。」玄之介威嚇他。「前陣子不是跟你說過了？不能惡作劇也不能嚇人。就算你這麼做，也絕對無法活過來，更不能得到安息的場所。」

「啊、啊。」

蓬髮男發出叫聲，刀尖依舊指著阿鈴的鼻尖。他也許是想反駁玄之介，舌頭卻不靈活，聽不懂他在說什麼。

「喔、喔。」男人又說了什麼。不知是不是多心，阿鈴感覺對方的語氣比剛才的「啊」軟弱一些。

「那孩子不是你的敵人。」玄之介突然像哄騙小孩似地說：「那孩子不會對你做什麼，她是這家人的孩子，因某種緣分搬到這裡來而已，你看她不是還小嗎？仔細看，你有什麼理由非得嚇她不可？」

「喔。」蓬髮男再度出聲。阿鈴看清了他跟玄之介一樣，雙足都浮在榻榻米上一尺高。

——原來這人也是幽靈。

「離開吧，」玄之介企圖說服對方，「你不能待在這裡，總之目前不能待在這裡。不要讓這家人為難。」

蓬髮男幽靈微微歪頭望向阿鈴。阿鈴依舊趴在地上抬頭望著他，從正面看上去，男人白濁的右眼珠清晰可見，原來他患有眼病。

「你不要在這裡鬧事，」阿鈴小聲說：「我阿爸和阿母會很為難。拜託，請你不要在這裡鬧事。」

蓬髮男似乎想說話，努力地牽動嘴角，看著令人心疼，最後總算擠出一句話：

「偶、撲要。」

接著「咻」地消失。瞬間，吹起一陣令耳垂和鼻尖發痛的冷風，阿鈴暗自吃驚時，他已失去蹤影。

這時，有女人突然想到似地哭了出來。阿鈴發現自己像緊抓住救生索般抓著太一郎，他的後領已被鮮血沾濕。

善後工作相當費事。

多惠吩咐修太去請那位曾親切為阿鈴診治的醫生。據說修太來到榻榻米房門口，看到白晃晃的刀子在房內亂飛，嚇得全身癱軟，握著的擂槌根本沒派上用場，顫抖著拚命抓著紙門，因為太用力了，事後才發現指頭穿入紙門，破了個大洞。他大概覺得沒面子，飛毛腿般全力跑去叫醫生。阿鈴認為修太也許只是想趕快逃離這個家而已。

傷患很多，所幸需要醫生治療的只有筒屋大老闆和太一郎。被砍破衣服下襬的女客，小腿和腳踝都沒事。阿園在逃跑時摔倒，嘴角裂開，小丸也在額頭撞出個腫包。但兩人都只是念念哄小孩的咒文便能痊癒的輕傷。

大老闆雖然沒受傷，卻因為驚嚇過度，眼前發黑昏厥過去。經醫生搶救甦醒後，仍面如土色、手腳冰冷，無法起身，最後眾人決定用門板抬他回去。

太一郎背部的傷沒有阿鈴想像的那麼嚴重。只是傷口長達一尺，自右肩胛骨到左肩胛骨彷彿用尺量過般筆直。太一郎當時也昏迷不醒，但不是傷口造成的，而是摔倒時額頭不幸猛力撞上翻倒在榻榻米上的小碗造成的。

房內凌亂不堪，像是天翻地覆過後的賞花宴席。後來發現幾張翻倒的食案桌腳被砍斷了，也有自中央砍成兩半的。窗格子也斷了。菜餚的湯汁滲入榻榻米，地上又濕又黏，打掃起來一定很麻煩，搞不好必須請榻榻米鋪的人來重新更換。

然而，遠比這些事更嚴重的，是船屋失去了第一組客人筒屋的信賴。不但糟蹋了古稀喜筵，還害大老闆臥病在床。而且發生的事並非食物出紕漏，或火災、強盜之類的偶發事件，是不知何處飛來一把發光駭人的白晃晃刀刃，四處亂砍，攻擊客人。

是的，這點最教人難堪，真的非常難堪。一夕之間，船屋從一家想靠廚藝吸引客人好揚名江戶的新料理鋪，淪落為鬧事的鬼屋。

筒屋的角助雖然一臉僵硬，還是相當擔心太一郎的傷勢，他安慰多惠和阿鈴，並安撫家人不讓他們口出怨言。他請眾人今晚暫且先回家，便帶著眾人默默離去。可是，這麼做也無法堵住其他客人的嘴。即使筒屋因關心船屋而緘口不言，遲早仍會從某個客人口中洩漏今晚的騷動始末。

對服務業來說，這種事是致命的打擊，傳言恐怕會比修太跑去叫醫生的速度更快傳遍深川這一帶吧。

客人離去，醫生表示明天會再來，也跟著告辭後，太一郎懊惱到捶打枕頭，多惠掩面哭泣。阿藤和阿律明知必須整理房間卻怕得不敢進去，修太則坐在泥地上發呆。

阿鈴獨自坐在樓梯中央，凝望著黑暗。

她想不通，事情太奇怪了。她心頭的疑惑勝過恐懼。

──我看見了，明明看得很清楚。

看到那個蓬髮男。

──可是，大家都沒看見。

無論問哪個當事人，角助、阿園、阿藤和修太都說只看到「在房內飛舞的刀刃」。他們異口同聲說半空中倏然出現一把刀，四處亂砍一番後又突然消失。

──原來大家也看不見玄之介大人。

當然也聽不到他們的對話。玄之介為了保護大家，張開雙手站在蓬髮男面前時，除了阿鈴，沒人聽到他說服蓬髮男的過程。

世上有這種事嗎？

「玄之介大人⋯⋯」阿鈴雙手圈住嘴巴悄聲呼喚，「玄之介大人，請出來。」

阿鈴和他的談話也中斷了。蓋這幢料理鋪之前，這裡到底是怎樣的大雜院呢？發生過什麼事？住在這裡的幽靈們以前有沒有做過壞事？剛才那場騷動發生前，阿鈴正打算問玄之介這些問題。

「玄之介大人，快出來呀。」阿鈴不耐煩地哼了一聲，「不要躲了，快出來呀。」父母在裡屋悄聲談話，母親的話聲中帶著哭腔。阿藤說：「時間太晚了，修太今天就在這裡過夜吧。」不過膽子小的修太很想回去。阿律說鋪子裡男人太少，她十分害怕，正努力說服修太今晚留下來。那些對話聲雖然忽大忽小，仍可以清楚聽見。

「玄之介大人。」阿鈴稍微提高音量，「再不出來我就哭給你看。聽到了嗎？我要哭了。」

這時，樓梯上有個散發出香味的影子輕飄飄地滑過阿鈴背部，雍容華貴地坐在阿鈴身旁。

「好可憐，不要哭。」

阿鈴不禁瞪大雙眼。身旁是個年紀跟阿母差不多，五官端正、美若天仙的豔麗女子。

「妳⋯⋯是誰？」

女人緩緩張開塗著口紅的嘴唇，露出白色牙齒，無聲地笑著。

「妳也是幽靈？」

女人的肌膚細膩透明，身上穿的綢緞衣服也是透明的。透過袖子可以看到腰帶花紋，是用絲線繡出各種表情的小不倒翁花紋。連阿鈴這個小孩子也看得出那腰帶很昂貴。

「是的，我也是幽靈。」女人說完，伸出白皙手指摸摸阿鈴散亂的頭髮。

阿鈴沒有被觸摸的感覺。因為女人的手指直接穿過阿鈴的頭髮。

「我摸不到有生命的東西，不過笑和尚老頭也可以。」

「是的，妳見過他了吧？」

阿鈴點頭，「我生病時，他幫我按摩。」

「那老頭子乖僻、吝嗇又頑固，但手藝很好。」

「妳是⋯⋯」

「我是阿蜜。」女人又微微一笑。「不過，阿鈴，妳今晚應該不想再跟幽靈說話了吧？看妳眼睛都快睜不開了。」

她說的沒錯，阿鈴已疲憊不堪。

「阿玄今晚不能再出現了。我們必須花一番力氣才能在陽世出現。跟你們跳進河裡游泳一樣，再怎麼會游泳的人，也不可能游一整天吧？道理是一樣的。」這比喻十分易懂。

「妳想找我時，用這個。」

自稱阿蜜的女人伸手滑進略微鼓脹的腰帶內，取出一面小鏡子。是古老的小銅鏡，跟阿鈴的手掌差不多大，邊緣有一小部分浮出銅鏽。

「對著這鏡子呼喚我的名字，如果我在附近，會馬上趕來。」

語畢，阿蜜便消失了。

——別擔心，好好睡，今晚不會再發生可怕的事。

阿鈴耳畔響起阿蜜的溫柔安慰聲。

獨自留在原地的阿鈴，膝上擱著一把小銅鏡。阿鈴拿起那把鏡子細看，接著——

打了個大呵欠。

7

距筒屋大老闆的古稀喜筵那晚又過了三天。

三天裡下過一次雨，雨又變成冰雹，阿鈴看到一顆流星。對船屋眾人來說，這三天過得鬱鬱不樂。很久以前，品川宿驛的驛站，有個跑起來比野狼還快的送信人，在市內相當有名。可是自深川船屋傳出去的壞風聲，速度比那送信人還快，而且極為勤快，筒屋宴席那晚的怪談不到一天便傳遍深川各町。現在連那十戶毗連的大雜院最裡邊廁所旁的人家，都知道這件事。

風聲傳開的第一天，眾人口中的傳言還有八成的事實，第二天起內容被人添枝加葉，到了第三天已完全成為另一個怪談，教人不知所措。不知何時，在榻榻米房亂飛的刀竟變成那把有名的妖刀村正，而且鬧事的是一個身穿紅色皮帶串連鐵片甲胄的古代武士幽靈，最後還傳成那幽靈砍死了筒屋大老闆，以致有人特地到筒屋弔唁。真是令人受不了。

這三天中，筒屋的年輕老闆角助四度造訪船屋。每次都和太一郎兩人湊著頭，皺眉討論事情，每討論一次，兩人的臉色就比先前更陰沉。

最初角助只是一味安慰頻頻道歉的太一郎，之後兩人開始同時抱著頭，最正，而且鬧事的是一個身穿紅色皮帶串連鐵片甲胄的古代武士幽靈，最後還傳成那幽靈砍死了筒屋大

高田屋七兵衛直至今天才總算前來探視太一郎，算是來得相當晚。七兵衛自然也提心吊膽地關注船屋第一組客人宴席進行得如何，因此騷動第二天他就得知一切，可是他卻故意不到船屋露面事已至此，也不用多說了。開料理鋪本來就不是太一郎的心願，而是七兵衛的夢想。照理說，船屋這回碰上倒楣事，七兵衛應該比太一郎更難受才對。太一郎頂多是丟了面子，但七兵衛到了這年紀，竟得眼睜睜地看著自己長年來的夢想粉碎於波濤中。

扮鬼臉 | 121

然而，七兵衛按兵不動，一直守在本所相生町觀察太一郎和多惠會如何解決問題。後來看那對年輕夫婦似乎束手無策，才不慌不忙地跋拉著鞋子上門。

七兵衛開口第一句便說：「你們就當船屋多了個賣點吧。」

見到好久不見的七兵衛爺爺，阿鈴本想纏著爺爺談心事，但阿爸和阿母都跪坐在爺爺面前聽他諄諄教誨，她無法介入，只好和阿藤大姨擠在走廊，耳朵貼在紙門上偷聽。由於無法看到三人的表情，只能從聲調判斷談話內容。七兵衛爺爺的聲音似乎格外開朗，頻頻發出笑聲。

「老闆，這種危險的事怎麼可能當成賣點？」太一郎的話聲中透著疲憊。「聽說筒屋大老闆一直臥病在床。雖然不像謠言說的已喪命，但我們確實糟蹋了他們特地舉辦的古稀喜筵。」

「那是因為大家都沒有心理準備。」七兵衛豪爽地說。

「沒有心理準備？」

「是啊，以為不會出現幽靈，卻出現了，才會嚇得爬不起來。」

「任誰看到幽靈都會嚇得爬不起來。」多惠有氣無力地說。阿鈴似乎可以看見阿母按摩著脖頸的動作。

「事件發生以來，阿鈴察覺阿母頭髮掉得很厲害。

「可是啊，多惠，另一方面也有不少好事之徒，想嘗嘗嚇得爬不起來的滋味，哪怕只有一次都好。」

「想看幽靈？」

「是啊。」

「嗯，是的。」

「這麼說來，老闆，您是要船屋以『會出現幽靈的料理鋪』吸引顧客？」

「是的。從剛才起我不就在說這件事嗎？這是個千載難逢的良機，正所謂『轉禍為福』。人再怎

「老闆說得那麼輕鬆……」

「輕鬆好啊，再煩惱下去也沒用。何況，那個揮舞長刀的幽靈還是什麼的不一定會出現，也許從此不會再出現了。搞不好那個幽靈不是棲宿船屋，而是附在筒屋大老闆身上。你大概從來沒有這麼想過吧？」

太一郎和多惠都默默無言，在走廊偷聽的阿藤聽得瞪大雙眼。阿鈴不禁覺得好笑。

「嗯，的確沒有這樣想過。若真是那樣，該有多好。」

七兵衛嚴厲地說：「不好。這就是你想得還不夠遠的地方。你聽著，就算幽靈不再出現，仍會留下『那家料理鋪鬧鬼』的風聲。風聲會一直留著，也許等你死了風聲還在。這種事只要發生過一次，便永遠抹滅不掉。」

「那不就走投無路了！」

「所以才要你將計就計，利用這一點。」

太一郎的聲音激動起來：「可是，老闆，我討厭做這種丟人的事！我想靠自己的廚藝讓船屋聞名江戶，不想做靠幽靈出名的無恥之事！老闆應該明白我的心意吧？」

房裡傳出阿鈴熟悉的七兵衛爺爺的呼氣聲。想必他正鼻翼翕張、瞪大雙眼，一副無話可說的表情吐著氣。

「你太天真了。」

太一郎沉下臉，「我哪裡天真？又怎麼天真了？老闆不也將這個夢想託付給我嗎？」

七兵衛答非所問：「你記得北極星的事嗎？」

扮鬼臉 | 123

太一郎沒馬上回答，但阿鈴記得。

北極星一年到頭都掛在北方上空，是最明亮的銀星。總是在北方發光，萬一迷路或走錯路了，只要找到那顆星眼便能知道方向，妳千萬要記住。

「北極星又怎麼了？」太一郎賭氣地反問。

「北極星位在正北方，想往北方前進時，只要朝它走去就絕不會錯。可是，太一郎，話雖如此，並不是朝北極星直走就能抵達北極星所在之處。北極星在萬里之遙的天空上，而你走過的地面不僅有山谷也有沼澤，必須歷盡辛苦才能走下去。你懂嗎？」

太一郎默不作聲。然而，隔著紙門阿鈴卻比剛才更能感受到父親的存在。人在生氣的時候，存在感更強。

「我不是要你一直用『幽靈料理鋪』宣傳。」七兵衛的笑聲有些怯弱，又說：「謠言不長久，只要在這段期間拿幽靈當賣點就行了。我是希望你貪婪一點，若是沒有那種碰到任何麻煩也要往好處扳回的毅力，料理鋪這種奢侈生意根本做不下去。」

阿鈴突然感到一陣寂寞，在七兵衛和雙親談話尚未結束前便悄悄離開。她走出鋪子，繞到河道旁，一屁股坐在地上。帶著河水氣味的風吹來，拂亂阿鈴的頭髮。今天不巧是陰天，棉花鋪在整個天空做生意，而賣的不是光潤的絲棉，而是灰暗的舊棉花，也許是有人在為天神重彈棉花。

可愛的紫草花在阿鈴的腳尖旁，隨著水面吹過來的風搖曳著，她伸手撫摸著花。阿母在宴客的大榻榻米房插花時，曾告訴阿鈴，花也有表裡兩面，而阿鈴眼前的這朵花不僅有表面，看上去甚至還有臉。此刻，那張臉像在安慰阿鈴。

阿鈴凝望水面片刻，耳邊突然傳來踏過草地的沙沙聲。她抬眼一看，原來是七兵衛爺爺正走來。他走路的樣子看起來精神抖擻，阿鈴想到爺爺曾喊腰疼，不知道要不要緊，還未開口發問，七兵衛已撩起下襬塞進腰帶，坐在阿鈴身邊。

「阿鈴覺得怎麼樣？稍微習慣這邊的生活了嗎？」

阿鈴答得比自己想像中更支支吾吾。雖然回答了，但到底說了什麼，連自己都聽不清楚。

「妳好像不大開心，嗯？」七兵衛語氣豁達。「妳才搬到這裡就生了一場大病，這回又出現幽靈，難怪會不開心。妳想回高田屋嗎？」

阿鈴堅決地搖頭：「爺爺，我很想念高田屋，可是我不能一個人回去。」

七兵衛斂起一直浮在嘴角的笑容，一本正經地點頭說：「是啊，妳就是這麼懂事。不，應該說妳已大到能說出這種話了。」

七兵衛說完，又同意自己這話般頷首。阿鈴覺得跟七兵衛爺爺之間的距離變遠了。住在高田屋時，阿鈴見識過爺爺不容分說斥責阿爸和阿母的光景不止一次，但那時並沒有現在這種感覺，為什麼呢？

「在榻榻米房亂飛的妖刀很可怕嗎？」

「嗯，爺爺，我嚇了一大跳。」

「怕到晚上會尿床嗎？」

「我要是年紀再小一點就會。」

阿鈴覺得有許多話湧上喉嚨。爺爺，不光是刀在亂飛，我還看到一個蓬髮武士。另外，還有好幾個幽靈。那些幽靈幫我按摩，安慰我，甚至對我扮鬼臉。聽說這房子的來歷十分嚇人，鄰近人家雖然

扮鬼臉 | 125

沒說出來，但大家都心知肚明。

然而，阿鈴什麼都沒說。她知道自己一開始便不打算說，而湧上喉嚨的那些話語也知道它們不能溢出阿鈴的喉嚨。

「看來，這房子似乎發生過許多不吉利的事。」七兵衛撫著下巴說：「本來想找房屋管理人問個究竟，找了半天找不到人，我好像慢了一步。那個狡猾的老頭子聽說這場風波後，馬上跑到位於王子的親戚家去了。算了，等風聲過了他應該會回來吧。」

這時，阿鈴感覺一旁有人的動靜。雖然看不到影子，也沒聽到腳步聲，更感覺不出體溫，但確實有人在身邊，阿鈴大致猜得到是誰會以這種方式出現。

「問鄰居比較快。」

七兵衛聽阿鈴這樣說，笑瞇瞇地應道：「不會、不會，誰肯老實說出來？他們知道說出來一定會挨罵，罵他們為什麼不早點告訴我們。」

「可是生氣也沒用吧？」

「嗯，沒用。」

阿鈴本來想說：我贊成剛才爺爺對阿爸說的話。既然躲不掉那些流言，乾脆招攬想看幽靈的客人，對生意比較有幫助。與其悶悶不樂，不如開開心心過日子。況且，阿鈴知道住在船屋的幽靈並非每個都會惡作劇，所以更加贊成了。

但阿鈴仍沒說出口，她認為說出來會對不起阿爸。孩子和死腦筋的大人之間隔著一條雖狹窄卻很深的水溝，比眼前這條溢滿淡綠河水的河道還深。

「不用太擔心。」七兵衛摸摸阿鈴的頭，站起身說：「爺爺、阿爸和阿母都在妳身邊，幽靈不會

再嚇唬妳了。大人們會好好監視，不再讓這種事發生。」

阿鈴點頭「嗯」了一聲，七兵衛豪邁地笑著說：「那就好、那就好。」之後，他跟來時一樣精神抖擻地沿著河道走回船屋。

阿鈴目送著七兵衛，一邊悄悄移動身子，偷偷跟蹤他到遠一點的房子角落已看不到的地方時，走路姿勢突然失去精神，彎腰駝背，肩膀也垂了下來。

阿鈴心想，果然是這樣。爺爺是來幫阿鈴打氣的，才裝出不在乎的樣子。其實這回的事最受到打擊的，就是把夢想託付給阿爸的七兵衛爺爺啊。

阿鈴回到河道旁，玄之介果然坐在剛才七兵衛坐的地方。他露出兩條小腿，坐姿實在很不規矩。

阿鈴挨近，玄之介笑著說：

「那就是高田屋爺爺？」

阿鈴雙手插腰，質問：「你是不是一直躲著我？」

「哎呀，阿鈴竟然學會這麼責備久未露面的男人了？」

玄之介縮縮脖子。阿鈴走到他身邊，拾起腳邊的小石子拋向水面。

「其實我也覺得沒臉見阿鈴，才一直沒出現。」

「你明明說過這裡的幽靈不會做壞事……」阿鈴撅起嘴，「胡說八道。」

「並非全是胡說。」

玄之介舉起半透明的手，搔著半透明的頭。透過他的右小腿，阿鈴剛才摸過的紫草花搖曳著。

「那是個可憐的男人。」

「那個蓬髮人嗎？」

扮鬼臉 | 127

「嗯,是的。」

「那人也埋在這裡的墳場?」

玄之介邊搖頭,「如果好好下葬了,不會至今還在人世迷路。我也是一樣。」

阿鈴腳邊響起「撲通」聲。定睛一看,水面出現一寸大的漣漪。

「河裡難道有大魚?」

「嗯,當然有。」玄之介探出身子。「有超過八寸的鯉魚,也有鰻魚和泥鰍。」

「我都不知道。」

「因為河水很深嘛,況且,這附近的河道禁止店家擅自釣魚或捕魚。今天是想跟妳商量一件事才現身,妳願不願意聽?」

「老實說,阿鈴,我躲了三天,絞盡腦汁想補償你們一家。」玄之介笑著轉向阿鈴,

「我看過畫。」

「不過,妳應該知道那邊有個叫不忍池的大池子吧?池中開了許多荷花,十分漂亮。」

「是嗎?應該是吧。妳父母感覺都是正經的人,大概從沒去過那邊的茶館幽會吧。」

玄之介跟七兵衛爺爺一樣,總是自問自答。

阿鈴搖頭,回答:「阿母討厭那種熱鬧的地方。」

「妳去參拜過上野的弁天神嗎?」

阿鈴在他身邊蹲下。

「是嗎?原來七兵衛沒帶妳去吃荷葉飯啊。池之端一帶有很多料理鋪都摘不忍池的荷葉包飯蒸,非常好吃,我以前滿愛吃。」

是嗎？──阿鈴望著玄之介的尖下巴。

「要扶植船屋，首先要做出招牌料理。請妳父親用這條河道裡的鰻魚或泥鰍做成料理如何？當然，其他地方也吃得到鰻魚和泥鰍，不過這裡的魚不用本錢，可以賣便宜一點。這辦法不錯吧？」

「可是你剛剛說這裡禁止捕魚……」

「大規模捕魚當然不行，不過偷偷抓些給船屋客人吃的份的話，不會被捕的。」

阿鈴環視靜謐的河道水面，問：「這裡的魚好吃嗎？」

「好吃，我可以保證。」

「你吃過？」

「嗯，很久以前。」

換句話說，玄之介生前就住在附近。

「妳父親看來是個規規矩矩的正經人，如果比喻成衣服的話，他的縫邊太窄，做事太一板一眼。我絕不會看錯。妳父親老是那樣繃得緊緊的，大概很快就綻線。不要一直去想該如何自鬧鬼傳聞中拯救船屋，最好趕快給他運用廚師頭腦做事的機會，讓他去思考如何調理鰻魚，這不是個好主意嗎？」

阿鈴的小小腦袋也覺得這主意不賴。要是老為幽靈煩惱，阿爸和阿母遲早會病倒。讓他們轉移注意力的確是個好主意。

「起初可能會像七兵衛說的那樣，都是想看幽靈的客人，反正這也是生意。不過，如果鰻魚和泥鰍料理便宜又好吃，一定會有慕名而來的客人。料理的風評如果愈來愈好，總有一天，大家應該會忘掉幽靈的事。」

「……應該?」

玄之介用一根手指搔著臉頰,「嗯。」

「是啊。」阿鈴嘆了一口氣,伸出雙腳。「眼下也只能這麼做了,不過難的是該怎樣告訴阿爸這個主意。就算我說了,阿爸大概也聽不進去,頂多罵我一頓。阿爸明明是個小孩子還這麼神氣。」

「孩子其實不像父母所想的那麼幼稚,父母卻往往不知道。」玄之介說完,瞇起眼彷彿在想心事。阿鈴暗忖,他現在的表情很像一個人,以前曾在哪裡看過,到底像誰呢?有點像那個幾年前在高田屋做事的年輕人嗎?有陣子阿藤大姨像對待弟弟一樣疼愛他,但有一次他因為某事被七兵衛爺爺狠狠斥責一頓後,便離開了高田屋。當時爺爺說:那種體貼的男人不可靠。低的人,負責洗滌),有陣子阿藤大姨像對待弟弟一樣疼愛他,但有一次他因為某事被七兵衛爺爺狠

「這樣做好不好?」玄之介經過一番深思熟慮後開口。「就說神明出現在阿鈴夢中,給阿鈴啓示,這樣既方便編故事,也容易說出口吧?」

「什麼神?」

「什麼神都好,只要是妳父母拜的神。」

「稻荷神可以嗎?高田屋後面有座稻荷神社,阿爸和阿母以前都會去拜拜。」

「可以可以……不過,一般善男信女只要定時供奉稻荷神,任誰都可能得到幫助吧?所以最好是更稀罕的神。」

阿鈴心想,這真是個冒瀆神明的主意。反正是編故事,最好是容易打動妳父母的神。反正是編故事,不過玄之介是幽靈,這也是沒辦法的事。

「反正是神在夢中的啓示,沒必要編得太複雜。妳只要對他們說,神出現在夢裡,特地給了指示。明早醒來後立刻告訴妳父母。不,等等,這樣好了,妳就比平常更早起床,跑去叫醒兩人,說夢

到一個奇怪的啟示，懂不懂？」

最近雙親因為大小事忙得很，阿鈴總是一個人睡。

「我要比阿爸和阿母更早起嗎？」

「是啊，然後妳要跑到兩人枕邊說。這麼做才逼真。」

阿鈴沒信心。她早上一向比其他人晚起，母親多惠常為了這件事責罵她。

「沒辦法，我去叫醒妳好了。天亮前我比較容易出來。可是，阿鈴，妳不要睡得迷迷糊糊就說出我的事喔，千萬要記牢現在編的故事。」

「我知道。」

「妳父母要是覺得奇怪，想仔細追問時，妳就說夢中的事記不清楚，沒看得太仔細，裝出天真的樣子蒙混過去。這樣比較逼真。妳只要強調那是一個令人感恩、眼淚都快流出來的夢。」

「感覺有點隨便。」

「這樣才好啊，反正本來就是胡扯。」

阿鈴笑了出來。這時，她突然想到一件重要的事。

「玄之介大人……」

「為什麼只有我看得到船屋的幽靈？」

「表情突然變得這麼溫順，怎麼了？」

玄之介柔和的表情立即繃緊，很像醋醃青花魚。

「這次的事讓我明白了一件事，就是其他人完全看不到幽靈。之前也是如此，扮鬼臉的阿梅、阿蜜、笑和尚與蓬髮武士，還有現下在跟我說話的玄之介大人，除了我，其他人都看不到。為什麼呢？

扮鬼臉 | 131

「是看到的人比較奇怪?還是看不到的人比較奇怪?」

玄之介交抱雙臂,表情嚴肅到令阿鈴有些意外。「雙方都不奇怪,阿鈴。」他的口吻十分認真。

「真的?」

「嗯,真的。」玄之介將下巴埋在衣領內,凝望著河道的淡綠色水面,接著說:「因為發生筒屋宴席的騷動,我們的談話中斷了?妳還記得嗎?」

那時談到此處在蓋這房子之前是座大雜院。

「是,當然記得。」

「跟妳猜的一樣,大雜院老是鬧鬼,沒人肯租房,拆毀大雜院之後才蓋了這房子,但還是鬧鬼,這房子就成了空屋,後來你們才搬來船屋。這就是事情的經過。」

玄之介望著阿鈴繼續道:

「換句話說,至今為止的歲月中,有不少人看得到我們,或感覺到我們的動靜,否則不會有鬧鬼的傳聞吧?是不是?並非只有阿鈴看得到。」

原來如此。

「可是,為什麼現在只有我看得到?」

「這個嘛⋯⋯」玄之介歪著頭說:「**大概妳身邊的大人都是耿直的老實人**,要不然就是沒有多餘的心力吧?」

阿鈴聽不懂這句話的意思。

「總之,再過一段日子就能明白吧。除了阿鈴,也許還有人看得到我們。」

「你是說，只要大家更習慣船屋，就看得到你們？」

「嗯，應該是這樣吧。」

玄之介交抱雙臂仰望上空，像漱口般嘴巴一張一合地說：「所以阿鈴看得到我們並不奇怪，只是跟其他人比起來，妳確實有與眾不同的地方。」

阿鈴暗吃一驚，問：「什麼地方？」

「妳看得到我。」

「是。」

「也看得到阿蜜。」

「是。」

「看得到笑和尚。」

「不光是看到，他還幫我按摩治療。」

「然後是阿梅，連那個鬧事的蓬髮妳也看得到。」

總共五人。

「這點很奇怪。」玄之介百思不解地嘟著嘴。

「為什麼？大家都是住在船屋的幽靈吧？我全看得到不好嗎？」

「不是不好，而是至今為止沒有人能全部看到。」

看得到阿蜜的人看不到玄之介，看得到玄之介的人卻看不到阿梅。尤其是能看到蓬髮或感覺得出他的動靜的人非常少，反之，笑和尚在五人當中是最容易被看到的。

「不過，我知道笑和尚為什麼最容易被人看到。原因大概出在那老頭子身上，他有什麼竅門

「笑和尚跟我們不同,那老頭子摸得到阿鈴,阿鈴也感覺得到老頭子的觸摸,要不然他根本不可能進行按摩。」

「竅門?」

阿鈴驚叫一聲,按住嘴巴。經他這麼一說,事實的確如此。

「在之前的大雜院和在船屋之前的料理鋪,笑和尚那老頭子都是這樣。他不是尋常的幽靈,他摸得到人也能被摸到,是個特例。」

「為什麼只有笑和尚爺爺是這樣呢?」

玄之介愉快地呵呵笑道:「那老頭子按摩的技術非常好,阿鈴不也馬上好起來了?」

「嗯!」

「笑和尚對自己的能力引以為傲,只要看到身體不好的人就想治療,而身體不好的人也想趕快好起來,這兩種心意契合,笑和尚才能超越幽靈的障礙,成為技術一流的按摩師。」

玄之介又篤定地說:何況,對那老頭子來說,觸覺等於視覺,這點也起了極大的作用。

「再說,許多人身體都有病痛,每個人都想得健健康康卻無法如願,而且大人們個個都是一身疲累,所以笑和尚的存在更具有被活人察覺的價值。」

這段說明有點難懂,而且說法有所矛盾。

「可是,這麼說的話,不就等於如果沒有人察覺的價值,幽靈就不能待在這裡了?」

「玄之介大人?」

玄之介沒有馬上回答。他依舊仰望上空,鼓起一邊臉頰,似乎有心事。

玄之介又鼓起另一邊臉頰，吐出一口氣，笑著望向阿鈴：

「阿鈴搬到船屋後是不是有點寂寞？」

玄之介突然改變話題。阿鈴結結巴巴地回應：「寂寞？」

「妳跟朋友和私塾的同學分開了，七兵衛爺爺也很少來走動。而且父母為了生意忙碌，阿鈴卻沒事可做，不是嗎？」

「嗯……」

「或許正因如此阿鈴才看得到我們。」

的確，跟玄之介聊天十分有趣，阿鈴也喜歡溫柔的阿蜜，可是阿梅只會扮鬼臉，看來無法跟她交朋友，蓬髮更是讓人害怕。

「總之，我們都是無法升天，在人世迷路的陰魂。」玄之介堅定地說。

「什麼陰魂，請不要這樣說。」

「妳不喜歡？」

「聽起來很怪，因為你們完全不像陰魂嘛。陰魂應該更恐怖才對，七兵衛爺爺說過的。」

玄之介故意誇張地翻著白眼：「搞不好我們也很恐怖啊。」

阿鈴噗哧一笑，玄之介跟著大笑。

「阿鈴如此體貼，是個乖孩子，不能摸妳的頭實在太遺憾了。」

玄之介低頭望著自己半透明的雙手，感慨良深，接著說：

「噯，阿鈴。」

「什麼事？」

扮鬼臉 | 135

「我們五人一直待在這裡。我跟妳說過,我們一直待在這裡,但那不完全是事實。」

阿鈴望著玄之介。透過他那挺直的鼻尖看得到天空。

「我們的確一直待在這裡,可是,並非一直都有確實身在此處的感覺。」

阿鈴的手貼在胸口,問:「你是說,感覺……自己在不在?」

「嗯,是的。只有活人在附近並察覺到我們的存在時,我們才能感覺到自己的存在。這裡還是空屋時,我也不清楚自己是怎麼度日的。那時我到底做了什麼呢?我確實待在這裡,但只是飄來飄去而已。那也是當然啦,畢竟我們早就死了,其實不應該待在這世上。」

雖然深知這一點,玄之介說得這麼直接,還是令阿鈴有些感傷。

「我們也知道自己離去對船屋比較好。給父母添了不必要的麻煩,阿鈴,對不起啊。」

對方這樣賠罪,教人如何回應呢?

「到底該怎麼做才能順利渡過冥河?」玄之介偏著頭,下巴歪向一邊,說道:「是不是我們缺少了什麼?我們到底對什麼事執著,才會待在這裡呢?」

「你自己也不知道嗎?」

「玄之介的頭更歪了,「這個……我想不起來。明知遺失了記憶,卻不曉得到底丟在哪裡。」

「我幫你們好不好?」

「知曉的話便能升天嗎?」

說出口後,阿鈴自己也嚇了一跳,玄之介聽得目瞪口呆。可是一旦說出口,阿鈴反而覺得這是理所當然的事。

「只要找出玄之介大人和其他人留在這世上的理由,再解決問題就可以了吧?那樣的話,我來試

玄之介緊閉雙唇,「嗯、嗯」地頻頻點頭,笑道:

「是啊,也許阿鈴辦得到,畢竟妳能同時看到我們五人。我們也不會要求太多,不會叫妳牽著我們的手,帶我們到冥河。那樣妳會迷路,恐怕回不到陽世。」

阿鈴也笑了笑,這時腦中突然有什麼閃過。冥河河灘、圓石子、迷路。以前似乎說過這樣的話——不,感覺做過這樣的夢。

(真奇怪。)

那道閃光立即消失。阿鈴暗想,果然是自己多心?

「不過,事情愈來愈好玩了。」

玄之介不理會阿鈴的困惑,掌舵般用力晃動著肩膀這麼說,聽起來像在逞強。接著他又說:

「我至少必須把這件事告訴阿蜜與笑和尚,可以吧?」

「是,當然可以。」

「是嗎?」玄之介微微一笑。阿鈴想著,那笑容怎麼看起來有點悲傷,難道又是自己多心?

「既然如此,就這麼辦。」玄之介像個逆流而上的船夫,用力晃了一下肩頭。「不過在這之前,妳明天一早上得先好好演場戲。等我們離去後,如果船屋仍舊沒有招牌料理,還是只能關門大吉……這可不行啊。」

試。」

扮鬼臉 | 137

8

翌日，天還未亮，阿鈴遵照玄之介的囑咐在雙親面前演了一齣戲。畢竟還是會緊張，不用玄之介來叫醒，阿鈴自己就爬出被褥了。她跑到只隔一扇紙門的父母房間說起不可思議的神明啓示時，覺得自己並不是在編造故事，說到最後甚至微微噙著淚。因此，這齣戲的效果很好。

天一亮，雙親馬上準備前往高田屋。太一郎心想，就算要在環繞船屋的河道偷偷捕鰻魚或泥鰍，一想到東窗事發時會引起的麻煩，還是應該先打個招呼請上頭高抬貴手。而這事找通達人情世故的七兵衛商量最適合。

「大家到池之端吃一次料理也不錯。」太一郎總算恢復明朗的表情，「很久以前老闆帶我去過一次，現在我已完全忘了荷葉飯的味道。」

多惠看起來也很高興，嚷嚷著「一定要去吃」。阿鈴心想，好久沒聽到母親的歡笑聲了。

「阿鈴快去準備，我們要到爺爺和阿先大媽家。」

父親一催促，阿鈴慌忙找藉口：昨晚做夢睡得不好，現在睏得腦袋幾乎要從脖子上掉下來，想待在家睡午覺。

「可是阿律要跟我們一起去，修太又回高田屋了⋯⋯家裡只有妳和阿藤大姨。」

阿律膽子小，出現幽靈作祟以來總是找機會離開船屋，還在見習中的修太又因爲客人不上門沒事可幹，回高田屋後就不再來了。

「沒關係，阿母，有大姨在可以放心。而且今日天氣這麼好，天空很晴朗呢。」

和煦的晴空遠方拖著一條像傳說中天女霓裳羽衣般美麗的雲。今日照射在船屋屋頂、窗口的陽光，也似乎更溫暖明亮。

「既然這樣，阿爸和阿母會在天黑前回來。」說完兩人便出門了。阿律以不時快超過主人夫婦的腳步離船屋愈來愈遠。阿鈴和阿藤並排站在門口目送三人。

待阿律苗條的背影拐彎不見蹤影後，阿藤喃喃自語。

「那女孩大概不能用了。」

「是在說阿律？」阿鈴問。

「嗯，是的。」

「她還是很怕幽靈。」

「看她那個樣子，日後也許只會顧著自己而怠慢客人。不過，這種事等客人願意上門後再來擔心吧。」

阿藤一副自暴自棄的模樣說完，又趕緊換上笑臉：

「哎呀，我真是的，竟說出這種話。沒問題的，阿鈴，妳不用擔心鋪子的事。」

阿鈴甜甜一笑，裝出天真的樣子。阿藤大姨說這種口是心非的話，以為我真的會安心嗎？這是阿鈴第一次質疑阿藤大姨。她想，這是不是表示我有點長大了？畢竟最近常跟玄之介大人和阿蜜這些大人幽靈說話。

即使客人不來，阿藤也有種種家務瑣事要做。剩下阿鈴一人時，她鬆了口氣，到廚房用勺子舀冷水直接就口喝——父母不在家時才能這麼做——之後緩緩踏上通往二樓的樓梯。她在樓梯中央坐下，悄聲呼喚：「玄之介大人？」

溫暖的陽光自門口和格子窗照射進來，灰塵在金色亮光中飛舞。

「玄之介大人，快出來呀。」

阿鈴叫了兩次，突然發現一件事。目前為止，她從來沒在大白天見過幽靈。在河道旁看到阿梅那次是在傍晚……笑和尚爺爺幫她按摩時，雖然記不清是傍晚、深夜或早晨，但四周確實很昏暗。既然這樣，應該跟雙親一起去見七兵衛爺爺的。原以為單獨在家可以呼喚出來，跟他們盡情聊天並商量今後的事。

太粗心了。

不過，要是在暗一點的地方呼喚會怎麼樣呢？如果幽靈們只能出現在人世間的暗處，那麼躲進儲藏室或壁櫥呼喚也許行得通。

阿鈴精神抖擻地站起身，豎耳傾聽。看樣子，阿藤似乎在清掃樓上的房間。於是她「咚咚」地下樓前往雙親房間。

壁櫥內塞滿被褥和衣箱等雜物，不過只要扭身鑽進去，還是足以容身。阿鈴捲起袖子時才想起一件重要的事，又急忙回自己房間。她打開裝衣服和內衣的衣箱，從最底層抽出阿蜜給的小鏡子，藏進懷中後，打算再鑽進壁櫥。

阿鈴的背部用力擠進被褥和被褥之間的縫隙，雙手抱著膝蓋。四周都是棉絮味，有點喘不過氣，但她不害怕。不僅不怕，甚至覺得好玩。她伸出腳尖使勁關上壁櫥的門，擋住外面的亮光。壁櫥內一片漆黑，四周感覺變得很狹窄。

「玄之介大人、玄之介大人。」

阿鈴試著呼喚。起初她小聲呼喚，不久聲音漸漸大了起來。

沒回應，難道他不在船屋？

阿蜜給阿鈴小鏡子時說「要是在附近會馬上出來」。如果「附近」指的是船屋內，那「遠方」到底是什麼地方？

扮鬼臉 | 143

「玄之介大人？」

阿鈴費勁地扭動右手，也許他在睡覺。沒反應。

阿鈴費勁地扭動右手，從懷裡取出小鏡子。她確實感覺手中抓著小鏡子，只是四周漆黑到像看不見月亮和星星的深夜，什麼都看不到。

「阿蜜、阿蜜。」阿鈴憑藉手上的觸感，對著小鏡子悄聲呼喚：「要是妳在附近，請妳出來，我是阿鈴。」

阿鈴呼喚了幾次後屏息等待，卻聽不到阿蜜的回應，也感覺不出她的動靜，更聞不到她的髮香。

阿鈴大失所望，突然覺得四周又窄又擠，喘不過氣來。啊，真傻，出去吧——這麼想時，手中的小鏡子冷不防動了一下。阿鈴嚇一跳，差點放開鏡子。瞬間，鏡子發出白光，清晰地浮現在黑暗中，難道就算躲進暗處，在大白天還是行不通嗎？

下一刻，小鏡子中央突然伸出一隻雪白小手，「啪」地打了阿鈴一巴掌。

阿鈴「哇」一聲拋開鏡子。鏡子無聲地落到堆滿東西的壁櫥某處，挨打的臉頰火辣辣地發疼，眼角甚至滲出淚水。對方毫不留情地狠狠打了阿鈴一巴掌。

——那隻小手。

只有阿梅才會做這種事。她對阿鈴扮鬼臉還嫌不夠，又打了阿鈴一巴掌。

——真氣人，我不打回去怎麼可以。

阿鈴下定決心，以拘束的姿勢費勁地扭動手腳，摸索掉落在某處的小鏡子。不久，右腳腳尖碰到

鏡子冰冷的邊緣。鏡子似乎掉落在被褥和衣箱之間的縫隙。阿鈴的臉貼在被褥上，盡可能伸長手，好不容易才拾起鏡子。

鏡子再度發出銀光。這回亮光一直增強，清澈的白光看上去很神聖，亮得足以叫醒熟睡的人，卻不刺眼。

阿鈴著迷地凝望鏡子，鏡子中央出現剛才那隻小手。小手上下晃動，招呼阿鈴「過來、過來」。

阿鈴順著那手勢湊近鏡子。

白手如彎曲的鞭子再度自鏡子中飛出，抓住阿鈴後又猛然扯住她的右耳。

「好痛！」

阿鈴尖叫，同時感覺全身被拉進鏡子。她留下一聲「哇」，像兔子掉落洞穴般被吸進鏡子內。

回過神來，阿鈴發現自己置身於非常冷的地方。

這裡跟壁櫥內一樣，四周一片漆黑。不同的是，這裡非常潮濕，聽得到不知何處傳來的水滴聲。

阿鈴的眼睛逐漸習慣黑暗後，慢慢看清自己周圍的東西。

周圍是一圈石壁。她伸手觸摸，摸到濕潤的苔蘚，扭動雙腳時發現膝蓋下方有水，一動就傳來水聲。

一陣風吹過，吹亂阿鈴的頭髮，再拂過她的額頭。阿鈴受風吸引，不禁抬眼往上看。

夜空切成一塊圓形。天空很高，那圓形比冲涼用的澡盆還小，中央浮著爪痕般的細長新月，正在俯瞰阿鈴。

——這是哪裡？

是井底。

——我掉落井底了。

阿鈴察覺這件事後，全身不住發抖。

附近沒有能抓或能踩的東西足以讓阿鈴爬到井口。她在狹窄的井底踱步，腳底黏上一層泥濘。抬起右腳一看，趾縫間也沾滿泥巴。阿鈴感到噁心，雙腳「啪嗒啪嗒」地亂踩，這回左腳尖勾到了什麼東西。摸黑拿起一瞧，是一個細長柔軟、類似竹籤的東西。這是什麼？阿鈴想了想才恍然大悟。

是桶箍。汲水的吊桶壞了，水桶掉到井底在水中腐爛，只剩下桶箍。阿鈴再度抬頭仰望，應該花上半個月才能變大的月亮，轉眼間就變成圓形，月光也增強了。

周圍比剛才明亮許多，月光照進井內。

不久即成飽滿的滿月，接下來月亮竟開始變瘦，亮光隨之轉弱。沒多久，月亮像闔上眼皮似地躲進夜空中，四周回歸漆黑。

然而，來不及喘一口氣，夜空又出現白色細長的月亮，跟剛才一樣開始變大。

望著一再重複循環的月圓月缺，阿鈴察覺一件事，這表示時間在流逝。阿鈴掉進井底後，日月在阿鈴頭上流逝。

——是夢？

——如果是夢，這是個寒冷、可怕又孤寂的夢。

——是誰的夢？

——到底是誰做了這種寒冷、可怕又孤寂的夢？

肚子發出咕嚕聲。

——好餓啊。

扮鬼臉 | 147

阿鈴俯視自己的肚子，嚇了一跳。月光照亮阿鈴，她身上穿的不是今天早上那件藍底染小花紋的衣服，而是染著梅花的紅衣。

這是……阿梅的衣服。

阿鈴舉起雙手。月亮開始出現缺角，月光逐漸轉弱。微弱的亮光下，她勉強看到的是已不能稱為手臂的東西。

那是骨頭。是比月亮更白更亮、瘦削可憐的骨頭。

——阿鈴。

有人在搖阿鈴的肩膀。

——阿鈴呀。

阿鈴心想，不要這麼用力搖。我的手臂是骨頭，用力搖會掉。如果掉了，野狗會叼走。

——阿鈴，妳怎麼睡在這裡？阿鈴！

是阿藤大姨的聲音。

阿鈴突然醒來，眼前是阿藤那張正在笑的大圓臉。

「真是的，妳幹麼鑽進壁櫥？」

阿藤說完，扶起阿鈴。四周充滿亮晃晃的溫暖陽光。阿鈴發現自己坐在雙親房間的壁櫥前。看來，是阿藤從壁櫥內拉出阿鈴。

「大姨，我……」

「妳在壁櫥裡睡著了。」

阿藤在胸前交抱著以束帶束起袖子的粗壯雙臂，笑著俯視阿鈴。

「我小時候也經常惡作劇，躲在壁櫥內，不過從來沒有在裡面睡著。妳真是悠閒啊。」

阿鈴雙手揉著眼睛。四周不冷，她也不覺得寒冷了。雙腳都很乾淨，沒沾上泥巴。手臂也圓滾滾的，並不是只剩骨頭。

阿藤告訴阿鈴：老闆娘說昨天天氣變涼，覺得很冷，所以我想找出棉胎比較厚的蓋被來曬，打開壁櫥一看，發現妳睡在裡面，我嚇了一跳。

「妳跟大人一樣在打鼾呢，身子硬邦邦的，是不是做了惡夢？」

「嗯⋯⋯」

「誰教妳睡在那麼窄的地方，大概是喘不過氣來，才會做惡夢。」

「一定是這樣，我⋯⋯」

「阿鈴，」阿藤收起笑容，擔心得皺起眉頭：「妳是不是害怕幽靈，晚上睡不著覺，白天才會這麼睏？」

事實完全相反，阿鈴卻答不出話。她支支吾吾地擦著臉，阿藤又露出什麼都了解的表情繼續道：

「妳不想讓妳阿爸和阿母擔心，才一直忍著不說嗎？我明白。太一郎和多惠考慮到鋪子上軌道之前得日夜操勞，才讓妳睡在其他房間，其實妳還是想跟阿爸和阿母睡成川字形吧。這樣妳比較安心，畢竟平常就這樣睡了嘛，何況在鬧鬼的房子一個人睡，應該會覺得更可怕。」

阿藤誇張地聳聳粗壯的肩膀，嘆了口氣，又說：「多惠得加把勁才行。」

「大姨，我不怕。」阿鈴察覺阿藤一反常態地語帶責備，連忙說：「我不是小孩子了。剛才也是在壁櫥裡覺得很舒服才會睡著，真的。」

「妳真是個乖孩子。」阿藤臉上依舊掛著憂鬱的表情，摸摸阿鈴的頭。「等我曬了蓋被，我們再一起吃中飯，我做好飯糰了。」

阿鈴「嗯」一聲，點點頭。這時，她發現那把小鏡子已回到懷中。鏡子似乎不想讓阿藤大姨看到，聰明地自己躲了起來。她摸了摸鏡子，還有點溫溫的。

這天下午，阿鈴受夠了，不再想呼喚幽靈們出來。她暗忖，反正天黑後他們大概會現身，乖乖等著比較安全。

太陽剛下山時，太一郎和多惠在暗紅色的夕陽映照下返家，滿臉神采飛揚。兩人跟今早出門時一樣精神抖擻，眼眸炯炯有神，不過父親眉宇間浮現碰上棘手事的嚴肅線條。

「大老闆那邊怎麼樣了？」阿藤慰勞兩人，但還是忍不住問：「有沒有什麼好主意？」

太一郎和多惠互望一眼。兩人嘴角都隱約帶著笑意，又似有些為難，令人掛心。

「老實說，有客人了。」太一郎先開口。「是老闆找來的。」

「啊，那不是求之不得嗎？」阿藤拍手歡呼。

「而且是兩組。」多惠撫平凌亂的髮髻。「阿藤姊，聽說那兩組客人想來一場『驅靈比賽』。」

9

「什麼是『驅靈比賽』？」

當天夜裡。

阿鈴認為應到了適當的時刻，正想呼喚玄之介時，玄之介深感興趣，歪頭聽著，頻頻表示很不可思議。眾人早已熟睡，阿鈴壓低聲音，說出高田屋七兵衛找來新客人。玄之介深感興趣，歪頭聽著，頻頻表示很不可思議。

「至今為止，我從未聽過、也沒見過『驅靈比賽』這玩意。」

阿鈴也是，父母和阿藤大概也是。一次來兩組客人理當感恩，但究竟能否順利接下生意令人有點擔心。

兩組客人是八丁堀再過去的南新堀町的鋪子：淺田屋和白子屋。淺田屋是菸草批發商，白子屋是榻榻米蓆面的批發商，不知是不是因為兩家生意都忌諱濕氣，鋪子相鄰，和氣融融，連續三代都維持形同自家人的好交情。兩家鋪子規模都不大，碰到其中一方人手不夠時，另一方就會過去幫忙，連傭工間的交情也很好。淺田屋主人名叫治郎，老闆娘叫阿初，成家已三十年。白子屋主人長兵衛和妻子阿秀是青梅竹馬，兩人恰恰都是四十歲。就年齡來說，淺田屋是哥哥，白子屋則是弟弟。

但淺田屋夫婦沒有孩子，於是收養為治郎姊姊的兒子，即年已二十歲的阿陸。而阿陸則是白子屋老闆娘阿秀年齡相差一大截的繼承人名為松三郎，去年春天剛娶了滿二十歲的阿陸。而阿陸則是白子屋老闆娘阿秀年齡相差一大截的表妹。換句話說，本來交情要好的兩家，因阿陸這椿婚事成為真正的親戚。

白子屋那邊有一對正值青春期的兒女，長男道太郎十八歲，以繼承人身分在父親手下學做生意。長女阿靜十五歲，是個猶如梅花初綻般可愛的女孩，在靈岸島和八丁堀一帶是有名的小町姑娘（註）。

淺田屋這對年輕夫婦和白子屋的兄妹也跟父母輩一樣，交情很好。尤其阿陸和阿靜的交情甚至比

親姊妹還要好，不管是參拜神社寺院、看戲，還是購物，總是相偕出門。如此親熱往來、打成一片，有一天兩人察覺了對方的祕密——兩人至今為止說不出口的事。

原來阿陸和阿靜時常看到幽靈，看到的並非恐怖的幽靈。她們有時會看到朦朧人影，待定睛細看時人影已沒入黑暗中。只是幽靈若出聲，她們聽得到；若觸摸她們，也會有感覺。如果幽靈想透過阿陸和阿靜向世人訴說什麼，他（她）們也會出現在兩人夢中傾訴。

據說，這些幽靈不會出現在鋪子內，通常是兩人出門時，在她們到訪的建築物或橋上、路邊現身，即使周遭人很多，看不到的人就是看不到，也沒人察覺此事。

此外，淺田屋和白子屋上門的客人，偶爾也會揹著幽靈前來。尤其阿陸正隨著婆婆阿初學當老闆娘，常在鋪子裡招呼客人，據說曾看到老主顧鋪子的掌櫃肩上朦朧浮現女人的臉。

白子屋阿靜則是有一次在母親阿秀病倒時，看到了前來診治的町醫生背上緊緊揹著一個男童的幽靈。她本想告訴醫生，但怕嚇著醫生，最後還是沒說出口。

兩人向對方傾訴自己的祕密後，都如釋重負，也覺得找到了同伴。之後兩人才鼓起勇氣，各自向父母、丈夫、哥哥說出自身與眾不同的能力。

雙方父母聽了都大吃一驚，但他們深知媳婦和女兒個性老實耿直，沒多久就釋懷了。

——況且，這種能力或許對世人有益。

老實的淺田屋治郎這麼認為。

——也許女兒受到神明的庇護，才具有這種靈力。如果是這樣就不應該隱瞞或視若無睹吧？

腦筋靈活的白子屋長兵衛則這麼想。

經過一番商量，兩家打算將媳婦和女兒的能力用來助人。具體的方法是，兩家都在鋪子前掛上小招牌寫著：「被幽靈纏身的人，想見過世親友的人，萬事商量皆可承接。」這是半年前的事了。

結果反應熱烈，大獲成功。

實際上，阿陸和阿靜的靈力似乎是貨真價實的。有一個旗本宅邸的總管前來，懇求她們解決長年為害一家人的怨靈；也有某家大商號老闆娘來拜託，說是老闆在指定要讓愚鈍的長男還是賢明的次男繼承家業前，驟然辭世，無論如何得召回死者靈魂，問他在陰間寂不寂寞、有沒有迷路，不問清楚的話，實在是茶飯不思。眾人上門求助於阿陸和阿靜，並都各自得到滿意的結果。事情發展到這種地步，就算沒有宣傳，風聲照樣傳開，而且愈傳愈加油添醋。為了這項「工作」，淺田屋和白子屋甚至僱了專人照料兩人起居，還特關一室供這方面的客人專用。

然而，很諷刺的，不，或許該說是理所當然的演變。

阿陸和阿靜的「能力」愈獲好評，博得的掌聲愈大，本來交情極好的兩人竟日漸疏遠。半年過後的現在，彼此憎恨對方、視如寇讎，碰面時甚至互不理睬，實在傷腦筋。

儘管平時再怎麼腦袋清楚的人，只要為人父母，總是免不了有偏袒自家兒女的私心。當媳婦和女兒成水火後，雙方父母也因疼愛自家媳婦和女兒，討厭起對方來。事已至此，結局不問可知。持續了三代的好交情連根毀掉，據鄰居說，最近連鋪子招牌都看似背對背一般。

其實只要冷靜想想，便知道阿陸和阿靜同時做起這種事本身就是個錯誤。近在咫尺的兩人同時做

註：小野小町是日本歷史上著名的美人，相傳容貌美麗絕倫，其名成為後世美女的代稱。

同樣的事,受到眾人矚目,要她們不競爭、不在意對方,絕不可能。而且上門請託的人總是不負責任地比較兩人的優劣,說什麼「阿靜能力比阿陸強」、「不不,阿陸比阿靜更可靠」等,不啻是火上加油。

鄰居們深知過往兩家交情深厚,也從旁說和,設法解決眼前無奈的局面。可惜,一切的努力只是徒勞。旁人愈是諄諄告誡、好言相勸,兩家愈是怒不可遏。簡直束手無策——這是周遭的人的心聲。

榻榻米面批發商公會中有個幹部一向行事果斷,他建議既然兩家互相較勁,演變成怒目相向的情況,不如乾脆在眾人面前進行比賽,輸家爽快退出,以後不再從事任何被除幽靈或召喚靈魂的工作,而贏家不能因此驕傲自滿,必須比以前更誠實認真,用心為人解決困擾,這樣不就好了?

一向積極競爭的淺田屋和白子屋對這項提議大為贊同。兩家都不想輸,打算趁機一舉打敗對方。因為大人的插手,讓原本只是兩家子女的爭執,演變成一場鬧劇。事到如今,沒人再出面相勸,要兩家別做這種傻事。「驅靈比賽」就此成為定局。兩家鬥志昂揚,摩拳擦掌,據說那慷慨激昂的光景,好似生死攸關的關之原合戰(註)前夜。

可惜,事情沒有那麼簡單。首先,該請誰來當比賽裁判?兩家相關人等或深知內情的人都不行。據說雙方為此找來了同業商量,最後決定請一位德高望重的鋪子主人當裁判。在那之前,兩家的糾扯嘴事件層出不窮,兩隻手的指頭都不夠數。

再來是要決定比賽對象的「幽靈」,這也不是易事。如果是想得知十年前過世的丈夫在陰間過得如何之類的委託,很難比較出阿陸和阿靜靈力的優劣,因此遲遲無法決定比賽方法。有沒有規模更大、更難解的幽靈作祟,足以讓眾人明顯判別出哪一方的眼力與靈力勝過對方呢?

最後,眾人選中了船屋。

「可是，」玄之介把雙手揣在懷裡，仰望著天花板說：「船屋是料理鋪，光是跳神的傢伙來胡說亂舞也做不成生意啊，到底是怎麼回事呢？」

玄之介困惑的表情很逗趣，阿鈴不禁笑了出來。

「笑什麼？你們應該比我更憂心吧？」

「話是沒錯，可是眞的很好笑嘛。」阿鈴笑個不停。「聽說阿靜小姐和阿陸小姐都是大美人，要是她們召喚玄之介大人，你會不會高高興興地聽從吩咐？」

「不要說傻話。」玄之介一本正經地說：「可不是每個美人都能使喚我。」

阿鈴笑著說明，船屋還是會端出餐食，生意方面不用擔心，又說：

「不過『驅靈比賽』畢竟不是吉利的事。既是想超渡幽靈或驅趕幽靈，不就跟和尚做法事差不多？所以不好用葷食。他們指定要出素菜，而且顏色不能太花俏。淺田屋指定的是黑色，白子屋則要跟他們的字號一樣，儘量想辦法多用白色食材。」

「非黑即白……這兩家人在開什麼玩笑？」玄之介嗤之以鼻。

「我阿爸現在可是傷透腦筋呢，說實在難辦。」

「這也是理所當然，眞令人同情。」玄之介微微歪頭望著阿鈴，「嗯，這樣菜色的問題算是有結論了，不會妳父母，呃……該不會也在期待阿陸或阿靜眞的能趕走幽靈？」

阿鈴搖頭，「阿爸和阿母都沒說。」

聽說，連帶來這椿生意的七兵衛對此也不抱期望。

註：德川家康與石田三成爭奪天下之役。

「對於想利用幽靈讓船屋成名的七兵衛來說，太早趕走幽靈也不好吧。」

「是嗎？不過，要是阿陸小姐和阿靜小姐真的騙走了幽靈，不也是一種宣傳？幽靈趕跑了，風聲卻傳開了，這是最好的結果。或許七兵衛爺爺也是這麼打算，是意外的收穫。爺爺太精明了。」

「是嗎？妳真是人小鬼大。」玄之介感到好笑。「可是，阿鈴，妳覺得呢？」

「覺得什麼？」

「妳看得到我，」玄之介指著自己的鼻尖，「也看得到阿蜜，還看得到笑和尚、蓬髮和阿梅。而且妳打算查出我們在人世徘徊的原因，讓我們得以離開這裡。這樣的話，根本不必請那些人來，妳就直接對父母說『我能做同樣的事』，不就好了？」

阿鈴哈哈大笑，「這樣不就眼睜睜看著一筆生意跑掉啦？」

眼下船屋懸著一個迫切的難題：要是客人一直不上門，就會沒飯吃。

「妳這小孩真是鬼靈精。這麼說來，妳也不看好阿陸和阿靜的靈力嗎？」

「這我就不知道了。也許阿陸小姐和阿靜小姐跟我一樣，看得到玄之介大人和其他人呢？要是這樣，我會跟她們說明，再勸她們和好，一起找出你們迷路的原因。我想這是最好的結果。」

「對了、對了，更重要的是──」阿鈴換個坐姿說：「我白天看見奇怪的幻象。」

玄之介聽完，表情變得很嚴肅，柔和的臉頰線條頓時緊繃，額頭擠出幾條皺紋。

他低聲說：「那是……阿梅。」

「玄之介大人也這麼認為？」

「嗯,聽說那孩子是掉進古井死去的。」

「水井?在什麼地方?」

阿鈴回想起至今爲止玄之介告訴她,關於這塊土地和興願寺的事。到底哪裡有水井呢?海沙的鹹水。指揮工程的人根本不清楚這附近的水井?這附近水井的水根本不能喝,只會湧出帶派不上用場的水井後來立即加上了蓋子。

「水井在興願寺那邊,蓋寺院時一起挖的。很愚蠢吧?這附近水井的水根本不能喝,只會湧出帶海沙的鹹水。指揮工程的人根本不清楚這附近的土質吧。」

「古井本來就危險,應該立刻填起來,卻放著不管,害阿梅掉進井裡。那孩子真是可憐。」玄之介難得消沉地說。

阿鈴胸口隱隱作痛,並不是單純覺得阿梅可憐。阿鈴心裡有一半堅持自己是在憐惜阿梅,另一半卻知道並非如此。

那是——吃醋。玄之介表情沉痛,同情阿梅的境遇,讓阿鈴略爲吃味。

阿鈴被這樣的自己嚇了一跳。

「玄之介大人,」她想揮去這種情緒,連忙問道:「這麼說來,阿梅是興願寺的孩子?如果只是住在附近,不可能進入寺院吧?」

玄之介的濃眉垂得像是字跡拙劣的「八」字,喪氣地搖頭:「不知道。」

「不知道……」

「我們完全不知道阿梅是誰家的孩子,爲什麼會掉進古井。也不知道那孩子爲什麼會離開喪命的古井,在這裡徘徊。」

「唔……」

以前興願寺對面那塊土地，現在已成防火空地。從外觀看，看不出有古井的遺跡。難道填平了所以阿梅才越過了道路到這裡來？

玄之介又悄然嘆了一口氣，宛如把自己當成阿梅的父親。

「阿鈴應該也清楚，那孩子光是扮鬼臉不說話，相當乖僻，很難應付。」

「可是，阿鈴，先不用管阿梅的事。再令人傷腦筋，阿梅也不會做出惹眼的壞事。不過蓬髮就不同了，老是大吵大鬧，要解決問題得從他下手。」

玄之介說完這些，聲音又變得怯弱，接著道：

「阿鈴啊，阿梅她……妳能不能多多關照她？妳們都是女孩，也許妳能比我們更親近那孩子。最好……對，最好和她交朋友，妳覺得怎麼樣？」

阿鈴點點頭。玄之介都這麼拜託她了，能不答應嗎？

扮鬼臉 | 161

小小阿鈴懷著許多煩惱，父親太一郎則為了「驅靈比賽」的宴會菜單絞盡腦汁。全得準備素菜，淺田屋要黑色料理，白子屋則是白色，這問題實在棘手。

不巧的是，因為阿鈴夢中出現的啟示，太一郎決定要用河道的泥鰍、鯽魚和鰻魚當船屋的招牌料理，這陣子的心思全花在怎麼煮魚上。話說回來，這還是他第一次烹調素菜，在高田屋時，他從來沒做過正統的素菜。

太一郎決定找島次商量。

島次在本所二目橋橋畔的林町經營外送料理鋪「林屋」，因為高田屋七兵衛從中說合，跟他約定船屋開張後，如果人手不足或有困難，就請他過來幫忙廚房的活。萬萬沒想到「船屋」才開張就災難不斷，沒客人上門，至今島次只來過「船屋」幾次。不過他也知悉幽靈作祟的事，默默關注著船屋的動向。太一郎打算跟島次正式見面聊聊，順便向他報告目前為止發生的事。

島次快五十歲了，比太一郎年長許多，曾在高田屋工作兼見習一段時間。太一郎不知道他跟七兵衛結識的來龍去脈，七兵衛也沒說明。

但七兵衛對島次似乎相當熟悉，他曾告訴太一郎關於島次的種種。據七兵衛說，林町的外送料理鋪是島次雙親開的，島次上頭有個大兩歲的哥哥，照理說他並沒有資格繼承鋪子。島次從小躲在哥哥身後過日子，勤快工作，幫忙哥哥，只可惜廚藝遠不及兄長。不僅如此，哥哥獨當一面後，就連哥哥栽培的年輕小伙子也很快趕過島次。七兵衛說到這裡，連忙補上一句：

——島次絕不是廚藝不好。

也許是太一郎當下的表情像在說：請這種人來「船屋」當幫手可靠嗎？

——他只是不起眼，該怎麼說呢？他沒有下工夫鑽研菜色，少了想讓客人驚喜的衝勁，也無意跟同期的廚師伙伴競爭，缺乏做出頂尖料理的企圖心。

應該說，他沒這麼多心眼，不夠精明吧。

——但如果是決定好要做某種料理，他可以做得完美無缺，沒有人比他更可靠了。讓他當你的幫手一定沒問題。

聽了這話太一郎總算信服。

島次在掌管「林屋」的哥哥底下，默默工作到四十歲。他沒有成家，不喝、不賭、不嫖。聽說大家常在背後批評他，說他活著沒有目標，是個無趣的男人。他在不在場都沒人在意，就像遊魂一樣。島次在「林屋」的風評不太好，但他本人似乎不以為意。

就在島次四十二歲大厄那年，哥哥突然暴斃。很晚成家的哥哥留下了身體欠佳的妻子和四個年幼的孩子，最大的今年十歲。

按血緣來說，島次理當繼承鋪子。可是，鋪子裡有個比島次更受哥哥重視，比起教人摸不透的島次，這個年輕人在店內更有人緣。對方野心勃勃，想要從島次手中搶走鋪子，總是一副「林屋」接班人的氣勢。

只是再怎麼說，他都沒有繼承鋪子的資格，況且島次也不可能默不作聲——正當鄰居和老主顧憂心「林屋」的未來時，當事人島次竟爽快地答應把鋪子讓給哥哥看中的年輕伙計，並且表示願意像以前協助哥哥一樣，在年輕人的手下工作。

——這樣比較適合我，也可以留住客人。

島次如此說道。

可是這麼一來，又衍生出其他問題。要是沒有血緣的第三者掌管了「林屋」，哥哥留下的妻兒立場就會變得很尷尬。體弱多病的老闆娘現在已無法工作，孩子們也還小。雖然「林屋」的新老闆信誓旦旦地說，絕不會怠慢恩人的遺孤，但如果期待等同於篡奪了鋪子的他堅守誓言，實在跟賭博沒有兩樣。

結果，島次又爽快地說：那我就跟大嫂成家好了。

他說，只是形式而已，並不是真的要成為夫婦，純粹是孩子們大得足以籌畫自己的將來之前，自己和大嫂成親，待在「林屋」，也可以壓制新老闆的氣焰。在孩子們有道理，這樣的話還說得過去。事實上島次是個光棍，哥哥過世後，也有人慫恿島次迎娶大嫂，繼承「林屋」。雖然島次最後的決定有些不同，不過這麼做至少讓亡兄的妻兒有個安定的居所。

就這樣，島次十年前突然多了妻子和四個孩子。七兵衛苦笑著說「不過夫妻感情不太好」。過世的丈夫性情豁達，儘管一動氣就大吼大叫，不過火氣沒多久便消了，個性單純。而島次個性陰鬱，沉默寡言，跟兄長比起來遜色許多。兄弟倆的外貌也相差甚遠。島次的哥哥膚色白皙，容貌俊秀，這在廚師中並不罕見，但他年輕時尤其吃香，女人一個換過一個；島次卻身材瘦小，加上幼時左眼受過傷，視力不好，眼中也沒什麼神采。

──總之就是這樣，那傢伙其實在「林屋」沒有容身之處。

七兵衛說完，皺著眉頭，交抱雙臂接著道：

──他是個為人著想的好人，可惜自己從來沒遇過好事，過得很不順遂。

太一郎回說：「真是孤寂的一生啊。」七兵衛也苦笑著說：「確實如此。」

七兵衛找島次商量到「船屋」幫忙的事時，已獨當一面的「林屋」新老闆和島次的妻兒們，都說

這是好事，勸島次乾脆住進船屋幫忙。其實這幾年來新老闆和島次的妻子為了「林屋」繼任者的事爭吵不休，一見面就針鋒相對，但在想趕走島次這件事上，倒是意見一致。

——新老闆從一開始就視島次為眼中釘，島次的妻子則是想讓自己的孩子繼承「林屋」。長男承襲了亡父的廚藝天分，只要好好栽培，假以時日應該可以成材。既然孩子都長這麼大了，她也不需要島次了。

總之，兩人都不把島次放在眼裡。「林屋」的傭工連同打零工的還不滿十人，卻分為現任老闆派和長男派，鋪子裡暗潮洶湧。長男派站得住腳，但撐持「林屋」還擴大規模的現任老闆，也不可能簡單說一句「明白了」就爽快讓出鋪子經營權。一方說只是暫時託你管理而已，另一方則說自己正式繼承了鋪子，因著這種永遠沒有共識的爭論，「林屋」眼下狀況不太好——七兵衛如此總結，接著說：

——所以，太一郎，我希望你能善待島次。他是個勤快的男人，這一點我可以保證。

半年前，太一郎和島次初次見面時，確實覺得對方極為陰鬱、孤僻，讓人不大舒服。那次的酒席規模雖然小，畢竟是準備下酒菜的正式酒席，島次在席上不但一言不發，連酒也沒喝。向他搭話，他不是點頭就是搖頭，根本沒正眼看過太一郎，像是做了虧心事般畏畏縮縮的。

一般說來，矮小的男人大多個性好強，太一郎認為島次或許也很好強，考慮到客人的心情，主動讓出位置，而且為了讓家中安定下來，接受了明顯討厭自己的女人和不親近他的孩子。若不是具有相當的膽量，絕對辦不到。不過太一郎也覺得，島次的好強和寬宏大度似乎無法安居於他瘦小的身軀，本人才會痛苦不已。如果他是膽小自私的男人，一定會選擇逃避或是只考慮自己，這麼一來，他的表情也不至於這麼陰沉吧。

那天酒席結束後，有件事令太一郎印象深刻。道別時，島次對七兵衛和太一郎深深鞠躬道謝。他

鞠躬的方式乾脆俐落，太一郎對此很有好感。

島次大概也知道七兵衛對太一郎提過「林屋」種種不愉快的家務事，否則按照常理，太一郎不可能請比自己年長又經驗豐富的島次來當幫手，說好聽點是幫手，其實不過是助手罷了。而島次明知太一郎深知內情，他道謝的方式卻不卑不亢，彷彿在表示往後將盡力協助老闆，有著年輕人般的熱情。

太一郎認為，不能用外表去評斷島次這個人。世上可能也有個性剛直、豁達開朗但五官陰鬱的人。或許島次的心地雪白得像剛搗好的年糕，不說謊也不隱瞞，只是因為眼神不好看起來猥瑣。人的外貌不能代表心地，不，有時候內外是一致的，但人的外表不一定全是真實。

──也就是說，跟島次先生能不能順利合作，能否激發他的長處、讓他幫助船屋，全看我的器量。

於是太一郎下定決心，期待跟島次共事。然而「船屋」開張以後，竟然演變成目前這種情況，至今為止還沒機會讓島次參與。

──這回正是好機會。

太一郎精神抖擻地前往「林屋」。

外送料理鋪有兩種經營方式，一種是將做好的料理送到客人家，另一種是廚師帶著食材到客人家，在客人家的廚房當場烹調。不過，即使是前者，也必須借用客人家的廚房，將料理重新加熱和裝盤後，才能端上桌。

烹調器具一般由廚師自行準備。享用外送料理是相當奢侈的事，不是常人享受得到的，儘管如此，富商或武家的廚房用具仍不敷廚師使用。而盛料理的碗盤會事先和客人商量，看是由鋪子帶來或使用客人的，有時為了一餐奢華料理，鋪子還得向同行借用碗盤。

「林屋」只接受帶食材前往客人家烹調的訂單,鋪子外並沒有掛出顯眼的招牌,也不像包飯鋪高田屋——不時飄出足以吸引過路人的飯菜香氣,或是光聽店員的吆喝聲便知道是飲食店的氛圍。陳舊的雙層房子,規模雖大卻安靜無聲。

太一郎問了一聲:「有人在嗎?」馬上出來一個女傭,她似乎正在幹活,大膽地露出臂膀。對方聽到太一郎的來意,吃驚地問:「是找小老闆嗎?」看來島次在「林屋」被稱為小老闆。

「這麼說來,您是⋯⋯」女傭沒鬆開袖子的束帶,目不轉睛地凝望著太一郎,問:「深川的船屋老闆?」

「嗯,是的。」

太一郎回答後,女傭瞪大雙眼追問:「聽說您那裡出現幽靈,鬧得很厲害,之後怎麼樣了?幽靈有再出現嗎?」

太一郎不知所措地應道:「沒有出現。驚動大家了,真是抱歉。在那之後什麼事都沒發生。」

「哎呀,」女傭毫不遮掩失望的表情,「那真是太遺憾了。」

女傭要太一郎稍等,匆忙進到裡屋。太一郎在意著沾染初春塵埃的鞋子,同時心裡感到不太愉快。沒多久,島次悄無聲息地出來。當時太一郎正低著頭,直到島次的影子出現在眼前時才發現,著實嚇了一跳。這人的舉止確實再有精神一點比較好。

太一郎迅速說明來意,島次跪坐在內室的地板邊緣,似乎沒有請他進屋的意思。如果只是說明來意,站著也能說明,但接下來要商量的事情總不能也這樣吧——太一郎暗忖著。

「我明白了。」島次爽快地回答。「既然這樣,我當然義不容辭,雖然我沒資格對菜單說三道四,但也許可以替太一郎先生出一些主意。」島次難得說出這番得體的話來。

「那太好了。」

「對不起,家裡談話不方便,請您移駕到外面。」

太一郎無所謂。早知如此,應該先派阿律或阿藤請島次到「船屋」來的。只是他考量到島次可能會覺得自己這麼做太盛氣凌人,才決定作罷。

兩人走到松井橋一帶,進入河邊一家蕎麥麵鋪。一路上兩人無語。太一郎喜歡煮蕎麥麵的味道,興沖沖地告訴島次,但島次只是冷淡地回應:「這裡的蕎麥麵不好吃,不過客人少,很安靜。」

鋪子內果然空無一人。

「這回您真是接到了一筆少見的生意。」島次一坐下馬上切入正題。「我從高田屋老闆那邊聽說了來龍去脈,想不到竟有這麼有趣的客人。」

太一郎苦笑道:「老闆說管對方是幽靈還是什麼,只要能當鋪子的賣點就好。可是我沒辦法想得這麼輕鬆。不過,如果是要做茶,就另當別論了。」

島次交抱雙臂,歪著頭問:「可是,送上真正的素茶行得通嗎?」

「這是對方的要求。」

「不過,客人不是因為喪事來做法事的吧?」

「是為了顧及心情上的問題吧。」

「那兩位巫女小姐的心情?」

「是的。」

「兩位小姐以前做過類似的事嗎?」

這點太一郎並不清楚。

扮鬼臉 | 171

「不知道⋯⋯您爲什麼這麼問？」

「如果有前例，我想知道那時的菜單。」

「當參考嗎？」

島次依舊交抱雙臂，搖著頭說：「我想知道當時是不是送上眞正的素菜。」

島次相當在意這點，太一郎覺得奇怪。

「這點很重要嗎？」

島次短小的額頭堆滿了皺紋，回答：「我只清楚外送料理鋪的事，也許料理鋪的情況不大一樣。不過一般來說，外送料理鋪接到的生意，通常辦喜事和辦喪事的客人都有，可是料理鋪的話，應該是辦喜事的客人比較多吧？」

「的確是這樣。」

「確實像太一郎先生說的，辦法事時送出的素菜，心情上的問題很重要。無論是週年忌辰、七週年忌辰或十三週年忌辰，因爲是替死者祈求冥福的料理，必須謹愼處理，避開葷菜也算是一種淨身過程。」

太一郎點點頭。

「可是，坦白說，這回只是一場遊戲。雖然不知到時出現的會是妖怪還是幽靈，這種事我不懂，但都跟淺田屋和白子屋的人並無直接的關係吧。兩位小姐進行驅靈比賽，就跟比誰的衣服漂亮那種事差不多。」

「嗯⋯⋯有道理。」

「既然如此，我覺得送出正式的素菜有欠妥當。往後要是有客人想做法事找料理鋪時，萬一想起

「啊,不是有船屋嗎?以前那裡辦過一場荒唐的驅靈比賽,曾做出正統的素菜」,不是反倒對船屋不好?」

太一郎大吃一驚。不僅僅是對島次說的話,還有對他的滔滔不絕,講的話句句都頭頭是道感到詫異。島次極端沉默寡言的理由也許很簡單,他只是不想浪費時間在無謂的對話上吧。

「島次先生說的確實有道理,您提醒了我一件重要的事。」

太一郎用力點頭,表達自己的贊同之意。面對島次,就算表現得稍嫌誇張也沒關係,最好清楚表示自己的意向和心情。

「在驅靈比賽這種鬧著玩的場合,的確不適合送出上正統的素菜。可是,該怎麼做?總不能直接對白子屋和淺田屋的人這麼說吧,畢竟他們是客人。」

「是的,要給對方留面子。」島次摸著下巴,凝望起毛的榻榻米說:「只好想此藉口。」

「藉口嗎⋯⋯」

「我們先不說明,直接端出一道無論外觀和口感都像素菜的菜餚,如何?不需要每道菜都下工夫,只需要一道就可以了。」

「不先說明,直接把那道菜加進菜單?」

「是的,等料理全部出齊後,把菜單送給客人過目,再加以說明。怎麼說明都行,譬如『在這種宴席上如果送出正統的素菜,對兩家來說不吉利,也觸楣頭,才會擅自加進一道葷菜來避邪』⋯⋯您覺得怎麼樣?」

「島次先生,您想的真周到。」

太一郎打從心底讚嘆。島次搖著手,淡然地說:「只要說的像是真有那麼一回事,什麼理由都

扮鬼臉 | 173

「好。」

　這的確是個好主意。等到菜單呈給客人看時，料理已吃進肚子，對方想必不會怎麼抱怨了騙靈比賽，搞不好連菜單都不用給他們看。

　「反正兩家本來就不是前來享用美食的。」太一郎不禁苦笑。「白子屋和淺田屋從一開始就是為了騙靈比賽，搞不好連菜單都不用給他們看。」

　「您說的沒錯。」島次的眼神微微亮了起來。「要是到時雙方只專注在贏輸上，吵了起來，根本不會在乎菜餚好壞。但對船屋而言，日後如果有客人聽聞騙靈比賽的風聲前來……我們可以給那些客人看當日的菜單，說明我們下過多少苦心在菜餚上，這點最重要。」

　太一郎鬆了一口氣，同時感到十分高興。船屋能夠得到島次的幫助，真是個意外的收穫。高田屋七兵衛老闆的判斷果然沒錯，他的心底升起一股暖意。

　蕎麥麵總算送上桌，花這麼長時間才煮好一碗麵，明顯就是廚師手藝不好。兩人都點了花卷蕎麥麵（註），但湯汁混濁，紫菜也黏在一起，光看就不好吃。

　「這種麵光看就不想吃。」太一郎悄聲說道。「他們到底抱著什麼心態做生意啊？」島次依舊雙手揣在懷裡，在冒著不夠熱的蒸氣的麵碗前沉思，根本沒看一眼麵。

　「主菜怎麼辦？」島次喃喃說道。「不好決定用白飯還是麵類吧，畢竟雙方菜色得分成黑白兩色。」

　這一點太一郎倒是想得簡單，兩家都用裝飾有幾粒黑豆的白飯不就行了？頂多淺田屋的飯多加些黑豆。

　「這種麵光看就不想吃。」太一郎悄聲說道。

　「還是，您有更好的主意？」

　島次搖頭，「現在一時想不出來。不過，白米飯能變的花樣不多。」

「嗯……可是麵類很難做成黑色的吧？就連鄉下的蕎麥麵也不是黑的。」

「這事的確不好辦。」

兩人慢條斯理地吃著麵，一邊討論該如何在料理上下工夫，也就不計較麵的味道了。太一郎說得投入，島次則不時提出意見，兩人熱烈地討論著。

「不過，太一郎先生，」島次臉頰肌肉放鬆下來，表情十分愉快：「料理鋪實在有趣。外送料理鋪做的菜差不多都定下來了，無法盡情展現廚師手藝，就這點來說，兩者很不一樣。」

「很高興您能這麼想。我希望島次先生能大力幫忙船屋。老實說，因為有幽靈作祟，修太怕得要命，想回高田屋。不然，請您代替修太來船屋……」

受當時氣氛感染，太一郎興奮之下脫口而出，不過話才說到一半就慌忙閉口，因為島次的臉色突然沉了下來。

「噯，我光爲自己想，說出了這種話，眞是對不起。畢竟島次先生還有林屋。」

太一郎慌忙解釋，不安地端起蕎麥麵的空碗。

「沒關係，您不用道歉。」島次依舊沉著臉，喃喃說道。「七兵衛老闆大概跟您說過了，事到如今我也用不著隱瞞。林屋根本不需要我，我已待不下去。要是我離開那個家，大嫂和侄子們一定非常高興。」

島次到現在依舊稱自己的老婆爲「大嫂」，稱孩子們爲「侄子」。太一郎沒辦法回應，默默地望著他。

註：蕎麥麵上撒了烘過的碎紫菜。

「太一郎先生可能認為我不夠乾脆吧。」島次抬起眼，歪著嘴角小聲說：「明明沒那個器度繼承哥哥的事業，卻一直賴在林屋……」

「沒那回事。雖然令兄的孩子已長大成人，但那也是因為您接納令兄的妻兒，一直照顧他們，才有今日吧？為了不讓林屋被外人搶走，您不是一直在監督著嗎？」

太一郎換了坐姿，雙手放在膝上，凝望著島次說道：

「島次先生太小看自己了。您的經驗豐富，腦筋又靈活。這絕不是客套話，今天和您談過話後，我是真心這麼認為。」

島次笑得一張臉都皺了起來，應道：

「不行呀，太一郎先生，您心地太好，小心會上了別人的當。」

「我是說正經的。」

「我當然知道。不過是出此主意而已，您可不能這麼輕易信任我。太一郎先生真的出身很好呢，七兵衛老闆也這麼說過。」

這句話令太一郎感到十分意外。「什麼出身好？如果高田屋不收養我，我早就成為廢物，要不就餓死街頭了，不會有什麼好人生或好下場。」

「啊，當然，您也吃過不少苦頭。」島次依舊掛著笑臉，搖頭說：「我不是這個意思……噯，不說了。」

過了將近一個時辰，始終沒有新客人上門。太一郎在蕎麥麵店前和島次道別，島次誠懇地鞠了個躬，便背過身快步朝林屋走去。太一郎目送他瘦小的身影，莫名感到一陣悲哀。為了擺脫這種心情，他故意把心裡的話說出聲：「接下來，是黑白料理啊……」

他把思緒轉到宴席的菜色上，歸途中一直在想這個問題。來到船屋附近，遠遠就看見翻修過的嶄新屋瓦，當他聞到河道傳來的河水氣味時，忽然靈機一動。

——對了，最近考慮的事恰恰能派上用場。

就用河道裡的鰻魚、泥鰍和鯽魚。白子屋的白色料理端出不加調味的烤鰻魚，淺田屋的黑色料理則用泥鰍和鯽魚，乍看之下要像素菜，也就是不能保留食材原有的樣貌。這正是讓太一郎發揮廚藝的好機會。

——這下有趣了。

太一郎挺直背脊，精神抖擻地走回船屋。

11

陽光愈來愈炎熱，白晝也一日比一日長。櫻花的季節早就過了，大家正盼著躑躅和藤花的花信。即使客人性格再怎麼古怪，鋪子仍得仰賴客人上門才能存活，阿鈴看著父母和阿藤忙著準備驅靈比賽宴席，心裡很高興。或許是天氣變好，人的心情跟著輕鬆起來，阿鈴看著父母和阿藤忙著準備驅靈比賽宴席，心裡很高興。最近的日子大抵過得還算愉快。

其實阿鈴自己也十分忙碌，為了該如何「袪除」蓬髮，幾乎每天都跟玄之介聚在一起商量。

據玄之介說，他也不太清楚蓬髮生前的名字和身分。

「那傢伙就像外表一樣，本來是個武士。只是看他的打扮和寒酸的模樣，淪為無業武士可能很久了。」

「是誰殺死他的？」

阿鈴說完，想到「殺死」這個字眼帶著露骨的惡意，覺得有點膽寒。

「蓬髮說話不方便。」玄之介皺著眉，「那天他大鬧宴席時，妳也聽不懂他在說什麼吧？」

是的，蓬髮那天的叫喊，阿鈴大半都聽不懂。

「最後他嚷嚷了一句『偶、撲要』，大概是『我不要』。那傢伙每次鬧事都會這麼喊，所以我只聽得懂這句話。」

「他到底不要什麼呢？」

「要是我知道就不用這麼辛苦了。」阿鈴想捶他卻撲了個空，玄之介見狀略咯大笑。

「玄之介滿不在乎地說。

「妳還可以加一句，『哎呀，玄大人真討厭，人家不喜歡壞心眼的男人。』」

「現在不是開玩笑的時候！」阿鈴氣呼呼地換了坐姿。

扮鬼臉 | 181

「知道了、知道了,不必露出那麼可怕的表情吧。」

時值黃昏,兩人依舊坐在樓梯中央。斜射進來的最後一道陽光,把通往廚房的走廊一端染成暗紅色。樓下偶爾傳來阿鈴父母熱情討論菜單的話聲,他們似乎已在試做料理,香味不時飄過來。

「那男人腦筋不笨,」玄之介說:「劍術也好,話卻說得很糟糕,生前想必無法在武士之間出人頭地,恐怕連維持生計都有困難。如此一來,只能仗著劍術好,淪落到以非法手段賺錢的地步。既然他走上那條不歸路,最後想必是遭狐朋狗友殺害的吧。」

「這麼說,他幹過什麼殺人、搶劫的勾當了?」

玄之介沒有立刻回應,揚起一邊眉毛斜望著阿鈴。

「妳不要聽了又怕得哭出來。」玄之介事先叮囑。

「什麼事都嚇不著我了。」

「真勇敢。好,那我就說了⋯⋯我之前提過那個興願寺殺人和尚⋯⋯」

「嗯。」阿鈴聽了還是暗吃一驚。

「妳認為他是用什麼方法殺了那麼多人呢?」

「什麼方法⋯⋯像是下毒之類的?」

「對武士來說,最簡單的方法⋯⋯就是拿劍砍人。」

「唔,殺人也各有方法。就像阿鈴說的下毒,或者把人勒死,或者從高處把人推落或用重物壓死等等。對武士來說,最簡單的方法⋯⋯就是拿劍砍人。」

阿鈴心生害怕,縮著身子挨近玄之介。可惜玄之介沒有肉身,阿鈴無法從他身上得到慰藉。

「和蓬髮往來這麼多年,我幾度懷疑那傢伙可能受僱於興願寺住持,住持八成把他當成殺人工具。」

「興願寺住持委託蓬髮殺人嗎?」

「應該沒有這麼簡單。蓬髮當時可能是走投無路了,要不就是住持抓住他的把柄,以此威脅他。」

「蓬髮提過這方面的事嗎?」阿鈴問。

玄之介搖頭,「怎麼可能。只是那傢伙以前……就是這裡還是大雜院時,有次打算砍一個湊巧來大雜院拜訪的和尚。」

「砍和尚……」阿鈴瞪大雙眼。

「那個和尚完全看不到蓬髮,也不覺有異。對方的年紀、體格和興願寺住持相仿。蓬髮一看到那人的光頭和袈裟,馬上衝出去揮舞長刀。」

就像在筒屋宴會上那樣。

「那天蓬髮鬧得比平日更厲害,反覆大叫著『我不要、我不要』。我跟阿蜜好不容易才勸住他,但那傢伙還是一直揮舞長刀哭喊著『不要、不要』。」

阿鈴想起在筒屋宴席上發生的事,至今仍餘悸猶存。只是一想到蓬髮可憐的遭遇,她又難過得說不出話,或許玄之介消沉的聲音也有影響吧?

「不僅如此,蓬髮與笑和尚也合不來,好幾次拿刀追趕笑和尚。笑和尚吃了幾次苦頭,最後真的生氣了,不再跟我們一起出現。」

阿鈴聽完也覺得蓬髮生前一定跟「和尚」有什麼牽扯。而且這地方以前有一座興願寺那種恐怖寺院,會將二者聯想在一起也不奇怪。

「這只是我的猜測而已,也不好說太多。不過我認為筒屋宴席那天,可能客人裡有令他想起和尚

及寺院的人，他才會現身。蓬髮很少在人前出現，每次現身都有他的理由。」

「這附近有沒有人知道興願寺事件的詳情呢？」阿鈴問。「玄之介大人和這件事沒有直接的關聯吧？不過，既然是三十年前的事，一定有親眼目睹或聽聞騷動的證人，還記得這件事的始末。我來打聽看看好了，也許能發現和蓬髮有關的線索。」

「有道理，我正想這麼提議。」玄之介愉快地笑著說：「阿鈴腦袋很靈活，真是太好了。」

「嘴巴再甜也沒有獎賞，哼。」阿鈴噘著嘴。

這時，照射在走廊上的最後一絲夕陽餘暉消失了，四周暗了下來。接著，突然傳來年輕女孩的呼喚聲。

「請問有人在嗎？我是白子屋的女兒阿靜，有人在嗎？」

剛傳來「啪嗒啪嗒」的腳步聲，就看到阿藤慌慌張張跑出來，直說：「哎呀、哎呀。」

阿鈴依舊坐在樓梯上，伸長脖子探看樓下。來訪者不是出現在船屋正門，而是在後門叫喚。

「會有什麼事？」玄之介喃喃自語，摸著下巴說：「這樣不太好吧。」

「為什麼？」

「當然不好，阿靜本人來這裡，不就是想比阿陸早一步查看現場嗎？妳不覺得這麼做太狡猾了？」

來訪者在阿藤帶領下從廚房後門跨上走廊，阿鈴正好看個清楚。對方穿著清爽的白衣，絲綢腰帶繫得很高，下巴抬得高高的，是個漂亮女孩。另一人是穿著染有白子屋字號外褂的高大男人，一副保鑣模樣，亦步亦趨地跟隨在她身後。大鋪子的千金絕不會獨自在外面閒晃，尤其是來深川這一帶更得謹慎

碰巧這時阿藤點亮了走廊牆上的蠟燭，阿鈴正好看個清楚。對方穿著清爽的白衣，絲綢腰帶繫得

「突然造訪真是失禮，在此鄭重向各位道歉。」

男人向阿藤頷首後這麼說，用詞雖然客氣，舉止卻十分粗魯，似乎覺得傭工之間打招呼，這種禮數就夠了。

「老實說，今天午後，阿靜小姐突然看到船屋所在的方向積著邪氣，擔心騙靈比賽無法順利進行，想說過來看看，如果能祛除邪氣的話就會順便祛除。因此，小姐特來造訪。」

那趾高氣揚的口氣彷彿在說：值得感恩吧，你們應該很高興、也感到光榮吧。阿鈴不禁討厭起這個裝模作樣的隨從。

「好討厭。」阿鈴扯著玄之介的袖子說。他抿嘴笑著應道：「我倒是看得挺愉快，真有趣。」

太一郎和多惠也從廚房出來，頓時一陣騷動。如果一行人要上三樓的客用榻榻米房，阿鈴打算躲起來，不過太一郎和多惠領著不速之客到樓下的小房間去。

阿鈴躡手躡腳下樓，躲在走廊轉角探看房內動靜。裡頭斷斷續續傳來隨從的話聲，太一郎畢恭畢敬地回應著。

阿藤打開紙門走出來，大概要去準備茶點，阿鈴趕忙躲到柱子後面，抬頭一看，發現玄之介也一起躲著。雖然阿藤根本看不到他，但阿鈴不是不能理解他的心情。

「到底要怎麼祛除邪氣？撒鹽巴？」

阿鈴問，玄之介搔著脖子說：「如果是撒鹽巴，至少對我們沒用。」

阿藤端著托盤從廚房出來，小跑步前往小房間。阿鈴迅速從柱子後面跑向廚房，廚房裡沒有人，爐灶生起炭火，上面擱著鐵壺，炊具都整理乾淨，連水滴都擦乾了。像是大砧板的工作檯上放著幾道

扮鬼臉 | 185

菜。看樣子，下午已試做了幾道菜，接下來正要試吃以及考慮如何擺盤。

「這道菜真特別。」玄之介湊到一個盤子前嗅聞。

「你聞得到味道嗎？」

「當然可以，妳不要小看我。」

「這是……」

玄之介聞的那道菜狀似年糕或湯圓，做成圓形的，上面淋著黑得發亮的醬汁，乍看之下像是造型優雅的紅豆年糕。阿鈴也湊近「哼、哼」地聞著，卻聞到一股跟紅豆餡完全不同的腥味。

「看起來不怎麼好吃。」阿鈴不禁脫口而出，不過說得很小聲。「阿爸大概還在試做吧。」

玄之介在聞第二道菜了，這道一眼就能看出是烤星鰻，但彷彿能在舌尖融化的星鰻皮竟剝去了一半。阿鈴在高田屋時，七兵衛經常帶她去品嚐美食，以這年齡的孩子來說，她對吃食算是相當講究。她有些納悶，烤星鰻的皮又香又好吃，為什麼要特地剝掉魚皮呢？再加上星鰻皮本來就薄，一旦剝掉魚肉就會鬆開，賣相不佳。這條星鰻應該是花了很多錢買來——想到這裡，阿鈴想起一件重要的事。

「對了，玄大人。阿爸說過總算得到在河道捕魚的批准。」

「這是咋晚的事。很晚才就寢的雙親，睡前聊了一會鋪子的事，被阿鈴聽到了。話題不外乎是該如何省錢，阿鈴假寐偷聽也聽得很不是滋味。不過，當阿爸提到河道的鰻魚和泥鰍時，聲音特別開朗，阿鈴聽了十分高興。

「說是批准，應該是私下批准的吧。」玄之介聞著其他盤子，「大概是向捕吏行賄，請對方睜一隻眼閉一隻眼吧。」

「嗯，好像是這樣。」阿鈴墊著腳尖探看玄之介手中的盤子，「那是什麼？」

「妳認為呢？」

「像是果凍，淋上淡白色醬汁。只是果凍並非平日看慣的半透明狀，而是有黑斑花紋。味道可能不錯，不過⋯⋯」

「真像蛙卵啊。」阿鈴說。玄之介皺著眉頭應道：「我也這麼認為，只是不好意思說出口。妳真是不孝。」

「可是⋯⋯」阿鈴就是這麼想的嘛，有什麼辦法？

玄之介環視工作檯上的盤子，嘆道：「黑白料理畢竟不容易。無論什麼山珍海味，保持食材本色就很美，現在卻要特地去掉本來的美感做成黑白料理。」

「是不嗎？」──阿鈴用右手食指沾了一下蛙卵上的白色醬汁，舔了舔。嗯，好辣。

「哎呀，阿鈴，不可以這樣。」

阿鈴遭到大聲斥罵，跳了起來。她的指頭還塞在嘴巴裡，根本無從辯解。

阿藤大姨板著臉瞪了阿鈴一眼，又馬上恢復笑臉。她俐落地走近爐灶，看來是要換茶水。

「那是太一郎先生還在試做的料理，不好吃吧？」

阿鈴老實點點頭，「白色的東西是什麼？有點辣。」

「裡面加了山葵，為了讓顏色變白，又加了白芝麻。」

「這個有斑紋的果凍呢？」

「那也加了芝麻，其實很香的。」

玄之介已消失無蹤，阿藤突然出現大概嚇到他了，廚房裡只剩阿鈴和阿藤。

扮鬼臉 | 187

「大姨,阿律和修太在哪裡?」

父母不過暫時離開,廚房就變得空無一人,實在奇怪。阿藤沉下圓臉,一輩子也沒剃過的粗眉(註)歪斜得不像話。

「他們兩個回高田屋了。」

「回去了⋯⋯」

「是呀,阿律膽子小,被幽靈嚇壞了,常嚷嚷著要辭職。修太也是,明明還年輕,竟然說在這裡工作會被壞東西附身,真是一點志氣都沒有。」

阿藤用力將鐵壺放回爐灶,水滴了下來,炭火發出呻吟般咻咻作響。

「我去汲水給鐵壺添水。」阿鈴乖順地說:「大姨,我在這裡守著,以免貓來偷吃。客人還要待上一段時間吧?」

阿藤恢復心情,笑著說:「阿鈴真是乖孩子,不過沒關係,太一郎先生和多惠馬上就回廚房了。」

「客人要回去了?」

「不是,好像還有事。我現在要帶他們參觀房子。」

阿鈴瞪大雙眼問:「在屋內四處看嗎?」

「是啊,說是要找出積存邪氣的地方,再祛除邪氣。似乎是在丑寅(東北)方向。」

「那個人真的是白子屋的阿靜小姐嗎?」

正把茶具放在托盤上的阿藤停下動作,嘟著嘴告誡:「不能稱人家是『那個人』。」

「對不起。可是,她真的是白子屋的小姐嗎?真的是本人嗎?」

「是啊，不然會是誰？」

阿鈴借用玄之介的話，說：「這麼做不是很狡猾？要是阿陸小姐知道了，不會生氣嗎？」

阿藤感到莫名其妙，「淺田屋為什麼會生氣？」

阿鈴說明：「在決定菜單之前，比賽的日期還沒辦法決定不是嗎？目前只排定在這個月舉行，雙方還沒定下日期，阿靜小姐先來探路實在不好。」

阿藤用指頭搔著髮髻，她似乎沒想到這個問題。

「那該怎麼辦呢？難道要對她說『妳這樣做太狡猾』，趕他們走？」

「可是……」

「萬一惹惱了白子屋，他們取消比賽，到時該怎麼辦？這麼一來，船屋會失去兩組客人。阿鈴還是個孩子可能不懂，對眼下的船屋來說，他們是非常重要的客人。要是惹火了他們，船屋大概就經營不下去了。我們不能莽撞行事。還是，阿鈴有更好的法子？說給大姨聽聽。」

阿鈴很少這樣執拗地頂責阿藤，形勢急轉直下，阿鈴垂頭盯著工作檯上的菜盤。那些顏色晦暗的菜餚，看上去就跟阿鈴一樣垂頭喪氣。

「小孩子不用擔心太多。」

阿藤說完，彷彿想要彌補自己過於嚴厲的口氣，摸著阿鈴的頭說：

「懂嗎？乖，小心不要打擾客人。太一郎先生回廚房後也許會做飯糰給妳，妳肚子餓了吧？」

阿藤自顧自說完，走了出去。阿鈴感覺像是捧著對方強塞過來的行李，呆立在原地，愈想愈生

註：江戶時代已婚婦女必須剃眉毛，一次也沒剃過，表示終身沒結婚。

氣，卻毫無辦法。

愛你又想你　今晚沒出息　見了又只會　說些無聊話——

太一郎和多惠並沒有像阿藤說的立刻回到廚房。阿鈴坐在廚房角落的空桶上，百無聊賴地晃著雙腳，聽到門口傳來彈撥三弦琴的樂聲和歌聲，頓時抬起頭。

——這聲音是……？

是阿蜜。阿鈴急忙走出廚房，環視四周，嬌豔的歌聲沿著走廊傳來。唱歌的人像是喃喃自語般柔聲唱著，但一字一句都清晰可聞。

阿蜜斜坐在後門的地板邊緣上，風姿綽約地抱著三弦琴，臉貼著琴頸，正在彈琴。阿藤剛剛點燃的蠟燭不知何時熄滅了，黑暗在戶外靜謐地降臨，一點一滴地滲進屋內，天花板和牆壁的界線漸漸模糊不清。只有阿蜜白皙的脖子、手背和指尖隱約發出亮光，宛如一朵在黑暗中盛開的葫蘆花。

「嗳，乖孩子來了。」

阿蜜察覺到阿鈴的動靜，停下彈琴的手，轉頭對阿鈴微笑。琴聲停止後，阿鈴感到一陣冷風拂過臉頰。

「妳好一陣子沒出現了。」阿鈴說。

她有些顧忌地挨近距離阿蜜二尺遠的牆邊。不是因為害怕，而是出於害羞和緊張。阿蜜實在太美了。

阿蜜輕啓紅唇，呵呵笑道：「我總是隨心所欲。」

錚——她彈了一下三弦。

「況且，妳也沒有對著鏡子呼喚我，不是嗎？阿玄對妳很溫柔，妳似乎心滿意足了？」

阿鈴知道自己現在滿臉通紅。

「哎呀，好可愛，乖孩子像喝醉酒了呢。」阿蜜愉快地笑著，又斜倚著三弦琴頸。

早已死心了　死心什麼呢　死心我永遠　永遠不死心——

阿蜜唱罷一段，換一隻手握著撥子，手指像梳髮一樣在髮髻間游走。那動作和阿藤剛剛在廚房做的一樣，但阿蜜行雲流水般靈巧的手指，高舉手肘時的優雅，以及袖口露出的手臂光潤的肌膚，跟阿藤比起來彷彿是迥然不同的生物。

握著象牙撥子的柔軟手指，白到猶如不合季節的雪。阿鈴著迷地凝望阿蜜，陶醉在她的歌聲裡。

——不，不是生物。

阿鈴雖然看呆了，還是趕忙自我更正。

——阿蜜可是幽靈，難怪美得不像陽世的人。

「噯，乖孩子。」阿蜜換了坐姿面向阿鈴，「聽說妳打算化解蓬髮的怨念？」

阿鈴如夢初醒般渾身顫了一下。她說不出話，雙眼迷濛地望著阿蜜。阿蜜把三弦琴擱在一旁，往前挪動膝蓋，伸手撫著阿鈴的臉頰。

「這地方黏著東西⋯⋯是飯粒？」

臉上似乎黏著吃食。阿鈴又羞得滿臉通紅，反倒因此回過神來。

「我剛才在廚房。」

「偷吃東西？」阿蜜毫無責備之意，只覺得好笑。「是啊，到了肚子餓的時刻吧。」

阿鈴在阿蜜身邊蹲下，聞到阿蜜身上的香味。高田屋後面有一塊地，種著許多紫丁香，阿鈴十分喜歡那裡，每次經過時總會用力吸著花香。阿蜜讓她想起那時的事。

「妳認為我辦不到嗎？」

「是說讓我們升天嗎？」阿蜜反問，溫柔地俯視阿鈴說：「不，也許妳辦得到，因為妳是個乖孩子。」

「我是真心這麼認為。」阿蜜彷彿讀出阿鈴的心思，又說：「孩子的心就像剛換過榻榻米又沒家具的嶄新房間，東西可以愛怎麼放就怎麼放，打開窗戶的話，太陽照得進來，因為沒有其他的障礙物。」

她不是認真的，也許是取笑我——阿鈴這麼認為，默不作聲地垂下頭。

「我不是認真的，可能只是安慰，不，也許是取笑我——阿鈴在心裡這麼說。

「是嗎？可是我也有很多壞念頭——阿鈴在心裡這麼說。

「那是當然的啊，不過孩子不像大人那樣心思複雜，壞事和不必要的事有什麼不同？」

阿蜜的話有點難懂，想此刻不必要的事，這正是孩子的優點。」

樓梯那邊傳來腳步聲和人聲，逐漸接近，大概是客人要回去了。阿鈴站起身，挨近牆邊。

「阿靜小姐，謝謝妳特地來這一趟。」

太一郎和多惠在樓梯底下恭敬行禮，身穿白衣的漂亮女孩抬起下巴接受行禮。

「這樣一來，你們就可以安心了。」女孩的聲音格外尖銳。「我已完全袪除這裡的邪氣，你們可

以安心了。總之，驅靈比賽前不會再發生意外了。」

阿藤邊笑邊用恭維的語氣說：「可是袪除乾淨了，不就沒必要再舉辦驅靈比賽嗎？」

女孩怒氣沖沖地揚起雙眉，「不能想得這麼簡單。今天只是袪除房子裡的邪氣而已。真要鎮住邪氣，程序必須更周密。」

阿藤喪氣地縮著肩膀賠罪：「對不起，失禮了。」

「妳看，」阿蜜用修長的食指指著那一行人，「那些全是想著不必要的事的大人。」

「阿蜜……」

「那女孩是誰？」

「是白子屋的阿靜小姐。」

阿鈴說完，阿蜜優雅地歪著頭。

「真的嗎？」她用指尖攏起垂落的頭髮，「也許是黃昏時分來訪的恐怖妖怪呢……」

阿靜突然造訪和「驅邪」一事，並沒有澆熄船屋眾人對「驅靈比賽宴席」的熱情。翌日天一亮，太一郎和多惠就進廚房埋頭苦幹。阿鈴吃完早餐後，二目橋的島次也來了，再加上阿藤，廚房裡十分熱鬧。

今天是個完美的五月晴天，天氣很好。風吹過船屋的走廊、榻榻米房、柱子和橫梁，清爽宜人。地板乾燥光滑，光著腳踩在上頭相當舒服，也不會留下腳印。在這麼舒適宜人的日子，就算聽了可怕的興願寺住持犯下的惡行——即使對方比手畫腳敘述生動——應該也不至於嚇得逃走。況且，大人們都在忙，偷偷跑到外面大概也沒人會察覺。阿鈴下定決心：好，今天就到外頭打聽有關興願寺的傳聞，以及從前的鬧鬼事件。

阿鈴打算先去找房屋管理人孫兵衛。

阿鈴沒見過房屋管理人，七兵衛爺爺說他是一個八十出頭、耳背得厲害，身體硬朗的老爺爺。上次幽靈鬧事之後，七兵衛爺爺想去找他理論，因為他明知房屋鬧鬼，卻故意隱瞞，大家都上了他的當。可是他動作很快，不知逃去哪裡了，一直不在家。等騷動告一段落之後，他若無其事地回來，遇見阿爸時，支支吾吾地避談鬧鬼一事，還向阿爸說「聽說發生了怪事，不過搬家得花很多錢，不如請人來驅邪，店繼續開下去吧」。居然說得出這種話，實在是隻老狸貓。

他都活到了八十歲，一定聽說過興願寺的事，問他最快。難處在於，如果單刀直入地問，老狸貓肯定不說。他要是肯說，一開始就會有所表示。到底該怎麼做呢？阿鈴絞盡腦汁。這可是個大難題，畢竟連阿爸和阿母都上了他的當，租下這幢鬼屋，想必不好對付。

阿鈴反覆思量，才想到可以利用私塾一事。

說來傷心，阿鈴在新家還沒交到朋友。搬家以來一直忙著自己和家裡的事，幾乎沒機會交朋友。她覺得這一個半月以來，似乎交了許多朋友、認識許多人，可是仔細想想，這些朋友都是幽靈啊。想到這裡，連阿鈴自己都忍俊不禁。

住在高田屋宿舍時，阿鈴周遭有好幾個年齡相仿的孩子，總是玩在一起。學寫字時也一樣，就在宿舍內召集孩子，由年長的孩子指導年幼的孩子，大人閒暇時也會客串老師，大家開開心心地練字。

船屋的事定下來時，阿母有些過意不去，對阿鈴說：「對不起，阿鈴，搬到深川以後妳會孤零零一個人，可是只要到私塾上課，馬上可以交到朋友。阿母去問房屋管理人，幫妳找家好私塾。找個曾在武家大人宅邸學過禮儀、有教養的女老師來教妳。」

然而，多惠至今仍未去找私塾，接二連三的意外使她完全忘了這回事。阿鈴也無意為此責怪阿母。現在想想這樣也好，正巧能配合阿鈴的計畫。她打算去拜訪房屋管理人，商量該去哪家私塾上課。孫兵衛再怎麼狡猾，也不至於不幫年幼的阿鈴找私塾吧，不然還算什麼房屋管理人呢？無論如何都要請他幫忙。

要是房屋管理人願意介紹私塾，阿鈴再裝成快哭出來的模樣。就算是老狸貓，看到小孩子在自己眼前哭也會很傷腦筋吧，不然就真的大哭給他看。老狸貓要是問阿鈴為什麼哭，阿鈴就回答：

──大家都說我家有鬼，這種壞風聲害我交不到朋友。我想到私塾上課，不過去了不知道大家會不會欺負我，想到這裡我就很傷心。

像個小孩子抽抽噎噎地這麼哭著說。等老狸貓慌了陣腳，阿鈴再趁勝追擊，說：

——我也看到幽靈了,但不知道它們是誰,晚上總是怕得睡不著。

——房屋管理人,您住在這裡很久了吧?如果您知道什麼事,求您告訴我。那些幽靈是誰?他們是從哪裡來的?這樣下去,我會怕得連飯也吃不下。我不會跟別人說,請您告訴我。

——怎麼樣,是不是個好主意?阿鈴向玄之介說出這計畫時,玄之介揚起眉毛應道:

——阿鈴,妳知道這方法叫什麼嗎?這就叫眼淚戰術。

玄之介摸著下巴,慨然興嘆……每個女人天生就是眼淚戰術的高手。

——在男人眼裡,這種作法跟直接問差不多,不過應該行得通。大抵說來,女人的眼淚可以融化此時要哭得更厲害,這樣老狸貓會更手足無措吧。

一切。

因此,阿鈴興致勃勃,充滿信心。雖然至今不曾假哭,但只要有心一定辦得到。務必要成功才行。

阿鈴知道孫兵衛的住處。聽說他就住在海邊大工町的最南邊,只要說想找一家屋頂木板參差不齊、造型像座燈的房子,就找得到。阿鈴精神抖擻地出發,這是她第一次仔細打量海邊大工町的各座大雜院,小鋪子擺出的商品,蔬菜鋪前看似好吃的青菜和茄子;她又看到木桶鋪前面有個直徑約自己雙手張開那般大的木桶,裡面有各色金魚在游泳。在一座名字很稀罕、叫「安惠」的大雜院門口,她聽到夫婦吵架的爭執聲,路過的人都在看笑話;她還看到不知誰家曬在二樓的涼被,隨風吹到太平水桶上。街上發生的各種趣事讓阿鈴又驚又喜,走著走著就來到了房屋管理人家。眼前的確實是座燈造型的老房子,用不著確認屋頂的狀況,屋簷下就掛著一盞白燈籠,正面寫著平假名「房屋管理人孫兵衛」幾個黑字,寫著漢字的那一面則朝屋內掛。由此可見,孫兵衛掌管的房客普遍都是不識漢字的低下階層。阿鈴還看不懂燈籠上全部的漢字,她只是猜想那可能是房屋管理人的名字。

阿鈴伸直背脊，盯著燈籠內側，突然有人喚她：

「喂，妳！」

出聲的似乎是個聲音尖銳的男孩。阿鈴轉向對方之前，那聲音又繼續說：

「阿梅，妳在這裡做什麼？」

阿梅？

阿鈴與其說是驚訝，不如說是感到莫名其妙。聲音的主人比阿鈴高一個頭，瘦得像竹竿。男孩右手握著長柄掃帚，挺直背脊站著，揚起嘴角壞心眼地笑著。那男孩明明面向阿鈴，卻沒看著她。他望著阿鈴的左肩後方，彷彿在呼喚躲在該處的人。

阿鈴還沒開口，他又尖聲問：「是妳帶阿梅來的？」

這回他問的是阿鈴。那雙不懷好意的白眼打量著阿鈴。阿鈴看清他的臉後才發現，他不是在笑，而是嘴角有道扭曲的傷疤，因此嘴巴也歪了，看起來像在笑。

「哩是誰？」阿鈴嚇了一跳，舌頭轉不過來。「找伙做什麼？」

男孩這回真的笑了。他大笑說：「妳是白痴嗎？」

阿鈴覺得臉頰發燙，不禁握緊雙拳。但男孩根本沒看阿鈴的手，又望向阿鈴肩膀後方，把掃帚扛在肩上。

「怎麼，要回去了？」他彷彿在叫住離去的人。「阿梅，妳不是有事來找我嗎？」

阿鈴突然被雷擊中頭頂似地恍然大悟。她迅速轉過頭，脖子差點抽筋，只見被風吹得鼓起的紅衣袖子，飄然拐過眼前毗鄰的兩家鋪子中的青菜鋪。不，紅衣袖子不是被風吹得鼓起，而是像融入風中般逐漸消失。

——這小子叫喚的「阿梅」，是我知道的那個扮鬼臉的阿梅。

　　——那孩子一直到剛才都一直附在我身上，跟著我到這裡來。

　　發現這點，阿鈴雙腿一軟，癱坐在地。

　　房屋管理人孫兵衛不僅早年喪妻，兩個兒子也比他先走一步，如今孑然一身。這十年來，都是由地主託他掌管的這座大雜院裡的主婦們，每月輪番照料獨身的他。不過，孫兵衛雖然耳背，身體素來健壯，精力充沛，大部分的事都可以自己料理。因此，主婦們只需要幫忙做飯就行了。

　　抱著癱軟在屋簷下的阿鈴進屋的，正是這個月當班的主婦。她親切地看顧著阿鈴，名叫阿松，身材不算高大，卻孔武有力，徒手就輕易地抱起阿鈴。她給阿鈴水喝，撫摩著阿鈴的背部，溫柔地招待她，還頻頻斥罵那男孩。看來，她似乎誤會是男孩惡作劇。

　　阿鈴好不容易才開口說話，她向阿松道謝，並結結巴巴地說明男孩沒有對她做什麼，白白挨罵的男孩一直扛著掃帚站在屋簷下，一句辯解也沒有，只是斜睨著阿鈴和阿松。

　　「乖僻勝真的沒做什麼嗎？」阿松說話的速度很快。「妳不用客氣，老實說沒關係。妳沒事了嗎？」

　　膝蓋不再顫抖，也不再頭昏眼花，阿鈴深深吸了一口氣，回答：「是的，沒事了。真的，他沒有對我惡作劇。」

　　屋簷下的男孩「呸」了一聲，把掃帚扛到另一側肩頭上走開了。阿松對著那瘦削的背影大聲斥責：「好好掃地！不要以為房屋管理人不在就能偷懶！」

扮鬼臉 | 201

那聲音大到令阿鈴耳膜震動不已,她從來沒有被這麼大聲責罵過。

「他是這大雜院的孩子嗎?」阿鈴問。

阿松像在趕蒼蠅似地揮了揮手,皺著眉頭說:「是的。」

「他很愛惡作劇嗎?」

「不用了,我完全好了,謝謝。」

「他才沒那麼可愛呢。妳還要喝水嗎?」

阿松是十分讚賞阿鈴的回答,縮回下巴笑著說:「妳很有禮貌呢,叫什麼名字?」

「鈴。」

「阿鈴啊。」阿松睜大雙眼說:「哎呀,妳是那家料理鋪的孩子?阿爸是太一郎先生,阿母是多惠老闆娘吧?」

阿鈴嚇了一跳,對方竟連阿爸和阿母的名字都知道。

「是的,我家就是船屋。」

阿鈴心神不寧地轉動眼珠,想必相當不安。雖然與我們這種窮人終生無緣,不過這麼棒的鋪子就在附近,我們也沾了光。」既然她連阿鈴一家人的名字都知道,當然不可能沒聽說船屋有幽靈作祟的事,看來阿松不過是在說些女人常會說的客套話。阿松自己若是回到十二歲,站在阿鈴的立場,恐怕也會一眼看穿這樣的謊言。難道她忘了這個年紀的少女心思有多敏感嗎?

「可是,阿鈴,妳來這裡做什麼呢?」

由於阿鈴沒回應她的應酬話,阿松又恢復俐落的口氣。

「我想請教房屋管理人有關私塾的事。」

阿鈴說出事先想好的開場白，阿松邊聽邊「嗯嗯、啊啊」，有一搭沒一搭地回應著。

「妳一個人來嗎？」

「是的，阿爸和阿母都在忙鋪子的事。」

「妳真乖。可惜房屋管理人今天一整天都不在，他去參加集會，而且還有其他事情要忙。房屋管理人不只掌管這裡，明天再來好了。不過藉此認識了這位大姨倒是好事，打聽的對象愈多愈好。

而且還有剛才那個男孩的事。阿鈴天真地望著阿松，問：「大姨，剛才那男孩的名字很怪，妳是不是叫他『乖僻勝』？」

阿松笑著回答：「嗯，是的。那小子名為『勝次郎』，性子彆扭又乖僻，大家都叫他『乖僻勝』。」

「那孩子的阿爸和阿母不生氣嗎？」

「怎麼會生氣？他是孤兒。小時候被房屋管理人收養，大家一起養大他的。」

「所以即使被大姨大聲使喚『快去掃地』，他也沒辦法回嘴？」

「那孩子，」阿松指著自己的嘴角說：「臉這邊不是有個傷疤嗎？我記得是他三歲時，一場大火燒了他家，他阿爸、阿母和哥哥，以及還是嬰兒的妹妹都燒死了，只剩下那孩子。那傷疤正是當時燒傷的，其他地方總算治好了，只留下臉上的疤。他的遭遇真是可憐，又可怕。」

「那場火災就發生在這一帶？」阿鈴緊張地問。

孫兵衛不可能毫無理由地收養失去家人的勝次郎，可能當時孫兵衛也是勝次郎家的房屋管理人，才會撫養房客留下的孤兒。這麼說來，勝次郎以前的家很可能就在附近。不，說直接點，勝次郎的家也許就在船屋所在地之前蓋的大雜院？

阿鈴會這麼認為，是因為勝次郎看得到阿梅，他似乎早就認識阿梅了。

阿梅死在興願寺的古井裡。可是興願寺三十年前就成了廢墟，古井當時也填平了。也就是說，阿梅是在三十年前左右死去，但勝次郎怎麼看都跟阿鈴差不多大，頂多十三、四歲，根本不可能認識生前的阿梅。阿鈴之所以認為「他早就認識阿梅」，指的是他認識「身為幽靈」的阿梅。不僅如此，他跟阿梅似乎頗親近。

──妳不是有事來找我嗎？

他彷彿在跟青梅竹馬說話。

勝次郎是在哪裡遇見阿梅的幽靈？又是怎麼跟阿梅成為朋友的呢？看來應該是地緣關係。勝次郎失去家人的凶宅，就位於興建船屋前那塊遭到幽靈作祟的土地上，因此他才有機會看到阿梅？

然而，阿松乾脆地搖頭說：

「『乖僻勝』是外地人。剛才我不是說過了，房屋管理人也掌管其他土地和租房。那孩子以前住在神田一帶。」

原來如此，那確實是外地人了。可是，他為什麼能看見阿梅呢？

阿鈴已恢復精神，雙腳也恢復力氣，在這裡胡思亂想也沒用，不如問本人比較快。阿鈴向阿松道謝，穩穩地站直了。

「我會再來找房屋管理人的。」

「房屋管理人不知道什麼時候回來呢。」阿松擔憂地說。

「我明白,我會託勝次郎先生代我轉告私塾的事。對了,勝次郎先生也到私塾念書嗎?我去向他打聽是上哪家私塾。」

阿松咯咯大笑,「妳叫他『勝次郎先生』,他恐怕也不會理妳。那小子應該沒到私塾念書。」

阿鈴回到孫兵衛家,卻沒看到勝次郎。她從面街的大雜院繞到後巷的大雜院,果然在那裡發現勝次郎。他依舊把掃帚扛在肩上,正看著大雜院的孩童們聚在井邊灰撲撲的地上踢石子玩。

「那邊的。」

雖然阿松那麼說了,阿鈴還是不好意思直接叫他「乖僻勝」,於是選了曖昧的稱謂。可是乖僻勝沒反應。

「那邊的,房屋管理人家的你。」

正在玩的孩童回頭扯著乖僻勝的袖子,說:「有人在叫哥哥。」乖僻勝依舊不理阿鈴,他指導孩童中最年幼的女孩,指點她要把石子踢到哪裡。

「我在叫你呀,那邊的。」

阿鈴怒氣沖沖地快步走近,她雙手插腰連聲叫著「就是你啊」、「就是你啊」。

「我的名字又不叫『你啊』。」

「那就叫你『乖僻勝』,我就是在叫你啊。我有事想問你,你能不能回答我?」

乖僻勝一邊替小女孩踢石子一邊回答。

乖僻勝一臉愉快,他不看阿鈴,又說:「想請教人家事情時,應該有禮貌一點吧,船屋大小

扮鬼臉 | 205

阿鈴嚇了一跳，第一次有人叫她「大小姐」，這種稱呼應該是用來指大商鋪的千金才對。

「我也不叫『大小姐』，我叫阿鈴。既然你知道我是船屋的女兒，事情更好辦了。乖僻勝，你為什麼⋯⋯認識阿梅？」

乖僻勝又開始教其他男孩踢石子。他回說：「向人家打聽事情，不能空著手來啊，阿鈴大小姐。」

阿鈴這下真的生氣了，問道：「你要我付錢？」

乖僻勝總算回頭看了阿鈴，他從肩上卸下掃帚，說：「妳只要幫我打掃廁所就行了。」

一瞬間，阿鈴彷彿聽到肚子裡那個裝著憤怒的袋子，袋口細繩斷裂，但在這個緊要關頭，得像大人一樣有風度才行，於是阿鈴決定取出另一條細繩綁住袋口，強忍住怒氣。

「幫你打掃的話，你就願意回答我的問題？」

乖僻勝有些吃驚地說：「妳真的要打掃？」

「當然。不過是打掃廁所這種小事。」

老實說，阿鈴從來沒有打掃過廁所。在高田屋和船屋，掃廁所都不是阿鈴的工作。不過，事到如今總不能輕易認輸。

「要掃就給妳掃，跟我來。」

乖僻勝帶阿鈴來到大雜院巷子盡頭，愈接近，臭味愈刺鼻，阿鈴當下就後悔了。高田屋和船屋的廁所無論什麼時候都打掃得乾乾淨淨，同樣是廁所，兩者真是天差地別。

乖僻勝一臉看好戲似地說明打掃順序，把工具遞給阿鈴，嘿嘿笑說：「我在這裡看熱鬧。」

大雜院廁所因為使用的人多又隨便，極其骯髒，惡臭令阿鈴差點窒息。腳踏板非常潮濕，已開始

腐爛，要是不小心重重踩下，很可能會裂開，掉進糞坑地獄。阿鈴按照乖僻勝的指示邊掃邊拭淚，不是氣憤到落淚，而是惡臭刺激眼睛。

等阿鈴滿頭大汗地清掃完畢，出來時感覺噁心到大概三天吃不下飯，而乖僻勝早就不知跑去哪裡了。這回阿鈴真的氣極了，四處尋找乖僻勝，但他不在井邊也不在房屋管理人家，大雜院其他地方也不見蹤影。阿鈴抓住在大雜院大門附近玩耍的孩童一問，孩童說哥哥到河道釣鯽魚了。阿鈴氣得大吼：「哪個河道？」孩童嚇得哇哇大哭，大雜院居民紛紛跑出來，害阿鈴只能落荒而逃。

回到船屋時，阿藤恰巧在後門，叫了一聲「哇，阿鈴好臭！」，飛奔過來。

「妳到底做了什麼好事？」

阿鈴氣得說不出話，無法說明事由。讓阿藤幫忙沖洗後，她仍怒氣未消。下回再遇見乖僻勝那小子，絕對要把他推進廁所裡！

更令阿鈴氣憤的是，玄之介聽完竟然哈哈大笑。

「看來阿鈴嘗到世間的辛酸了。」玄之介裝模作樣地發出感慨。

兩人又並坐在樓梯中央。太陽雖然還沒下山，但剛才大批烏雲聚攏，天色突然暗了下來，風中夾雜著雨水氣味。啊，傍晚的陣雨要來了──正當阿鈴這麼想，就聽到玄之介喚她。

「阿鈴沒住過大雜院，從小在香味中長大，應該更難受吧。飲食鋪的廁所，必須打掃得比一般人家乾淨。」

「我氣成這樣，玄之介大人還笑？」

「噯，不要這樣瞪我嘛。」

玄之介安慰阿鈴時，外面傳來霹靂啪啦的雨聲。

「啊，這雨來得正好，就讓雨水洗去一切吧。」

「絕對不行！」阿鈴嚷起嘴。

玄之介又笑道：「我懂妳的心情，可是乖僻勝畢竟勝妳一籌，到時搞不好妳會被他反咬一口，還是算了。」

「可是⋯⋯」

「只要見到孫兵衛就能打聽以前的事，下回再遇到乖僻勝，不問那小子，不就弄不清楚他跟阿梅的關係嗎？」

玄之介雙手揣在懷裡，「唔」地沉吟一聲，接著說：「之前的料理鋪關門以後，這房子空了很長一段日子。也許乖僻勝擅自跑進來，看到了阿梅？」

乖僻勝看起來和阿梅相當親近，為何阿梅只會對阿鈴扮鬼臉？她明明和乖僻勝十分要好，不是嗎？

「阿梅為什麼跟著阿鈴一起出門呢？」玄之介覺得奇怪。

「我也討厭阿梅！」阿鈴大喊：「很討厭很討厭很討厭！」

轟隆隆霹靂靂！某處落雷了。

扮鬼臉 | 209

13

阿鈴自己也覺得沒出息，竟然為了受騙掃廁所這件事，整個人有氣無力的。騙靈比賽的日子一天天逼近，阿鈴成天在家無所事事。所幸雙親忙著準備宴席，既要決定菜單，還要備齊碗盤，兩人朝氣蓬勃地投入工作，沒察覺阿鈴一直悶悶不樂。隨著日子過去，阿鈴連想都不願再想起乖僻勝，還有被他騙的事。幽靈們也許是看到了阿鈴的臉色，大家都躲著不現身。

然後，到了淺田屋和白子屋的騙靈比賽當天。

這天天氣晴朗，陽光燦爛。宴席傍晚開始，船屋眾人一早就忙著手準備，每個人都忙得團團轉。

中午過後，葬儀社的人來了，他們在淺田屋和白子屋預定的二樓兩間榻榻米房圍上了帷幕。兩家大概也覺得只用黑白兩色裝飾太誇張了，帷幕分別選用了淡藍色和白色，房內感覺頓時涼爽起來。壁龕多寶樓上放著燒線香的爐具，壁龕則裝飾著白木蘭花。木蘭花不可能在夏天開放，挨近一摸才發現原來是用白絲綢製成的假花，像是用過了許多次，湊上前隱約聞得到線香味。

有客人上門時，大人們不准阿鈴隨便進廚房。雖然沒碰到面，但那位島次先生似乎來幫忙了。阿鈴不曾跟他好好說過話，有一次阿爸叫她過去簡單打個招呼，當時阿鈴覺得這人很陰沉，沒待多久便離開了。既然這次要做的是騙靈比賽的料理，他確實比年輕開朗的修太更適合。

大人們叮囑阿鈴：「今天的客人想必讓妳很好奇，但千萬不能亂跑。」阿鈴一直被關在房內，中午過後大人們吩咐她練習針線活，不知道從哪裡找來一大堆舊手巾，要她縫成抹布，此外還得不時側耳傾聽外面的動靜。針地縫，天氣熱得不打起瞌睡，日落前整整一個時辰（兩小時），白子屋一行人率先抵達船屋。阿鈴聽到眾人此起彼落的招呼聲，悄悄溜出房間，躲在樓梯後面。

扮鬼臉 | 213

長兵衛和阿秀夫婦都穿著適合夏天的薄絲綢衣服，但夫婦倆體型福態，看上去有些可笑。他們站著一起搧扇子的模樣，簡直就像不合季節的雪人在納涼。

更令人吃驚的是阿靜。她跟先前來「驅邪」時不一樣，全身穿著殮衣般的白衣，披了白頭巾。不是常見的那種在眼睛和鼻子露出三角形開口的高祖頭巾，而是罕見的尖帽子造型，下襬垂到雙肩。光看就很熱。

兩個隨從下女都是不到二十歲的年輕女孩，也穿著近乎純白的衣服，臉上抹著厚厚一層白粉。一般來說，下女陪小姐外出時不會化妝，這兩人的白粉塗得像樂面具那般厚，可能另有用意。替白子屋準備的茶餚以白色為基調，難道他們是配合茶餚才穿白衣前來？如果真是那樣，可真是講究。

「事前說好要準備一份餐點給擔任裁判的客人。」

阿藤領著一行人到二樓後，下樓和多惠低聲討論著。

「但這樣還是多了一人份啊？」

「多的那一份是要給祖先的。」多惠一本正經地回答。「聽說老闆娘祖母的御靈總是陪在阿靜小姐身邊，阿靜的靈力也是多虧有曾祖母的御靈相助，所以每次都一定會準備祖先的食案。」

「哎呀，原來是這樣。」阿藤佩服地搖著頭。「原來是有曾祖母保佑，難怪上次阿靜小姐來船屋時，看起來一點也不怕，膽子很大。」

不過，他們這麼早來做什麼呢？阿鈴抱著膝蓋苦思。難道會跟上次一樣在屋內亂晃？那我得躲好才行。

不久，阿鈴背部感到一陣寒意。她仍蹲坐在樓梯旁，回頭一看，笑和尚竟以同樣的姿勢坐在她的身後。

「哇哇！」

阿鈴忘我地大叫，反射性地往後跳開。她想起現在的狀況，趕忙蹲下。所幸廚房裡很熱鬧，似乎沒人聽到阿鈴的尖叫。阿鈴悄悄回到樓梯旁，面對著笑和尚。

「爺爺，您在這裡做什麼？」

笑和尚無言地睜大白眼。

「不要嚇我，我的心臟差點停止。」

笑和尚蠕動著皺巴巴的嘴唇，一臉不高興。

「不會停止。」他嘰嘰咕咕地說：「是我治好的，怎麼可能停止？」

阿鈴十分感動，因為笑和尚說話了。先前他幫阿鈴按摩治療時，阿鈴發高燒神智不清，笑和尚只說二「這邊這樣」之類的隻言片語。這還是阿鈴第一次跟他好好交談。

「那時候非常感謝您，多虧您出手治療，我現在完全好了。瞧，我變得這麼健康。」

阿鈴稍微展開袖子，笑和尚又蠕動著皺巴巴的嘴唇，像是在笑。

「您知道今天客人在我家進行驅靈比賽嗎？」

笑和尚揚起幾乎掉光的眉毛，額頭深深擠出皺紋，望向樓上。

「是真的，也許她們看得見爺爺你們。」

「如果阿靜和阿陸真有靈力，也許可以幫忙笑和尚他們早日升天——阿鈴飛快地說明。可是，笑和尚聽完，雙唇緊閉，表情嚴峻，嚇得阿鈴後退一步。

扮鬼臉 | 215

「我才不想升天。」笑和尚吐出這句話。

阿鈴張大嘴巴。

「可是……不升天的話，會一直在人世間迷路，得一直當幽靈呀。」

笑和尚以混濁的白眼瞪著阿鈴說：「這有什麼不好？」

「可是……」

「而且我根本沒有迷路。我在這裡治療病人，也幫妳治病，妳卻要趕我走，真是忘恩負義。」

阿鈴答不出話，沮喪地坐在地上。笑和尚說的也有道理，阿鈴並沒有徵詢過每個幽靈的意見，問他們是想升天還是想待在這裡。想讓他們升天離開船屋，是阿鈴單方面的期望。

「可是──」

「可是，爺爺，玄之介大人說願意助我一臂之力，讓大家升天。所以我……以為讓大家升天是好事……難道不是嗎？一直當幽靈，不難過嗎？」

笑和尚鼻子哼哼出聲，「誰會難過了。」

「……」

「那小子只是在妳面前逞強而已。他其實也想待在這裡，誰會希望自己消失？」

「怎麼會……」

笑和尚依舊蹲著，用瘦削的手指搔著自己凹陷的臉頰。仔細一看，他的身子是半透明的，隱約可見他身後的地板。就算挨得這麼近，也感覺不到他的氣息，只感到一陣寒意。即便如此，笑和尚仍不想消失，還說玄之介其實也不想消失。阿鈴完全混亂了。

「另外，」笑和尚繼續道：「那個叫阿靜的女孩根本不可靠。她連自己的父親患了胃病也不知

道,還說什麼靈力。」

「白子屋主人?」

「是啊,所以我才現身。現在治療的話還來得及。」

阿鈴回頭,仰望樓梯上方。湊巧這時島次捧著大托盤從廚房出來,阿鈴趕忙把頭縮回。島次爬上樓梯,托盤上放著茶具和幾個漆器小盤子。阿鈴沒看清楚,可能是盛著水果。

「唉,」笑和尚低聲說道:「那人是誰?」

阿鈴本想回說那人是來幫忙的廚師島次,卻沒說出口。原來笑和尚指的不是爬上二樓的島次,而是站在樓梯下方仰望島次的男人。

那人比島次高大,五官酷似島次,專注地盯著島次的背影。他圍著白圍裙,並用束帶綁起袖子,一身廚師打扮。

然而,他的身體是半透明的。

「是外人。」笑和尚鼻子哼哼地呼著氣。

幽靈沒有呼吸,照理說不可能用鼻子發出粗氣,笑和尚卻辦得到。

「那人也是幽靈吧?」

阿鈴的視線無法離開那個酷似島次的男人。透過男人的身體可以看見廚房飄出的白煙和熱氣。

「他是跟剛才上樓的廚師進來的。」笑和尚不悅地說:「看來他附在那個廚師身上。」

阿鈴望向島次剛才消失的樓梯上方,似乎還沒有人要下樓。阿鈴下定決心,從樓梯底下溜出來,跑向那個半透明的男人。

「請問⋯⋯」

不料，阿鈴衝過頭了，竟然直接穿過他的身子。瞬間，阿鈴找不到對方，她東張西望，腦袋一片混亂。

這時多惠剛好從廚房出來，抱著細孔笊籬。

「阿鈴，妳在那裡做什麼？」

阿鈴聽到母親的叫喚，總算停止打轉。她以眼角餘光確認笑和尚的光頭還在樓梯底下，才笑著對多惠說：「有客人來，熱鬧一點果然好，阿母。」

多惠看似十分高興，滑潤的額頭和太陽穴浮出汗珠，雙頰紅潤，表情歡快，就像個年輕女孩。阿鈴心想，對靠客人吃飯的店家來說，有客人上門真是最佳良藥。

「嗯，是啊。今天大家都很忙，妳要當個乖孩子。」

「我知道。有沒有我可以幫忙的？」

多惠笑容滿面地說：「還沒有，妳回房去練習針線活，或練練字吧。」

阿鈴答應後，多惠快步上樓。她手中的笊籬盛滿白色粉末，好像是鹽。大概是白子屋要的東西。她只好躡手躡腳地回到笑和尚身邊，從這裡也看不見那個幽靈。

「我是不是嚇到他了？」

笑和尚沒回答阿鈴的問題，目不轉睛地凝視一階一階上樓的多惠。由於他看得太認真了，阿鈴突然不安起來。

「爺爺，我阿母身體也有不舒服的地方嗎？」

笑和尚剛才不也是一眼就看出白子屋主人有胃病嗎？

「沒有、沒有。」因為阿鈴不停追問,笑和尚眨著細線般的小眼睛,總算自樓梯上移開視線,說道:「妳阿母的腳可是上等貨。」

阿鈴聽了感覺很無力。「什麼嘛?害我擔心阿母該不會生病了吧。」

「妳是個傻孩子,」笑和尚壞心眼地歪著嘴巴說:「而且還是個野丫頭。我現身時妳千萬不要那樣衝過來,我會昏頭轉向。」

「那個幽靈不知去哪裡了。爺爺,您想他是誰?」

笑和尚歪著頭丟下一句「不知道」,又說:「為什麼我得知道這種事?」

「我沒問您知不知道,我是在問您認為他是誰。」

看來笑和尚個性相當乖僻,不好應付。

「我什麼都不認為。」笑和尚哼了一聲,「他跟那廚師長得頗像,應該是他的親人。這種事十分常見。」

「常見。」

「常見⋯⋯是指幽靈附身在親人身上?」

「這很常見。」

「對親人作祟嗎?」

「不知道,要看附身的理由吧。」

事情大概就像笑和尚說的吧。不過船屋已一屋子幽靈了,島次還帶其他幽靈進來,真會給人找麻煩。

「我要回去了。」笑和尚說。他費勁地起身,伸了伸懶腰。阿鈴突然想到,幽靈感覺得到自己的體重嗎?老幽靈的腰腿也不方便嗎?如果是這樣,笑和尚幫自己治療不就好了?

「爺爺,今天會很熱鬧,等一下有另一組客人要來。」

阿鈴對著笑和尚的背影說。老人沒有回應,飄到走廊盡頭時忽地消失了。阿鈴望著老人消失的走廊地板和牆壁交界處,突然想起一件事,又小聲呼喚:「您不要為了治療白子屋老闆突然跑出來啊,大家會嚇一跳。」

笑和尚沒有回應。這麼重要的事情應該早點說啊!

「爺爺,拜託您,想出來時先告訴我一聲。」

「聽妳這麼說,是不相信白子屋和淺田屋的兩個巫女有靈力嘍?」

身後突然傳來聲音,阿鈴嚇得跳了一尺高。

「哎呀,妳露出那種表情,小心眼珠子掉出來,我幫妳接好不好?是阿蜜。她就坐在從下方數來第三階的樓梯上,笑著伸出手放在阿鈴的下巴。

「啊,阿蜜。」

阿鈴挨近她腳邊,坐在樓梯第一階上。今天阿蜜用梳子捲著髮髻,穿白底染藍色大喇叭花的浴衣,沒帶三弦琴來,像是剛洗完澡的模樣,非常美麗。由於她側著身子坐,腿從衣服下襬的開叉處露出來。只見右腿自膝蓋以下無所遁形。

「要是落入白子屋阿靜和淺田屋阿陸的羅網裡,我們這些無處可去的幽靈想必會被叫到她們跟前,坦承我們至今仍在這世上徘徊的理由吧?這不正是驅靈比賽的目的嗎?」阿蜜愉快地說:「到時不管是笑和尚還是我,就算不想出來也身不由己。妳不認為嗎?」

阿鈴嘆了一口氣:「是啊,事情本來應該是這樣。不過,笑和尚爺爺說她們根本不可靠。」

「我也這麼認為。」阿蜜邊說邊伸手順著髮髻。「妳想想,阿靜先前來『驅邪』時,我們一點感

覺也沒有。」

聽阿蜜這麼一說，確實是這樣。

「我總覺得頭昏腦脹起來，愈來愈糊塗了。」阿鈴洩氣地說出眞心話。

「有什麼關係。別管什麼騙靈比賽了，妳只要爲有客人上門高興就行了。客人是什麼樣的人，跟我們無關，也跟妳無關，當然也跟妳父母毫無關係。」

簡單說來，事情就是如此。阿鈴看著阿蜜，想起另一件更重要的事。

「阿蜜……」

「什麼事？」

「笑和尙爺爺不想升天。」

阿蜜默不作聲地望著阿鈴。阿鈴則盯著自己的腳邊。

「阿蜜也覺得現在這樣很好，不想升天嗎？妳也不想消失吧？」

阿蜜眨了眨眼，溫柔地笑著說：「妳覺得我們待在這裡礙事嗎？」

阿鈴吞下回話。礙事？她從來沒有這麼想過。可是，船屋如果要成爲一家正派的料理鋪，絕不能傳出鬧鬼風聲——不過，現在的客人是因爲有幽靈才上門，高田屋七兵衛也打算靠這些客人打響船屋的名聲，這麼一來，幽靈怎麼會礙事呢？船屋反而需要幽靈的存在。

阿蜜輕輕摸著阿鈴的頭。阿鈴雖然感覺不到阿蜜手指和手掌的觸感，但頭皮感覺得到一股寒氣。

「老實告訴妳吧，其實我們也不知道自己爲什麼會變成這副模樣？爲什麼會待在這裡？人死後會怎麼樣？

死後又會到哪裡去呢？

自己會成為另一個人嗎？或者自己依舊是自己，然後前往跟現世完全不同的地方？那一邊的生活跟現世相似，還是不一樣？阿蜜說邊屈指細數。

「我不知道答案，畢竟我們也是第一次死去。阿玄、笑和尚和阿梅都一樣。我們只知道身邊處境相同的幽靈，而一般人死後到底去了哪裡，我們完全不知道，也無從知道。」

「我不知道升天之後會怎樣。一般說來，人死後都會升天，如果妳勸我升天，我認為應該這麼做，也覺得過意不去。可是我不知道該怎樣做，也不知道為什麼自己不能升天。難道我死得很慘嗎？」

「不過啊……」阿蜜說到一半，噗哧一笑：

「運氣不好死去或慘死的人多得是，我雖然不長命，活著的時候也看過不少遭大水沖走或活生生被火燒死的人，可是那些人並沒有都成為幽靈呀。」

阿蜜咯咯笑著，撫摸阿鈴的頭繼續說：「如果說是生前做了壞事而不能升天，這也不合道理。做壞事的人死後會下地獄、遭閻羅王拔舌頭，不是嗎？」

「嗯，七兵衛爺爺是這麼告訴我的。」

「是呀，那我們為什麼會處在這種不上不下的狀態？有『苦衷』的死人明明多得數不清，為什麼只有我們這樣呢？還是，阿鈴，也許我們已『升天』，其實我們一點都不奇怪。」

阿鈴小小的腦袋裡再度轉起漩渦。也許真的就如阿蜜所說，幽靈們其實安於現狀。也許他們不必去其他地方，他們現在正是過著「陰間」生活。若是如此，死亡就一點都不恐怖了，死後生活反而更平靜。

「淺田屋的人好像來了。」

聽阿蜜這樣說，阿鈴抬眼一看。門口站著四個身穿黑衣的人正在頻頻喚人。

「這下全員到齊了。」阿蜜含笑說道。「接下來事情會怎麼發展呢？」

14

太陽下山後宴席才開始。

在這之前不是傳來念經聲就是聞到刺鼻的焚香味,有時會聽到跺腳的咚咚聲、喧嘩笑聲,相當吵雜,不過沒發生任何與主角幽靈有關的怪事。

正如客人指定的,黑色漆器材質的方形食案上,全是黑白兩色的菜餚。白子屋是煮白豆,淺田屋便是煮黑豆。還有澆上白芝麻調味汁的豆腐;小蕪菁切成菊花狀浸漬甜醋,上面再撒些黑芝麻,包著調味過的烏賊再做成圓形;用煮軟的海帶裹著同樣煮成黑色的小魚;芋頭煮軟磨碎,湯是清湯,湯料則是前些日子令阿鈴反胃的「蛙卵」果凍,不過今天的「蛙卵」飄出海帶湯頭的清香。太一郎在廚房向送湯的阿藤說:這湯最重要的就是要準時間喝,動作要快。

「這道湯的獨到之處在於,湯入口時,湯料會在口中融化。因此,希望客人喝湯時不要用筷子。或者該說,若是客人覺得喝這湯不需要用筷子,就表示這湯成功了。」

燒烤料理則是烤星鰻。只是今天表面上是素菜宴席,當然不能整條魚送出去。當星鰻魚皮邊緣滋滋滲出油時,趁熱剔出魚肉,在擂缽內搗碎,混入山藥、湯汁和蛋白,再倒進容器凝固。成品乍看之下像是豆腐,澆上勾芡的醬汁便完成了。給白子屋的就這麼送出去,但給淺田屋的要怎麼辦呢?太一郎為星鰻豆腐蓋上了一層薄薄的海苔,海苔因星鰻豆腐的熱氣柔軟地吸附在豆腐上頭,如此一來就完成了。這道菜有一股海水的香氣,巧妙之處在於用筷子劃開時,吸了水氣的海苔會混入白色的星鰻豆腐裡,吃著吃著,星鰻豆腐也漸漸變成黑色的。

油炸料理也是用星鰻。白子屋的是夾在瓜果薄片內油炸,佐以混入香柚皮的鹽巴;淺田屋的則塞進香菇菌褶內油炸,佐料是醬油偏多的黑色天麩羅沾汁。

扮鬼臉 | 227

燉煮料理則令太一郎十分頭疼。時鮮蔬菜顏色多樣，賞心悅目，硬是要將這些食材弄成白色或黑色，身為廚師實在覺得很糟蹋。可是，為求方便直接選用早熟的南瓜。白子屋的是將南瓜皮全部削去，加鹽和糖煮成清淡口味，再搗碎塞入切成兩半剔出蛋黃的白煮蛋，朝下盛在白色碗盤，最後澆上煮南瓜的湯汁。太一郎和島次左思右想，最後決定選用早熟的南瓜。淺田屋的則是不削皮的南瓜用醬油熬煮，再和同樣用醬油煮的香菇、黑豆一起盛在漆器裡。為了熬煮出食材的光澤，製作過程相當費工夫。

白子屋最後一道是白飯，另加一碗飄著薑絲香味的雞湯，醬菜是白蘿蔔。雞湯上如果有浮油，客人一眼就看得出那是雞湯，必須多次過濾並頻頻舀出浮油直至湯汁變得透明，再撒上能夠吸浮油的豆腐皮。為了去掉雞肉味，竅門是加進料酒調味。淺田屋的最後一道菜則是深色的手工蕎麥麵，雖然沒有附湯，但蕎麥麵佐料有兩種：一種是普通柴魚汁，另一種是在紅味噌湯裡加入茄子、鹹味加重。紅味噌湯用了深色味噌，更加深了茄子皮的顏色，讓佐料看起來更黑。白子屋的是白豆餡湯圓和白湯圓淋上白糖汁；淺田屋的是黑羊羹，以及混入紅豆沙一起揉成的灰色湯圓，淋上黑糖汁。

飯後先送上焙茶，再送上玉露茶和甜點。

「客人們好像吃得很高興。」

阿藤送上甜點後，捧著托盤奔回廚房向太一郎報告。她的雙頰興奮得紅通通。

「尤其是淺田屋的人，他們說本以為吃到一堆紫菜或海帶，沒想到全猜錯了。」

特別是星鰻豆腐大獲好評。老闆為治郎剛用筷子劃開豆腐時，還嚷嚷著「啊，這不是白色的嗎？」，像是總算挑到了毛病。但為治郎說著說著，發現碗裡的星鰻和海苔漸漸混在一起，最後變成黑色，頓時心服口服。

「淺田屋老闆還說，要是我們取巧把烤焦的東西送出來，他打算翻桌呢。沒想到我們竟然辦得到。」

太一郎用手巾擦拭額上的汗珠，開心地笑道：「就算客人開出的條件再嚴苛，料理鋪也不可能送烤焦的東西給客人，淺田屋老闆眞是糊塗啊。」

餐點全部出完後，客人們請太一郎和島次到各自的房間打招呼。

「現在必須向客人坦白，說那不是眞正的素菜。」

島次鬆開袖子上的束帶，一本正經地對太一郎說。跟太一郎不一樣，阿藤興奮地來報告時，他依舊眉頭深鎖。

「我們擅自用了星鰻和雞，如果說明後客人仍然滿意，我們才算成功。」

太一郎點頭，「做菜時，我完全忘了這場宴席是為了驅靈比賽而辦的。」

「對我們來說，重要的菜餚本身。」

太一郎和島次上樓前往榻榻米房，紙門敞開著，房內的燈光投射在走廊上，迸出熱鬧的談話聲。那個說話口齒不清的男聲應該屬於長兵衛。阿鈴不禁納悶，難道今天的宴席上有提供酒嗎？

阿鈴仍躲在樓梯後面，看著兩人整理好服裝儀容自廚房出來。焦急的阿鈴遲疑了一會，決定跟著他們。太一郎和島次先走進白子屋的房間，紙門敞開著，房內的燈光投射在走廊上，迸出熱鬧的談話聲。那個說話口齒不清的男聲應該屬於長兵衛。阿鈴不禁納悶，難道今天的宴席上有提供酒嗎？所幸多惠和阿藤都不在走廊上，阿鈴把身子緊緊貼在牆上，傾聽著房內的對話，太一郎似乎正在

說明今天的料理。看樣子，今天的宴席上沒出現幽靈？不對，現下更重要的是，那個酷似島次的幽靈在哪裡？阿鈴環視四周，不見剛才那個表情凶狠的幽靈。

「有點太鹹了。」

一個年輕女孩的聲音這麼說。是阿靜吧。

「鹽能夠驅邪，食物太鹹會妨礙我召靈。」

太一郎拘謹地低聲問：「這麼說來，今天小姐在那方面沒成功嗎？」

「是的，不能說很成功。」阿靜簡潔地回答。「只是……我感受到一股癉氣，有個能量強大的靈魂存在，因為太強烈了，剛進房時我的頭很暈。」

「真的，這孩子一進到房間就臉色發青。」阿秀的聲音接著說：「讓她喝水又撫摩她的背，她才總算回過神來。」

太一郎似乎有點難以啟齒，聲音都嘶啞了。阿鈴豎起耳朵。要是吃不下，怎麼知道味道太鹹呢？應該多少有吃一些。

「那麼，小姐是不是吃不下……」

太一郎一直沒卸下來嗎？」島次問。平素說話冷淡的他，此時聲音依舊生硬，不夠圓滑。只是，更令阿鈴吃驚的是，阿靜現在似乎還披著那頂古怪的頭巾，那她要怎麼吃飯呢？

「這頭巾非常重要。」阿秀氣憤地說：「召喚靈魂時需要這頂頭巾，你們有意見嗎？」

太一郎慌忙打圓場：「不是那個意思，老闆娘，我們無意找麻煩，只是想知道客人們對今天的菜還滿意嗎？」

「不是說太鹹了嗎？」阿秀盛氣凌人地說：「召靈沒成功全是這些菜的錯。」

阿鈴覺得有點可笑，緊閉著嘴，強忍著不笑出聲。什麼啊，原來是阿靜失敗了。還是，她想推托是先前來驅邪時，祛除得太乾淨了？

笑和尚一開始就不認為阿靜有靈力，他說阿靜連父親的病都沒察覺，還敢自稱靈媒。連幽靈都這麼說了，應該不會錯。阿鈴也想問阿靜：我在這屋內看見的幽靈中，妳有沒有看見誰？

「真是對不起。」太一郎的聲音沉穩，絲毫聽不出不愉快。阿鈴心想，阿爸果然了不起，能顧及鋪子的立場，壓抑自己的情緒。一般來說，廚師的自尊心都很高，但光有自尊心無法做生意。不對客人低聲下氣，就拿不到應有的報酬。

「我們應該更慎重行事，仔細聽取各位的意見，再決定菜單。」

「正是如此。」阿秀不容分說地申斥。阿鈴暗想，這大姨真是高傲。

「不過先前小姐光臨舍下時，一點都沒有不舒服的樣子，也對我們說了此體貼入微的話，我們才放心……」

太一郎尚未說完，阿靜突然插嘴問道：「先前？我來過這裡？」

阿靜提高聲音說：「什麼？」

「是的，小姐不是一個人來了嗎？看過房間並作法驅邪，說是要祛除房間的邪氣。」

「我女兒怎麼可能一個人來這裡，絕對不可能！」阿秀似乎也很緊張，聲音大了起來。「你怎麼可以這樣胡說八道！到底是什麼意思？」

「我們……」

「住口！」

房內忽然傳出「嘩啷」一聲，似乎有人打翻食案，或是大力拍打食案。

「我明白了，是淺田屋囑咐你們這麼說吧？要你們胡言亂語，攪亂阿靜的心，還故意送上太鹹的菜妨礙阿靜，打算讓我們丟臉是吧？你說！淺田屋到底給了你們多少錢？」

這下事情麻煩了！樓梯上傳來腳步聲，不是多惠就是阿藤。她們聽到爭吵聲，可能會上樓查看。

阿鈴無處可躲，在走廊上狼狽不堪，要是被發現就糟糕了！

這時一陣冷風拂過阿鈴的臉頰，阿蜜突然出現在樓梯扶手前。阿蜜從空無一物的暗處般撥開黑暗出現，飄到阿鈴身邊。她跟宴席開始前的打扮相同，髮髻和浴衣的組合在天完全黑了的此刻，看上去有些單薄。

「不要動，我把妳藏起來。」

阿蜜說完在阿鈴身邊蹲下，像要保護阿鈴似地用身體遮住她。

「這樣躲在阿蜜背後就行了嗎？」

「嗯，躲著吧。雖然有點冷，別見怪啊。」

事出突然，阿鈴沒時間細問。阿蜜半透明的身體真能藏人嗎？她盡可能縮著身子，躲在苗條的阿蜜身後，忍不住想攀住那摸不著的背和肩膀。

多惠心忡忡地探看二樓的情況，爬上樓梯。太一郎勸她們息怒的聲音也蓋住了。阿藤的聲音也愈來愈大。

有人打開淺田屋房間的紙門，阿藤探出頭來。看來她服侍完客人後，順便留在房裡陪客人聊天。

這段期間，白子屋房內的怒氣愈來愈強烈，阿秀和阿藤臉上半帶著笑容，但她長年擔任女侍，光是察覺客人可能在生氣，就會全身緊張。她現在也一臉緊張兮兮。

阿藤的身後，淺田屋的阿陸也探出頭。阿陸和丈夫松三郎手牽著手，縮著脖子探看情況，臉上還

帶著微笑。她似乎對白子屋那邊發生了什麼事相當感興趣。

「哎呀、哎呀，」阿蜜露出苦笑，「真老實，還在笑呢。」

「淺田屋大概認為是自己贏了。」

阿蜜微微回頭，「贏？贏什麼？」

「騙靈比賽啊。白子屋的阿靜小姐承認今天失敗了嘛。」

阿蜜仰著喉嚨，呵呵笑道：「哎呀，阿鈴，誰都沒贏也沒輸。妳瞧瞧，她們之中有誰看到我和阿鈴？」

沒人看到。她們怎麼可能看得到？

「我知道，笑和尚爺爺也說她們不可靠。雖然不曉得阿靜小姐和阿陸小姐到底會什麼，至少在這個家裡，她們看得到的東西比我還少。」

「是啊。」阿蜜點頭，斜睨著淺田屋那對年輕夫妻悄然挨近白子屋的房間。為治郎和阿初也跟在後頭，阿藤拚命想說服四人回到原本的房間，但白子屋房內的爭執愈演愈烈，阿藤的努力全白費了。

「什麼事？白子屋到底在吵什麼？」為治郎搖晃著肚子，好奇地探看房內。「接下來就要比賽了，怎麼能鬧事啊。」

「可是，」阿鈴縮在阿蜜身邊繼續說：「她們召喚靈魂的能力是真是假，跟騙靈比賽的輸贏完全是兩回事。阿爸和阿母都不能像我這樣跟阿蜜說話，只能接受白子屋或淺田屋單方面的說詞。而且騙靈比賽又不能不定出輸贏。」

「原來如此，說的也是。真是一件麻煩的事。」

「我應該早點阻止的。」

後悔的情緒深深刺進阿鈴胸口，她很氣自己。

「我不該讓他們接下幽靈比賽宴席，老實告訴阿爸和阿母我看到的一切就好了，這樣就不會被那些騙子利用。這陣子我還在期待，阿靜小姐和阿陸小姐如果真有靈力，也許可以幫助你們順利升天，我實在是個傻瓜。」

阿鈴脫口說出真心話。阿蜜在一旁溫柔地看著她，默默笑著。

「可是，笑和尚爺爺說不想升天，還說玄之介大人也這麼想。是啊，誰都不想消失嘛。阿蜜也這樣想吧？是我太傻了。」

阿蜜安慰嗆著淚的阿鈴：「妳現在不能哭，我懂妳的心情，妳不用這麼自責，先擔心這場混戰要怎麼收尾吧。」

眼前這情況根本不是什麼驅靈比賽，甚至連一場宴席都算不上，這不過是交惡的兩家人蹧蹋了太一郎的一番心血，毀了這場宴席，藉機吵架罷了。

淺田屋的人都來到走廊，紛紛交頭接耳。這時，白子屋房內似乎又有人打翻食案。多惠頻頻道歉，想幫忙阿藤說服淺田屋眾人回房，卻只是徒勞。爲治郎粗魯地推開多惠想闖進白子屋的房內，被推開的多惠撞到牆壁，阿鈴見狀氣得想衝出去。

「噓，不要動。」阿蜜阻止阿鈴。

阿鈴順著阿蜜的指尖望去，差點「哇」地叫出聲，連忙用雙手按住嘴巴，僵在原地。

不知何時，蓬髮已站在樓梯扶手旁。他跟上次出現時一樣，衣衫凌亂，垮著雙肩，半瞇著白眼，吊著眼尾看人。他像是剛跑過來似地氣喘吁吁，右手握著白晃晃的刀刃，鬆了一半的腰帶垂落在走廊上。房裡洩出的亮光照著他，地上卻看不見任何影子。

「果然出來了。」阿蜜眨著眼說,不知為何她的眼裡滿是同情之色。「可能是聽到女人的聲音才出來的,上次也是這樣。」

阿蜜指的是筒屋宴會那次。阿鈴無法自蓬髮身上移開視線,雙手緊抱怦怦跳的胸口,屏住氣息。

「筒屋那一次,大老闆差點被殺……」

「是啊,不過那次他是聽到筒屋年輕老闆娘的聲音才出來的,這回也是。」

「阿蜜,妳知道那位武士的事嗎?」

「什麼都不知道,這只是我的猜測。阿玄說了什麼嗎?」

「什麼也沒說,他也不清楚。」

「我也一樣。不過,那人一定跟女人有過什麼牽扯,對於這種事,我的直覺絕對不會錯。」

阿鈴在內心自問:「這種事」到底是指哪種事呢?阿蜜彷彿聽到阿鈴的心聲。

「一定跟戀愛有關。」阿蜜笑著回答。「阿鈴,不要動,躲好。」

結果,你一言、我一句在走廊上爭執不休的一行人,全擁入白子屋的房間,房內有人在尖叫。阿鈴以為蓬髮受到尖叫聲刺激,又會鬧事,打了個寒顫。但他只是肩膀上下起伏,喘著大氣,一步也不動。

聽到尖叫聲後,蓬髮的雙眼恢復生氣,怔怔地望著前方。阿鈴發現他的眼睛布滿血絲。

「那人……」阿鈴的手臂泛起雞皮疙瘩,「很像喝了酒腦筋不正常的人。」

「是發酒瘋。」阿蜜訂正。「阿鈴,妳看過這種大人嗎?」

高田屋七兵衛有個老朋友一喝酒就鬧事,阿鈴三歲時,他曾在高田屋喝醉大吵大鬧,阿先還抱著阿鈴躲進壁櫥。雖然忘了細節,阿鈴卻清楚記得男人那布滿血絲的眼白,以及他離開後仍聞得到的強

烈體臭。那氣味中夾雜著汗味和酒味，令人作嘔，卻又有一股像點心的甜味，教人不禁心頭發毛。

「你鬧夠了吧！」

一道刺耳的尖叫聲響徹四周，為治郎「咚」地滾出走廊，緊接著阿初摔在他的大肚子上。

「所以我就說不想跟那些人攪和在一起！我們太傻了，竟然和他們一起辦什麼荒唐的鬥靈比賽！為了貶低阿靜，這些人什麼事都幹得出來！」

「什麼？妳再說一次看看！」

為治郎掙扎著起身，不認輸地反駁，唾沫自他口中大量噴出。阿鈴心想，好髒啊！眼角餘光則緊緊盯住蓬髮，確認他待在原地一步也沒動。阿鈴冷靜得像個大人，觀察著眼前的一切。同時她又因後悔、憤怒、驚訝、恐懼，背上冷汗直冒。如果可能，她真想抱住阿蜜。

嘎嘩嘎嘩！咕咚咕咚！陸續傳來東西摔壞的聲響，太一郎頻頻喊著「住手！」。接著，島次摔了出來，滾到走廊上，他的雙手撐在地上。

「你們這些卑賤的廚師懂個屁！」白子屋的長兵衛大吼：「不准你們碰阿靜！別不懂裝懂！我們要回去了！再也不來這種教人不愉快的地方了！」

「輸贏還沒定！」為治郎扶著紙門撐起身子，大吼回去。「我家阿陸跟你家阿靜不同，是真貨，只要較量一下就知道。為了讓世人看清真相，我們才同意辦這種莫名其妙的比賽！你們不要因為牛皮將被捅破，就想逃走，沒那麼便宜的事！大騙子！我要告訴全江戶，到時候看你們怎麼丟人，活該！」

「我不是冒牌貨！」阿靜哭叫起來。

聽到她的哭聲，蓬髮出現反應，全身顫抖了一下，嘴巴開開的。阿鈴心生緊張，感覺下一刻蓬髮

就要舉起握刀的手，再次衝進房內揮舞⋯⋯

這時，島次猛然站了起來，他的臉猶如刻壞的面具，沒有任何表情。臉色蒼白得像棉花，雙眼像板牆上的節孔般漆黑，映不出任何光亮。

阿鈴看得毛骨悚然。阿蜜則僵著脖子，瞇起雙眼。

島次身後又出現那個幽靈。他的背部跟那個幽靈的腹部幾乎貼在一起，而且，持續貼近——貼近貼近——幽靈半透明的身體終於完全與島次重疊。

島次開口。

「你們通通滾出去。」他的聲音彷彿來自地底，顫抖，嘶啞。「通通滾出去。全都滾出去。再不滾，小心我殺死你們。」

眾人嚇得噤聲。島次搖晃著上半身，嘴角垂下一道唾液。

「喔、喔。」蓬髮發出聲音。阿鈴立刻轉頭，只見蓬髮布滿血絲的雙眼湧出淚水。

「你竟敢這樣對我們說話⋯⋯」白子屋長兵衛瞪著島次，惡狠狠地說：「對客人再無禮也要有個分寸，你這蠢蛋！」

長兵衛掄起拳頭，撲到島次身上打他。眾人以為宛如呆立在強風中的稻草人般搖晃著身體的島次會不堪一擊，不料島次像隻貓似地敏捷閃開，繞到長兵衛身後。

「白子屋老闆，危險！」

有人大聲警告，叫聲未歇，長兵衛已被島次拐了一腳往前摔倒。島次騎在他背上，雙手緊緊掐住他的脖子。長兵衛發出短促的叫聲，不久便出不了聲也喘不了氣，手腳「啪嗒啪嗒」地掙扎，瞬間滿臉臉通紅。

「爸爸！」阿靜尖叫著飛奔過來。呆立原地的眾人聽到阿靜的叫聲，彷彿被潑了冷水般回過神來，衝向島次。

阿鈴張大嘴巴，看著這場突如其來的鬧劇。阿蜜默不作聲，微微瞇著眼，目不轉睛地凝望眼前的情景。

蓬髮愣愣地站在大喊大叫、又打又抓的眾人之外，不停哭泣著。要是把他的眼淚串起來，可以串成一條念珠，剛好讓阿鈴戴在手上。那是一大顆一大顆足以做成念珠、閃閃發光的純淨眼淚。

阿鈴輪流看著眼前這場混戰，和哭得像個孩童的蓬髮，感覺像在做夢。她不敢相信自己家裡竟會發生這種事。眼前的情景太可笑了。

「快住手！你想殺死白子屋老闆嗎？」

淺田屋為治郎噴著唾沫大吼，掰開島次掐著長兵衛脖子的手。長兵衛喉嚨發出「呼哧」聲，一邊咳嗽一邊爬著逃開。

「咦，哎呀。」阿蜜大吃一驚，提高語調：「阿鈴，妳看！」

被為治郎和太一郎壓制的島次突然安靜下來，彎曲膝蓋，無力地垂著頭，宛如斷線的木偶。阿鈴看見那個酷似島次的幽靈，自島次身上飄出。

「喂，你！」阿蜜迅速站起向幽靈搭話，如撥子彈了一下琴弦般投以質問：「你擅自闖進別人的地盤鬧事，實在不像話。你到底是何方神聖？」

大人們要照顧長兵衛，又要將昏迷不醒的島次抬到房內，一陣混亂。阿鈴在阿蜜身後，雙手支在牆上撐起身子——膝蓋在打哆嗦——雙手發汗，全身冷汗直流。

與男幽靈對峙的阿蜜表情可怕，簡直判若兩人，指甲也瞬間變尖，嘴巴含毒。她縮回下巴重新站

穩，體內逐漸蓄積力量，準備伺機撲上去。

面對阿蜜的那個幽靈，揚起右邊嘴角，看似在笑，雙眼炯炯發光，令人想起水面上的浮油映著陽光的景象。

「明明是個女人口氣還真嗆啊，阿姊。」幽靈前後搖晃著垂下的雙臂，跨出一步，靠近阿蜜。

「我是什麼人跟阿姊無關吧。」

阿蜜文風不動，毫不畏縮。她眉頭深鎖，微微歪著頭，但背脊挺得很直。

「當然有關係，這裡是我的地盤，你沒打聲招呼就在這裡鬧事，讓我丟盡顏面。」

酷似島次的幽靈這次真的笑了。阿鈴非常害怕，因為他口中露出的牙齒又尖又長。

「那真是抱歉啊。可是，阿姊，我也有我的苦衷。那個人⋯⋯」男幽靈努努下巴，示意昏厥的島次所在的房間。「不知何時，走廊上已沒有人，大人們似乎都暫且回房了。幽靈接著說：「是我弟弟。」

聽著，阿鈴，十年前我被他殺死。」

阿鈴沒時間為這句話吃驚，忽然傳來像是野獸的咆哮聲。原來是蓬髮，他雙手掩面，蹲在地上呻吟。他並非單獨一人，玄之介站在他的身旁。玄之介低頭看著蓬髮，宛如面對一個不得不設法搬走、但光靠自己又搬不動的大型行李，束手無策地交抱雙臂，兩條眉毛垂得不能再低。當他察覺阿鈴的視線時，向阿鈴點頭微笑，表情似乎在說「總之先看事態會如何發展」。儘管阿鈴腦中還是一片混亂，玄之介的笑容安撫了她，讓她暫時鬆了一口氣。

「那人名叫島次，是這裡的廚師。」阿蜜像要確認般，一字一句地問幽靈：「他真的是你弟弟？」

「絕對不會錯，他是我弟弟。」

「你叫什麼名字？」

扮鬼臉 | 239

「我叫銀次，請阿姊多多指教。」

阿蜜沒客套回應，眉毛和眼睛都絲毫不動，問：「你恨島次，才附在他身上？」

「當然，我恨他的理由很多。他奪走我的鋪子，奪走我的老婆和孩子，還奪走了我的性命。」

「島次知道你附在他身上？」

「知道啊，我經常在他夢中出現。」

「你想要怎麼處置島次？像今天這樣讓他在人前作怪，對你並沒有好處。」

「我想要搶走島次的身體。」幽靈銀次大方回答，再次露出長長的尖牙，笑道：「我要把那傢伙的靈魂從身體趕走，再進入他的身體，用他的身體過完下半輩子。我想回到老婆和孩子身邊。」

銀次激動地回答。阿蜜眨了眨眼，彷彿要重新測量細小東西的尺寸，凝望著幽靈銀次。

在這短暫的沉默中，房內又傳出嘈雜人聲。幽靈銀次瞄了房內一眼。

「阿姊，我在妳地盤上鬧事，可能令妳很不愉快，但還請妳通融一下。我花了這麼多年才讓島次的靈魂衰弱，只要再加把勁，就能把那小子的靈魂從鼻孔揪出並趕走了。到時，我不會再給阿姊添麻煩。如果阿姊需要，日後我也可以幫阿姊做些法事。」

他說完後，飄在空中轉過身，如被風吹散的淡霧消失在阿鈴和阿蜜眼前。

「這下傷腦筋了。」他說得飛快。

阿蜜雙手插腰，喃喃自語。阿鈴緩緩走向玄之介。蓬髮雖然不再呻吟也不再哭泣，卻仍雙手掩面蹲在地上，前後搖晃著身子。

一群人自房內蜂擁而出。先走出來的是長相粗獷、氣得滿臉通紅的淺田屋爲治郎，阿初、阿陸和松三郎隨後趕上，像賽跑般快步離去。沒過多久，面無血色、眼圈發黑的白子屋長兵衛也出來了，

他似乎還有點頭昏眼花，腳步踉蹌。阿秀在一旁攙扶著他。躲在他們背後的是阿鈴沒見過的年輕女孩——看那打扮應該是阿靜，白頭巾大概是在騷動中弄掉的，阿鈴看到她的華麗髮髻。她身後跟著走得東倒西歪的隨從下女。

阿鈴眨眨眼。嗯？阿靜？

「白子屋老闆、白子屋老闆，我真的不知道該怎麼向你們賠罪……」

太一郎支支吾吾地說著，追在眾人身後，不過白子屋一行似乎沒人聽進去。他們通過阿鈴的眼前，逃也似地下樓。

「阿爸……」

阿鈴拉住沒發現女兒的太一郎的袖子，問：「阿爸，那個是阿靜小姐嗎？跟先前來的人不一樣啊。」

太一郎起初像是沒聽到阿鈴的話。阿鈴緊抓著他的袖子，重複說了好幾次，他才總算認出阿鈴，停住腳步。

「什麼？」

阿鈴耐著性子再說了一次。這時，白子屋一家人已下樓，正在門口穿鞋。太一郎走近他們，仔細打量那女孩的側臉，傻眼地開口：「真的呢……」

「又有什麼事！」長兵衛粗暴地推開太一郎，太一郎跟蹌了一下。長兵衛粗壯的脖子上浮現清晰可見的瘀痕，阿鈴見狀，背脊發冷。那是島次的指痕，不，應該說是幽靈銀次的指痕。

阿靜一次也沒回頭，白子屋一家人逃之夭夭。客人全都離開了。

扮鬼臉 | 241

太一郎呆立在玄關，近乎哭泣般喃喃自語：這到底是怎麼回事？阿鈴不想看父親哭泣，求助般仰望樓梯上方。

然而，阿蜜、玄之介和蓬髮都失去蹤影。從樓上吹來一陣冷風，拂過阿鈴的頭髮。

15

當天夜裡，阿鈴獨自偷偷跑到二樓的榻榻米房。

即使驅魔比賽以如此悲慘的方式結束，勤快的船屋眾人也不會把善後工作留到隔天。榻榻米房已清掃乾淨，燭火也熄滅了，沒有一絲傍晚宴席的痕跡。也許是因為宴席上有人打翻食案和碗盤，阿鈴隱約聞到榻榻米上還帶著食物湯汁的氣味，但很快就聞不到了。

船屋內鴉雀無聲，並非大家都睡著了。島次一直昏迷不醒，最後只好請來醫生診治，同時遣人通知林屋。剛才一個自稱島次侄子的人帶來幾個年輕人，用門板把昏迷的島次抬回去了。

阿鈴稍稍拉開面向河道的窗戶的防雨木板，細長的月光照了進來，關上面向走廊的紙門後，房內只剩下黑暗和手掌寬的月光陪著阿鈴。

阿鈴深深嘆了一口氣。她雖然很累，但並不睏，儘管心情沉重，精神卻異常亢奮。

「如果可以跟誰說說話該有多好。」阿鈴對著黑暗呼喚。「有人在嗎？有人願意現身嗎？今天來了一個陌生的幽靈，大家是不是都嚇一跳？沒人願意跟我說話嗎？跟平常一樣坐在樓梯中央，也許玄之介會現身──」阿鈴正想離開窗邊時，眼角餘光瞄到一個發光的物體，就在房間另一角落。

蓬髮坐在那裡，雙手抱著身子蹲坐著。在發光的是他的臉頰。

原來他又哭了。

阿鈴一點也不害怕。當初遇見他時，他的確胡亂揮著刀，不過他並沒有砍阿鈴。

阿鈴腳底摩擦著榻榻米，一步步挨近，在蓬髮身邊蹲了下來。

扮鬼臉 | 245

「謝謝您出來。」阿鈴盡可能溫柔地說：「我早就想跟武士大人說話了。」

蓬髮顫抖了一下，像隻飢餓、孤獨、老是遭人怒斥或丟石子的野狗。

「武士大人，您為什麼這麼難過呢？」阿鈴問。

阿鈴知道自己的問題太直接，對方也許不好回答，但在今天的混戰之後，她不願再耗費心神拐彎抹角說話了，光想像就令她反胃。

「武士大人，您說話是不是不方便？那我要怎麼做才能安慰武士大人呢？請其他幽靈出來會不會比較好？」

蓬髮轉了轉濕潤的眸子，怯生生地望向阿鈴。他鬍子沒刮的下巴、肩膀和雙手都在顫抖。阿鈴不禁感到悲哀和同情。黑暗中，蓬髮的身體不像是半透明的，感覺跟活人一樣有血有肉。阿鈴忍不住伸出雙手想擁抱他，待手臂撲了空，她才回過神來。

蓬髮嘴巴顫動，吐出話聲：「偶、偶……」

「嗯。」阿鈴點頭鼓勵他：「嗯，什麼？」

「偶，殺、殺了人。」

「偶，殺、殺了、了人。」

「我殺了人。」

阿鈴睜大雙眼，無言地點頭催促他繼續說。蓬髮尋求依靠似地望著阿鈴，嘴唇顫抖著，又說：

「殺、殺了，很多。」

「您殺了很多人嗎？」

蓬髮像個頭沒接牢的木偶人，歪著頭，生硬地點頭。

「您為什麼那麼做呢？」阿鈴遲疑片刻，下定決心追問：「難道跟以前興願寺住持做的事有關係

蓬髮雙眼瞪得老大，眼角彷彿會「咻」一聲裂開。他突然抽回身子，阿鈴以為他想逃走，緊張了一下。原來蓬髮只是嚇得雙腿發軟，坐下來而已。

「我也真是的。」阿鈴鬆一口氣，笑了出來，心情平靜許多。「還沒告訴您我的名字，我叫鈴。」

「武士大人叫什麼名字呢？」

蓬髮右手頻頻擦著臉頰，像在看什麼恐怖東西似地望著阿鈴，對阿鈴的發問連連搖頭。

「您不想說出自己的名字嗎？」

蓬髮又用力搖頭。

「沒偶。」

「是沒有名字的意思嗎？」

「您沒有名字嗎？每個人應該都有名字。」

「沒偶。」蓬髮眼神緊張，堅決地回答。「殺，人，搜以，沒偶。」

名字是重要的線索，可是既然他說沒有，追問下去也沒有意義。而且不可思議的是，阿鈴突然覺得跟蓬髮有種親近的感覺。一直以來緊閉的那扇門似乎打開了，蓬髮從裡面走了出來，快步挨近阿鈴。難道他發生了什麼事，想向阿鈴——船屋的人——求救嗎？這和以慘劇收場的驅魔比賽有什麼關聯嗎？當時，蓬髮沒有像上次那樣鬧事，只是大聲哭個不停呢？

「武士大人，您待在這裡很久了嗎？」阿鈴問道。

蓬髮像小孩一樣用力點頭。那動作讓阿鈴想起小丸，她覺得自己彷彿變成姊姊了。

「待在這裡痛苦嗎？想去其他地方嗎？還是想一直待在這裡？」

蓬髮抬起下巴，偏著頭，像是在觀察阿鈴。阿鈴雖然不覺得害怕，卻有些害羞。他到底在看什麼？好像要在我身上尋找什麼似的——阿鈴心想。

「殺了，人，不能，到，好地方。」蓬髮喃喃自語。

「嗯，謝謝。」

蓬髮彷彿嚇了一跳，抽回身子望著阿鈴。阿鈴甜甜一笑：「武士大人很體貼呢。」

樓下傳來腳步聲，阿鈴縮著身子，側耳傾聽腳步聲的主人會不會上樓，不過腳步聲順著走廊逐漸遠離了。

「武士大人，」阿鈴轉向蓬髮，「為什麼您今天哭得那麼傷心？今天來這裡的人當中，有人做了什麼事讓武士大人想哭，或是讓您想起了傷心事嗎？」

蓬髮又低下頭，全身不停顫抖，阿鈴也在他身邊縮起身子。

靠近一看，蓬髮的身體跟玄之介一樣，有些透明，就算伸手也摸不到吧。而且就跟和其他幽靈在一起時一樣，待在他身邊感覺得到陣陣寒氣。

如同面對玄之介、阿蜜與笑和尚一樣，阿鈴現在不怕蓬髮了。

「那個，素壞男人。」

「那個⋯⋯是誰？」

蓬髮抱膝蹲坐著，低聲說了一句。

蓬髮不作聲，眨著眼，淚水又落了下來。

「是那個⋯⋯叫銀次的幽靈嗎？他是島次先生的哥哥，說自己被島次殺死了。」

蓬髮沒回應，阿鈴決定繼續說下去。

扮鬼臉 | 249

「我不清楚島次先生是怎樣的人,也沒有跟他好好說過話,可是他願意跟阿爸一起幫船屋做事,我猜他應該是好人。而且阿爸十分中意島次先生,相當信任他。這回為了設計騙魔比賽宴會的菜單,阿爸常找島次先生商量。我阿爸很體貼,不過他自己是打拚過來的人,所以討厭懶人。七兵衛爺爺也這麼說過⋯⋯啊,七兵衛爺爺就是栽培我阿爸當廚師的人,不是我真正的爺爺,但他就像我真正的爺爺一樣。這麼說,您聽得懂嗎?」

阿鈴抬起眼,滴溜溜地望著蓬髮。

「討厭懶人的阿爸和島次先生處得好,表示島次先生也很勤快。七兵衛爺爺教過我,大人不管再怎麼壞,就算去賭博、去不好的地方玩或是偷東西,只要肯工作,就不至於真的淪落到太悲慘的地步。反過來說,變壞的人都是懶人。我沒見過太多例子,都是聽大人說的,不大清楚。不過,既然七兵衛爺爺這樣說,我想⋯⋯」

為了不讓對話中斷,阿鈴一直滔滔不絕地說著,說到後來連自己也不知到底想說什麼。她慌慌張張地想了一下,接著說:「那個叫銀次的幽靈說,島次先生十年前島次先生殺死他,可能是有什麼誤會吧。畢竟殺人是罪大惡極的壞事,只有真的很壞的人才做得出來吧?」

阿鈴聽到一聲長長的嘆息,是冰冷的氣息。

原來是蓬髮在嘆氣,阿鈴吃驚地望著他。

「偶,以尖,素懶人。」

蓬髮用平靜得近乎溫柔的語氣說:「搜以,才,殺人。小姐,說的,沒湊。」

阿鈴覺得自己「咻」的一聲掉到洞穴底部。殺人是罪大惡極的壞事,只有真的很壞的人才做得出

來。哎呀，我真是的，蓬髮才哭哭啼啼坦承自己殺了人，都聽他說了這麼多，我竟然說出這種話，阿鈴提到島次和銀次的事，一時說得忘我，話就脫口而出。

我到底想做什麼？想害這個幽靈傷心難過，想讓他生氣嗎？我到底在想什麼啊，真是個大笨蛋！

阿鈴想安慰蓬髮，卻想不到適當的話，只好默不作聲。阿鈴以為這句話會讓蓬髮難過又尷尬，甚至想找個地洞鑽進去，但蓬髮看上去十分平靜，臉上甚至掛著至今為止最溫柔的表情。

「那個，素恐怖，男人。」蓬髮說。「小姐，不要，接近。」

「是島次先生？還是叫銀次的幽靈？」

蓬髮立刻回答：「兩個都素。」

「兩個都是？不過島次先生……」

阿鈴睜大雙眼，目不轉睛地盯著蓬髮。仔細一看，可以發現他臉上有許多傷痕：有刀傷留下的、有青斑、有彎彎曲曲的形狀、指甲抓傷的痕跡，還有些地方凹陷下去，大小種類不同。這些傷痕爬滿整張臉，令人看了不舒服。他的右眉尾還因為疤痕長不出毛髮，鼻子歪曲，上下嘴唇也不對稱。

阿鈴腦中突然閃過一個念頭——這些傷痕是不是這個人生前殺人時留下的？在犯下那種恐怖的罪過時遭人砍傷的？是不是被殺的那些可憐人抓傷或搥打這個人，試圖逃走、反擊，才會留下無數傷痕在這張臉上？

眼前這個人極度危險，極為邪惡。他本人不也承認了？不管現在看起來再溫柔、再可憐寂寞、再怎麼孤獨，這人確實曾滿不在乎地砍死許多人，全身沾滿受害者的鮮血，因罪孽報應才迷了路，無法前往西方淨土，是個無可救藥的壞人。

251

這種壞人說的話可以相信嗎？

在阿鈴這個年紀，很難掩藏自己內心真正的想法，即使不表現在臉上，也會洩漏在眼神裡。蓬髮似乎也察覺到了。他的臉突然皺成皺巴巴一團，縮著肩膀，身子比剛才更蜷曲。

「素的，」蓬髮小聲說：「偶，素，壞人。」

「對不起，我……」

阿鈴趕忙挨近蓬髮，但他不再看著阿鈴，只是望著地面，不帶情感地說：「可素，小姐，不要，接近，那個男人。」

「因為島次先生是壞人？」

蓬髮激烈地搖頭。

「不要，不要不要不要。」

「殺了，殺了。偶，殺了，親，兄弟。」

蓬髮揪著自己的頭髮。

「您認為島次先生真的殺死了銀次先生嗎？」

瞬間，一股冰冷到近乎令人刺痛的冷氣裹住阿鈴的身子。好冷！阿鈴縮著肩膀，鼻子受到刺激，待她回過神來，蓬髮已消失。

我殺了親兄弟。

阿鈴心中有個重要的角落，那裡總是有阿爸和阿母在，而蓬髮消失前吼出的那句話，現在也緊緊

卡在那個地方。

蓬髮殺了親兄弟。

蓬髮殺了自己的哥哥或弟弟。是的，一定是這樣。那是他第一次殺人嗎？果真如此，蓬髮是不是因為殺了親兄弟，才會脫離正道，墮入不斷殺人的恐怖人生呢？

還是，那是他最後一次殺人？是不是蓬髮的兄弟看不慣蓬髮的殺人行徑，勸阻蓬髮，而蓬髮卻——殺了給自己忠告的兄弟？

答案到底是哪一個，恐怕只有本人才知道。阿鈴沒把握蓬髮還肯不肯跟她說話，就算肯，他也不一定會告訴阿鈴答案。不過，如果蓬髮是對殺了親兄弟一事深深悔恨，因而無法升天，那就能解釋他為何在島次兄弟在場時現身，並且放聲大哭的疑問。島次和銀次兄弟鬩牆，明顯觸痛了蓬髮內心的傷痛，足以讓蓬髮的傷痕再度流出鮮血。島次殺了銀次，弟弟殺了哥哥，並奪走哥哥的人生——至少銀次這麼堅信，並為此附在島次的肉體上。在蓬髮看來，這跟自己做過的事一模一樣。

阿鈴又想起阿蜜說的話。她說，蓬髮的靈魂會徘徊個人世，跟年輕女孩出現。阿蜜說的話。阿鈴試著從大人的角度去思考：難道是兄弟倆喜歡上同一個女人？

兄弟和年輕女孩。阿鈴試著從大人的角度去思考：難道是兄弟倆喜歡上同一個女人？

這麼想的話，幽靈銀次對島次的怨言也就能解釋了。

——老婆被奪走，鋪子被奪走。

假若島次喜歡上哥哥銀次的妻子，也就是自己的大嫂呢？然後他按捺不住自己的私情，殺死礙事的哥哥？

扮鬼臉 | 253

事實上，島次的確和大嫂成家了，也養育哥哥的孩子。阿鈴從父母和阿藤透露的隻字片言中，得知了這些事。

驅魔比賽宴席以悽慘的結果告終後，隔天清晨，船屋靜謐得像在守夜。平素跟清晨六刻鐘響同時起床的太一郎和多惠仍躲在被窩裡，昨晚三人悄聲談到深夜，難怪起不來。阿鈴心想，就算早睡，大家一定也累壞了，愛睡多久就睡多久吧。

睡著就不必去想船屋的事。驅魔比賽變成那樣，結果只是雪上加霜，導致船屋的經營更加艱難。不僅幽靈沒有驅除，白子屋和淺田屋也因各自的理由勃然大怒，想必已把船屋的美食和籌備宴席的苦心忘得一乾二淨。雖然事先收了一半的錢當訂金，用來備貨，但剩下的尾款收不收得到還是個問題。

船屋……也許會倒閉。

只要起床，就得面對這些現實問題。即使太一郎和多惠還沒有面對現實的氣力，想多休息一會，也無可厚非。希望他們至少睡得很熟，不要做夢。

跟之前發生筒屋的事時一樣，高田屋七兵衛至今仍未遣人過來，也不見他本人踢著灰塵從本所過來。

這回船屋真的完了，至少讓太一郎他們睡到滿足為止吧──這或許是七兵衛體貼的父母心。

不過，阿鈴不能睡。就算不考慮船屋的困境，她也有一大堆問題想知道、待確認。

大人們不在或是還沒起床時，嚴禁阿鈴自己用火種生火，因此阿鈴起床後雖然又渴又餓，但飯桶只剩下一些冷飯，不能燒開水也就不能用熱水泡飯，更沒開水可喝。「算了。」阿鈴拿著勺子直接從水缸裡舀了水喝，說聲「好！」就從船屋出發。

阿鈴打算先到島次家，聽說他哥哥銀次留下的外送料理鋪「林屋」位於本所二目橋橋畔。她認為就算不直接上門，也能打聽到一些事。昨晚林屋的人用門板抬著島次回去，事情鬧得那麼大，目擊的鄰居現在一定急著想說給別人聽。

事實上的確如此，與林屋比鄰的蔬菜鋪和魚鋪、對面的點心鋪，以及路過叫賣涼水的小販，都在談論島次的事。

阿鈴謹慎地四處走動。她只要露出天真的表情說「我住在船屋旁的孫兵衛大雜院，船屋老闆娘給我一些零用錢，拜託我來探聽林屋伯伯的身體怎麼樣了」，鄰居就會主動告訴她。

「是嗎？妳真是懂事，竟然幫忙來探病。妳要向那個船屋的老闆娘多討一點零用錢呀。」

「島次先生自己的鋪子明明也很忙，何必到那家料理鋪⋯⋯是叫磚屋嗎？他幹麼要去那裡幫忙呢？」

「大概是欠了人情吧。」

「可是幫忙就幫忙，怎麼會被打到讓人抬回來？聽說他從昨晚一直昏睡到現在，睡得像個死人，肯定被打得很慘。」

林屋鄰近的居民不但不清楚船屋的名字，也不清楚昨晚到底發生了什麼事，更不知道有驅魔比賽這種荒唐的宴席。大家不過是抱持看熱鬧的心態閒聊，也有些替島次擔心。阿鈴暗自「嗯、嗯」地點頭。

「我可不可以見見林屋老闆娘呢？船屋老闆娘交代，如果方便的話，她希望我直接上門問候，回去以後她會多給我零用錢。」阿鈴問。

胖嘟嘟的蔬菜鋪大姨人很好，笑著拍胸脯說：「既然如此，妳在這裡等著，我去幫妳問問阿高老闆娘。」

蔬菜鋪的伯伯也十分親切，特地為阿鈴煮了碗糖水。阿鈴早上沒吃飯，非常感激有這碗糖水。喝完糖水後，蔬菜鋪大姨陪著一個身材瘦削、尖下巴的女人回來。那女人穿著深紫條紋衣服，不知是不是衣服顏色映在她臉上，臉色看起來頗糟。

蔬菜鋪大姨活力十足地介紹。她回頭面向瘦削的女人，隨意指著阿鈴，說：「瞧，就是這孩子。」

「這是林屋的阿高老闆娘。」

「哎呀，辛苦妳了。」

瘦削的女人邊說邊走近阿鈴，身上傳來刺鼻的線香味。

「妳回去以後轉告船屋老闆娘，島次的太太阿高說，非常感謝她派人來探病。」

那麼，她就是銀次從前的妻子，現在是島次的妻子。原來她叫阿高。

阿鈴規矩地行禮，一副煞有其事的樣子表達問候，用詞雖然鄭重，卻說得不甚流暢。蔬菜鋪大姨笑咪咪地說：「這孩子實在懂事。」

阿高始終一本正經地聽著阿鈴轉述的問候，那表情不像在說「丈夫變成那樣，我可是在氣頭上」，也沒有「特地來探病真不好意思」的感覺。很明顯的，她根本沒有聽進去，只是不能讓人看出這一點，只好做做樣子。她的眼珠一直骨碌碌地轉個不停。

不等阿鈴說完，阿高就迫不及待地又挨近一步，問：

「那麼，有沒有帶什麼東西來探病？」

「啊？」

阿鈴真的愣住了，蔬菜鋪大姨也張大了嘴巴，半晌後才哈哈大笑：

「哎呀，阿高老闆娘，這孩子只是幫忙跑腿，沒帶東西來探病啦。」

阿高臉上明顯浮現失望的神色，教人看了都不好意思。她說：「是嗎？我還以為……」

「對不起。」阿鈴縮著肩膀道歉。「船屋老闆娘只交代我，過來問一下島次先生的身體怎麼樣了。」

「島次啊，沒什麼大礙。就頭上……」阿高在自己額頭上比畫，「多了個這麼大的腫包，沒有性命危險。」

她的語氣像是在說：真遺憾，沒有性命危險。

「請問島次先生能說話了嗎？」

「他醒來了，應該能說話了吧。醫生診斷身體沒問題，但他一句話也不肯說，跟丟了魂一樣。」

阿鈴暗暗皺眉。昨晚昏倒之前，島次的舉止明明一如往常……他到底怎麼了？

接著，阿鈴想起銀次說的話，心頭一驚。

在那場混戰中，幽靈銀次不是這麼回答阿蜜嗎？

──我想搶走島次的身體。

──只要再加把勁，就能把那小子的靈魂從鼻孔揪出並趕走了。

阿鈴覺得脖子上的汗毛都倒豎起來。甦醒的島次一句話也沒說，是不是正如銀次所言，島次的靈魂已被趕出去，銀次進入並占據了他的身體？要是開口說話，從島次口中傳出的，該不會是銀次的聲音？

──是陰魂的聲音。

「咦，妳怎麼了？」

一回過神，阿鈴發現蔬菜舖大姨擔心地看著她。

扮鬼臉 | 257

「妳怎麼臉色發青啊。」

阿高也一臉詫異。阿鈴急忙搖頭，擠出笑容。

「那麼，我回船屋了，得向大家報告島次先生並無大礙。」

「是啊，回去要小心。辛苦妳跑這一趟了。」

蔬菜鋪大姨笑嘻嘻地慰勞阿鈴，阿高卻一聲不吭。那尖下巴本來就讓她顯得刻薄，不說話時看起來又更凶了。阿鈴跑離蔬菜鋪。

跑到看不見林屋的地方，阿鈴的心情總算平復下來。雖然胸口還在怦怦跳，但停下腳步深呼吸後，心跳也逐漸趨緩。

島次、銀次、阿高，以及大哭大喊的蓬髮，幾個人的臉在阿鈴小小的腦袋裡轉來轉去，分不清誰是誰。為了轉移注意力，轉換心情，阿鈴絞盡腦汁地思索。殺死兄弟——要將這些糾結在一起的臉龐歸還原主，這句話正是關鍵。

阿鈴很想知道，十年前銀次到底是怎麼死的？這不能僅憑猜測，必須知道前因後果，再跟蓬髮見面，問他是否經歷過跟島次兄弟相同的遭遇。要表達出阿鈴對蓬髮的關心，這麼做最好。只要蓬髮明白阿鈴的心意，就能夠得到他的信任，之後便可以一起思考如何幫助他。

可是，怎麼做才好？剛才那種假裝天真孩子受託辦事的方法，只能打聽到那種程度而已。究竟該問誰、又該怎樣問呢？如果有以前就和島次熟識的人⋯⋯

阿鈴停下腳步，眼睛睜得大大的。扛著扁擔的涼水小販迎面走來，經過時對阿鈴笑了笑。不，也許他是看到阿鈴的表情，才會噗哧一笑。

我真是個笨蛋！阿鈴用手掌「啪」地打了一下額頭。不是有個七兵衛爺爺嗎！

本所相生町的高田屋和往常一樣飄出飯菜香味，走近後看得見廚房窗櫺飄出熱氣。員工工作的動靜，漆器疊放的聲響，大聲斥責助手的聲音，在在都令阿鈴懷念不已。

那是阿鈴熟悉的家，她直接繞到院子打開小門進去。四處雜亂地種著花草，阿鈴小心翼翼避免踏到這些精心照料的花草前進，來到七兵衛寢室旁。以前住在這裡時，每逢下雪，阿鈴總會和七兵衛在院子裡堆雪人，夏天則是捕捉誤闖到院子裡的青蛙和螢火蟲。

要是不開船屋，一直待在這裡該有多好──阿鈴突然湧起一股刺穿內心的強烈感情，幾乎要掉下淚來。阿爸和阿母如果不離開這裡該有多好，那麼大家就不用經歷這一切辛苦了。

啊，現在說這些話也沒用。況且，阿鈴也有自己的理由，不能拋下船屋。

白天的話，七兵衛大概在鋪子那邊。房間外的窄廊上只有阿先一個人，她正在大花瓶中插上夏胡枝子。阿鈴從灌木叢後走出來時，她並沒有立即察覺。

「阿先大媽。」阿鈴低聲呼喚。阿先嚇了一跳，抬起臉看到阿鈴時，手中的園藝剪刀掉了下來。

「哎呀、哎呀，這不是阿鈴嗎？」

阿先跪起上半身。阿鈴又是一陣難過，拚命壓下想哭的情緒。

「妳自己來的？不要站在那裡，快過來。」

阿鈴聽話走近窄廊，阿先很快靠過來摟住她。阿先脫下一只鞋子，另一只仍套在腳上，全身埋在令人懷念的阿先氣味裡。那是混和阿先肌膚、髮油味、袖口內香包的氣味。

「我聽說了，你們昨天很慘啊。」阿先有些鼻酸地說。「阿爸和阿母失望，妳也十分難過吧。太可憐了。」

「阿先大媽是聽誰說的？」

「大概半個時辰前，妳阿爸來過，剛才又跟爺爺一起出門了。」

「回船屋嗎？」

「這我就不知道了。他們說要去島次先生家探望，妳七兵衛爺爺的表情很可怕……」阿先看著阿鈴，問道：「妳從早上到現在都去哪裡了？妳阿爸擔心得要命。妳去哪裡玩了？」

阿鈴決定暫時不說出實情，只答：「嗯，我有朋友住在船屋附近的孫兵衛大雜院。」

「是嗎？那就太好了。」阿先撫著阿鈴的頭髮，總算安心似地跪坐下來，又問：「妳早上吃了嗎？還沒吃吧？」

「嗯，不過人家能給我一碗糖水喝了。」

「那種東西怎麼能填飽肚子。妳等一下，我去拿點東西來。」

阿先放下插了一半的花，急急忙忙跑到廚房。阿鈴一屁股坐下，用力擦拭淚眼迷濛的雙眼，嘆了一口氣。

既然七兵衛出門了，她就失去來這裡的目的。不過來了也好，再怎麼說，昨晚發生的事阿鈴心裡也不好受，很需要別人安慰。

阿先很快就回來了。阿鈴看到托盤上放著熱騰騰的味噌湯、白飯、泡菜和煎蛋捲，還有一小片沾醬油料酒的烤魚，肚子咕咕叫著。

「唉，好像有青蛙在叫。」阿先噗哧一笑。「快，妳盡量吃，可以添第二碗。」

阿鈴狼吞虎嚥，吃著吃著逐漸恢復精神。人啊，無論再怎麼氣餒，只要吃得下飯就沒事，就能繼續撐下去——這是七兵衛的口頭禪，阿鈴深有同感。

阿先笑著看阿鈴吃飯。阿鈴吃完合掌謝謝招待後，她收下托盤出去，又端來一盤切片瓜果。

「雖然距離瓜果盛產的時期還早……」

她勸阿鈴吃，自己又插起花來。夏胡枝子開著可愛的粉紅花和白花，這花的花季也快結束了。世人都說夏天一結束幽靈就不會出現，然而船屋卻不是這樣。

「阿先大媽，」阿鈴大口吃著瓜果，問：「大媽知道島次先生的事嗎？」

阿鈴聽說是七兵衛介紹島次給船屋當幫手的，既然七兵衛連島次的廚藝都清楚，阿先也許知道一些事。

阿先「喀擦」剪著園藝剪刀，微微歪著頭說：「不知道，我不太清楚。」

「他廚藝很好，七兵衛爺爺才拜託他到船屋幫忙吧？」

「好像是這樣。」

阿先悠悠地回答，而後突然凝望著阿鈴問：「怎麼回事了？阿鈴，妳掛心島次先生的事嗎？」

「不是，沒有。」

阿鈴慌忙搖頭。阿先停下握著剪刀的手，那比實際年齡年輕、有著美人尖的光潔額頭微微聚攏，擠出皺紋。

「大媽，怎麼了？」

阿先瞄了一眼清純的夏胡枝子花，慢條斯理地說：「昨晚的宴席是為了辦驅靈比賽吧？」

「嗯，是的。」

「結果幽靈出現了沒？」

對阿鈴而言，船屋的幽靈平日沒事也常出現，但昨晚那場驅靈比賽本身，從結果來看是失敗了。

「好像沒成功。阿爸還挨罵,說是茱太鹹才沒成功,說什麼鹽有驅邪的力量。」

阿鈴的語氣逐漸轉成抱怨。白子屋阿靜和淺田屋阿陸根本就是冒牌貨,就算送上完全沒有鹹味的茱,她們也沒辦法召靈吧,然後又會找出其他藉口辯解。

「是嗎?」——阿先喃喃自語。咬著瓜果的阿鈴停下動作,她發現阿先額頭上的皺紋比剛才更深了。

「沒出現幽靈,島次先生卻變了一個人⋯⋯明明沒出現幽靈。」

阿先像在確認般反覆這麼說。阿鈴暗自詫異,很在意阿先的話。她把吃了一半的瓜果擱回盤子,靠近阿先。

「阿先大媽,您怎麼了?」

「嗯?」阿先擠出笑臉,「沒什麼、沒什麼,妳吃瓜呀。」

「我是沒什麼,但大媽的表情好像有什麼。」

「哎呀,」阿先做了個自上而下擦臉的動作,問:「是這種表情嗎?」(註)

兩人同時笑了出來。阿鈴快速地動著腦袋。阿先大媽似乎很在意島次的事,要怎麼問出她在意的原因呢?

「大媽,」阿鈴並攏膝蓋端正跪坐,一本正經地說:「其實我昨天看到了可怕的東西。」

「可怕的東西?」

――――――――
註:阿先在此是模仿「無臉女人」的動作和阿鈴說笑。「無臉女人」是日本常見的民間鬼故事。傳說有人在深夜的林間小道看到一個無臉女子,出於好奇尾隨於後,但女子瞬間消失無蹤,好事者攔下路人詢問是否看見無臉女子,路人以手撫臉,答道:「你看到的是不是這樣⋯⋯」

扮鬼臉 | 265

「嗯,島次先生昏倒時……我在島次先生身邊,看到一張模糊不清的男人的臉。」

阿鈴決定賭一把,說出來後覺得中了大獎。因為阿先明顯沉下臉來。

「是怎樣的男人?」阿先移動膝蓋,手輕輕放在阿鈴手臂上,溫柔地握住。「妳很怕吧?應該……沒跟對方對上眼吧?」

阿先慎重其事的表情反倒令阿鈴更害怕。

「沒有,只是看到模糊的影子而已,也許是我看錯了。」

「什麼長相?」

阿鈴又下了賭注,繼續說:「總覺得跟島次先生很像。」

阿先將自己的小手放在阿先的手上,問道:「大媽,怎麼了?您知道什麼事嗎?」

阿先垂下眼微微搖頭,小聲說:「阿鈴,這事妳千萬不能告訴七兵衛爺爺,他非常討厭這種事。」

阿先用力握住阿鈴的手臂。

「嗯,我知道。我不說,絕對不說。」

阿先凝望著阿鈴,鬆了一口氣:「剛才我也提過,我不清楚島次先生的事。關於鋪子的事……尤其是廚房和菜刀那些事,跟我無關。」

阿先是個俐落掌管家務、勤快又可靠的老闆娘,但她確實不插手生意上的事。

「只是船屋開張不久後,島次先生來找過七兵衛爺爺。因為爺爺介紹他到船屋當幫手,他來道謝。他是個重禮數的人。」

當時島次被帶到阿鈴現下所在的房間隔壁,阿先端著酒菜到鄰房打招呼。

「島次先生鄭重地向我問候,我留下來跟他們聊了一會。過世的哥哥留給他的……」

「是外送料理鋪林屋。」

「是的,沒錯。他說鋪子生意很好,是哥哥的遺孤在照料,所以目前有空。島次先生絕不是個可親的人,而且話很少,但他和七兵衛爺爺聊得十分愉快。妳也知道爺爺喜歡勤快的人。」

「那時節早就不冷了,我覺得很奇怪。而且那天天氣晴朗,院子裡滿是陽光。」

當時明明氣氛融洽,阿先卻感覺肩膀和腰部一帶冷颼颼的。

「由於還有家事,加上莫名冷了起來,阿先打算起身告退時,無意中望向院子。」

「結果啊,」阿先倒吸了一口氣,越過阿鈴肩膀指向院子說:「在那棵南天竹後……那邊不是種著兩棵南天竹嗎?我看到一個臉色糟糕、用束帶綁著袖子的男人,不出聲地站在那邊。」

阿鈴回頭望向院子。南天竹現在沒有結紅果實,但還是一眼就認得出是南天竹。以前住在這裡時,阿鈴常惡作劇摘南天竹的果實而挨七兵衛的罵。七兵衛說:南天竹是「轉禍為福」的吉祥樹,可以避邪招福,不能傷害。七兵衛雖然不喜歡鬱悶的鬼故事或因果報應的話題,但很喜歡跟商人有關的吉祥物。

當然,現在那裡沒有人,只有沐浴在夏末陽光中的南天竹。倘若樹裡住著會說話的精靈,大概會反問:為什麼妳們兩人都露出可怕的表情看著我?

「大媽,那男人的……」阿先微微打著哆嗦,那陣哆嗦通過彼此握著的手,也傳到阿鈴手上。「當下我甚至以為有另一個島次先生站在院子裡,以為是他靈魂出竅。」

「很像。」阿先的臉。「很像島次先生吧?」

可是就在阿先吃驚地眨著眼時,南天竹旁的男人消失了。七兵衛和島次依舊在房內愉快地聊天。

扮鬼臉 | 267

「我怕得要命,藉口要去拿酒離開,但不管到走廊還是廚房,都冷得牙關打顫。」

過了一會,島次告辭後,阿先問七兵衛:島次先生看上去有點陰沉,最近是不是有家人過世?

「七兵衛爺爺哈哈大笑,說那人一向就一副無精打采的表情。提到家人過世,只有十年前一個叫銀次的哥哥過世,最近應該沒有什麼事。」

阿先恍然大悟,剛才站在南天竹後方的男人也許就是島次過世的哥哥,銀次的幽靈。

「所以五官才那麼相像。」

阿先不露痕跡地詢問,從七兵衛口中得知島次和銀次以及林屋的家務事。所幸當時七兵衛喝了酒心情很好,不疑有他,說了很多。

「結果啊⋯⋯」阿先看著阿鈴,為難地笑了。「嗳,講這種事給妳聽,萬一妳晚上做惡夢,都是我害的。」

「沒關係,大媽,話聽到一半反而不好受。」

「也是。」阿先點頭。「七兵衛爺爺說,直到過世前一天銀次先生都十分健康,看不出異常,因為死得太突然,連驗屍公役都來調查。由於查不出可疑的地方,公役判斷是病死的,可是為什麼他會暴斃,原因一直不清楚。」

阿鈴感覺腳邊緩緩升起一股冷氣。

「聽完以後我更害怕了。」阿先望了望院子。「站在那邊的銀次先生,真的一臉怨恨,而且目不轉睛⋯⋯只盯著島次先生。不,應該說是瞪著島次先生。至今我仍忘不了他的眼神。」

大媽,那種眼神我也看過──阿鈴在心裡這麼說。

阿先的側臉僵硬,一直凝視著院子,彷彿此刻也看得見銀次的幽靈站在那邊。人的眼睛不僅看得

到眼前實際存在的事物，也能看到留在心底的景象。

外面傳來賣感冒藥的小販叫賣聲，大概是個新人，旋律有點走調。像是為了彌補這一點，他叫得特別賣力。阿先回過神來，眨眨眼，望著阿鈴。

「大媽，您不要緊吧？」

「嗯？啊，不要緊，我說了可怕的事給妳聽了。」

阿先取下塞在腰帶的手巾，幫阿鈴擦拭沾上瓜果汁液而黏糊糊的手。阿鈴住在這裡時，阿先也常這樣照料她，她覺得十分懷念。

阿鈴突然想到一件事，「大媽，除了看到那個⋯⋯很像銀次先生的幽靈⋯⋯您看過其他幽靈或是可怕的妖怪嗎？」

「這個啊，」阿先微微一笑。「我也不清楚，應該沒有吧。雖然聽過上了狸貓的當或狐狸附身那種事⋯⋯不過真正看到幽靈，那是第一次。」

「大媽來過船屋很多次吧？沒在船屋看過什麼嗎？」

阿先笑著問：「船屋有什麼嗎？」

阿鈴不由得抓著耳垂，皺起眉頭。

原來如此。阿先看到幽靈的不只阿鈴一人，過去也有人看得到。船屋的人日後也有機會看得到玄之介他們。只不過，比較特殊的是，阿先一開始就看得到所有的幽靈——原來阿先大媽也看得見銀次的幽靈。在意想不到的地方，竟然還有人看得見幽靈。要是阿先到船屋，也許可以看到幽靈中的某人。不過阿爸和阿母始終看不見幽靈，為什麼呢？

扮鬼臉 ｜ 269

「是不是看得見的人就看得見幽靈，看不見的人就看不見呢？為什麼會這樣？為什麼大媽看得到銀次先生，七兵衛爺爺卻看不到？」

「這個嘛⋯⋯」阿先微微皺起眉頭，「阿鈴，妳說昨天在昏倒的島次先生身邊看到一張男人的臉，這事告訴妳阿爸和阿母了嗎？」

阿鈴搖頭，「阿爸和阿母因為昨天的事非常沮喪，已夠受的了，我不想再說些有的沒的。」

「也是，妳真是個體貼的孩子。那麼，他們也沒對妳說什麼嗎？」

「如果是幽靈的事，什麼都沒說。」

「是嗎？這麼說來，太一郎和多惠他們應該看不到⋯⋯」

後面那句話小聲到像在自言自語。

「阿爸他們一直什麼都沒看到，一個也沒有。阿藤大姨也是。雖然阿律和修太嚇得離開船屋，但他們不是因為看到幽靈才離開的，這點我最清楚。」

阿先不經意地說。阿先似乎嚇了一跳，低頭望著阿鈴，問道：「阿鈴⋯⋯難道妳昨天不是第一次看到幽靈？妳在船屋也看過其他幽靈？」

阿鈴緊張起來，她還不打算全盤托出。

「不，我不是那個意思。」

「真的嗎？我真是的，竟然沒想到有這種可能。聽到船屋有幽靈作祟，我應該⋯⋯妳也知道七兵衛爺爺的個性，他不可能考慮到這種事⋯⋯但我應該多為妳著想才對。」

阿先的手貼在額頭，表情顯得相當懊惱。

「小孩子啊，眼睛不像大人那麼混濁，往往看得見大人看不見的東西。所以，在船屋做壞事的幽

靈，妳也許比太一郎和多惠看得更清楚、更仔細吧？妳真的沒看到什麼嗎？」

這一瞬間，阿鈴猶豫著到底該繼續說謊，還是一口氣全盤托出。一顆心像是雞蛋一樣滾來滾去，彷彿要逃離自己的掌心。

──乾脆全講出來吧。

如果是阿先，應該可以接受玄之介與笑和尚他們的事。

阿先又說：「要是妳看得到附在船屋的幽靈，事情就不能再拖下去，得早日把幽靈收拾掉才行。不能像妳七兵衛爺爺那麼悠哉，說什麼想利用幽靈讓船屋出名，得趕緊請法師來除靈。」

阿鈴大吃一驚，頓時睜大眼睛。阿先像要趕走追小孩的狗，一副覺得可惡又氣憤的表情，語氣也強硬許多。

那顆「心」蛋又滾來滾去，這次滾到「好，說出來」這一邊入口時停住了。

「收拾……大媽，是指請法師來讓幽靈升天嗎？」

「我不知道會不會升天，誰也不知道那些遊魂會去哪裡，不過至少可以把它們趕出船屋。」

──哎呀，這樣不行。

怎麼可以把幽靈趕出船屋，阿鈴根本不希望那麼做。

不管來了什麼法師，大概都無法把船屋的幽靈趕走，畢竟船屋本來就是他們的，一家人是後來才搬進去。就算法師來了，玄之介和阿蜜大概只會在一旁笑著看熱鬧。

可是，如果阿鈴任由大人那麼做，玄之介他們可能會失望，再也不理阿鈴，也不會原諒她。

阿鈴立刻收好那顆滾來滾去的「心」蛋，盡可能挺直背脊，打斷阿先的話：「大媽，請放心。昨天我是第一次看到幽靈，真的！」

扮鬼臉 | 271

「是嗎?妳不能對大媽說謊。沒看我這麼擔心嗎?」

「我沒有說謊。」阿鈴甜甜地笑著,「所以大媽也不要皺著眉頭了,好不好?」

若是看到這情景,玄之介很可能會苦笑著說:

——阿鈴,妳現在就那麼會演戲,將來一定不得了。千萬不要變成可怕的女人啊。

等了一會,七兵衛還沒有要回來的跡象,大概是去島次家探病後,又去船屋了。阿鈴與阿先告別,離開高田屋。如果現在趕回船屋,也許能趕在七兵衛跟雙親討論善後事宜時抵達。阿鈴快步走了一段路,可是來到猿子橋時,又改變心意。她放慢腳步,雙手撐在欄杆上,俯視河道水面。水面映著阿鈴的臉,那雙大眼睛也在仰望阿鈴。

為什麼有人看得到幽靈,有人卻看不到呢?為什麼同一個人可以看到某個幽靈,卻看不到另一個幽靈呢?

阿鈴看得到船屋的幽靈和銀次,阿先則看得到銀次變成的幽靈,可是七兵衛卻看不到,為什麼對。也許阿鈴就是這種體質。

假若有人具有能看到幽靈的「眼睛」,這種人無論走到哪裡,只要那裡有幽靈,應該都看得見才如果是這樣,阿先的例子又無法解釋了。阿先說在看到銀次變成的幽靈之前,從來沒有類似的經驗,也看不到船屋的幽靈,她只看得見銀次。這不是很奇怪嗎?阿先不算擁有看得到幽靈的「眼睛」呢?

阿先說,小孩子能看到大人看不到的東西。可是,之前阿鈴在河道旁看到丟擲石子的阿梅時,在

場的筒屋阿園和小丸卻看不到。那時阿鈴看到阿梅打算要推小丸落河，想大叫警告，結果糖果卡在喉嚨。姑且不管阿梅是不是危險的幽靈，可以確定的是，她的個性彆扭，這就足以令阿鈴感到威脅。由於只有阿鈴察覺阿梅的存在，她清楚看到阿梅身上的紅衣，阿園和小丸卻看不到。那個救了差點噎死的阿鈴的武士——瘦瘦高高，帶著狗的鄰居旗本——不知看到了沒有？啊，眞是失策，應該當場問他才對。

阿鈴清楚看見自己映在水面上的臉。這是「我」，是阿鈴。跟看得到這張臉一樣，我也看得到玄之介大人和阿蜜，笑和尙還爲我按摩。我也看得到蓬頭哭泣的臉，甚至感覺得到他高大的身軀因悲傷而顫抖。阿梅扮鬼臉的表情實在氣人！那表情清楚得令人想按住她，給她一記耳光。

阿梅眞是可惡！這時阿鈴想起一件事。

住在孫兵衛大雜院的乖僻勝，設計我掃廁所的那小子，能看到阿梅。他看到阿梅跟在我身後。不光是這樣，他似乎跟阿梅很熟，甚至還說：

——阿梅，妳不是有事來找我嗎？

乖僻勝爲什麼看得到阿梅？他又怎麼看待自己看得到阿梅這件事呢？他看不到其他幽靈嗎？看得到幽靈銀次嗎？

「關鍵」？

阿鈴靈光一閃……或許，哪個幽靈讓誰看到、不讓誰看到的這一點，正是當事者幽靈徘徊人世的

阿鈴拔腿跑向孫兵衛居住的大雜院。

扮鬼臉 | 273

17

氣人的是，房屋管理人孫兵衛又不在，乖僻勝也不見蹤影。巷子內四處可見玩耍的孩童，乖僻勝似乎沒跟他們在一起。

上次照料過阿鈴的阿松，和兩個年紀相近的大姨待在一起，井邊堆滿了衣服，她露出粗壯的手臂在洗衣板上用力搓洗著衣服。其中一個大姨則用腳踩洗著一件藍染外褂，阿鈴請教她孫兵衛的去處，她沒停腳，爽快地跟阿鈴說，今天有人自川越來找房屋管理人，房屋管理人帶著他去淺草參拜觀音菩薩了。

「妳還沒找到私塾嗎？」阿松還記得阿鈴，親切地問她。

「是的，還沒找到。大姨，妳知道乖僻勝在哪裡嗎？」

「那小子跑去釣魚了，大概在附近的橋上吧。」

這一帶河道縱橫交錯，有那種成年男子助跑就可以跳過的窄河道，也有流經二十尺便是盡頭的小河道，不一而足。至於橋，要是擱著一塊木板的無名橋也算在內的話，起碼就有十座。他到底在哪座橋上？阿鈴焦急地在附近跑來跑去。

結果，在距孫兵衛大雜院東邊半町（約五十五公尺），有條與其說是河道，不如說是積水的小水溝，乖僻勝正在那條小水溝盡頭的小橋下。那裡水流很淺，橋下長著茂密的蘆葦，乖僻勝將衣服下襬塞在腰間，躲在蘆葦叢裡垂著長釣竿，混濁的河水中看起來不像有魚棲息。

阿鈴跑得上氣不接下氣，站在橋上調勻呼吸。這座橋只是並排著幾塊凹凸不平的木板架成的，透過橋面縫隙看得見橋下。阿鈴抓住搖搖晃晃快腐爛的欄杆，探出上半身，乖僻勝的頭剛好就在阿鈴腳尖前。

扮鬼臉 | 277

「喂,你!」

阿鈴出聲叫喚,乖僻勝卻不理不睬。釣竿柔軟地彎成弧線,文風不動。定睛一看,那釣竿只是一根把葉子仔細剝掉的柳枝而已。

「你,乖僻勝!我有話跟你說,你聽著!」

阿鈴也知道自己叫喚的樣子就像要找對方吵架,只是因為有過打掃廁所的舊恨,這也沒辦法。實際上阿鈴的確氣憤,氣得差點忘掉自己東跑西跑到底想找他問什麼。這世上確實有人能讓你一見面就發火。

乖僻勝別過臉。不,他應該只是望著釣竿前端,然而在阿鈴的眼裡,他的態度正是「別過臉」。

「喂,你還記得我吧?前幾天你才騙我打掃大雜院的廁所不是嗎?我是船屋的阿鈴,去找孫兵衛房屋管理人問私塾的那個阿鈴,你記得吧?」

耳邊傳來嗡嗡聲,有什麼東西飛過阿鈴側臉,陽光太強看不清是什麼,不過想也知道這種地方蚊蟲很多。

乖僻勝依舊望著釣竿前端,開口:「不知道妳找我有什麼事,但不要大聲嚷嚷好不好?魚會嚇跑的。」

「這地方能釣到什麼?不是沒有魚嗎?」

「妳真煩,根本什麼都不懂。」

「乖僻勝,我是有話要問你,才來找你的。」

「想問人家事情,就不要在人家頭上大喊大叫。」

「那你要我怎麼辦?我又不能下去,你上來吧。」

乖僻勝突然轉頭仰望阿鈴。從他的方向看來，阿鈴背後正是太陽，他似乎感到很刺眼。

「找我幹麼？妳是誰？」

「我剛剛不是說過了！」

「我記性不好，忘了。」

「我是想問阿梅的事！」

「阿梅怎麼了？」

乖僻勝正打算把視線轉回釣竿，聽到「阿梅」這個名字，他又仰頭問：

「前幾天我來孫兵衛大雜院時，阿梅跟在我身後，你不是叫住她，還問她在這裡做什麼嗎？我記得一清二楚。」

阿鈴「咚」地踩了一下腳，整座小橋都搖晃起來。

乖僻勝面向前方，在蘆葦中移動腳步，響起一陣嘩啦水聲。阿鈴幾乎要把身體折成兩半似地探出欄杆，朝著他喊：

「你知道阿梅是幽靈吧？我不曉得原因，但那孩子就住在船屋。也許船屋蓋好之前她就在那裡了。你為什麼看得見阿梅？你以前就認識阿梅吧？為什麼？」

「我什麼都不知道。」

「你明明知道。」

「大小姐，我……」

「你明明知道，我腦袋有問題。」

「什麼？」

「阿梅是誰？船屋是長坂大人宅邸旁那家料理鋪吧？雖然我不太清楚，但聽說給客人做什麼騙靈

比賽料理，滿有名的。那種東西真的能吃嗎？」

看來騙靈比賽的風聲傳得很遠，甚至傳到跟料理鋪無緣的孫兵衛大雜院居民耳裡。

「真不好意思，我們鋪子的菜可好吃了，在這一帶甚至不會輸給平清。」

阿鈴大怒，忍不住揮舞著拳頭，哈哈大笑：「料理幽靈給客人吃的鋪子真會逞強。」

乖僻勝抬起下巴，又探出身。

「誰說我們料理幽靈，不要亂說！」

乖僻勝迅速瞄了阿鈴一眼，發出「嗚哇」一聲，跳到一旁。阿鈴以為自己駁倒他了，瞬間得意起來。

可是，她並沒有得意多久。

支撐阿鈴身子的欄杆發出不祥的嘎吱聲。

「真危險。」乖僻勝露齒笑著。

「什麼危險？」還沒說完，阿鈴已連同壞掉的欄杆一起跌落水中。

「小姐，妳運氣也太壞了。」

阿松遞給阿鈴一杯盛滿熱開水的茶杯笑著說。茶杯是紅梅圖樣，很舊了，杯緣還有兩個缺口。本以為現在不是冬天，阿鈴脫掉濕透的衣服，向阿松借了浴衣穿，上面再披件全是補丁的背心。脫掉的衣服跳進河裡游泳或在洗澡盆淋浴完全不同，還是感覺很冷。眼前這杯熱開水，阿鈴覺得十分受用。

阿松用她粗壯的手臂搓洗了阿鈴的衣服，衣服掛在孫兵衛家後面的竹竿上隨風飄蕩。阿松翻看阿鈴的衣服，愉快地笑著說：「這花紋很漂亮，是用妳阿母的衣服改的？這種魚鱗花紋啊，有給女人避

邪的用意。可是，小姐，妳真有本事，穿著避邪花紋的衣服，竟然還掉到河裡。」

乖僻勝洗了釣具，收起後從魚簍內取出小魚——原來那種水溝真的釣得到魚啊——處理完開始做魚漿。他站在廚房的背影看上去有模有樣，剖魚動作也遠比阿鈴像樣。

阿松到後院確認阿鈴的衣服乾了沒，在後院大聲問乖僻勝。

乖僻勝邊剖魚邊回答：「說好要回來吃晚飯，不過不確定。參拜完以後，他要送客人回花川戶的租船旅館。」

「房屋管理人會回來吃晚飯嗎？」

「哎呀，這樣啊？看來大概會在那裡喝酒。要是喝了酒他就不會回來，也許會在那裡過夜。就算沒做壞事，你也讓這位小姐吃了苦頭。」

阿鈴斜睨著乖僻勝的背影，又說：「你要好好看家，不要以為房屋管理人不在就能使壞。」

乖僻勝只是「嗯」或「啊」地應著。真是的，老做些不像樣的事。」

乖僻勝，一次也沒回頭。阿鈴想起上回來的時候，阿松也是這樣不客氣地斥責乖僻勝。

阿鈴雖然吃了乖僻勝的苦頭，不過也是他從水中把阿鈴拉起來，還把被濕透衣服下襬纏住腳沒辦法走路的阿鈴揹回這裡。一看阿鈴掉到水裡，他就樂得哈哈大笑；但當全身濕透的阿鈴嚇得要命，膝蓋和手肘撞到河底隱隱作痛，哭了出來時，他馬上停止大笑，拉起阿鈴。那時他的表情很認真，焦急地問阿鈴哪裡痛、撞到哪裡了。阿鈴哭個不停時，他罵著「不要哭，笨蛋不要哭！」在水中不知所措嘩啦嘩啦走來走去。

阿松用雙掌夾著阿鈴的紅腰帶用力拍打，說著「大概要一個時辰才會乾」，走回房裡。之後，直到此刻為止，他一直沒跟阿鈴說話。

「小姐，妳家是船屋對吧？通知一下家人比較好，要不要讓他們來接妳？」阿鈴慌張地搖頭，「不、不用了，不用叫人來接我。等衣服乾了，我可以一個人回去。」

「是嗎？不要緊嗎？」

「不要緊，反正我沒受傷。」

「那我幫妳梳頭好了。」

阿松的力氣很大，讓她整理髮髻有點痛。

「小姐長得很漂亮呢。」阿松仔細端詳著阿鈴的臉，愉快地說：「雖說妳有事找房屋管理人，但一個人在外面亂跑很危險，還是小心點。」

「是，不過……阿松大姨，我不是什麼『小姐』。」

「為什麼？妳不是料理鋪的小姐嗎？生活跟我們不一樣啊。嗯，紮好了。」

阿松拿小鏡子給阿鈴。鏡子大概很久沒打磨，照起來模糊不清，阿鈴覺得鏡中的自己五官很有大人的樣子，但看得出歪斜鬆亂的髮髻已重新紮好。也許是鏡子照得不清楚的關係，阿鈴覺得鏡中的自己很久沒打磨，連自己都嚇了一跳。

「小姐，我有事不能待在這裡，妳要不要跟我一起回家？雖然我家比這裡小，又亂七八糟，還有孩子在吵……」

阿松嚴厲地瞥了乖僻勝一眼，繼續說：「在這裡跟乖僻勝一起看家也沒意思吧？」

「謝謝大姨。」阿鈴恭敬地行禮道謝。「不過在衣服晾乾之前，要是乖僻勝……不是，勝次郎先生不介意，我想待在這裡。」

阿松縮起下巴，斜眼打量著阿鈴，懷疑地說：「這樣好嗎？妳會很無聊喔。算了，如果有事不用客氣，儘管叫我。」

阿松離開時，乖僻勝已剖好魚，正用菜刀剁細魚肉，把魚肉拋進擂缽。他握著用了很久已變短的擂槌，以前端咚咚敲打著魚肉，開始磨碎。

阿鈴默不作聲，看了一會。乖僻勝磨碎魚肉的動作雖然熟練，但每次轉動擂槌時，放在濕抹布上的擂缽也跟著左右搖晃。做這種事時，最好有人在一旁幫忙按住擂缽。

阿鈴悄悄起身走到廚房，伸出手問：「我幫你按住好不好？」

乖僻勝只是轉動眼珠，瞄了一眼阿鈴，並不作聲。阿鈴伸出雙手緊緊按住擂缽，問道：「這是什麼魚？」

乖僻勝沒有回答。他的動作俐落，緊實的鮮魚肉轉眼就磨碎了。阿鈴看得興味盎然。

「你每次都像這樣做菜嗎？」

乖僻勝依舊沉默不語。

「我家是料理鋪，阿爸很會使菜刀。這也是當然啦，畢竟他是廚師。不過，你也挺內行。」

阿鈴笑著說：「剛才真謝謝你。」

乖僻勝不作聲，像章魚一樣噘起嘴。

阿僻勝轉著擂槌畫圓圈，低聲問：「謝什麼？」

「謝什麼？你不是把我從河裡拉起來？」

「不是，我不是被你害的。不過……」

「是我害妳掉下去的吧？」

阿鈴突然覺得好笑，雙手按住嘴巴笑了出來。

「你真的很怪，搞不懂你到底是親切還是壞心眼。」

扮鬼臉 | 283

「反正我腦袋不好。」

「我不是那個意思。」

難不成乖僻勝不懂「親切」和「壞心眼」兩個詞的意思不同？他好像把阿鈴的話全都當成指責了。他跟房屋管理人孫兵衛兩人平常過著什麼樣的生活呢？阿松大姨每次對乖僻勝說話都很凶，大雜院其他人也是這樣嗎？

難道是因為──乖僻勝是孤兒？還是因為他個性彆扭？

阿鈴一放手，擂缽又「咕咚咕咚」地搖晃起來。乖僻勝總算停止轉動擂槌，抬起頭來，嘴唇往下撇成兩個並排的ㄑ字，看著阿鈴問：「妳來這裡做什麼？妳到底想做什麼？」

雖然說來話長，不過阿鈴不單說出阿梅的事，也說了搬進船屋至今的經過，包括騙靈比賽宴席的情形。阿鈴覺得，乖僻勝並不壞，但個性難以親近，若是想從他口中探聽出什麼，自己必須先坦白說明事由，否則他不會認真應對。

果然不出所料，乖僻勝認真地聽阿鈴說話，沒有插嘴也沒有分心。

「搬家以來，只有我一個人看得到船屋的幽靈。」阿鈴說完，對乖僻勝點點頭：「可是上次來這裡時，我發現你也看得見阿梅。這樣你就知道我那時為什麼會嚇一跳了吧？」

乖僻勝又歪起嘴。他一歪嘴表情就顯得很怪。明明不要歪嘴比較好，難道這是他的習慣？

「我是在河道釣魚時看到阿梅的。」乖僻勝突然這麼說。

「船屋四周的河道？」

「嗯，那邊釣得到鯉魚和鰻魚。」

原來如此。她想起曾為此跟玄之介商量，要偷偷用河道的魚做出別致的料理，當船屋的招牌菜。

可是，後來船屋因為驅靈比賽的事鬧得天翻地覆，阿鈴完全忘了這檔事。

「讓人發現了不是會挨罵嗎？」

乖僻勝揚起嘴角，變成顛倒的ㄟ字，看上去相當得意。

「我才不會笨到讓人發現。」

據說是在兩年前的初春。

「可是，當時那房子還是空屋吧？」

「是啊，明明是空屋，卻有個女孩在二樓窗口望著我，嚇了我一跳。」

乖僻勝說，當時他以為有人住進去了。

「我問房屋管理人，房屋管理人說不可能，覺得很奇怪。房屋管理人認為那不是妖怪就是陰魂，又說不光是那房子，那一帶全遭到興願寺的殺人住持作祟……。阿鈴趕緊搖頭說：『沒關係，繼續講。我也聽說過那個可怕住持的事。」

乖僻勝瞪大眼睛問：「妳聽誰講的？」

「其中一個幽靈告訴我的。聽說是三十年前的事了，當時鬧得很厲害。」

「妳真勇敢。」

「為什麼？」

「因為妳看起來毫不在乎，一點也不怕。」

乖僻勝似乎打心底佩服阿鈴，阿鈴有些得意。凡事一副事不關己的勝次郎，只有在驚訝時會老老實實地回應，這點也十分有趣。

「上次我來這裡，老實說不是為了私塾的事，我是想請房屋管理人孫兵衛告訴我三十年前發生的事件詳情。」

「妳問那種事想做什麼？」

「我想幫助幽靈們升天。」

乖僻勝這回皺起了眼皮。他的表情真靈活。

「什麼意思？」

「我想，船屋的幽靈是因為各自的心結才待在那裡，而那些心結一直沒解開。所以，要讓他們升天，最重要的是解開他們的心結吧？這就必須先查出以前發生了什麼事。」

「妳真笨，這種事問本人不就知道了？」

「沒那麼簡單。有些事連本人也不清楚，而且又不是每個幽靈都可以把話說得清楚。阿梅也是，她只會對我扮鬼臉，從來沒跟我說過話。」

乖僻勝用力摩搓著人中說：「那傢伙……原來……」

「阿梅會跟你說話嗎？她都說了些什麼？」

乖僻勝斜著眼想了一下，小聲說：「她也很少跟我說話。不過她常說待在那裡很無聊。」

兩年前的初春，乖僻勝看到站在空屋二樓窗口的女孩好幾次，覺得心裡發毛。再加上孫兵衛說的話，更是讓他愈想愈恐怖。另一方面，這也挑起他的彆扭脾氣，想要確認那女孩的真面目。於是，某天他偷偷潛入空屋。

「是在白天潛入的？」

「當然是在白天，可是那種空屋白天不也都昏昏暗暗的？」

扮鬼臉 | 287

乖僻勝先推測出那個有窗口的房間方位，踏著布滿灰塵的樓梯走去，果然發現有個穿紅衣、約莫八歲的女孩，規矩地坐在陽光燦爛的窗口旁。

「我看得一清二楚。起初還在想搞什麼鬼，根本就不是什麼陰魂，只不過有人跟我一樣偷溜進來而已。」

然而，乖僻勝鬆了一口氣，正打算開口時，那女孩竟然消失無蹤。

「我嚇了一跳，看了看四周，發現她就坐在我後面。那時，我嚇得以為膽子會從嘴巴蹦出來。」

阿鈴想像著那個畫面，既同情又覺得好笑，於是拿袖子壓在唇上笑著。乖僻勝沒有生氣，只是蠕動嘴唇，笑笑地接著說：「我問她是誰……她就說自己叫阿梅。我又問她在這裡做什麼，她說什麼也沒做，但沒辦法離開這裡。」

沒辦法離開這裡──

「我問她是陰魂嗎？那傢伙竟然反問什麼是陰魂。我說陰魂就是幽靈，死後不能升天的人會變成這種可怕的東西，阿梅說『我不可怕啊』，又說自己一個人很寂寞。」

玄之介、笑和尚、阿蜜，都沒有在乖僻勝面前出現嗎？

「你沒有看到其他幽靈？」

「嗯。」乖僻勝迅速點頭，接著像是想說什麼卻猶豫不決，眼珠滴溜溜地轉。

「怎麼了？」

「沒什麼。」

「總之，他就是這樣跟阿梅成為朋友的。

「阿梅不會對你扮鬼臉？」

「不會,她十分乖巧。」

阿鈴有點生氣,學乖僻勝把嘴巴歪成ㄟ字。

「上次阿梅不是跟在我身後來到這裡嗎?以前發生過那樣的事嗎?要是她真的不能離開那房子,這不是很奇怪?」

乖僻勝不知為何又吞吞吐吐起來。這麼突然,他是怎麼了?

「以前……有過兩次。」

「來這裡?」

「嗯。」

「她一個人出來?」

「不是,跟上次一樣,都是跟在別人身後。那個……跟在她合得來的人身後。」

「那傢伙……她認為跟妳合得來。」

「我跟阿梅完全合不來啊。」

「那她可以跟我說嘛。」

乖僻勝心神不寧地拉著耳垂,望著門口,一副希望有救兵出現的模樣。

「怎麼了?怎麼突然慌慌張張的?」

「咦?沒有啊。」

乖僻勝這回打算拉扯另一邊的耳垂。阿鈴笑著撥開他的手說:「不要那樣做,耳朵會變大,會變

乖僻勝直視他的眼睛,問道:「你為什麼看得見阿梅,有沒有想過這個問題?」

成和從天竺過來的大象一樣。」

乖僻勝放下手，挨罵似地垂下眉毛，嘴起嘴說：「我……什麼都不知道。」

「好奇怪。」阿鈴總覺得不對勁。到底是自己說的哪句話讓乖僻勝突然緊張起來了呢？「阿梅……她說過在你面前出現的理由嗎？」

「你問過她理由嗎？」阿鈴繼續追問。

乖僻勝竟一反常態，表情悲哀，支支吾吾地說：「阿梅說……我是孤兒才看得到她。因為我們都是孤兒，以前那兩次她也是跟在孤兒身後來這裡，所以我才相信她說的。」

阿鈴沒有立即理解他說的話隱含的深意，只是點頭同意：「嗯，有道理。」然後，她瞪大眼睛說：「那……照這個說法，我不也是孤兒了？」

乖僻勝又歪著嘴。他大概早就猜到阿鈴會想到這一點，剛剛才那麼坐立不安。

阿鈴則驚訝於自己腦中迸出的想法。

「告訴你，我有家，不是孤兒。」阿鈴忍不住繼續說：「我阿爸和阿母都很健康，他們一直是我的阿爸和阿母。我什麼都沒說啊。」他低聲說：「妳不要亂生氣。」

阿鈴嘴著嘴，愈說愈生氣。乖僻勝拉著耳垂。

「也許因為我們都是女孩子，阿梅才在我面前現身。」阿鈴說。「可是我有阿爸和阿母，那孩子沒有，她很生氣，才對我扮鬼臉。這麼一說，不是很有道理嗎？」

「嗯，是的。一定是這樣。」

乖僻勝俯視擂缽內的魚漿，突然想起來似地喃喃自語：「要放味噌才行，還得放薑。」

乖僻勝那種想轉移話題的態度令阿鈴不快。她想得出令人折服的結論，說明阿梅和自己的連繫。

不過阿鈴不喜歡剛才的答案，她想要更確切的答案。

當然，這只是一種孩子氣的任性，阿鈴只是想得到滿意的答案而已，卻不自覺。

「對了，我之前做了個怪夢，你想聽嗎？」

乖僻勝從廚房櫃子取下裝味噌的小罐子，阿鈴跟在他身後，邊走邊繼續說：「我在壁櫥內睡著，結果做了個夢。我掉到一個像是井底的地方，抬頭一看，月亮一下子圓一下子缺。那約莫是表示經過了那麼多日子，後來，我慢慢變成了骨頭。」

乖僻勝把一塊拇指大小的味噌拋進擂缽，是氣味刺鼻的紅味噌。

「我想，這表示我在夢中是具屍體，隨著時間慢慢變成骸骨。這個夢是不是曾發生在阿梅身上的事？那孩子是不是掉進井底死了？至於我爲什麼會做這種夢，那是因爲我們都是女孩子。」

乖僻勝將味噌罐放回原位，拿起隨意擱在櫃子旁的草袋，從裡面拉出的正是印有筒屋字號的五合棉袋子。

「咦，你也到筒屋買稗子或小米嗎？」阿鈴問。儘管好像是自己岔開了話題，但看到熟悉的筒屋袋子，阿鈴不禁高興起來。

阿鈴拿起筒屋袋子，將筒屋袋子擱在一旁，伸手自草袋內取出一個乾癟的薑塊。

「這是用來做稗子年糕的。」乖僻勝從阿鈴手中拿過袋子，「房屋管理人喜歡吃。」

「你要做？」

「不然誰要做？」乖僻勝開始削薑皮，阿鈴站到他身邊繼續說：「我跟筒屋一家很熟。小老闆角助叔叔和我阿爸是朋友，阿園和我也是朋友。」

乖僻勝用大菜刀靈巧地削著薑皮，動作依舊純熟。

船屋的第一組客人就是筒屋，他們來慶祝大老闆的古稀壽辰。因為筒屋的木棉袋很有名，我阿爸絞盡腦汁想出了跟袋子有關的料理，對方十分高興。」

「我阿爸做了你正在做的這種魚板，是白肉魚，用豆腐皮裹起來，再用湯頭煮熟。筒屋大老闆直誇好吃⋯⋯」

阿鈴當然沒忘記，正是在那次的宴席上首次發生幽靈作祟事件，但她不想在這時候告訴乖僻勝。

乖僻勝切碎薑片，冷淡地插嘴：「換成是我，就不會那樣做。」

「啊？你說什麼？」

「我是說，換成是我，不會在筒屋喜筵上送出那種菜。」

乖僻勝雙手掬起切碎的薑末拋進擂缽，拿起擂槌。

「筒屋是五穀鋪吧？他們賣五穀，直到大老闆古稀之年生意都很好吧？那他們的喜筵應該送上代表鋪子商品的五穀料理才有道理，因為他們是託五穀的福才能賺錢。」

阿鈴怒上心頭，說：「那種東西不是料理鋪會端出來的美食！」

「非美食不可嗎？」

乖僻勝大聲反駁，瞪著阿鈴。他的氣勢之強，令阿鈴畏縮地退後半步。

「妳大概以為在江戶人人都吃得到白米飯，只有特別喜好五穀的人才會吃五穀吧？那當然啦，我

阿鈴的臉上發熱，氣得心裡直翻騰，『托福、托福』，應該不會遭報應才對。」

那讓他們先吃五穀，對著五穀合掌說

得有些二人明明白米飯就在眼前卻得吃稗子和小米。還有人故意不讓別人吃白飯，害

們房屋管理人也喜歡吃稗子和小米。可是，有人是窮得吃不起白米。

做出正式的喜筵料理。」

雞蛋吧。有好的材料，再怎麼彆腳的廚師也做得出好菜。我才不會那麼挑剔，就算只是五穀，我也能

乖僻勝鼻子微揚，「當然，我做給妳看。有客人願意花大把的錢，料理鋪才能採購鮮魚、青菜、

「如果是你，你打算做什麼菜？難道你能做出不輸我阿爸的菜？」

阿鈴的臉上發熱，氣得心裡直翻騰。這小子，果真是乖僻。乖僻到這種程度實在不尋常。

此刻她還不想走。

她舉起小小右手，狠狠地甩了乖僻勝一巴掌。

「我討厭！」

「啪」地一聲，清脆響亮。

阿鈴發出被怒火烤焦的嘶啞聲音，左手握拳擊向乖僻勝的肩膀。乖僻勝任由阿鈴打他，但他一直

盯著被打的肩膀，彷彿上頭黏著什麼東西。

「我也討厭妳。」他很快地小聲說：「妳馬上回家去，快滾。」

「你不說我也會回家！」

阿鈴大聲說完，跑了出去。她從廚房一路跑出孫兵衛大雜院，才發現衣服下襬太長纏住雙腳，差

點絆倒。糟了,她的衣服還掛在孫兵衛家的竹竿上,現在身上穿的是阿松向孫兵衛大雜院的人家借來的。

——怎麼辦?

阿鈴嘴角下垂成ㄟ字。

最後阿鈴就那一身打扮回到船屋,安靜到像在辦喪事。阿藤一個人在門口旁的小房間看家。

「哎呀,阿鈴,妳怎麼了?這身衣服是怎麼回事?」

看到阿藤,阿鈴突然一陣安心,撒嬌似地哭出來。阿藤拿出阿鈴的衣服細心為她換上,並為她重新綰好髮髻。

阿鈴當然不能告訴阿藤自己遠征孫兵衛大雜院的理由,阿藤也不是會深究孩子的話的人,因此阿鈴只說,不忍看阿爸和阿母傷腦筋,自己又幫不上忙,心情不好,就到外面散步,結果在快壞掉的木橋上滑了一跤,掉進河裡。正好孫兵衛大雜院的大姨路過,把她救了上來——阿鈴就這麼瞞騙過去。

「大雜院的大姨幫我洗了衣服,可是我很想回家,等不及衣服晾乾。」阿鈴抽抽搭搭地這麼說。阿藤頻頻說著「是嗎?是嗎?」,摟著阿鈴安撫她。

「妳嚇壞了吧?好像沒受傷,妳身上痛不痛?」

「嗯,不痛。」

「那妳去躺一會,大姨去幫妳要回衣服。是孫兵衛大雜院的什麼人?那個救妳上來的大姨叫什麼名字?」

因為是臨時編出的謊言阿鈴沒想太多,當場被問倒了。要說出阿松的名字很簡單,可是一旦阿藤

和阿松見面，阿鈴去孫兵衛大雜院找乖僻勝，以及顧著跟他說話掉進河裡的事可能就會敗露，那就糟了。

「大姨她……沒說出名字。」

阿鈴硬是又撒了謊。

「她只說住在附近的孫兵衛大雜院。」

「是嗎？」阿藤圓胖的臉上雙眼圓睜，問道：「那妳在哪裡換衣服的？」

「在房屋管理人孫兵衛家，衣服也晾在那邊。」

阿藤輕易就相信了。

「如果是房屋管理人的家找起來不難。大姨去幫妳要回衣服，順便好好感謝對方。」

「現在就去？」

「是啊，現在去比較好吧？」

「房屋管理人孫兵衛現下應該不在家。」

要是阿藤去了，碰到乖僻勝，那小子也許會多嘴說溜什麼。不過孫兵衛並不知情，聽說還耳背得厲害，應該會立刻相信阿藤的話，將衣服還給阿藤。

「不在家？可是，阿鈴，妳不是在房屋管理人家受人照料嗎？」阿藤又自問自答：「啊，我明白了，是房屋管理人的太太照顧妳的吧。」

「是……不是呢，總之房屋管理人不在家。大姨，明天再去好了，況且借來的衣服也要洗乾淨再還人家吧？」

阿藤帶著明顯蔑視的眼神打量阿鈴借來的那件衣服。洗得發白的楓紅花紋，許多地方用其他布料

扮鬼臉 | 295

縫上大補丁，其中一個補丁一看就知道是用蓋被補的。

「這衣服不用還了吧。」

「那該怎麼辦呢？」

「找件還過得去的舊衣服送人家，這種情況要這麼做才不會失禮。」

「是嗎？」

「阿鈴，妳記住。如果向別人借手巾，不能只洗過就送回去，那太不像話了。我們跟那些用一條手巾向當鋪借錢過日子的人不一樣。」

「那要是借了油傘，也必須買把新傘還人家嗎？」

「油傘比較麻煩。除非是很破的傘，不然將借來的那把送還對方就行了，不過至少得帶盒點心當回禮。」

「破傘就不用還，直接丟掉嗎？」

阿藤誇張地搖頭，「那怎麼成，借了破傘，要買新傘還人家。」

「那不是反倒要破費了？」

「這是應該的，有頭有臉的舖子必須這麼做。」

「可是，這樣借傘的人不會感到難為情嗎？因為借給別人的東西太舊，被嫌棄當成垃圾丟掉了。」

「借破傘給別人的人才失禮。對於失禮的人，我們要買新傘送回去，讓對方明白怎樣做才合乎禮儀。」

阿藤威嚴十足，說得斬釘截鐵，阿鈴雖然感到疑惑仍點頭稱是。阿松稱她「小姐」一事，隱約掠過腦海。

「阿鈴肚子餓不餓？早上到現在都沒吃東西吧？」

「不，不餓。阿爸和阿母呢？」

「高田屋大老闆來了，他們一起出門，今天大概很晚才會回來。阿鈴要乖，陪大姨一起看家。」

阿藤連珠砲似地說完，換了一口氣，嘆息著往下說：「話說回來，船屋眞是多災多難。太一郎先生……老闆眞辛苦。」

「他們去哪裡呢？」

「這……不知道。」

阿藤自以爲已搪塞過去，但阿鈴旋即明白，阿藤大姨清楚三人的去處，只是不想告訴她。

——等一下再問玄之介大人。

待會坐在樓梯中央試著呼喚，如果是阿蜜現身也好。只要聽阿蜜唱上一小段曲子，那滑潤的歌聲就能安撫她和乖僻勝吵架後不舒坦的心情。

阿藤起身到廚房，回來時端著托盤，小盤子上放著葛粉糕。

「大老闆帶來的點心，是阿鈴最喜歡吃的船橋屋葛粉糕。」

阿鈴很高興，一口氣全吃光，連盤子上甜膩的黑糖汁也舔得一乾二淨。

阿藤喝著麥茶，看阿鈴吃葛粉糕，她難得這樣閒坐著。阿藤大概也累了，看上去頗爲沮喪，約莫是爲船屋的未來感到不安，心生難過吧。

「大老闆擔心船屋的將來吧。」

阿藤又裝糊塗：「大老闆擔心的是島次先生的健康。那時他突然發起瘋來，搞不好是被狐狸附身了。都是因爲做了什麼招魂、驅靈比賽這種觸楣頭的事。」

「七兵衛爺爺很擔心船屋的將來吧。」

驅靈比賽的確不是正經事。

「阿藤大姨，妳跟島次先生熟嗎？」

「完全不熟。那個人是大老闆特地推薦來的，大姨沒必要問東問西。」她的語氣與內容相反，透著不滿。「不過，那種陰沉的人根本不適合料理鋪。」

「阿藤大姨，妳發現白子屋阿靜小姐的事了嗎？」

阿鈴昨天向大家提過此事。昨天筵席後取下白頭巾的阿靜，跟先前造訪船屋、自稱是「白子屋阿靜」的那個年輕女孩不是同一人。

阿藤臉色條地暗下來，「老闆說經妳提醒，他才察覺不對勁。畢竟當時大家都顧不了這麼多。阿鈴真是聰明。」

「後來披頭巾的那個才是真正的阿靜小姐，上次來的人是冒牌貨？可是，那到底是誰？」

「大老闆很介意這件事。」阿藤滔滔不絕地說了起來。「大老闆交遊廣闊，見多識廣，聽說白子屋老闆除了阿靜小姐還有其他女兒。當然，這個女兒不是老闆娘生的，是老闆跟下女之間的私生女，母子倆早就被趕出去⋯⋯那女孩沒多久就成了孤兒，一直對白子屋懷恨在心。」

阿鈴一口氣說到這裡，才想到這不是適合說給孩子聽的事。她可能是想跟人聊天，也可能是一人看家太無聊了。

阿鈴心裡想著其他事。原來白子屋發生過這種事，而且今天怎麼老是聽到「孤兒」一詞？

阿鈴自言自語般說：「當孤兒有那麼難受嗎？被父母拋棄很痛苦嗎？會憎恨父母嗎？如果我也是孤兒，會像那樣憎恨父母嗎？」

一旁的阿藤宛如背部插進一根頂門棍,驚訝地挺直背脊。阿鈴察覺阿藤不尋常的舉動,問道:

「大姨,妳怎麼了?」

「阿鈴,」阿藤平板地說:「妳怎麼說出這麼奇怪的話?」

「奇怪?為什麼?」

「妳剛才說『如果我也是孤兒』。」

「我只是忽然想到而已。」

「只是突然想到而已……真的嗎?」

阿藤試探的眼神嚇了阿鈴一跳。她看著阿藤的眼睛,心裡發毛,想說些什麼又不知從何說起。

阿藤益發一本正經,朝阿鈴探出身子問:「有人……該不會有人對妳胡說什麼吧?有人對阿鈴的身世說了什麼挑毛病的話嗎?」

阿鈴答不上話。這種狀況大概就是所謂的「舌頭打結」吧。

阿藤一副認真的表情步步進逼,這可不是在開玩笑。

「阿鈴,」

「阿鈴,為什麼不說話?」

阿藤雙手搭在阿鈴肩上用力搖晃,阿鈴覺得自己像在挨罵。

「大姨……我,」阿鈴總算找到話說:「我從沒想過大姨說的那些事,因為從來沒有人對我……對我的身世說什麼我不知道的事。」

「是嗎?」她很快說了一句,好似滾燙的熱水加進了大量冷水,溫度直線下降。「那就好、那就好。」

阿藤很快收回雙手,身子微微後仰,低頭凝望阿鈴,兩道眉毛上揚彷彿在生氣。

但阿藤依舊目不轉睛地凝望著阿鈴。在一種無法言喻的直覺引導下，阿鈴敏感地察覺，要是此刻把視線從大姨臉上移開，這話題可能會繼續下去。於是她睜大雙眼，裝出天真的表情仰望：

「反正阿鈴回來了，肚子也吃飽了。」

阿藤對阿鈴笑了笑，將袖子塞進腰帶兩側站起來。

「那大姨就開始來打掃吧。榻榻米房打掃過了，但廚房還是昨天那樣。」

直到阿藤的身影消失前，阿鈴一直保持宛如面具般的天真表情：啊，葛粉糕真好吃，接下來要玩什麼呢？

房裡剩下阿鈴一人時，她關上紙門，背靠在紙門上，深深吐出一口氣。剛才為止一直配合阿鈴演戲的心臟，也光明正大怦怦地跳起來。

——有人對阿鈴的身世說了什麼挑毛病的話嗎？

至今從來沒有人對阿鈴說過那樣的話。阿藤一定誤會了。

——可是，如果我其實不是這個家的孩子呢？

阿鈴舉起手來擦嘴，留在唇上的黑糖汁隱隱帶著甜味。

——其實我是個孤兒，是阿爸和阿母收養的孩子？

假如事情真是這樣，阿梅為什麼接近阿鈴的疑問便能解開。也就是說，這樣才合乎邏輯。

——事情變得非常嚴重。

這種情況下，必須跟大人一樣沉住氣，冷靜思考，不能像小孩子一樣不是哭就是發抖。阿鈴自我鼓勵，當場做出腦中浮現的所有大人舉動中，最像大人的動作——她端正跪坐，揣著雙手。

不過，沒多久她的努力全泡湯了。萬一自己真的是孤兒、是抱來養的孩子——光想到這點，她就

想哭。湧出的淚水讓眼前榻榻米的網眼變得模糊不清。

我一個人辦不到。

阿鈴將嘴巴撇成了八字，不管三七二十一「唰」地站起身，躡手躡腳打開紙門，迅速跑向通往二樓的樓梯。

阿鈴衝上樓梯。

「玄之介大人！」

玄之介雙手托腮，百無聊賴地坐在老位子。不用呼喚，玄之介早就在等阿鈴。

「阿鈴，昨天才見過面，卻感覺好久沒看到妳了。」

玄之介說的沒錯。大概是因為短短一天當中發生了很多事吧。

阿鈴情不自禁地衝向玄之介，想抱住他的膝蓋痛哭一場。可惜玄之介是幽靈，摸不到。阿鈴忘了這件事，直衝上前，額頭差點撞出個腫包。

「對不起啊，我也想摟著阿鈴，拍拍阿鈴的背安慰一番，但幽靈有許多不便之處。」

玄之介縮著脖子，一副真心對阿鈴感到抱歉的樣子。阿鈴用手拭淚，覺得舒坦多了，稍稍恢復精神。她擠出害羞的笑容，搖頭說：「沒關係，光看到玄之介大人，我就鬆了一口氣。」

「聽妳這麼說，我很高興。」

玄之介表示聽到了阿藤和阿鈴剛才的對話，於是阿鈴告訴他先前曾和乖僻勝討論阿梅的事。玄之介不時摸著下巴，始終面帶悲傷之色，側耳傾聽。

「問題好像不少。」

扮鬼臉 | 301

阿鈴說完，學著玄之介剛才雙手托腮的動作。玄之介嘆了口氣，繼續低聲說：「不過，眼下的問題雖然像是互不相關，其實各有牽連。」

「是嗎？」阿鈴打從心底感到困惑，只能軟弱地回應：「我怎麼覺得全都攪和在一起。」

「因為阿鈴的腦袋還小啊，這也是沒辦法的事，就讓我這個俊俏阿哥為妳效勞，解釋給妳聽。」玄之介笑著在阿鈴眼前豎起一根指頭，接著說：「首先，從阿鈴最重要的問題開始。先前我們討論過，包括我在內，為什麼阿鈴看得到屋子裡所有的幽靈？」

阿鈴僵硬地點頭。

「阿鈴，妳聽好，暫且把阿梅和乖僻勝的事擱在一旁，這話聽起來似乎有點道理。可是，除了乖僻勝以外，這個理由到底適不適用於阿鈴，眼下還不知道，懂嗎？」

阿鈴點頭。

「可是⋯⋯」

「阿梅是孤兒，所以喜歡在孤兒面前出現，這話聽起來似乎有點道理。可是，除了乖僻勝以外，這個理由到底適不適用於阿鈴，眼下還不知道，懂嗎？」

「在那之後我也想了很多。」玄之介一本正經地說：「為什麼阿鈴看得到我們全部、可以跟我們交談？對喜歡小孩的阿蜜、喜歡女孩的我，還有看到病人就想治療的笑和尚老頭子來說，都還說得通。因為我們覺得阿鈴可愛，想和阿鈴接觸。可是蓬髮和阿梅呢？他們兩個都是不好惹的幽靈，連同是幽靈的我們也無法跟他們好好相處。但這兩人一開始就出現在阿鈴面前，而且以自己的方式想傳達什麼給妳⋯⋯」

「阿梅只會對我扮鬼臉。」阿鈴插嘴：「她想表示討厭我吧？」

「是嗎？我不這麼認為，」玄之介揣著雙手，眼神含笑，斜睨著她。「阿鈴，乖僻勝其實人不壞，

「啊?」阿鈴嚇一跳。「怎、怎麼突然問這個?」

「其實阿鈴挺喜歡乖僻勝的吧?」

阿鈴緊握雙拳胡亂揮舞,起身反駁:「怎麼可能!玄之介大人為什麼這麼說?我討厭那小子!我可是這麼告訴他,甩了他一個耳光才回來的!」

玄之介臉上調侃的笑意更深了。

「妳現在是不是後悔那麼做了?跟乖僻勝吵架妳不難過嗎?」

「完全不會!一點都不會!」

阿鈴朝著天花板大吼。廚房傳來腳步聲,阿藤很快出現在樓梯下方。

「阿鈴?什麼事?妳叫我嗎?」

阿鈴慌忙按住嘴巴,回答:「沒事,大姨,我沒有叫妳。」

「妳剛才沒有大聲說什麼嗎?」

「我在唱歌,唱阿先大媽教我的小布球歌。」

「是嗎?」阿藤在圍巾上擦手,微微歪著頭問:「那我去拿小布球給妳吧?要到外面玩嗎?」

「不用了,我不玩。」

阿藤懷疑地看著坐在樓梯中央的阿鈴,遲遲不肯離開。阿藤明明看不見玄之介,但她或許察覺出什麼動靜。

最後,阿藤總算回到廚房裡。

「呼……」阿鈴坐回原位,「好累。」

扮鬼臉 | 303

「不過,要是那個阿藤看得見我們,我們會更累。」玄之介說。

阿鈴心想,玄之介一定又在說笑,本想瞪他一眼,沒想到他的表情意外地認真,甚至接近「嚴厲」的程度。

阿鈴內心閃過一個疑問:難道玄之介大人不喜歡阿藤大姨?至今為止她從沒想過這種可能性。阿鈴覺得直接問不太好,萬一玄之介真的回答「嗯,討厭」,她還真不知道該怎麼辦。

「剛剛說到哪裡?連自己都搞糊塗了,實在不行。」玄之介捏著下巴,溫柔地望著阿鈴。「對了,是乖僻勝的事。」

「我討厭那小子。」

「是嗎?那就當是這樣好了。不過啊,阿鈴,依乖僻勝至今為止的舉動和話語來看,他似乎一開始就喜歡上妳了。」

「怎麼可能!」

「妳先聽我說嘛,別那麼生氣。」玄之介笑著搖晃雙手,安撫阿鈴。

「乖僻勝一開始就騙妳上當,對妳很不客氣、很冷淡吧?那是因為他害羞。他喜歡阿鈴,反而故意表現出壞心眼的態度,這個年紀的男孩通常都是這樣。所以當妳掉到河裡,他才會慌忙救妳上岸,又帶妳回家,溫柔地照顧妳。」

阿鈴覺得臉頰發熱,故意噘著嘴說:「可是回家前我們大吵了一架。那小子批評阿爸的菜,我絕不原諒他!」

「是啊,也難怪阿鈴生氣。不過,乖僻勝的說法相當有趣。」玄之介愉快地說:「那傢伙的確有

可取之處。雖然是個孩子，卻切實營過生活的辛酸。阿鈴聽了可能不高興，但我認為乖僻勝對筒屋筵席提出的意見，值得洗耳恭聽。」

因為玄之介說出「洗耳恭聽」這種難懂的成語，阿鈴一時回不了話。不過她也明白玄之介是故意選用這麼難的詞語，所以仍是一肚子火氣。

「總之，阿鈴，」玄之介快活地說著：「人是很麻煩的。在喜歡的人或想吸引對方注意的人面前，有時反而無法坦誠相對。阿梅對妳扮鬼臉，可能也是基於同樣的道理。」

阿鈴還在氣頭上，臉頰鼓鼓的。玄之介逗趣般裝出窺探阿鈴的模樣說：「哎呀，阿鈴，別氣成那樣嘛，白白糟蹋一個小美人。」

哼──阿鈴別過臉。

「哎呀、哎呀，真的鬧起彆扭了，那我就不再開玩笑。阿鈴，我要認真說了。」

玄之介重新端坐，故意咳了一聲，繼續道：「我想，阿鈴看得見幽靈，很可能跟妳先前發高燒、瀕臨生死關頭那場大病有密切的關係。」

阿鈴大吃一驚，轉身面對玄之介。他緩緩點頭說：「剛搬來這裡時，阿鈴不是生了一場重病，差點喪命嗎？笑和尚不是現身為妳按摩治療？事後老頭子說：那女孩的身體糟透了，千鈞一髮才撿回一條命。笑和尚雖然怪，但治療手法高明，他說的話可信。」

阿鈴不禁抱住自己的身子。

「妳小小年紀就經歷攸關生死的恐怖經驗，在鬼門關前走了一遭，聽到冥河的水聲，才又返回陽世。因為這件事，妳變成一個與眾不同的女孩。妳去到沒人去過⋯⋯不，應該說一旦去了就沒人回得來的地方。或許是這件事在妳體內產生作用，讓妳萌生看得見幽靈的力量。這是我的看法。」

扮鬼臉　305

阿鈴眨著眼，想了一會說：「可是，玄之介大人……」

「嗯，什麼事？」

「我明白玄之介大人的意思。可是，如果玄之介大人說的沒錯，那麼看過幽靈銀次的阿先大媽可以跟阿梅交談的乖僻勝，他們不也得有差點死去的經驗嗎？先不說乖僻勝，阿先大媽從來不曾生重病啊，她老是自誇身體很好。」

玄之介拍了一下膝蓋，「是的，阿鈴說的沒錯。這跟第二個問題有關。」

玄之介又說，「當幽靈和某人之間有共通點時……這樣說好了，雙方都懷有類似的情感糾葛時，便有可能看得到幽靈。」

「情感糾葛？」

「嗯，是的。所以乖僻勝看得見阿梅，兩人都是孤兒，嘗盡艱辛也過得很寂寞。」

「那阿先大媽呢？」

玄之介沉穩地繼續說：「很不幸的，銀次和島次之間，也許的確有過複雜的情感糾葛吧。搞不好這件事阿鈴也知道，不過這跟阿先大媽那種特殊能力，普通人有時也看得到幽靈島次真的殺死了銀次。」

玄之介謹慎選擇用詞，想了一下，望著阿鈴說：「我不清楚阿鈴眼中的阿先大媽是怎樣的人，大概是非常體貼吧。」

「嗯，非常體貼。」

「阿鈴聽過阿先大媽的雙親或兄弟的事嗎？」

阿鈴認真想，好像沒有。

「阿先大媽不常說這些事。」

「也許她有失和的兄弟或早逝的姊妹，有沒有這種可能呢？而阿先大媽為此一直耿耿於懷，傷心不已。所以沒有兄弟的七兵衛老爹看不到因兄弟失和而喪命的幽靈銀次，阿先大媽卻看得到。妳覺得這看法怎麼樣？」

阿鈴抿著嘴想：姑且先不管乖僻勝和阿梅的關係，不調查的話，實在不知道阿先大媽是不是遭遇過這種事。

「也難怪妳不能信服，這只是我的推測而已。」玄之介說。

「我打聽看看好了……」阿鈴喃喃自語。「要是阿先大媽也有和兄弟姊妹相關的傷心回憶，玄之介大人就說中了。」

「嗯，是的。蓬髮最初在筒屋宴席上現身時，是不是只有妳看得見他？」

「是的。」

「昨天的騙靈比賽宴席上，也只有妳看到他吧？」

「是的。」

「那麼，我們按照順序來想。蓬髮出現在兩場宴席上，兩次行動卻完全不同。筒屋那次他舉刀亂

阿鈴抬起臉問：「這是第三個問題？」

他將手貼在額頭，微微低頭接著說：「接下來，我們來整理第三個問題吧。就是蓬髮。」

玄之介點頭。「大人都有許多回憶，人生在世，不管願不願意，總是會累積各式各樣的情感。」

「妳聽了不覺得沮喪，還能這樣想，我很高興。」

扮鬼臉 | 307

砍,在驅靈比賽那次卻一直號啕大哭。要是他只是一個凶暴的惡靈,應該在兩場宴席上都會鬧事才對,這不是很奇怪嗎?差別在哪裡呢?」

阿鈴手指摩搓人中說:「嗯……」至今為止還沒這樣有條理地思考過蓬髮的事,玄之介大人畢竟是武士,腦袋也比別人聰明。

阿鈴說:「筒屋喜筵上,我的好朋友阿園和小丸也在場,就是說那次有孩童在場,不過驅靈比賽時都是年長的女人。」

「當然,兩場宴席參加的人不一樣,」玄之介伸出援手,繼續解釋給阿鈴聽:「目的也不一樣。一次是老人的古稀喜筵,另一次則是打算召喚船屋的幽靈。儘管最後喚來的是外來的幽靈。」

「好線索,阿鈴。」玄之介笑道。「妳說的沒錯,循這方向去想,還有一個線索。」

阿鈴聚精會神地思考,腦中浮現兩場宴席的參加者,扳著手指計算。玄之介默默注視著她。

「啊?是這樣嗎?阿靜小姐在場就是答案?」

「嗯,我想就是這樣。」

「那……表示蓬髮看到年輕女孩會傷心?」

「好像是的,這可能是原因之一。不,確實是原因之一吧。」玄之介說完又揣著雙手,學剛才阿鈴那樣「嗯……」了一聲。

「阿鈴,白子屋阿靜的事也很奇怪吧?」

玄之介用力拍了一下膝蓋,大聲說「沒錯、沒錯」。

「驅靈比賽時有年輕女孩在場,就是白子屋的阿靜小姐。筒屋那時

玄之介是指，驅靈比賽前自稱「阿靜」來到船屋的那個女孩，和當天來的阿靜本人不是同一人。

「七兵衛老爹不是說白子屋老闆在外面有個私生女，他認為先來的女孩可能是那個私生女嗎？我也覺得可能性很大。果真是她，就多符合一個條件。」

「符合條件？」

「這裡頭不是也有兄弟姊妹的糾葛嗎？」玄之介表情爽朗地說完，又連忙補充：「所謂的糾葛，是說本來應該好好相處，卻基於某種原因無法好好相處，把事情弄得很複雜，妳懂嗎？」

阿鈴雙手貼著臉頰，低下頭。

「蓬髮不是跟阿鈴說過，他殺了自己的親兄弟嗎？雖然這件事是真是假還不能確定，但手足爭執，加上對年輕女孩的心結……極有可能是他無法升天的理由。」

「嗯……」阿鈴不禁傷心起來，一陣鼻酸。「其實阿蜜也說過，蓬髮徘徊人世的原因跟年輕女孩有關。」

「搞了半天，」玄之介誇張地垂下肩膀，「原來我不是第一個發現的？阿蜜那傢伙完全沒跟我提過。」

「阿玄，你真是個傻瓜。」

突然響起一陣嬌豔笑聲，阿蜜出現在兩人面前。她斜倚在最底下一階樓梯旁，扭著纖細的脖頸仰望兩人。今天她雖然沒帶三弦琴，但插著梳子的髮髻油光水亮，還聞得到紫丁香味。

「原來女人的祕密只會跟女人講？」

「會讓男人意亂情迷的，除了女人還有什麼？難道你連這道理都不懂？你啊，裝得再風流倜儻，畢竟還是不夠格。果真如此，就算你在人世再徘徊一百年，也只會成為等同土包子的武士魚乾吧。」

阿蜜噘起紅唇，呵呵笑著。

扮鬼臉 | 309

「妳講得太直接了吧。」玄之介苦笑。

「阿蜜，」阿鈴滑下樓梯，到她身邊。「我們的推測準沒錯。阿先大媽的兄弟和白子屋私生女的事，雖然需要再確認，不過事實想必跟我們猜的一樣。」

「也許吧。不過，阿鈴，等妳有了心上人，再用這種深情的眼神看人好不好？妳的眼神太迷人，先收藏起來，等緊要關頭再用。」

阿鈴滿臉通紅地說：「阿蜜老是取笑人家。」

「沒取笑妳呀，我是說真的。」阿蜜憐愛地望著阿鈴。「話說回來，阿鈴，我同意妳說的。只是，如果妳真的猜中，打算怎麼做？」

「猜中以後，要怎麼安慰蓬髮呢？把我們推測的事全告訴他，然後……然後該怎麼辦？該如何對那個哭得像孩童般，扭曲著臉、眼淚簌簌掉落的蓬髮說呢？」

「雖然不知道你生前犯下什麼罪孽，也不知道你現在有多悔恨……」玄之介歌唱般低語。「這種事不光是你一個人做過，人就是這種愚蠢的生物，所以你不用太在意，儘管升天吧……大致上就這麼說吧。」

阿鈴嚴厲地這麼說，玄之介聳聳肩應道：「我當然知道，只是說說而已。」

阿鈴默不作聲，輪流望著兩人說到「升天」這個字眼時，都有點不自在──就像喝著一碗鮮美的蛤仔味噌湯，卻咬到沙子時的表情，令阿鈴有點發窘。

「聽我說，阿鈴，」阿蜜用比玄之介更流暢的新內（註）曲調說道：「蓬髮似乎只對妳敞開心扉，所以妳盡可能多關照他一點好不好？話說回來，妳要是時常對著牆壁或格子紙窗說話，妳阿母大

「嗯,好,我會的。」

阿鈴點頭。外頭傳來七兵衛喚人的「喂、喂」聲,概會很擔心,記得要偷偷地做。」

「啊,是爺爺!」

阿鈴迅速起身衝下樓。七兵衛的呼喚聲更大了。

「喂——阿藤,出來幫忙一下,快呀!」

阿藤從裡邊衝出來,隨即「啊」地一聲,僵在原地。

「哎呀,多惠老闆娘!這是怎麼回事?」

「我們到白子屋時,她突然身體不舒服……啊,阿鈴,不用擔心,妳阿母大概是太累了,讓她安靜躺一會應該就沒事了。」

「阿母!」阿鈴大叫一聲,衝到靠在太一郎肩上、臉色蒼白得猶如窗紙的多惠身邊。她握著母親的手,感覺冰冷得猶如寒冬的河水。聽到阿鈴的叫喚,多惠微微睜開眼,虛弱地蠕動嘴唇卻發不出聲音,接著又氣力盡失地垂下頭。

玄之介和阿蜜坐在樓梯上,靜觀船屋眾人慌亂的模樣。玄之介憂心地微微皺眉,緊閉著平素開朗的雙唇。

「噯,終於累倒了?鋪子才開張就多災多難,難怪會累倒。」玄之介說。「阿母要是一病不起,

註:日本說唱曲藝「淨琉璃」的一派,由一人負責說唱,另外兩人彈三弦琴伴奏,內容以悲淒的男女殉情故事為主題。

扮鬼臉 | 311

「那孩子很堅強。」阿蜜優雅地攏起垂落後頸的頭髮。「身為女孩真可悲,就算是堅強的女孩也一樣。她們無法漠視四周的人的煩惱,總想著要幫助別人,什麼事都往自己身上攬,自找苦吃。可是,糊塗女孩就真能得到幸福嗎?看來也不行,還是會有男人認為糊塗女孩無知而去糾纏她,害她吃苦頭。」

「阿鈴就更可憐了。」

「喂、喂,不要只顧著挖苦我好不好?」玄之介縮著脖子。

「我根本沒在挖苦你,只不過說說女人的不幸罷了。」

走廊上傳來「啪嗒啪嗒」的奔跑聲,阿藤從榻榻米房衝出來。兩人抬眼望向阿藤。

「是,松坂町的國增醫生嗎?是曾為大老闆醫治膽結石的醫生吧?我記得,我會帶他來的!」

看樣子,阿藤準備出門請醫生過來。阿藤衝出門後,裡邊又傳來七兵衛的聲音,似乎在叮囑阿藤什麼,坐在樓梯上的兩個幽靈聽不清內容,只聽見阿藤用力回應「是,我明白了!」的聲音,響徹在船屋昏暗、空蕩蕩的天花板之間。

「只有那個阿藤總是很有精神。」玄之介說。「在我看來,那也是堅強女孩的悲慘下場⋯⋯這樣說十分失禮⋯⋯不過她應該是屬於堅強派的。阿蜜,那個人似乎也在自找苦吃,而且還樂在其中。」

阿蜜彎低纖細的脖子,深深吐出一口氣。因為脖子彎得太低,從玄之介的角度望去,透過開得很深的後領看得到她裸裎的背部上方。

「啊呀、啊呀,真是大飽眼福。」

聽玄之介這麼說,阿蜜抬起頭,一副無言的樣子咂了咂嘴,形狀漂亮的嘴唇噘得像皺紙捻。

「怎麼了?我在誇妳,妳反而不高興?」

「不是那個意思。真是的,你實在不懂女人心。」

玄之介感到莫名其妙。阿蜜不看他,歪著頭望向阿藤匆匆離去的門口。

「那女人並非甘願自討苦頭吃才那麼愉快,她臉上不是寫得清清楚楚?」

「什麼意思?」

「她是為了得到思慕的男人⋯⋯」

阿蜜的表情依舊帶著憂愁,慢條斯理地唱起三弦曲。

「擋在眼前的

只是那『多』層不『惠』的

苦澀漣漪呀

搖啊搖　搖槳要渡過　搖槳要渡過

浮生塵世的　女船夫──錚錚,鏗鏗,鏘⋯⋯」

扮鬼臉　| 313

多惠病倒了。

國增醫生有一張神經質的小臉，頂著一頭黑白交錯的垂肩長髮，連著兩天都從松坂町的診所到船屋出診。診察完畢，他跟來時一樣表情嚴肅地洗手，再用太一郎得湊近耳朵才能聽見的低沉聲音說了一會，最後留下一句「明天再來」，起身離去。揹著藥箱跟隨的年輕學徒和醫生一樣矮小，兩人五官酷似，也許是難得來料理鋪，他總是左顧右盼，探頭探腦。

第三天診察結束，學徒說想要借廁所，走到無人的地方時，悄聲問帶路的阿鈴：「聽說這裡會出現可怕的幽靈，是真的嗎？」

阿鈴不太高興，要不是這時候正巧瞧見笑和尚爺爺站在院子的南天竹後方，她大概會氣得一腳把學徒踢進茅坑。

阿鈴趕走學徒後，跑到笑和尚身邊。笑和尚單手拄著拐杖沉思，另一手捻著下巴，正審視著南天竹的葉子。

「爺爺！」

阿鈴差點撲向笑和尚，她高興極了。

「謝謝你出來！跟上次為我治療一樣，你是為了治療我阿母的病來的吧！」

笑和尚很矮——也許是因為年紀大了身材縮水——他只比阿鈴高約一個頭，完全漠視阿鈴的存在。

「笑和尚，您怎麼了？」

難道他不喜歡別人叫他「爺爺」？阿鈴端詳著他的表情。

「您會幫我阿母治療吧?只要笑和尚出手,什麼病都能治好。聽說我病倒時身體虛弱,情況很嚴重,您還是治好我了。」

笑和尚抬起緊閉的眼皮,露出白眼。

「哼,」老人家從鼻孔噴出氣息,「明明是個小鬼頭,竟然也拍起馬屁。」

「不是拍馬屁,是真的。」

阿鈴向前一步,笑和尚迅速躲開,動作十分敏捷。雖然他眼睛看不見,阿鈴還是快不過他,何況阿鈴本來就沒想和他較量。她只希望笑和尚能為阿母治病,就算死纏爛打也要笑和尚答應。

「我只不過是在院子裡散步,不是來找妳這種小鬼的。」笑和尚對阿鈴說:「妳阿母是不是病倒都跟我無關。」

「可是⋯⋯我生病時明明沒拜託您,您還不是幫我治療了?」

笑和尚「哼」一聲別過臉,穿過樹林離去,阿鈴喊著「等等、等等」在後方追趕。

「要是我說了什麼失禮的話,請接受我的道歉。可是我阿母的病得很厲害,國增醫生來看過阿母,也開了湯藥,但絲毫沒見效。」

「不可能兩、三天就治好。」

笑和尚在柏樹旁駐足,駝背的身影背對著阿鈴。光禿禿的後腦勺亮得幾乎可以映出阿鈴的臉,脖子卻皺巴巴的,一條條皺紋呈ㄑ字形。

「就算消除身體的疲累,喝了湯藥調理,只要她內心的鬱悶不抒解,病永遠不會好。」笑和尚直言不諱。

「妳阿母得的是心病。」

「您說的也許沒錯,不過您幫我按摩後,我的心情也跟身體一樣輕快起來。」

笑和尚神色沉重地搖搖頭，「妳難道不知道妳阿母為什麼心情不好嗎？笨蛋。」

阿鈴嚇了一跳。

「她是因為我們這些幽靈待在船屋，沒辦法做生意，心情才不好吧？妳卻要我這個當事人幫她治療，她怎麼可能好得了。真是個傻孩子！」

笑和尚說得有道理，可是——

「那爺爺為什麼現身呢？」

笑和尚把玩著手中的拐杖，面向柏樹開口…「妳不是希望我們消失嗎？」

阿鈴睜大雙眼。

「妳想趕我們走，對吧？我們害妳家沒辦法做生意，還害妳阿母病倒，妳不是早就容不下我們了？」

「爺爺……」

「看妳興沖沖地跑過來，還以為妳想說什麼，竟然對我說『謝謝您出來』，妳明白自己在說什麼嗎？真是個不孝女！」

笑和尚的駝背彷彿也在生氣，加上他每次說話時，脖子上的皺紋會擠成ㄟ字，像在附和「就是啊，就是啊！」。這股怒氣令阿鈴裹足不前，說不出話來。阿鈴悄悄退回到廁所前的走廊，洗手鉢的水面映出她那張快哭出來的臉。

阿鈴踏上走廊，回頭一望，笑和尚已不見蹤影。雖然她覺得南天竹和柏樹之間影影綽綽，仔細一看，原來只是風雨令泥土變色而已。

等到剩下自己一人時，阿鈴胸口才湧上遲來的憤怒——什麼嘛，那種說話態度！說那樣壞心眼的

扮鬼臉 | 319

話，不如早早離去算了！是啊，我們這麼辛苦不都是幽靈害的！」

阿鈴咚咚跺著腳發洩，又在地板上蹦跳洩憤，仍無法消氣。

「阿先？是妳在那邊嗎？妳在那邊蹦蹦跳跳幹麼？」

有人大聲發問。咦？是阿先大媽的聲音！她連忙奔回榻榻米房。

果然是阿先。阿先說打算暫住在船屋幫忙家務，直到多惠身子好轉。

阿鈴聽了很高興，有阿先大媽在安心多了。

——況且，萬一阿先大媽也看得到船屋的幽靈，她一定會站在我這一邊。

當天夜裡。

阿先來哄阿鈴睡覺，這是以前在高田屋時的老習慣。阿先嘴上雖然說阿鈴長大了，可以一個人睡，卻還是邊說邊鑽進蚊帳，躺在薄被褥上，拿扇子替阿鈴搧風。阿先的表情慈祥，宛如菩薩。夏天似乎打算在今晚再度肆虐一番，天氣熱得讓人睡不著，阿鈴十分感激團扇帶來的微風。

阿先也許是考慮到多惠病倒了，阿鈴大概會不安，頻頻和阿鈴聊些愉快的話題。看妳阿爸和阿母這麼累好起來，到時候大家再前往寺院參拜，去吃某某地方的名產，再訂製新衣。看妳阿爸和阿母這麼累，自從太一郎搬來船屋以後，高田屋的老主顧老是抱怨便當味道不對，大家都很傷腦筋。要是你們三人再搬回高田屋該有多好⋯⋯

等阿先絮絮叨叨告一段落，阿鈴故意打著呵欠，出聲說：「大媽，我很怕那件事。」

阿先搧動團扇的手停下來，問：「咦，什麼事？」

「大媽說在院子看到死去的銀次先生，我覺得既可怕，又不可思議。」

「啊，那件事嗎？」阿先搧著團扇，慌忙地說：「我真是的，闖禍了，竟然讓阿鈴那麼害怕。妳原諒粗心的大媽吧。」

「沒關係。只是，大媽，我想過了。」阿鈴翻過身來，面對阿先。「為什麼大媽可以看到變成幽靈的銀次先生，七兵衛爺爺卻看不見？」

「妳怎麼在想這種事？這不是小孩子該想的事，不要胡思亂想，對腦袋不好。」阿先笑著說：「而且還不能確定我看到的就是幽靈啊。」

「我想一定是幽靈。」

阿鈴說出島次和銀次，以及他們的妻子阿高的事。聽著聽著，阿先眼睛愈瞪愈大。

「哎呀，阿鈴，這些事妳從哪裡聽來的？」

「我聽人家說的。」

「誰說的？多惠的個性不可能隨便說人家閒事，太一郎也一樣。」阿先一口氣說完，表情忽然變得嚴峻。「莫非是阿藤告訴妳的嗎？她個性本來就衝動。說來這鋪子也……」

阿先說溜了嘴，硬生生地把到嘴邊的話嚥回去。她的表情擺明了後悔在阿鈴面前說這些話，阿鈴也是第一次聽到她用這種批判的語氣提起阿藤。

阿藤大姨做了什麼事，惹阿先大媽不高興嗎？難道大人們在阿鈴看不到的地方有什麼糾紛嗎？阿鈴突然想到，當阿鈴提出孤兒的事時，阿藤大姨明明是個好人，阿藤大姨那種拐彎抹角的態度，那時她的表情顯然有所隱瞞，像是有什麼難以啟齒的事。雖然阿藤大姨嘴上說沒什麼，眼神卻不是那樣。

難道船屋還發生了其他事——其他阿鈴不知道的事？那真是令人不舒服。

「可是,阿鈴,」阿先掩飾般換了個姿勢,「妳到底是從哪裡聽來這些事?」

談話總算回歸正題,阿鈴鬆了一口氣。

「是鄰居,大媽。是島次先生的鋪子——林屋附近的鄰居,大家都在談論這件事。」

「阿鈴,」阿先略帶責備地提高聲調:「妳為什麼跑到那邊的鋪子,混在七嘴八舌的大人之間?什麼時候去的?」

阿鈴打了個呵欠,裝出愛睏的天真神情,避開阿先的質問,接著夢囈般喃喃說出玄之介的猜測:「小孩子有時候真的看得更清楚……我認為應該是這樣……」

阿鈴說完,假裝睡去,屏氣觀察阿先的反應。阿先慢條斯理地搧著團扇,沒多久就起身,像在確認阿鈴是否真的睡著了,她溫柔地摸著阿鈴的額頭,到底有什麼神明在庇護她呢?」

看來玄之介猜中了。阿鈴依舊發出平穩的鼾聲,微微睜開眼。

「我的確……對姊姊做了無情的事……害姊姊短少壽命……可是,那已是三十年前的舊事,我以為自己早就忘了。」

阿先用指尖攏了攏垂落的頭髮,喃喃自語。她緩緩搖著頭,突然間又猛地抬起頭。

「誰?誰在那裡?」她朝著蚊帳外喊:「是阿藤嗎?」

毫無回應。阿鈴心想,大概是夜風吹動了蚊帳。

「咦,我明明看到有人。」阿先打了個哆嗦,小聲說:「可別聽說有幽靈作祟,連我都疑神疑鬼起來,我得注意點。」

阿先離開蚊帳後，阿鈴仍佯裝睡著。這時似乎有人穿過蚊帳靠近。阿鈴睜眼一看，發現阿蜜坐在枕邊。

「阿先大媽呢？」

「回自己房裡了。」阿蜜摸著鬢角，微笑道：「阿鈴，這回妳立了大功。看樣子，阿玄似乎猜中了。」

阿鈴點頭，問阿蜜：「剛才阿先大媽看到的人影，是妳嗎？」

「是的，阿先大概是看到我，不然就是感覺到有動靜吧。」

「這也跟兄弟姊妹的爭執有關……？」

阿蜜摸了摸阿鈴的頭，扶著阿鈴肩膀讓她躺好。

「可惜的是，在我身上是另一個原因。」阿先能看到我，表示她也嘗過男人的苦頭。妳的阿先大媽這個年紀還那麼嬌媚，年輕時想必更漂亮。」阿蜜聳聳瘦弱的肩膀，繼續說：「每個人都會有一、兩個祕密，有了兩個就算有三個也不稀奇。有了三個，還有更多也不奇怪。來，阿鈴該睡了。只要我在身邊，天氣再悶熱也不怕，根本用不著團扇。要不然，我唱一段搖籃曲給妳聽吧。」

翌晨，阿鈴匆匆吃過早飯，纏著阿爸帶她到阿母的房間。每逢夏天，榻榻米房大多卸掉紙門和格子紙窗，只用垂簾隔開內外，但多惠的房間原來像是想把疾病封鎖在房內般緊閉著，連枕邊都豎起屏風。

阿鈴看到多惠的臉，心想憔悴的病人原來是這個模樣。阿母的身體夾在蓋被和墊被間，看上去很平坦。胸前合攏的睡衣領口鬆垮垮的，好似小孩惡作劇穿著大人的衣服。短短幾天，怎麼會消瘦成這樣？還是，在病倒之前阿母其實已漸漸衰弱，只是沒人察覺到罷了？

「讓阿鈴擔心了，真對不起。妳要好好聽阿爸的話，當個乖孩子。」

阿母的聲音嘶啞微弱，說幾句話就喘不過氣。阿鈴回答「是，我會當個乖孩子」，在哭出來之前趕忙離開了房間。

接著，阿先、阿藤和阿鈴開始大掃除。阿先說這種時候最好把心力用在打掃上，俐落且嚴厲地指揮著，不容分說地教阿鈴怎樣擰抹布、怎樣拿掃把。

不僅是阿鈴，連阿藤也被狠狠訓了一頓。平常阿鈴總覺得阿藤大姨做起家事來比阿母熟練，但碰到阿先大媽，她根本完全不及格。

「唔，這裡再重新擦過。看妳老是想著別的事，完全沒心思打掃。」

阿先對阿藤說話更嚴厲，甚至有點找碴的意味。阿藤雖然順從地頻頻道歉，擰抹布或換水時嘴巴卻噘得老高。

昨晚阿先大媽提到阿藤大姨時表情也很嚴峻，兩人之間果然是有什麼爭執。「別的事」是指什麼事呢？阿先大媽到底對阿藤大姨什麼事這麼不滿呢？

阿鈴突然想到「孤兒」這件事，連忙打住，專心打掃。

中午過後，不知出門去哪裡的七兵衛，太一郎和七兵衛一同回來。阿鈴輪流看著垂頭喪氣的阿爸，和聳著肩膀、怒氣沖沖地大步走來的七兵衛，感覺有點緊張。怎麼回事？

一進船屋，七兵衛馬上召集眾人到榻榻米房，太一郎要阿鈴回房午睡，讓阿鈴也一起聽，卻遭七兵衛阻止。

「是阿鈴看穿前後兩個阿靜不是同一人，這是她的功勞，要是什麼事都瞞著她，不讓她聽、不讓她看，反倒會害她受苦。」

阿鈴心裡十分高興，果然還是七兵衛爺爺通情達理。為了不辜負爺爺的期望，阿鈴努力讓眼睛綻

放著伶俐的光芒，端坐在阿先和太一郎之間。

七兵衛拿起有阿鈴手臂那麼長的菸管點火，皺著眉吐出一口煙，慢條斯理地開口：「這幾天我跟太一郎老是出門，你們大概覺得很奇怪吧。這麼晚才告訴你們理由，實在抱歉。」

七兵衛說，他們在外四處調查。

「一開始我便認定那個冒牌『阿靜』，是白子屋長兵衛的私生女。以前我就聽人提過他有個私生女，而且那個私生女非常憎恨長兵衛的無情，這件事早就傳得沸沸揚揚了。我到處探聽消息想抓住她，總算讓我查到那個冒牌貨的落腳處，可惜最後讓她逃走了，現在行蹤不明。」

「是怎樣的女孩？」阿先問。

「她叫阿由，比眞正的阿靜大四歲，今年十九歲。母親曾是白子屋的下女，母女倆被趕出白子屋不久後，母親就過世。阿由那時只有兩歲，輾轉被房屋管理人和養父母輪番撫養，還沒長大就開始學壞。十來歲時她在茶館和射靶場做過事，成天和一些不良男女混在一起。這兩年她被下谷一個放高利貸的老頭收爲姨太太。當然，她另有情夫。」

「太可憐了。」阿先低語。「她想必跟養父母也處得不好。」

七兵衛嚥著下巴，插嘴道：「這比當孤兒強多了，至少可以過正派的人生。她跟親生父母沒有緣分，得靠別人家的飯養大，確實可憐，但又比沒飯吃的人幸福多了。她應該感恩能碰到願意施衣捨飯的善心人士，沒想到竟誤入歧途，實在不像話。」

太一郎不禁縮縮脖子。阿先笑著說：「是啊，你說的對。你自己也吃過那種苦頭，特別同情那個叫阿由的女孩，所以才更焦急、更氣憤吧。」

七兵衛答不上來，輕咳了一聲說：「阿由完全騙過那個放高利貸的老頭，日子過得很奢侈，還常常對旁人吹噓說：這樣還不夠，畢竟姨太太的身分見不得人，我其實是南新堀町的富商白子屋的長女，總有一天絕對要拿到我應得的財產，以後就可以自由自在地過著闊綽的生活。」

據說她不止一次上白子屋鬧事，要求長兵衛出來見她，或讓她跟阿靜姊妹相認，所以白子屋上下都知道她的存在，常在背後說長道短。

「一定是情夫在慫恿吧。」阿先仍對阿由抱持同情。「一個女孩子家不可能會這麼做。」

「好像是。」七兵衛放下菸管，點頭應道。「她的情夫是落魄的武家隨從，名叫橋二郎，年齡早就超過四十歲，都可以當阿由的爹了。雖然只是個小惡棍卻能混這麼久，在賭場和私娼妓院也吃得開。目前阿由大概是跟他在一起，才能四處躲藏吧。」

「可是逃也沒用啊。」阿鈴忍不住開口。「她真正的目的，不就是想分白子屋的財產嗎？既然這樣，總有一天得回白子屋啊。」

「噓，阿鈴，小孩子不要插嘴。」

阿藤不快地責備阿鈴。七兵衛笑著說：「沒關係，阿藤，阿鈴說的沒錯。不管用什麼方法，阿由最終是想讓長兵衛承認她，當然也想要白子屋的錢。而且她有橋二郎這個狗頭軍師，更不會放過任何機會，所以我們決定在白子屋設下陷阱。」

所謂的陷阱，是讓白子屋四處傳播以下謠言：關於阿由假冒阿靜，企圖破壞騙靈比賽宴席一事，白子屋將既往不咎，而且想跟阿由當面談判，絕不會讓阿由吃虧——如果阿由聽到這個風聲，跑去投靠白子屋，就能抓住她，帶她來船屋。

「再讓她和島次對質。」七兵衛說：「要兩人當面招供。那個騙子！」

阿鈴眨著眼，仰望七兵衛的長臉，問道：「這件事跟島次先生有關嗎？」

太一郎微微屈身，溫柔地說：「老闆在懷疑島次先生。」

七兵衛的意思是，那天發生騷動時，島次突然發瘋似地鬼叫著「都滾出去，再不滾，小心我殺了你們！」，其實是他跟阿由串通好的把戲。

「阿由先假扮阿靜到船屋，應該是來探路的吧。阿由大概知道阿靜進行招魂時，會用頭巾蓋住臉，所以她根本無需顧忌什麼。於是，當天宴席上進行招魂時，島次再伺機假裝幽靈附身鬧事。白子屋和淺田屋的人當然會嚇一跳，騙靈比賽也就以失敗告終，阿靜和阿陸大大地丟了一回顏面。之後一定會有人……實際上是阿鈴……察覺之前來訪的阿靜，跟騙靈比賽上的阿靜根本不是同一人。淺田屋知道以後一定會生氣，說如果公平比賽的話，阿靜、白子屋是為了詆毀阿陸的名聲才設計這場比賽。淺田屋會生氣並不奇怪，事實上他們也真的發怒了。不管是否說得過去，為了維護阿陸的名聲，淺田屋只能大聲宣傳白子屋作弊。對白子屋來說，等於兩邊都失了面子。現在已有人說阿靜的招魂本事其實都是作假。」

「據說，整件事的來龍去脈已被寫成讀賣（瓦版新聞）流傳至神田、淺草一帶。淺田屋老闆怒不可遏，常常當眾破口大罵白子屋和阿靜設下騙局。

另一方面，白子屋雖然滿腹委屈，卻因為長兵衛的私生女在這次事件中扮演關鍵角色，只能將委屈往肚裡吞。儘管恨得牙癢癢的，眼下也只能相應不理。因此，當七兵衛提出設局抓阿由的計畫時，白子屋滿口答應。」

「這……」阿先微微顫抖，「可是……你有什麼證據可以證明島次先生和阿由串通？」

七兵衛隨著吐出的鼻息開口：「沒有證據，不過這樣事情才說得通。」

「可是,這樣不是不講理嗎?也許島次先生那天真的被陰魂附身才會鬧事啊。」

「是的,正是如此,阿鈴和阿先對望。阿先的目光彷彿凍僵了。阿鈴心想,我跟阿先大媽都知道真相,因為她也看到了變成幽靈的銀次。

七兵衛完全不當一回事。不僅如此,他雙眼圓睜,拍著膝蓋仰頭笑道:「真是笑話,喂、喂,阿先,妳怎麼會說出這種反常的話?妳什麼時候也怕起陰魂來了?」

「不是的,實在是島次先生那天的樣子太不尋常了。」

「不尋常是因為他裝神弄鬼,那個騙子!」

聽到七兵衛咬牙切齒這麼說,太一郎又縮著脖子。阿鈴想起父親對島次的廚藝評價很高,十分仰賴他。

「我要是更可靠一點就好了⋯⋯」太一郎支支吾吾地說。

「介紹島次給你,我也有錯。」

「我實在無法信服。」阿先面色蒼白,抬起頭,強硬地對七兵衛說:「你說那個叫阿由的女孩和島次先生串通,但那女孩能拿什麼誘惑島次先生?一個是十九歲的女孩,一個是已到了通情達理的年齡的島次先生,怎麼說都湊不到一塊啊。況且,島次先生在林屋可能過得很寂寞,但他又不缺錢。」

「對不起。」太一郎雙手貼在榻榻米上低頭致歉,阿藤挨到他身邊,拍拍他的背,勸說:「太一郎先生,不用這麼自責。」可是太一郎遲遲不肯抬頭,阿藤就這樣僵著垂下臉。

「那小子應該是在林屋容待不下去才變得憤世嫉俗,我以為只要我們以禮相待,他會知恩圖報,沒想到我看錯人了。要是早點看穿他的真面目就好了!」

「島次到底想圖謀什麼,問他本人就知道了。不管我去幾趟,總是那傢伙的老婆出來擋人,一本

正經地說：『我那口子腦袋不正常，誰都不見底。」七兵衛怒氣沖沖地說：「所以必須抓住阿由。每次去我都吃閉門羹。看樣子他打算避不見面躲到底。」

「可是，七兵衛爺爺，世上眞的有幽靈。」

我也看到附在島次先生身上的幽靈銀次──阿鈴剛想開口這麼說，卻被七兵衛制止，他的大手掌落在阿鈴頭上，摩搓著說：「阿鈴，不要再提幽靈了。那種東西是一種心病，認爲有的人才會看到，一開始便認定沒有的話，幽靈就不存在。可怕的是活在世上的人啊。」

事情的演變出乎意料。

能看見幽靈的人才看得到，看不見的人完全看不到。該怎麼讓完全看不到幽靈的七兵衛爺爺相信世上眞有幽靈呢？

「明白了，大老闆，我一定盡力幫忙。」

耳邊響起精神抖擻的聲音，原來是一直默默坐在阿先和太一郎身後的阿藤。她往前探出半個身子，繼續道：「爲了船屋，必須讓這場無聊的騷動完全平息。我願意聽從大老闆的話，有什麼吩咐請儘管說。」

阿藤臉頰略微潮紅，一副幹勁十足的模樣。

「太一郎先生也儘管吩咐，」阿藤的手放在太一郎的背上，「我會連多惠老闆娘的份也盡力做。」

太一郎向阿藤行了個禮，一旁的阿先卻一臉苦澀。不知阿先大媽會不會又斥責阿藤大姨？阿鈴心裡有點緊張，也有點期待，因爲阿藤大姨的話中有一種壓迫感，聽起來不舒服。

然而阿先雙唇緊閉，什麼也沒說。阿藤益發得意洋洋：「碰到這種情況，就要打起精神。大家好好振作，消除船屋的災難，讓船屋興隆起來。」

「聽妳這樣說。確實教人放心。」七兵衛愉快地笑著。「不過也不能讓妳去對付島次和阿由，總之，家裡的事就拜託妳費心了。」

「是！」阿藤拍著胸脯，「一切包在我身上，大老闆！」

阿鈴回過神來，發現阿先大媽望著她。看著阿先大媽的表情，阿鈴才發現自己的表情跟她一樣苦澀。

當天夜裡，明明早過了就寢時間，阿鈴卻睡不著，蓋著被子鬱鬱不樂，忽然聽到有誰說話的聲音。

起初，她以為是玄之介或阿蜜，但聽起來不像幽靈的聲音，而是活人的聲音。不止一人，是兩個人——而且正在爭執。

是在廚房。阿鈴悄悄離開被褥，貼著牆壁在走廊上前進，走到看得見廚房亮光的地方時，終於聽出是誰在吵架。有兩個人影在晃動。

是阿先大媽和阿藤大姨。

「我知道妳這個人做事勤快，為船屋盡心盡力。」阿先稱阿藤為「妳這個人」，口吻平靜卻不客氣。「不過，妳最好不要抱著不切實際的妄想，看妳最近的態度，我真是擔心得要命。」

「有什麼好擔心的？」

反駁的阿藤語尾上揚，一副和人吵架的架勢。

「大老闆娘總是看我不順眼，把我想的很壞。當然，大老闆娘中意的是多惠，但她現在病倒了，

什麼也不能做，只能靠我了。我只是拚命做事而已，哪裡錯了呢？我有什麼地方得罪了大老闆娘嗎？」

阿鈴不敢相信，阿藤大姨竟會這樣不客氣地對長輩說話，她不禁雙手按住臉頰。

「那我就老實說了，」阿先的語氣也強硬起來。「阿律說怕鬼逃跑時，我不是勸妳一起離開嗎？還說這裡若需要人手，我會過來幫忙。妳還記得嗎？但妳就是不聽，從船屋開張以來就是這樣。我勸阻過妳，妳卻推說多惠一個人忙不過來，硬是說服大老闆，賴在這裡。」

「因為我擔心啊。我來了以後，太一郎先生和多惠都十分高興，阿鈴也相當依賴我，她還常說大姨不在時很寂寞。」

「那當然啦，因為妳裝出這種態度嘛。可是明眼人都心知肚明，妳是另有企圖。」

「我到底有什麼企圖？」

「噓！太大聲了。」

一個人影僵立不動，另一個人影往旁邊輕輕移動。

「我不是無情的人。」阿先一反剛才的態度，壓低聲音溫柔地說：「我懂妳的心情，畢竟我們都是女人嘛。可是，阿藤，再怎麼難受，該放棄的東西還是要放棄才好。妳要主動離開，閉上眼死心才行啊。」

「我聽不懂大老闆娘在說什麼。」

阿先的聲音始終很固執。阿先嚴厲地說「聽不懂就算了」。

「多惠會好起來的，我們需要她和太一郎合力經營船屋。」

阿藤聲音雖低，卻挑釁地說「多惠根本辦不到」。阿鈴著實嚇了一跳：這是我認識的那個體貼勤

「多惠總是無精打采的,太一郎先生跟她在一起太可憐了。」

「妳真是的,還在說這種話?」阿先也提高音量:「適可而止,妳醒醒吧!」

「不要。其實我都知道,是大老闆娘從中作梗吧?妳明明知道我喜歡太一郎先生,不但不幫我向大老闆說情,還介紹多惠給太一郎先生。妳為什麼這麼壞心眼?如果當初不那樣做,我現在⋯⋯」

「別說了,我不想聽。」

「為什麼要逃避?妳自己過得幸福,卻要阻礙別人的幸福。」

「妳以為妳大太一郎幾歲?」

「年齡根本⋯⋯」

「妳不覺得可恥嗎?」

「可恥?我?」阿藤的聲音嘶啞。「大老闆娘知道我在高田屋和船屋有多盡心盡力為太一郎先生效命嗎?我把情感壓抑在心底,總是帶著笑臉,只希望有一天他能明白,能接受我⋯⋯」

「所以我才說妳懷有這種期望是錯的。」

阿藤哼了一聲。

「他一定會接受我的,既然事情到了這步田地,無論如何一定要讓他接受我的心意。反正大老闆看重我,阿鈴也喜歡我。更何況,那孩子又不是對夫婦真正的羈絆。」

啪!清脆的聲音響起,下一瞬間,阿鈴恍然大悟,是阿先大媽甩了阿藤大姨一記耳光。

「妳再提起這件事,我真的會把妳趕走。」阿先咬牙切齒地低吼道。「多惠和阿鈴對妳毫不設防,她們都喜歡妳,妳要是做出背叛她們的事,小心我會追到地獄盡頭給妳好看!」

扮鬼臉 | 333

阿藤哭了出來，阿鈴在哭聲中爬著逃開。

回到房裡，她看見阿蜜就坐在枕邊，膝上擱著三弦琴。

「阿鈴，不可以熬夜啊。」阿蜜搖晃著頭髮，溫柔地說。

「阿蜜……」

「夜裡聲音可以傳得很遠，她們應該小心點。」

阿蜜向阿鈴招手，阿鈴一屁股坐在被褥上。

「真是的，阿鈴，妳聽到不好受的事吧。」

看到阿蜜露出安慰她的表情，阿鈴恍然大悟：「難道……阿蜜早就知道阿藤大姨的事了？」

阿蜜撫著長髮，點點頭。「隱約猜到了。我也不是白白就成了半老徐娘。」

不過對阿鈴來說，這種事還太早了點。阿蜜輕聲說道。

「人啊，不，應該說女人，有時候會連自己都管不住自己，這就是戀愛。所以，妳不要太生阿藤的氣。只是，妳要記得，變成那樣不是好事。」

「什麼事？」

「有阿先盯著，大概不會發生什麼壞事，妳只要好好珍惜妳阿母就行了。」

「嗯……可是，阿蜜……」

阿藤大姨喜歡阿爸，所以討厭阿母……阿蜜大姨。阿蜜大姨喜歡阿爸，大概不會發生什麼壞事，妳只要好好珍惜妳阿母就行了。」

「嗯……可是，阿蜜……」

「『羈絆』是什麼意思？我不是阿爸和阿母真正的羈絆，這句話是什麼意思呢？」

阿蜜一隻手貼著臉頰，歪頭緩緩地說：「這個啊，我也不知道。」

胡說，阿蜜明明知道。「妳在騙人吧？」

阿蜜呵呵笑：「不告訴妳，反正妳遲早會明白。而且有妳阿先大媽在，不會有事的。」

阿蜜拿起三弦琴，喃喃說道：要哄愛熬夜的孩子睡覺，唱什麼歌比較好呢？

19

三天、五天、十天過去了，阿由始終沒在白子屋出現。風聲應該已傳得很遠。連讀賣人都不再刊登這件新聞後，白子屋還是對常客和鄰居叮嚀：如果看到阿由的女孩，要馬上通知我們，我們決定不計較以前的事，連破壞驅靈比賽的事也算了。我們只是想跟阿由見個面，說說話。

再怎麼想，只破壞驅靈比賽，不可能消除阿由心裡的怨氣，讓她從此不再找白子屋麻煩或不再跟白子屋有所牽扯。對她而言，應該還有一堆怨言想對長兵衛說，理當會掉進七兵衛的陷阱才對。

阿鈴每天都跟玄之介和阿蜜討論這件事，兩人總是沉穩地安撫阿鈴，要她耐心等待，還說也許阿由另有隱情。

驅靈比賽以後，好幾次阿鈴都用懇求的語氣呼喚蓬髮，蓬髮卻始終沒有現身。多惠一直臥病在床，笑和尚爺爺也不見蹤影。阿梅有時會在夜裡爬上樓梯，發出咚咚腳步聲，但不在阿鈴面前現身。不知道是不是阿鈴多心，總覺得大家都在等待什麼事情發生。

另一方面，七兵衛每天都以探病為由，遣人去詢問島次的狀況，逼得島次的老婆阿高過意不去，這天終於提著點心盒造訪船屋。

「託大家的福，我家那口子的身體總算慢慢復元。上次大概是中暑吧，可惜腦袋還是不行，成天精神恍惚。林屋那邊有我和兒子在照料，還應付得過來，只是島次恐怕沒辦法再來船屋幫忙了。真的很對不起，請你們不要再為難島次了。」

阿高的眼神雖然依舊凶狠，卻恭敬地雙手貼在榻榻米上，向船屋眾人低頭行禮。

七兵衛從高田屋趕過來，和太一郎並排坐著聽她說。七兵衛頻頻安慰阿高，但看阿高誠惶誠恐的

阿鈴躲在暗處偷看他們的應對。無論如何，不抓住阿由就無法讓她跟島次對質，這點連阿鈴都明白，想必七兵衛爺爺現在一定五內如焚。然而，更令人在意的是阿高的態度。作客拘謹而正襟危坐，更像在害怕什麼事，側臉顯得很疲憊，沒有精神。

大家都稱呼那人為「島次」，其實那只是島次的空殼，身體裡的是哥哥銀次的弟弟的靈魂，奪取島次的身體回到陽世。以這種方式回到自家和自己的鋪子，這真是恐怖的事。可是，阿鈴覺得有些奇怪，照理說銀次向島次報仇之後，應該心滿意足了，想必會溫柔對待老闆娘和孩子們，致力經營林屋，為一家人往後的幸福打拚。如果站在他的立場，阿鈴一定會這麼做，否則回到陽世就沒有太大意義了。

然而，眼前的阿高為什麼如此憔悴不堪呢？看上去戰戰兢兢的。雖然這個貪婪的老闆娘給人的印象不好，但上次看到她時，她要比現在有精神多了。

銀次回到林屋後，到底做了什麼事？

今早天空晴朗無雲，客房已早一步收拾起夏天的布置，嵌上紙門。紙門被輕輕拉開，看到阿藤領著阿高離去後，阿鈴馬上奔向後門。

阿高從船屋正門離開後，沿著鄰居長坂大人宅邸的木板牆有氣無力地走著。阿鈴確認阿藤送完客回到船屋後，奔跑追上阿高。

「林屋的老闆娘！」

阿高回過頭來，似乎想不起眼前的女孩是誰。阿鈴向她說明曾代表船屋前去探望島次先生，她仍然沒有印象，最後費了許多唇舌她才總算記起。

近距離看，阿高眼下隱約浮現黑眼圈，眼角也很乾燥。阿鈴臥病在床差點喪命時，一直在身旁照料的多惠也是這種臉色。這是沒睡好的人的臉色。

不祥的預感像夜晚飛翔的蝙蝠，曲折地橫穿過阿鈴小小的心裡。

「小姐，妳找我有什麼事嗎？」

天空雖已有秋意，陽光依舊耀眼，阿高覺得刺眼，瞇起眼睛。

「老闆娘，對不起，其實我是船屋的女兒，上次我說了謊。」

阿鈴很快說明騙靈比賽時她剛好在宴席附近，目睹島次先生倒下的情景。

「老闆娘，我突然說這種話您恐怕不會相信，不過希望您聽我說。」

阿鈴調勻呼吸，下定決心開口：「島次先生現在是不是變成老闆娘過世的丈夫……也就是他的哥哥銀次先生？還是，島次先生有沒有做了什麼會令您想起銀次先生的事，或者他自稱是銀次先生？」

阿高睜大那雙眼角上吊的細長眼睛，本就缺乏血色的臉頰，蒼白得像塊白布。

「妳、妳、妳，」阿高下巴抖個不停，指著阿鈴問：「妳到底在說什麼？妳到底想怎麼樣？」

「老闆娘……」

「老闆娘！」

阿高推開走近的阿鈴，轉過身，像要往前撲倒般匆匆逃走。

「老闆娘，等等！」

阿鈴在後頭追趕，阿高跑到長坂家板牆轉角處，扶著牆拐彎，蹣跚前進時掉了一只鞋子。她踉蹌往前了兩、三步，最後還是撲倒在地。

「老闆娘，您要不要緊？」

阿鈴跑過去，阿高臉色煞白，趴在地上，雙手抓撓著地面還想逃跑。

扮鬼臉 | 341

「老闆娘，您為什麼要逃？我說的話很奇怪嗎？」

「真是囉唆的孩子，放開我！」

阿高顫聲大吼，胡亂揮舞雙手，站起身來，完全不顧鞋子掉落，光著腳又打算逃跑。

阿鈴大叫：「老闆娘，島次先生果然變成銀次先生了嗎？老闆娘是不是也很害怕？銀次先生的陰魂在林屋到底做了什麼？」

阿高搖搖晃晃地停下腳步，回頭望著阿鈴。她的雙眼睜得老大，張大嘴呼呼喘氣。

「陰魂？」阿高啞聲低語：「妳是說，那是陰魂？」

阿鈴默默跑到阿高身邊，抓起阿高的手。她的手冷得像冰塊。

「妳為什麼知道那是陰魂？」

那口氣與其說是質問，更像自言自語。阿鈴回答：「我親眼看到銀次先生變成幽靈現身，說是十年前遭島次先生殺害，被奪走鋪子和妻兒，所以要從島次先生的身體裡趕走他的靈魂，借島次先生的身體回到林屋。」

阿高無力地垂著頭，睜大眼睛，眼皮微微顫動，散亂的髮鬢垂下一、二絡頭髮，冷不防地當場癱軟在地。

阿鈴大叫一聲，豔陽下沒有路人經過，阿鈴臉上也失去血色。

「老闆娘，振作點！」

此時，前方約一間（一・八公尺）的長坂家後門「嘩」地拉開，走出一個女人。看到阿鈴和阿高，她吃驚地睜大雙眼，柔聲問道：「怎麼了？」

這真是年代久遠的一座宅邸啊。

阿鈴心想：我是有教養的女孩，長坂大人好心對我們伸出援手，不能對他們的住家說出什麼失禮的話。

——但如果是乖僻勝就不一定了。

這算什麼房子？真虧它還沒倒下，簡直就像鬼屋嘛！

總之，這房子很舊了，到處破損不堪。現下所在的榻榻米房暫且鋪著榻榻米，牆壁還沒坍塌，天花板也沒有破洞。但隨處可見漏雨的痕跡，格子紙窗也滿是補貼的痕跡。

從船屋二樓可以清楚看見長坂大人的宅邸，阿鈴雖然看到屋頂瓦片有補修的痕跡，卻沒想到環繞著壯觀板牆和青翠樹木的宅邸內，竟然已荒廢到這種程度。

因為是旗本宅邸，占地確實很大。從後門穿過中庭，走到這間榻榻米房前，經過了長長的走廊。然而沿途看到的房間，不是榻榻米掀起來露出地板，就是屋頂破了大洞，要不然便是格子紙窗全被拆掉。光看那些房間，就給人一種走進廢屋的錯覺。

七兵衛爺爺在阿鈴一家人打算搬到船屋時說過「鄰居是個窮旗本」。爺爺上門打招呼時，不知道有沒有看到屋子內部？

——院子也是。

光從外面看，尤其是從船屋二樓俯瞰時，只覺得院子裡種有許多高大的林木，然而近距離看，這院子明顯乏照料，林木茂密，簡直跟山林差不多。雜草叢生的假山後面，就算住著狐狸或狸貓也不奇怪。仔細想想，阿鈴從沒見過園丁出入鄰家院子。

一個極輕的腳步聲響起，有人從走廊朝這邊走來。阿鈴暗自一驚，隨即趴伏在榻榻米上。

「哎呀,不必那麼拘束。」

話聲和藹可親,是剛才那個女人。她的年齡和多惠差不多,身材嬌小、圓臉,嗓音像少女一樣可愛。

「把妳一個人丟在這裡,真是抱歉。來,請用茶。」

女人在阿鈴身旁坐下,自托盤中端起茶杯請阿鈴喝茶,動作十分流暢。

「妳大概嚇到了吧?不過請放心,那位女客已醒來,再躺個半個時辰就能完全恢復了。」

「非常感謝。」阿鈴再度深深低頭行禮。

女人笑著說:「真有禮貌,妳是鄰家料理鋪的女兒吧?」

阿鈴嚇了一跳,說:原來對方知道我的事。

「是,我叫鈴。」

女人也回禮,說:「我是這家主人長坂主水助的妻子,名叫美彩。」

「妻子?啊?不是下女?」

大概是阿鈴的驚訝全寫在臉上了,美彩手遮著嘴巴吃吃地笑。

「我們家沒有下女,家事都是我在做。」

「啊,是這樣嗎?」

「正如妳所看到的⋯⋯」美彩用手示意荒廢的榻榻米房,「我們是窮得連裝飾品都沒有的旗本。」

不僅是房子,美彩身上的衣服也是洗得泛白的補丁和服,右邊袖子明顯有縫補的痕跡。她頭上的髮髻也只是插著一把陳舊的黃楊梳子。阿鈴不知該如何接話,脹紅了臉,美彩見狀又咯咯笑了起來。

「哎呀,對不起,妳不用在意。我跟夫婿都很喜歡這座宅邸,再怎麼破舊荒廢,我們都不覺得羞

恥。不過船屋開張後，我跟夫婿時常聊起你們呢。想說那麼高級的料理鋪不曉得會端出什麼料理？又會是什麼樣的客人上門呢？」

兩人的立場好像顛倒了。阿鈴不禁說道：「其實我家一點都不高級也不豪華，我反而常常在想，鄰家宅邸裡不知住著什麼偉大人物。」

「這不就是雙方都在單相思了。」

對方的聲音和旗本妻子的身分相符，沉靜優雅，然而從她口中竟然說出「單相思」這種庶民用語。阿鈴心想，不是每位旗本夫人都這樣吧，眼前這位夫人應該算是特例。

院子草叢中傳來一陣汪汪狗叫聲，美彩輕輕拍了一下手說：「阿鈴，妳有沒有見過小白？」

「小白？」

美彩起身到窄廊，叫著「小白，小白過來」，於是一隻白狗穿過雜草樹叢跑了過來。「小白，坐下，有客人。以前你們見過吧？」

「妳這樣說，這孩子怎麼會記得。」

走廊傳來聲音，聲音主人慢條斯理地走進房裡。來人年約四十，瘦削的高個子、長下巴、兩眼間隔有點遠——那張臉長得有些像鮟鱇魚，阿鈴覺得似曾相識……

「啊！」阿鈴大叫著跳起來。「對了！是那時見到的武士大人！」

事情發生在第一組客人筒屋光臨船屋那天，阿鈴、阿園、小丸在河道旁丟石子玩，因為阿梅忽然現身，阿鈴嚇了一跳，糖果卡在喉嚨。當時抱起阿鈴，拍打阿鈴背部讓她吐出糖果的救命恩人，正是眼前這個男人。

「對了，當時這隻狗也在場！」

高個子武士朝美彩笑了笑,隨即坐下。面對驚訝的阿鈴,他慢條斯理地說:「那時沒機會自我介紹,我是長坂主水助,高田屋七兵衛有沒有說我是鄰家的窮旗本?還是拿我長得像鮟鱇魚這件事取笑呢?」

長坂主水助不以為意地說「我雖然窮,時間卻很多」。

「我是小普請組……這個字眼妳肯定不懂,簡單來說,就是我雖有旗本的門第,但沒有差事,所以俸祿很少,少到連維持我和妻子兩人的生活都相當困難,幸好有各種家庭副業可做,總算能勉強糊口。」

「啊,是。」雖然不知所措,阿鈴仍含糊地應了一聲。這種事跟我說好嗎?不過也無所謂吧,光是從這座宅邸內部,就看得出主人生活困窘。

「我早就聽聞船屋遭遇許多禍事,畢竟那房子在船屋搬進來之前也鬧過鬼。」長坂主水助歪著下巴接著說。「我本想直接向船屋打聽這回又發生什麼事,也常和妻子提起這件事。剛才妻子通知我,船屋的阿鈴在後門遇到麻煩了,這正是個好機會。」

「謝謝您幫忙。」

「哪裡、哪裡。不過,那女人不是船屋的人吧?美彩說,那女人似乎在和妳吵架,到底是怎麼回事?」

此事說來話長,到底該從哪裡開始說明才好?

「這件事也跟船屋的幽靈作祟有關……嗯,長坂大人……」阿鈴猶豫不決,乾脆反過來請教對方:「聽說現在的船屋三十年前是座墳場,對面有一座叫興願寺的寺院,那裡的住持……殺了很多

扮鬼臉 | 347

人，發生過非常可怕的事，後來寺院發生火災，燒個精光。」

「嗯，」主水助點頭，「其實我也不清楚當時的事。因為長坂家宅邸當時並不在這裡。這房子是興願寺的事件之後才蓋的，那時我還是個十歲的小孩子。」

阿鈴頗為失望。原來長坂大人也不知道事件始末。

「只是……」主水助瞄了一眼妻子，繼續說：「我聽家父提過，長坂家奉命遷移到這裡，是因為有一個親戚和興願寺事件有關。幕府大人不僅要我們搬家，父親被罷職、成為小普請組也是因為這椿事件。」

阿鈴雖然無意，卻不禁從長坂大人面前縮回身子。美彩笑著解圍：

「你這麼說，阿鈴會害怕的，好像我們家出了一個可怕的殺人凶手。對不起啊。」

主水助睜著那雙間距有點遠、活像鮟鱇魚的眼睛，愣了一下，笑了出來。

「原來如此。不過，事實就是事實……不能歪曲。」

「不、不，我不怕。」阿鈴重新坐正。「我一點都不怕，只是嚇了一跳而已。」

「那就好，妳慢慢聽下去就知道了。」

主水助搔搔脖子，接著說：「和興願寺事件有牽扯的是我叔父，祖父的么兒。我父親是長男，這樣說妳懂嗎？」

「是，我懂。」

興願寺燒毀時，主水助的父親三十五歲，叔父才二十三歲。

「不知道告訴妳這麼小的孩子恰不恰當，我的祖父很風流，他跟我祖母除了生下一個男孩外，還有一個早夭的女兒。年輕時女人一個玩過一個，晚年還生了三個年紀可以當他孫子的小孩，而且是跟

三個不同的女人所生。這些妳聽得懂嗎？」

「我想……我懂。」阿鈴一本正經地回答。

「雖然身為長坂家的一家之主，我父親卻為了這些年輕的異母弟弟吃過不少苦頭，臨死前還在抱怨，說這幾個叔父不但花錢如流水，而且個個都是自大的懶惰蟲……」

主水助感同身受地轉述父親的抱怨。

「其中最棘手的就是這位最小的叔父。他性格溫柔，小時候非常陪我一起玩，只不過生性風流，在這點上可說是盡得祖父的真傳。再加上長得英俊，女人很難不為他心動。」

主水助的父親好不容易為他找到差事，可是兩次都遭解僱。解僱的原因都是女人，其中一次還跟長官的妻子有染，兩人打算私奔。他們這種行為本來被腰斬都無話可說，但大概是賊運太好，只是失去俸祿而已。既然如此，就讓他過一般庶民生活算了，主水助的父親準備了一筆資金，資助他開道場，沒想到那筆錢他又全花在妓女身上。最後總算為他找到尚稱門當戶對的人家入贅，這回居然跟妻子的姊姊勾搭上，引出一場風波──

主水助像在說別人的故事一樣，講述得十分流暢。難道他一直想向人述說這段往事？因為他看上去甚至有點愉快。

「之前我說過，興願寺燒毀時我十歲了，對這位叔父印象還很深刻。事件發生半年前，他被入贅的家趕出門，之後一直跟我們住在一起。」

主水助又說：雖然住在一起，但我也不清楚為何叔父會跟興願寺住持扯上關係。

「聽說那個住持暗地裡放高利貸，我父親猜可能是因為這點兩人才會認識，我也這麼認為。叔父需要錢的原因不外乎是為了女人，他和其他叔父不同，自己過得並不奢侈，把錢都花在女人身上。不

知道是哪裡的女人，也許是妓女。」

那是初春一個颳著強風的夜晚——主水助換了一種語氣：

「草木都已入眠的丑時三刻，叔父心急地叩叩敲門呼喚我父親，我和父親同時醒來，發現叔父提著破燈籠站在院子。他穿著便服，下襬塞進腰帶，兩邊袖子用束帶束著。仔細一看，他的臉上、手臂上，幾乎全身都沾滿鮮血。叔父說，他剛殺了人。叔父說，他的口氣聽起來愉快又乾脆，當時不曉得為什麼我忽然感到自豪，我認為他一定是殺了壞人。實際上，叔父那時很有精神地揚起雙眉，英氣十足，威風凜凜。」

——我還有非做不可的事，一定要殺的人。我正準備殺進興願寺追那個人，又怕日後會給長坂家帶來麻煩，特地回來通知一聲。

「叔父說，長坂家跟這件事毫無關係。叔父又說，如果有人問起，就說他早已就離家出走，跟長坂家斷絕關係很久了。叔父說，他上頭來調查這件事時把那封信拿給他們看就行了。交代完，叔父就要離開，我父親追上去，問他是不是一個人，他說這件事不需要幫手，兀自奔進夜色中。」

主水助停頓了一下，回憶著當夜的事，目光變得很遙遠。

「過了半個時辰以後，興願寺起火了。」

當時，長坂家距離這裡有一町（約一〇九公尺）遠，但仍看得見興願寺燃燒的火焰清晰地浮現在夜空，爆裂的火星在風中飛舞，到處都是燒焦味，令人喘不過氣來。

「那晚強風呼嘯，火焰卻沒延燒到興願寺外。在年幼的我看來，好像是火焰團團包圍住興願寺，不讓任何人從興願寺逃出來。」

主水助一本正經地說到這裡，冷不防又笑了出來。

「這樣的措辭有點假惺惺。那時，還沒人知道有許多人死在住持手裡，是倖存的寺院下人及和尚供出這些事，才真相大白。我對火災那晚的記憶，受到一些流傳的巷議影響，想必不真切了吧。反正回憶大抵就是這麼回事。」

「聽說放火的是住持，縱火後他自己逃走了，不知逃到哪裡去了，行蹤成謎。」

聽阿鈴這麼說，主水助點頭。「妳知道的還真多。正因如此，對寺社奉行所（註）來說，這次事件跟和尚犯了色戒之類的小事完全不同，是不得了的大事。為了名譽，說什麼都得找到那個住持，只是不知道究竟他是升天了，還是鑽到地洞裡，最終還是沒找著。」

他又低聲補了一句：我叔父也沒回來。

「在廢墟中不僅發現人骨，也發現幾具顯然是被燒死的屍體，還有屍體被壓在柱子和牆下，我的叔父大概就在其中。要是找到長刀還能判斷哪具屍體是他的，但可能是壓在瓦礫堆中或是有人拿走，一直找不到長刀，我們也沒辦法。」

「長坂大人的叔父打算殺什麼人呢？是不是住持？」

「應該是吧，看來我叔父並沒有成功，反而命喪火窟了。」

倖存的寺院下人在寺社奉行所嚴厲審問下招供——他並不清楚住持的惡行，只知道從幾年前開始住持經常從町內帶回無業武士或遊民，讓他們在寺裡住下，一陣子過後那些人突然不見蹤影，這樣的事一再發生。而且下人說，約莫一個月前，有位年輕武士來找住持，之後便時常出沒，似乎是宅邸位

註：專門負責寺院神社案件的衙門。

於寺院不遠處的旗本長坂家的人。

「因為這樣，上頭得知叔父的事，長坂家也無從隱瞞了。而且我父親原本就不打算按照叔父交代的，狡辯叔父已跟家裡斷絕關係云云。還有，那晚殺進寺院之前，他到底砍殺了什麼人，才會全身沾滿鮮血？我父親實在很想解開這些謎團，明知會受到懲罰，仍主動接受寺社奉行所公役的審問，可是……」

據說，最後還是沒有得到明確的答案。

「父親接受了處分，被迫辭去御先手組（註）的工作，加入小普請組。上頭嚴厲命令我們搬家，父親特別要求搬到這裡，可見父親是想打探叔父最後在興願寺做了什麼。

主水助那酷似鮟鱇魚的臉上綻開笑容，對阿鈴說：「不過，雖然有此心願，父親並未認真追查，他只是覺得整件事很奇怪而已。當我繼承父親的地位時，連帶繼承了那份『很奇怪』的心情，但我也沒能解開謎團，只守著這幢破屋悠閒地過著窮日子。」

阿鈴輪流望著長坂夫妻安詳溫和的神情，聽完這個漫長的故事。她悄悄調勻呼吸，心臟怦怦跳著，決定問出逐漸浮上心頭的疑問。

「長坂大人，我想請教一件事。」

「什麼事？」

「您的叔父大人叫什麼名字呢？」

「他叫玄之介。」主水助回答。「他身邊的女人有時也喚他『阿玄』，我父親極不喜歡這個稱

二十三歲的英俊男子，而且喜歡女人。

呼，說是很像花花公子的名字。」

阿高雖然醒轉，卻還是頭昏眼花，無法走路。美彩親切地跟阿鈴說：我來照料那人，妳先回家一趟。阿鈴十分感激，決定聽從她的話。實際上，她此刻正腳底發癢，很想趕回船屋。

七兵衛和太一郎在榻榻米房內商量事情，阿藤和阿先在更換格子紙窗的窗紙，多惠似乎睡著了。為了避免引起大人注意，阿鈴縮著脖子躡手躡腳走著，來到樓梯底下，小聲呼喚「玄之介大人⋯⋯」。

多虧有阿先和阿藤每天擦拭，樓梯光可鑑人。

「玄之介大人，請出來，我是阿鈴。」阿鈴爬到樓梯中央呼喚著。「我想跟玄之介大人說話，拜託你快點出來。」連阿鈴自己也不懂為什麼，說著說著竟哭了起來。她覺得很奇怪，伸手擦去眼淚。

「玄之介大人，請不要使壞。」

「我在這裡。」

身後傳來聲音。回頭一看，玄之介一如往常，悠哉地坐在樓梯中央。

「怎麼了？阿鈴，為什麼哭喪著臉？」

看到他的臉、聽到他的聲音時，阿鈴當下明白自己為什麼會掉淚。

她跟玄之介很親近，也清楚對方是個幽靈，不但不能觸摸他，他的身體也是半透明的。儘管如此，阿鈴從來沒想過、也沒想像過關於玄之介的「死」。人死了才能成為幽靈。可是，對於一個經常

註：弓箭、槍砲組的警衛。

見面、彼此有說有笑的朋友,根本沒必要去思考對方是怎麼死的。

「玄之介大人果然死了。」阿鈴好不容易才說出這句話,大哭起來。

「原來……妳去長坂宅邸了?」玄之介的手支在下巴,學著小孩子托腮的樣子,喃喃自語。「我就知道會有這一天,畢竟你們是鄰居。」

阿鈴用手擦拭臉頰,手背沾著眼淚,黏糊糊的。

「為什麼不早點告訴我?」

「說我是長坂家的人?嗯,這個嘛……」玄之介笑道:「因為我跟那個鮟鱇魚臉的主水助是親戚,這件事說出來太沒面子了,不太好意思說。」

「胡扯。」

「不是胡扯。長坂家每隔幾代就會出現那種長相,兩眼之間相隔兩寸。」阿鈴破涕為笑,但眼淚還是不爭氣地落下來。玄之介一本正經地用手指比出兩寸距離。

玄之介看著阿鈴,笑問:「主水助雖然是窮旗本,但人很親切吧?」

「是,夫人也很溫柔。」

「而且相當漂亮。」

「你又說這種話。」

「這是事實吧?我每次從窗口看到主水助的夫人時,總是咬牙切齒地想,那張鮟鱇魚臉實在配不上這樣的美女。」

玄之介接著說,主水助的小名叫「小太郎」。

「長坂家每個長男都叫『小太郎』。那小子從小就是那張臉,我以為只要好好訓練,他也許可以成為劍術高手,畢竟他的視野應該比一般人更寬廣。」

真不知道玄之介到底是認真的,還是在開玩笑。

「可是,那小子不但劍術不行,算術也很糟,字寫得醜,口才又不好。在他父親那一代就失去公職,對他來說或許是好事,那麼沒用的男人實在罕見。」玄之介揣著手,不勝佩服地搖著頭。「不過跟他比起來,我更是個大飯桶,也沒資格太囂張。」

「玄之介大人,你說得很過分了。」阿鈴仰望著他認真地說:「你乾脆在長坂大人夫婦面前現身如何呢?然後把三十年前那晚發生的事告訴他們。這不是很好嗎?」

我也想知道謎底——阿鈴想。

豈料玄之介竟然一本正經地說:「阿鈴長得跟我母親很像。」

「妳聽主水助說了吧?我是父親跟一個十來歲的下女生的孩子,母親在我襁褓時就嫁到別處,後來一直沒有消息。當我入贅的事談定後,總算跟她見上一面。那時她是下谷一個小商人的妻子,身材剛開始發福,有一雙大眼睛,長得很討人喜歡。入贅後,母親的臉老是在我眼前晃來晃去,我實在沒法定下心來。」

阿鈴嚥著嘴問:「所以玄之介大人就跟妻子的姊姊相好,惹出一場風波?」

「主水助連這種事都告訴妳了?真是個多嘴的傢伙。」

「哎呀,總算不哭了,這樣才像阿鈴嘛。」

長坂主水助根本不知道阿鈴認識玄之介本人,這樣非難他實在沒道理,阿鈴不禁噗哧一笑。

阿鈴自己也這麼認為,就像玄之介也不適合板著臉說話。

扮鬼臉 | 355

「嗯,我不哭了。不過,請不要岔題。明明就住在隔壁,為什麼你不在長坂大人夢中出現,告訴他以前的事呢?你也可以像現在跟我說話一樣,和長坂大人交談嗎?」

玄之介鬆開交抱的雙臂,使勁搔著後頸。阿鈴想起剛才長坂大人也做了一樣的動作。

「這個嘛……辦不到。」

「為什麼?」

阿鈴追問,玄之介垂下雙眉,一副可憐兮兮的表情。

「因為我全忘了。」

「啊?」

「三十年前那個颳大風的夜晚,興願寺住持到底發生了什麼事?我為什麼會喪命?為什麼打算殺了興願寺住持?之前殺了誰?又為什麼殺了對方?」玄之介一口氣說到這裡,望著空中繼續道:「我全都忘了。既然小太郎這麼說,看來我真的打算在那晚殺進興願寺,之前也的確在寺院周邊探查過吧。可是我完全不記得了,記憶從腦海裡消失得一乾二淨。」

玄之介握起右拳,咚咚敲著自己的頭。

「也許這就是我不能升天的原因。由於我全忘了,靈魂才會徘徊在人世。」

「請問一下!請問一下!」

世上真有這種事嗎——阿鈴也答不出來。這時,外面傳來喧鬧聲,聲音很快地接近。

有個衣服下襬塞進腰帶的矮小男子,重重踩著腳步揚起塵埃,風風火火地奔進船屋,趴在木地板邊緣問:

「高田屋七兵衛先生在這裡嗎?我是捕吏頭子向島辰太郎的手下阿德,高田屋老闆在這裡嗎?」

「嘩啦」一聲,七兵衛拉開紙門跑出來。

「喔,是阿德。什麼事?」

自稱阿德的矮小男子氣喘吁吁地說:「您在找的那個阿由,我們找到了!那女孩躲在淺草弁財天神後方的射靶場二樓。今早她在那裡殺了人,被押送到辦事處。」

阿鈴可以想像七兵衛現在一定驚訝地倒抽一口氣,她自己也聽得瞪目結舌。

「到底殺了誰?」

「她殺了自己的情夫,那個賭鬼橋二郎。」

在阿鈴心目中始終很了不起的高田屋七兵衛,在世人眼中似乎也是個了不起的人物。

白子屋主人長兵衛遺棄的私生女阿由,在正式接受橋二郎凶殺案審訊前,先被帶到了船屋。再度召集曾經出席驅靈比賽的人,也喚來林屋的島次,準備聽阿由招供。

當然這是七兵衛的提議。照理說,即使只有半天也不允許將正準備押送拘留所的殺人嫌犯移送到別處,不過七兵衛還是打算這麼做。這不是有錢或是有門路就辦得到的事,除非這兩個條件湊在一起,加上提出要求的人值得信賴,否則根本行不通。而七兵衛聽聞阿由在淺草弁財天神後方一帶落網的消息,當天太陽還未下山前便已安排好一切。

「不愧是老闆。」

阿鈴聽著阿爸不勝佩服地喃喃自語,自己也只能「嗯、嗯」地點頭附和。雖然尊敬七兵衛爺爺的心情始終沒變,不過關於這件事,阿鈴始終覺得爺爺腦筋太頑固。島次怎麼可能和阿由串通,故意破壞驅靈比賽呢?事情怎麼可能這麼湊巧?

「不過,」玄之介揣著手說:「這樣也好啊,糾纏在一起的線或許能就此解開。」

七兵衛下令這天的宴席菜色必須跟上次一樣,突如其來的差事讓船屋內外忙得人仰馬翻。雖說榮單不變,但缺了島次當幫手,太一郎一個人根本準備不來,何況這回又多了見證人七兵衛和頭子的份。七兵衛還性急地打算,若是能讓阿由供出在驅靈比賽搞鬼的花招,事後要吃紅豆飯慶祝。要太一郎獨自準備這麼多菜,他怎麼可能忙得過來。

七兵衛臨時從高田屋調來三個廚師,當太一郎的幫手,其中兩人是高田屋的老手,阿鈴也很熟悉。他們雖然懷念地對阿鈴說「妳長大了」,卻沒時間多聊,一到船屋馬上投入籌措食材和事前準備

的工作。宴席定在明天中午,太一郎說今晚得在廚房挑燈夜戰。儘管如此,阿爸恢復了久違的活力,聲音也顯得十分有精神,光是這點阿鈴就很高興。畢竟廚師要是沒荣可做也提不起精神。

起初阿先是以「怎麼可以讓殺人凶手進到招待客人的鋪子」為由,反對阿由進船屋,七兵衛一旦說出口便絕對不會改變主意的性子,索性靜下心來幫忙。阿藤也是忙進忙出,沒時間照料阿鈴。阿鈴猜不出阿藤對這次宴席抱持什麼心態,也不知道她昨晚跟阿先之間的爭執解決了沒有。看著大人們忙得團團轉,阿鈴只能跟玄之介無聊地坐在二樓空房裡。隔壁的榻榻米房將用來舉行宴席,阿先和阿藤已細心打掃過,聽說連屏風和插花都打算用跟那天一樣的。阿鈴試著回憶,先前騙靈比賽時到底插了什麼花?意外地她竟然完全想不起來。

玄之介在榻榻米上躺成「大」字形,仰望著天花板,打了個呵欠。「阿鈴,這回可能是抓住那小子的良機。」

「那小子?」

「蓬髮啊。」

「蓬髮會出現嗎?」

「會,一定會。」玄之介信心十足。「卡在那小子心裡的……手足之間的糾葛,加上年輕女孩,條件不都齊全了嗎?他不可能不出來。」

「要是他出來了,該怎麼辦?」

「這要看那小子出來做什麼。」

「要是跟筒屋宴席那次一樣,他胡亂揮舞長刀呢?」

玄之介笑著說：「放心，那小子不會砍阿鈴。」

「就算不砍我，砍了其他人也不好。」

「這妳不用擔心，他要是又大哭起來該怎麼安撫吧。」

才剛感受到一陣冷風吹來，就看到阿蜜從走廊飄進來，意外的是她今天沒有結髮髻，甚至也沒有攏成梳子捲，長髮像剛洗過一樣自然垂下來，長達腰際的黑髮發出光亮，彷彿秋日陽光下的河道水面。

「哎呀，簡直像剛從井底爬出來。」玄之介躺著出言嘲弄：「姐兒，要多少錢？」

阿蜜面不改色，跨過玄之介來到阿鈴身旁。阿鈴坐在窗前，臉頰映著明亮的午後陽光。陽光也映在阿蜜身上，身體照到陽光的部分顯得比較淡薄。

「關上窗戶吧。」阿鈴的手伸向格子窗。

「不用了，阿鈴，妳這個年紀要多曬太陽。」阿蜜笑著說。她飄然屈膝斜坐，單肘擱在窗框上，問道：「阿鈴，妳今天去妳阿母房間探望了嗎？」

她指的是多惠。

「嗯，我早上有去請安。」

「是嗎？妳阿母身體怎麼樣？」

「沒什麼起色。雖然病得不嚴重，短期內還是很難起身做事。飯也吃的不多，臉色跟阿蜜一樣蒼白。」

聽阿鈴這麼說，阿蜜單手輕輕攏著頭髮，微微皺眉。

「是嗎……阿鈴，妳阿爸他們今晚一定很忙吧？今晚妳陪妳阿母睡好了。」

阿鈴嚇了一跳，怎麼突然這麼說？玄之介翻個身，手肘支著頭望向這邊。

「船屋每個人都很忙，只有妳阿母身體不舒服躺在房裡，她大概會覺得自己被丟下了吧。而且妳阿爸要熬夜做事，她想必會更加寂寞，阿鈴，妳今晚陪阿母睡吧。」

阿蜜的語氣懇切溫柔，阿鈴覺得心痛了起來。阿蜜實在是個好人，經阿蜜一提醒，阿鈴才發現的確如此。阿蜜一定很寂寞吧，不能在總算振作起來的阿爸身邊幫忙，不知有多不甘心。

「嗯，我會的！」阿鈴很快站起身。「我現在就去看阿母！也許她正想要什麼東西呢。」

阿蜜微笑著目送跑出房間的阿鈴。玄之介枕著手肘轉過頭，抿嘴笑道：

「怎麼了？姐兒，今天表現可嘉啊。」

阿蜜沒回答，默默用手指把玩了一會頭髮才說：「阿玄，那孩子知道一些你臨死前的事吧？」

玄之介眨眨眼，應道：「是啊。」

「可是，你真的忘了死前的事嗎？不是故意對那孩子撒謊？」

「我沒撒謊，記憶真的都從腦袋裡消失了。」玄之介起身。「不過也許阿鈴她⋯⋯可以幫我找回遺忘的記憶。」

阿蜜沒看玄之介，望向窗外說：「你是指，那孩子會去調查興願寺事件？」

「若她相信那樣做能幫助我們升天，一定會去調查。實際上，她已去找過孫兵衛大雜院的房屋管理人，而且好像也認識了長坂家的小太郎。」

阿蜜突然這麼問，玄之介笑了出來。

「不知道，我沒經驗，所以不確定升天到底好不好。」

「你的真的想升天？」

「你別打諢。」

「不是打諢。那妳呢?妳喜歡眼前這種狀態,還是比較想去什麼西方淨土?」

阿蜜沒回答。她將長髮攏成一束垂在左肩,頭靠著窗口。

「是……好地方嗎?」她小聲問。「西方淨土。」

「大家似乎都想去,大概環境還不錯吧。」玄之介輕鬆地回答。

「那麼,阿玄,你就去吧,我不想去。」

玄之介望著阿蜜苗條的背影,問道:「阿蜜,妳怎麼了?」

「沒什麼。」阿蜜回頭說:「只是……看到討厭的事,勾起討厭的回憶罷了。」

「那椿『討厭的事』跟阿鈴母親有關?」

阿蜜點頭,又很快回頭說:「總之,船屋內有一隻嫉妒蟲。那隻嫉妒蟲四處爬來爬去,彷彿自己是主人。」

「阿蜜。」

「阿鈴不是個好孩子嗎?你也很疼愛那孩子吧?」

阿蜜眼裡閃爍著走投無路的悲哀黑影。

「我不想讓那孩子知道我生前是一個多麼壞的女人,也不想讓她知道我因為嫉妒而走上歧路。不能讓那種事發生,怎麼可以從小孩子身邊奪走母親呢?」

「阿蜜……」

「我又不忍心看那孩子失去母親,陷入悲傷。」

「阿蜜,妳到底想說什麼?」

「我的意思是,這屋子裡有個女人打算趕走多惠。」阿蜜單手貼在榻榻米上,傾身向前。「可

扮鬼臉 | 365

「這件事……日後再談。」玄之介緩緩開口：「明天中午會有其他滿懷嫉妒的人，要在這裡一決勝負。雖然跟妳口中的男女關係的嫉妒不同，但就妒羨別人的人生這點來說，算得上是另一種嫉妒。我說的就是阿由、島次和銀次。」

「啊，討厭討厭！」阿蜜搖晃著頭髮，鼻子對著天花板說：「人，為什麼這麼骯髒呢？為什麼不能活得更清高呢？」

「知道答案的話，就不用吃苦了。」玄之介說完，微微笑著。

是，如果要向那孩子解釋我為什麼知道這件事，不就得向她說出我的過去嗎？說我生前也做了同樣的事，說我為了從某個女人身邊奪走愛慕的男人，做了一模一樣的事。這種話我怎麼說得出口？那孩子會討厭我吧？」

玄之介交抱雙臂，嘴巴彎成ㄑ字形，望著阿蜜。阿蜜完全失去往日神采，垂著頭讓長髮遮住自己的臉。

那晚，阿鈴懇求阿先，總算得到和多惠同睡的許可。

見阿鈴這麼懂事，阿先很驚訝，當場就答應了。多惠雖然也很驚訝，但由衷感到高興。不過，她還是擔心自己的病會傳染給阿鈴。阿先一直幫阿鈴說話，並安慰多惠，強調醫生說過這病不會傳染，多惠總算安心答應。

母女倆天南地北聊了很多，包含茱色的話題、天氣的話題，以及阿鈴還是去私塾上課比較好等等。夜裡，阿藤送來睡前服用的湯藥，看到阿鈴鑽進多惠身邊的被褥，狠狠責備了阿鈴一番，阿鈴堅持說是阿先大媽答應的。

「可是，這樣對妳阿母的身體不好！」

「不會！」

實際待在母親房裡阿鈴才深刻體會到，就算周遭的人不是刻意地感到孤獨，而且免不了會有被大家冷落的感覺。急促的腳步聲、吩咐事情的聲音、哄堂大笑聲，這些聽起來似乎都很遙遠，遙遠到無法靠近。原來這種孤單一人被流放到荒島般的寂寞，竟是如此難受。

「阿藤姊，就一個晚上不要緊的。」多惠幫著阿鈴說話。「況且，有阿鈴陪著，我反而比較有精神。船屋這麼忙的時候，我什麼忙都幫不上，覺得很沒面子，也很對不起大家，有阿鈴在讓我寬心不少。」

這時，阿鈴發現阿藤眼底閃過一絲疑似憤怒的光芒，但沒有心生膽怯。昨晚和阿先激烈爭執時，阿藤眼裡也閃現過那種光芒吧──看清了阿藤至今努力隱瞞的真心，阿鈴覺得此刻更不能畏縮示弱。

兩人的爭吵會不會出現在阿鈴的惡夢中呢？阿先大媽竟然說出那種話，而阿藤大姨也毫不客氣地反駁，實在難以置信。阿鈴想著這件事，一顆心搖擺不定。不過，那畢竟是實際發生過的事。那晚阿藤大姨吐露隱藏許久的祕密。現在這樣面對面，阿鈴總算明白那是躲避不了的事實。

阿藤大姨喜歡阿爸，認為阿母很礙眼。之所以裝成疼愛阿鈴的好大姨，是認為這樣做，阿鈴也許會喜歡她更甚於自己的阿母。

這根本是不可能的事。而且，就算阿藤大姨沒那麼做，阿鈴也是喜歡她的。為什麼不一直維持下去呢？

因為感到太過悲哀和氣憤，阿鈴說不出話。只是堅定地直視阿藤，彷彿在告訴她……「我聽到了，全都知道了。」

「噯，阿鈴，妳那樣瞪著大姨，大姨會害怕呀。」

阿藤垂下目光。她應該沒有看穿阿鈴的心思，不過顯得有點膽怯。

「真拿妳沒辦法。那麼，老闆娘，可別忘了喝藥。」

阿鈴緊張地看著阿母喝下湯藥。要是有一喝就見效的神奇藥物，不知該有多好。

「會苦嗎？」

「有點。」多惠笑道。

「阿鈴，妳絕對不能舔湯藥碗玩啊。」阿藤厲聲叮囑後，端著空碗離去。

「挨罵了。」

多惠和阿鈴相視而笑，沒多久，兩人手牽著手睡著了。又過一會，阿蜜出現在房間角落。她看著兩人的睡臉，雙唇微微蠕動，像是在唱歌。

21

翌日，白子屋和淺田屋眾人聚在屋裡，各懷鬼胎靜候著。捕吏頭子向島辰太郎和手下阿德也押送阿由來了。

阿先事前叮囑過阿鈴不可以看罪人，不讓她在場，所以阿鈴躲在樓梯後面偷看。

果然是驅靈比賽前自稱是白子屋阿靜來到船屋的女孩，和那天像個大小姐的穿著打扮相比，今天她穿著縫了補丁的寒酸衣物，髮髻凌亂。大概很久沒洗臉，她的臉頰髒得發亮。

辰太郎頭子催促般推著她，阿由腳步一陣跟蹌，氣得像一隻餓狗，露出牙齒瞪著頭子。她的腰上綁著捕繩，雙手反剪在後。阿德在她身後，緊緊抓住她的雙手。她抬起頭唯一可以自由活動的腳，踢向頭子。辰太郎頭子似乎早就料到她會這麼做，巧妙躲開並狠狠甩了阿由一巴掌。她的下巴猛然垂落，臉頰上留下一個大紅手印。

「喂，快上去！」

阿鈴頭一次看到腰上綁著捕繩的人。她很害怕，怕到舌頭幾乎要縮回喉嚨深處。

太一郎和七兵衛並立在鋪子前，迎接頭子一行人。七兵衛看到這幕情景，說是不能讓料理沾染上罪人的穢氣，命太一郎回廚房。他從丹田裡擠出絲毫不帶歡迎意味的聲音。「妳該不會說不知道這裡是什麼地方吧？這裡正是妳幹過壞事的料理鋪。」

阿由抬起眼，挨近七兵衛問：「你是誰？」

跟那天聽到的聲音很像，但比那天更嘶啞尖銳，而且粗鄙。

「聽說他們願意讓我見白子屋長兵衛，我才來的，不是來聽你這不知底細的老頭子說教的。」

扮鬼臉 | 371

「妳這婊子，怎麼可以這樣對七兵衛老闆說話！」阿德在阿由身後推搡。「妳知道自己給船屋添了多少麻煩嗎？難道連聲抱歉都不會說？」

「阿德先生，算了。」七兵衛出聲。「反正是個人面獸心的殺人凶手，我根本不期待她會說人話。」

阿由冷笑道：「我確實殺了人，但要說到人面獸心，我可比不過他們。他們到了吧？我光聞臭就知道！就是白子屋那伙人！聞他們身上的臭味，就知道他們根本是一群畜牲！」

辰太郎制止阿由說下去，踐拉著她上樓。

阿鈴在樓梯後方縮著身子，聽著雜亂的腳步聲和兩人激烈的叫罵聲。「不要拉，會痛啊。」「妳這賤人，給我住口！」

先在榻榻米房等候的白子屋眾人看不出絲毫困窘或發怒的樣子，反倒像是鬆了一口氣。真正的阿靜今天穿著昂貴的印花布衣服，彷彿有喜事，是為了慶祝抓到冒牌貨嗎？

阿由被帶進房內坐下，榻榻米房裡傳來喧鬧聲。阿先應該會送茶上去，阿鈴打算等她上去後，再偷偷上樓。

這時，有人用力抓住蹲著樓梯後方的阿鈴手臂。

阿鈴驚嚇過度，差點大叫著跳起來，可是對方先比了「噓」的手勢制止，然後用另一手按住阿鈴，以免她一頭撞上樓梯。

「阿鈴，對不起，嚇到妳了。」

阿鈴睜大雙眼，「是阿母？」

多惠愉快地偷笑：「我去上廁所，發現妳躲在這裡。看起來很好玩，我也想一起偷聽。」

多惠的臉色依舊蒼白如蠟，雙眸卻發亮。

「可是，阿母，妳的身體吃得消嗎？會不會冷？我幫妳拿外褂來好嗎？」

「不用了，妳放心。」多惠在樓梯下悄悄伸長脖子探看二樓動靜，「從這裡偷看，心臟怦怦跳的。跟七兵衛爺爺喜歡的說書故事裡出現的密探一樣呢。」

見阿先從廚房出來，阿鈴和多惠同時躲進樓梯底下，頭上傳來阿先一階階踏上樓梯的腳步聲。阿鈴和母親對望，多惠摀住嘴巴，縮著脖子。

「阿先大媽沒發現我們。」

「不會啊……沒人這樣想。」

「今天早上她的表情很嚴肅。」多惠說：「大概是擔心今天的聚會，阿母也很擔心……」

阿鈴靠向母親。瘦削的肩膀、凌亂的頭髮，但母親身上的氣味和體溫仍跟以前一樣。阿母竟然在船屋這種關鍵時刻病倒，給大家添了麻煩，真是沒用。連自己都覺得丟臉。

多惠溫柔地望著阿鈴說：「不過，看到妳好像變成辰太郎頭子的手下，一臉認真地躲在這裡，阿母突然覺得畏畏縮縮的自己很可笑，於是下定決心……好，今天就當阿鈴的手下，看看白子屋的糾紛怎麼收場。」

樓上房內繼續傳來說話聲。阿由尖銳的怒罵聲似乎暫時停歇了，但從傳出的都是男人聲音的情況看來，也許辰太郎頭子正在講述抓到阿由的經過。

「妳以前也會像這樣偷看嗎？」

「嗯，對不起。」

「沒必要道歉啊。船屋一開張就災難不斷，難怪妳會擔心。妳比阿爸和阿母以為的還要堅強。」

「沒有啦。」

「有,是真的。看到妳躲在這裡時,我就知道了。」多惠單手貼在胸口。「那感覺『咚』一聲就跳進我這裡,告訴我說,看到妳躲在這裡時,我就知道了。」

阿鈴覺得自己臉紅了。又有腳步聲傳來,兩人往上瞧,只見阿先一階一階地下樓,下到最後一階停住腳步,憂心地抬頭望著樓上。不知是不是阿鈴多心,她似乎是垂頭喪氣地走回廚房。

「一直躲在這裡,聽不到房裡的動靜,接下來怎麼辦?」多惠問。

阿鈴不知該怎麼回答。要是跟多惠一起行動,就不方便和幽靈們交談。玄之介和阿蜜顧忌多惠,也許不會現身。這時,如果蓬髮大哭鬧事怎麼辦?

不只是這樣,待會島次也會過來,占據島次軀體的銀次陰魂也會一起來。搞不好會演變成極為駭人的局面,這樣會不會影響到阿母的健康呢?

可是,跟阿母挨在一起、成為心意相通的「密探伙伴」此刻,帶給阿鈴無可取代的幸福感。她不想失去這一刻的幸福。

阿鈴下定決心,握著母親的手說:「跟我在一起的話,接下來可能會發生讓阿母嚇一跳的事。或許阿母會看到奇怪的景象,我可能也會做出奇怪的舉動嚇著阿母,可是這些全都有理由,我現在交代不清楚,事後我會仔細告訴阿母的。所以,阿母什麼都不要問,按照我的話去做,好不好?」

多惠似乎看出阿鈴眼裡的認真。她一本正經地點頭,回握阿鈴的手說:「阿鈴,我明白了。」

「那我們上樓。」

兩人彎著腰,迅速登上樓梯。阿鈴牽著多惠的手,溜進眾人所在房間的隔壁空房。兩個房間只隔著紙門,透過紙門上方的格子窗可以清楚聽到席間對話。

「這全是我當年血氣方剛犯下的過錯……」

說話的是白子屋長兵衛。他語帶辯解，正在說明阿由的出生經過。淺田屋想弄清楚阿由和白子屋的關係，而且他們懷疑阿由是跟白子屋串通好的。因此，就算是家醜，白子屋也不能省去這段說明。

「這麼說來，我跟鳥糞差不多，咚一聲落地就沒下文了。」

本來賭氣別過臉的阿由，朝榻榻米吐了一口痰，打斷長兵衛的話。

「因為血氣方剛，跟下女發生關係，生下孩子，感到事情不妙就把孩子丟掉。連鳥都不會在有食物的樹枝上拉屎，你簡直比鳥還不如。」

長兵衛似乎回了什麼話，阿由大聲痛罵著。阿鈴在嘴唇上豎起指頭，向多惠示意，然後雙手輕輕搭在紙門上，挪動紙門騰出半寸縫隙。房內的人都專心聽著當事者的對話，完全沒察覺鄰房有人在偷看。

阿由雙手綁在身後，坐在靠近走廊一側。辰太郎頭子壓著她的肩膀，守在一旁。

「不要說話，乖乖坐著。」

「為什麼？他說的是我的事。」

「叫妳不要出聲，妳就乖乖閉嘴。」

「你以為這樣大吼，我就會怕你？反正都要被砍頭了，我還有什麼好怕的！」

阿由奮力掙扎，想站起來，辰太郎頭子差點被她踢倒。阿靜和阿陸同時大叫著逃開，茶杯裡的茶全潑在阿先努力擦拭過的食案上。

多惠睜大雙眼，緊貼著紙門縫隙。阿鈴打開壁櫥，拿出裏座墊的蔓藤花紋布巾，披在母親背上。

「噯，阿鈴，謝謝妳。」

阿鈴並非只是擔憂多惠身子會著涼。從剛才起她就覺得冷，不過不是日漸轉涼進入秋天的那種

冷，而是有一種極為冰冷的東西漸漸靠近的感覺──

阿鈴暗暗吃驚，輕輕打開面向走廊的紙門往外探看。林屋的島次和阿高正登上樓梯，辰太郎頭子的手下殿後。一直注意著榻榻米房內的騷動，她的直覺果然沒錯。

島次瘦削的身子裹著條紋衣服，臉上浮現目中無人的笑容，踩著喝醉酒般的腳步蹣跚前進。阿高則是低著頭，抓住袖子。由於頭子的手下緊跟在後，兩人看上去好像罪犯。

阿鈴靠近紙門，不禁打了個哆嗦。島次的表情駭人，雖然無法指出是哪裡駭人。他看上去不過是個大病初癒的男人，五官也跟在船屋幫忙時沒什麼兩樣。長相並沒有改變。

可是，就是很駭人。就算阿鈴不知道他身體裡棲息的靈魂不是島次，不知道銀次陰魂的事，大概也看得出這個男人不尋常。路上的野狗若是看到他的表情，會不會也嚇得逃開？貓會不會弓起背，豎起全身的毛？阿高是不是害怕一不小心會跟走在前頭的島次四目相接，才那樣無力地垂著頭？

「頭子，我把林屋老闆夫婦帶來了。」

手下朝房內報告，按住阿由的辰太郎頭子應了一聲「進來」。

聽到辰太郎的聲音，阿高嚇得後退，這名手下抓住她的手臂說：「老闆娘，不用怕，只要老實說出妳知道的事就好。高田屋老闆和我們頭子不會隨便抓人或責問誰，只是想查出事實。」

這時，頭子的手下大概沒看到，阿高也轉過身沒發現，但阿鈴看到了。看到之後，她暗自慶幸阿母沒目睹眼前的景象。

因為島次笑了，翻著白眼、露出牙齒笑了。阿鈴想到以前在高田屋時，在戲棚子看過的偶人。那是結著島田髻的女人和年輕鋪子夥計的偶人（事後七兵衛爺爺向阿鈴說明，這兩個偶人飾演一對陷入

扮鬼臉 | 377

苦戀的情人）。偶人師的手操縱著偶人體內的裝置，兩具偶人就像活人一樣又哭又笑，思慕對方。但偶戲一結束，偶人師的手自偶人身上抽出，向觀眾討賞錢時，偶人瞬間像失去靈魂般「喀擦」一聲翻著白眼，垂落下巴。由於變化太明顯，阿鈴直盯著那兩具偶人，不停眨眼。

——眼前的島次先生，果然只是個偶人。

是銀次的陰魂在操縱他。喔，加上這股惡寒！阿鈴緊握雙拳，準備迎接即將發生的事。

眾人在房內坐定，七兵衛嚴肅地乾咳一聲，開口：「淺田屋老闆、白子屋老闆，還有辰太郎頭子，今天勞煩大家聚在這裡，只有一個目的。上次在船屋舉行的騙靈比賽宴席，最後以失敗告終，我想揭穿不為人知的真相。」

阿由馬上叫道：「那我為什麼要在場啊？這樣不是很奇怪嗎？我應該被押送到傳馬町監獄吧？還不趕快帶我去！」

她似乎還沒死心。阿鈴看著她上揚的眼角和噘起的嘴巴，覺得很可悲。

「阿由，我想問妳一件事。」七兵衛沒受到干擾。「妳認識這個廚師島次吧？」

阿由朝七兵衛吐出一口痰。

「妳這像什麼樣子！」白子屋長兵衛滿臉通紅地說。幾天不見，他眼角的皺紋似乎增加不少。坐在一旁的老闆娘阿秀彷彿想避開臭味，一直用手背掩著鼻子。她當然不是因為眼中含淚才那麼做。

「我怎麼會生出妳這種女兒，真是丟臉！」

「有你這種父親我才覺得丟臉呢，真想挖個地洞鑽進去！」

「妳母親……」長兵衛瞪著阿由說。「在下女當中也是個沒用的懶蟲。貪婪又嘴饞，知道我的母

親厚待傭工，還三番兩次偷東西。妳這種爛根子正是遺傳自妳母親。」

「那你這個讓下女懷孕的人又怎麼樣？」阿由冷笑。「先靠女人是生不出孩子的！」

「當時我太年輕、太蠢了，沒看穿妳母親的意圖，可是現在不同了。」

白子屋長兵衛盛氣凌人地說。阿鈴愈看愈覺得討厭。多惠悄悄拉著阿鈴袖子，低聲說：「阿母真不敢相信，竟然有父親會對親生女兒說那種話。阿鈴，妳要繼續聽下去嗎？小心晚上做惡夢。」

「阿母，妳放心。」

「白子屋老闆，我懂你的心情，不過不要再責怪阿由了。」七兵衛平靜地說：「阿由確實滿口穢言，至今為止也給白子屋添了不少麻煩，可是這女孩也有三分理啊。」

阿由朝長兵衛伸出舌頭，躲在長兵衛身後的阿靜頓時皺起眉頭。

「簡直像隻狗。」阿靜小聲說：「父親，我想先回家，不想待在這種地方了。」

「哎呀，是嗎？」不待長兵衛開口，阿由湊近臉，對阿靜說：「千金小姐果然與眾不同，像白砂糖一樣既優雅又不知骯髒。可是啊，妳千萬要記住，我是妳的姊姊！」

阿靜泫然欲泣，「妳才不是我的姊姊。」

「不，我跟妳是同父異母姊妹，再怎麼討厭我，妳身上也流著一樣的血！」

一直默不作聲的阿秀，突然探出身子，湊近阿由，甩了她一巴掌。「啪」地一聲，阿由的臉歪向一旁，臉上浮出掌印。

「住口！」阿秀咬牙切齒地怒斥：「再污辱我女兒，小心我扭掉妳的脖子！」

阿由仰天狂笑，「聽到沒？頭子，這不是天大的笑話嗎？白子屋老闆娘竟然破口大罵！老闆娘，妳真有兩把刷子。再怎麼裝高貴，只要聽到妳這樣說話，大家馬上知道妳出生在什麼家庭。」

扮鬼臉 | 379

席上又騷動起來，長兵衛大吼，辰太郎頭子抓著阿由髮髻斥責，七兵衛則揣著手愁眉苦臉。這時，淺田屋的媳婦阿陸突然雙手抱頭喊著：

「啊，頭好痛。真不舒服，我頭昏眼花。」丈夫松三郎誇張地摟住阿陸說：「阿爸、阿母，你們看，阿陸臉色很壞。妳是不是看到什麼不好的東西？」

「嗯、嗯，看到了。這人……」阿陸指著阿由說：「這人身後跟著一個穿著破爛、瘦削的女鬼。」

阿秀像鞭子一樣「唰」地回頭。

「怎樣的女人？右頰有黑痣嗎？嘴角下垂的女人？」

阿陸痛苦地彎著身子，點頭說：「是、是、是的。她正在笑，斜眼看著白子屋老闆娘。」

「是阿金！」阿秀大叫。「阿靜她爸，是阿金的陰魂回來了！那賤人還想對你作祟！」

阿金大概是長兵衛年輕時染指的下女，也就是阿由的母親。聽到這個名字，阿由臉色大變，激動的態度跟之前很不一樣。她眼睛睜得老大，眼角彷彿要裂開，黑眼珠發出憤怒的精光，不顧雙手反剪，跳起來撲向阿秀。

「不准說我母親壞話！」

兩、三個食案「砰砰」地摔了一地，女人們尖叫著起身。多惠立即避開紙門縫隙，阿鈴護著母親，緊貼著門縫。

阿由像瘋狗齜牙咧嘴地撲向阿秀，一口咬住上前阻止的長兵衛手臂。長兵衛大叫一聲，辰太郎頭子和手下兩人拉住阿由，她仍低吼著緊緊咬住長兵衛，反倒讓牙齒咬得更深入，鮮血滴答直流。

「救命啊！」

長兵衛洪亮的慘叫聲似乎也傳到樓下，外面傳來一陣奔上樓的急促腳步聲，是太一郎和阿先。阿鈴和多惠緊緊摟在一起。太一郎和阿先迅速拉開鄰房的紙門，衝了進去。

一直坐在島次和手下之間，像個影子般無力垂著頭的阿高，竟想趁亂逃走。她越過房內眾人步向走廊。阿鈴扳開多惠的手說：「阿母在這裡等著。」

阿鈴追著阿高來到走廊。

阿高可能是嚇得腿軟，爬著逃向樓梯口。

阿鈴壓低嗓音叫喚，「林屋老闆娘，不可以！」

「不可以逃走，老闆娘。」阿鈴跑過去抓住她的袖子，「難道妳不想知道島次先生身上發生了什麼事嗎？老闆娘應該不相信是島次先生和阿由串通好，破壞驅靈比賽的吧？」

阿高彷彿被東西擊中，縮著身子轉過頭來。她在哭。

阿高眼淚也沒擦，全身顫抖。「辰太郎頭子跟我說……要是我不把丈夫帶來，就要將我抓到辦事處……可是，事情演變成這樣，根本就亂七八糟。」

「話雖如此……」阿鈴說了這幾個字就啞口無言。此時阿由在房裡大叫大鬧，想要踢打四處逃竄的白子屋和淺田屋眾人。鬧得天翻地覆之際，唯獨島次安靜坐著，規規矩矩地跪坐在一旁。他突然翻起白眼，垂落下巴，張大著嘴。

島次的身體又成了空殼。銀次的陰魂從他身上脫離，站在旁邊。

「出現了。」阿鈴頭上傳來聲音。玄之介不曉得何時站在阿鈴身後，護著她。

「玄之介大人。」

扮鬼臉 | 381

阿鈴發現自己的聲音在顫抖，於是更害怕了，同時又氣自己這麼沒用。銀次出現了又怎麼樣！阿鈴鼓勵自己不能氣餒。

「那、那個⋯⋯」阿高縮著身子，睜大眼睛叫道：「那個⋯⋯果然是那人。」

阿鈴又緊緊抓住阿高袖子，低聲問：「老闆娘，妳也看得到嗎？妳是不是看到銀次先生變成的幽靈？」

「幽靈？」

「是的，死了。」阿高精神恍惚地複誦，半張著嘴猛力搖頭，像在抗拒什麼。「我⋯⋯但⋯⋯那人死了⋯⋯」

阿鈴上前一步，玄之介在阿鈴身後盯著阿高，表情嚴肅但不像在生氣，像是在看一隻折翼的小鳥。

「老闆娘，妳聽好。銀次先生說自己被弟弟島次殺死，所以憎恨島次先生。由於島次先生殺了他，又搶走妳和鋪子，他決定奪走島次先生的軀體。因此，上次舉行驅靈比賽後，島次先生才會病倒，變得很奇怪。老闆娘應該也發現了吧？妳應該發現島次先生已不是原來的島次先生，才會那麼害怕吧。」

「為什麼會知道阿鈴身旁逃開，想從阿鈴身旁逃開，阿鈴抓著她的袖子不放。「明明還是個孩子，為什麼會知道？」

「因為我看得到。」阿鈴凜然回答。「我看得到纏住島次先生的銀次先生。我現在也看得到銀次先生，他笑著站在島次先生旁邊。老闆娘，快回答我，妳是不是也發現了？」

「阿鈴，」玄之介出聲，「銀次在看妳。」

阿鈴驚訝地回頭一看，剛好和銀次四目相對。可是玄之介錯了，銀次並非在看阿鈴，他看的是阿高。他臉上雖然帶著微笑，嘴巴卻歪到一邊，笑得十分詭異。

他移開視線，飄然移動身子，挨近還在大鬧的阿由，緊貼著她的背部，像在窺探她的後領般，俯視著阿由。

「嗚！」阿由全身發抖，猛地回頭，只見銀次像捉弄小孩子般，再度繞到她身後。

「好、好冷，這是怎麼回事？怎會這麼令人發毛，為什麼我得待在這種鬼地方！」

阿由罵完，爬著想逃開，卻摔倒了。

阿由橫躺在榻榻米上，凌亂的衣服下襬掀到膝蓋上，手腳掙扎著。辰太郎頭子對這場面也束手無措，眼睛不知該往哪邊看。房裡亂成一團，七兵衛和太一郎挺身護住女客。阿先臉色蒼白，在眾人之間穿梭爬行，撿拾掉落在榻榻米上的器皿碎片。

「為什麼那樣笑？」阿高牙關不住打顫。「為什麼露出那種表情？那人……之前從這裡回去後……明明是島次的身體，卻用銀次的聲音說……我把妳和孩子們搶回來了，就那樣笑著……說什麼他不會再讓島次為所欲為……」

「老闆娘！」阿鈴厲聲叫喚，用力搖著阿高的肩膀。「振作點！銀次先生和島次先生不都是妳的丈夫嗎？有什麼好怕的？」

「可是……銀次是我……為什麼現在才……」

玄之介走上前，背貼著打開的紙門，宛如密探悄然站著。

鬧哄哄的榻榻米房內亂成一團，只有島次的軀體像被抽掉骨頭般軟趴趴地靜坐著。阿由還在掙扎著推開辰太郎頭子，朝頭子的手下踢去，試圖逃走，卻被緊緊抓住腰帶，狼狠地往前摔倒。地板的震

動讓島次身體搖搖晃晃,倒向一旁。他依舊翻著白眼。

「老闆娘知道事情的真相嗎?」銀次先生到底是被誰殺害?是島次先生嗎?他不是病死的嗎?」

阿鈴用力搖晃阿高,阿高雙眼圓睜,望著阿鈴。她兩眼通紅,眼淚沾濕了臉頰。

「銀次先生,不是,病死嗎?」阿鈴聲音壓得更低,但足以讓阿高聽清楚。「老闆娘知道真相嗎?」

「饒了我吧。」阿高喃喃自語。「饒了我,讓我回去。」

這樣不行,阿鈴抓起她的手,把她拖到多惠藏身的鄰房。

「請到這邊來。老闆娘,不可以逃。妳要睜大眼睛好好看著銀次先生,說出真相。要是妳不這麼做,不但救不了島次先生,銀次先生也不能瞑目!」

阿鈴硬把阿高帶進鄰房,讓她坐在多惠身旁,很快地介紹:「來,老闆娘,坐這裡。阿母,這是林屋的老闆娘。」

多惠已答應阿鈴,不管阿鈴做什麼都不能干涉,因為看到女兒粗魯的舉動不住顫抖。

「阿鈴,妳放心。」

一旁突然有人出聲,阿鈴嚇了一跳,原來是阿蜜。她插著梳子的髮髻蓬鬆,看起來嬌豔迷人。只見她坐在窗緣,接著說:「我會守著多惠和阿高,妳只需專心應付妳該做的事就好。」

「阿蜜……」

多惠輪流看著對空中無一物的空中講話的阿鈴和窗緣。

「阿鈴,妳在跟誰誰講話?」

阿蜜嫣然一笑，伸出手指示意：「妳看看隔壁。」

阿鈴雙眼貼近紙門縫隙，看見阿由總算被制住，全身捆著一圈圈繩子，躺在房間角落。

「高田屋老闆，這小妮子真的很難對付，」辰太郎頭子氣喘吁吁地低吼著：「簡直像頭野獸。受到您的請託，我才帶她來這裡，沒想到這麼難纏。這樣對我的手下實在不好意思，我必須先帶她回辦事處了。」

「可是，得讓這女人和島次對質，要他們招認在騙靈比賽搞鬼，企圖破壞船屋的聲響⋯⋯」七兵衛說到這裡，總算發現島次不省人事，躺在一旁。不單是七兵衛，直到此刻為止，所有人都忘了翻著白眼、無聲無息昏倒在地的島次。

「島次先生！」太一郎跨過癱坐在地的淺田屋為治郎，奔到島次身邊叫喚：「振作點！島次先生，你怎麼了？」

在房內遊走，看起來神情愉快的幽靈銀次，仰頭插腰，大笑起來。

躺在地上的阿由身子微微一頓，一隻眼睛不知是在混亂中被打到，還是自己撞到牆，眼皮腫脹得睜不開。阿由盯著仰天大笑的銀次。

阿由啞聲問：「這小子，是誰？」

啊——阿鈴雙手按住嘴巴。這麼說來，阿由也看得到銀次。阿由和銀次一樣心裡積著對手足的憎恨，所以看得到。

阿先呢？阿先看得到嗎？

阿先用圍裙包著撿拾的破片，挨著紙門坐下，嘴唇毫無血色，望著銀次喃喃自語：「你是那個⋯⋯」

看來，阿先大媽還記得銀次。阿鈴背部冷汗直流，不禁在心裡大叫：是的，大媽，妳看到的是對島次先生作祟的幽靈銀次啊。

「大老闆……」

阿鈴回過神來，看到阿藤站在走廊上，小心翼翼地往屋裡探看。她大概奉命守在廚房，卻忍不住好奇上樓來吧。

「我來打發那女人。」阿蜜說：「她在場很麻煩。」

阿蜜說完，飄過阿鈴身邊，從衣服下襬露出雪白小腿，緩緩步入走廊。她挨近阿藤，輕飄飄地站在她眼前。

阿藤雙手貼著地板，仰望阿蜜，張著嘴巴問：「妳、妳是哪位？是淺田屋，還是白子屋的客人？」

阿蜜驚訝得幾乎跳起來。原來阿藤大姨看得到阿蜜！

阿蜜微微歪頭，望著阿藤輕聲說：「不是的。很遺憾，我不是淺田屋也不是白子屋的人，甚至不是這世上的人。」

阿藤嚇得縮回手：「什、什麼？」

「我啊，是陰魂。」

阿藤彎身在阿藤身邊蹲下，兩人的臉幾乎貼在一起。

「阿藤，只要看到妳的臉，我就不禁想起年輕時的自己，想到我年輕時鑄下的大錯。」

阿藤已被嚇得說不出話。

「既然妳看得到我，表示妳正在重蹈我犯過的錯誤。阿藤，在折磨妳的心的，不是愛情，沒有那麼崇高，只是一種邪惡到無以名之的污穢情感。」

「妳、妳、妳、說、說說什麼⋯⋯」

阿藤的手湊近阿蜜顫抖的嘴角。

「看吧，我是不是很冰冷？變成像我這副德性，長得再漂亮也沒有用。所以，妳千萬不能步上我的後塵。」

阿蜜的黑髮輕飄飄地晃動著，回頭望向阿鈴和多惠，接著說：「妳看，她們母女倆多要好啊，妳根本無法介入她們之間，破壞她們的感情。就算多惠消失，妳成功騙過阿鈴，太一郎也不會成為妳的人，事情絕不會發展成那樣。硬要強求不屬於自己的事物，就會看見陰魂，變成陰魂，懂嗎？」

阿藤戰戰兢兢地轉著眼珠。

多惠想出聲，阿鈴用力摟住母親的手臂阻止。

「阿母，現在不要出聲。」

多惠瞪大雙眼凝望著阿鈴，小聲問⋯⋯「可是，阿藤姊到底在跟誰說話？她怎麼也對著空中說話？」

阿母看不到阿蜜。阿蜜一定也慶幸阿母看不到她，一定是的。玄之介大人不是說過了嗎？能看見陰魂的人，內心都懷有跟那個陰魂相同的情感糾葛。

阿藤大姨看得見阿蜜，是不是表示阿藤大姨內心的糾葛跟阿藤大姨一樣？

阿蜜對阿藤說：「好好思考我說的話，如果想不明白，我會不斷出現在妳面前，說給妳聽，直到妳想明白為止。妳也看到了，現在裡面這麼混亂，我沒閒工夫管妳。」

「妳還是照著七兵衛的囑咐，回廚房去吧。」阿蜜噘起嘴唇，朝阿藤臉上呼出一口氣。阿藤當下頭昏眼花，一手按住頭、一手撐在牆上，才總

扮鬼臉 387

算沒倒下。她的臉色異常蒼白。

「啊、啊……」她驚慌失措地轉身爬下樓，爬到一半就昏了過去。

「總算解決了。」

阿蜜笑了笑，回到阿鈴身旁。

「阿鈴，有沒有睜大眼睛看好？」

「嗯！有。」阿鈴回答後挨著多惠，望向阿高。

阿高雙手掩著臉，跪伏在榻榻米上。多惠則用包座墊的蔓藤花紋布巾緊緊裹住身子。

銀次還在放聲大笑，邊笑身體邊抖動。玄之介揣著手，皺眉看著，表情有如咬到苦澀的東西。房裡的所有活人裡，只有看得見銀次的阿由和阿先，目不轉睛地盯著銀次，其他人則張口結舌地望著兩人。

「阿先，怎麼回事？」

七兵衛伸手試圖安撫阿先，阿先只是仰望銀次，像個快從雲梯上摔下來的人拚命抓住階梯般，猛力抓住七兵衛的手。

「你到底是誰？」

阿由躺在榻榻米上問道，眼珠子浮現黯淡亮光，像水缸水面上的油圈。

銀次止住笑聲，俯視阿由。這時，他總算發現在場的玄之介，問：「你是誰？」

在這緊要關頭，阿鈴差點笑了出來。阿由和阿先雙雙望向銀次發問的對象，卻只看到紙門。兩人

都是一臉茫然，又回頭望著銀次。一直追隨兩人視線的眾人，則像被狐狸附身又上了狸貓的當一樣，面面相覷。

玄之介以一貫悠閒的語氣反問：「你在問我嗎？」

「我在問你是誰？」銀次又問：「你在這裡幹什麼？」

玄之介笑著說：「這句話應該是我的台詞。你這個身分卑賤的小商人，連該如何對武士說話都不懂，真是不可饒恕。反正我也不是什麼了不起的身分，就不和你計較了。只是，你問我在這裡幹什麼，我就不能聽而不聞了。這裡是我的地盤，擅自闖進來的是你。」

「你的地盤？」

「沒錯，至少是我靈魂的休息處，至今從來沒有人進來鬧事過。」

「阿母，我的胸口好難受。」白子屋阿靜扭動著身子。「頭很痛。拜託，讓我離開這裡。」

淺田屋阿陸也不認輸，她倒在丈夫臂彎裡，胡亂揮舞著雙手說：「啊，太可怕了，那裡有個骨瘦如柴的女幽靈……」

阿陸指著辰太郎頭子肩膀附近，頭子嚇得跳開。

妳根本沒看到任何東西。阿鈴握緊拳頭忍著不叫出聲……吵什麼，妳閉嘴！人家阿由才是真正看到了！

「這麼想知道我是誰，那我就告訴你。」玄之介鬆開懷中的手，搔著後頸說：「我是陰魂，銀次，跟你一樣。」

銀次的雙眉緊蹙，像兩把尖銳的鉤爪。

「雖然死了，卻無法前往陰間，只能沒出息地留在陽世遊蕩的陰魂。」

銀次畏縮地問：「你住在這家鋪子裡嗎？」

「嗯，是的。」

「我跟陰魂不一樣。」

「是嗎？」玄之介笑道。「那你是什麼？妖怪？狐狸或狸貓？還是住在河道的河童大將？不、不，你不是那塊料。」

「你說什麼？」銀次威嚇性地跨出一步。他的腳掠過躺在榻榻米上的阿由眼前，阿由竟然有勇氣去咬那隻腳，阿由的牙齒當然落了空，辰太郎頭子吃了一驚。

「這小妮子，竟想咬舌自盡！」

辰太郎頭子抓住阿由的髮髻往後拉，阿由痛得大叫：「幹什麼！你們都有病嗎？那男人是誰？他為什麼會在這裡？」

「她在說誰？」辰太郎頭子環視房內眾人，他的臉因為莫名的抽動微微出汗。「高田屋老闆，這女人腦袋有問題，看來撐不下去了。這種鬧劇再繼續下去也沒用，島次那副模樣看來也不能說話。」

一直和玄之介對視的銀次，眼角上揚卻依舊垂著臉。這時，他直接對阿由發話：「喂，妳叫阿由嗎？妳好像能看到我。明明不是我老婆，竟然看得到我。」

阿由蓬亂的頭髮貼在臉頰上，以進房後最平穩的聲音問道：「你到底想說什麼？」

銀次嘿嘿笑著說：「反正妳是殺人凶手，遲早會懸首獄門。我教妳一件好事，既然妳那麼恨白子屋長兵衛，又那麼嫉妒同父異母的妹妹，說真的，最好跟我學學。」

玄之介哈哈大笑：「太佩服了，你要勸她當個陰魂嗎？」

銀次狠狠瞪了玄之介一眼，視線隨即轉回阿由身上，說：

「嗯，沒錯。就算死了，失去身體，妳還是妳。妳可以懷著生前的強烈恨意成為陰魂，再學我附在憎恨的那個人身上，封鎖住他的靈魂，奪取他的肉體，回到陽世。」

阿由臉色大變，問道：「你⋯⋯在說什麼？」

「是的，我是陰魂。我被弟弟殺了，妻兒和鋪子都被他奪走，眼下正是復仇的好時機。喏，妳看躺在那裡的人，那就是我弟弟。」

阿由聽從銀次的話，轉頭望向活像一張人皮般，癱軟在榻榻米上的島次。

「我也看到了。」

臉色蒼白的阿先堅定地說。眾人一同望向阿先，但阿先毫不畏縮，那是阿鈴熟悉的、堅強的阿先大媽。

「銀次先生，也許你忘了，但我之前確實見過你一次。你曾跟著島次先生來高田屋吧？那時我看到了你那張充滿恨意的臉。」

銀次望向阿先，緩緩眨了眨眼說：「咦，妳是高田屋老闆娘？」

「是，沒錯。」

阿先挺直背脊坐正，七兵衛驚訝地鬆手。

「阿先，妳是怎麼了？」

「阿由、阿由。」

阿先依舊瞪視著銀次，移動膝蓋挨近阿由，雙手抱著阿由瘦削的肩膀。

「妳明白嗎？妳和我看到的是陰魂，隱藏在妳我內心的某種情感把陰魂召喚出來了。」

扮鬼臉 | 391

「這……」阿由說不出話，雙眼滴溜溜地問：「這是怎麼回事？為什麼……大嬸，妳瘋了嗎？」

「不，我沒有瘋。」阿先毅然回答。「只是心裡有個黑色的疙瘩。辰太郎目瞪口呆的辰太郎頭子忽然聽到阿先叫自己的名字，一時反應不過來。

「請你把阿由帶走。」先前那場驅靈比賽的騷動，絕不是阿由和島次先生串通的把戲。這女孩雖然企圖讓白子屋丟臉，故意搞亂驅靈比賽，但她跟島次先生無關，一點關係都沒有。」

「老闆娘，」辰太郎倒吸一口氣，總算問出口：「妳為什麼知道呢？」

七兵衛候起身，揮動著袖子想抱住阿先。「阿先，妳腦袋……」

「不，我沒事。」

「喂，阿由，」銀次威風地在空中呼喚著，「妳不想和我一樣嗎？只要成為陰魂就不怕活人，可以盡情折磨他們。妳不想復仇雪恨嗎？」

緊緊貼著紙門縫隙觀看的阿鈴，突然被一陣號啕大哭嚇了一跳。原來是多惠懷中的阿高正扭著身子大哭。

「啊，是我不對，我錯了。銀次，原諒我。全都是我做的啊！」

太一郎迅速拉開隔開兩間房的紙門，躲在門後的阿鈴等人全都現身在眾人眼下。就在其他人發出質問之前，阿高的哭喊聲已響徹四周。

「毒死你的不是島次，是我。是我殺死你的！」

阿高雙手掩面，蜷著身子，趴在榻榻米上，痛苦地呻吟啜泣。

房內眾人都發出驚呼。一連串的發展太令人震驚，眾人都搶著發問。

「多惠？阿鈴？妳們在那裡做什麼？」

「這女人是誰？」阿由噘著嘴問，從她來到船屋後臉上首度失去血色。

「這女人毒死了？」阿由轉頭問銀次。「你是被人毒死的？人都死了為什麼還在這裡？我完全不知情！難道你們想把這件事推到我頭上？」

「阿先，妳⋯⋯妳是說，妳看到陰魂了？」高田屋七兵衛抓住妻子的衣袖，瞪大雙眼問。「這到底是怎麼回事？像妳這麼堅強的人，竟然會說出這種荒唐的話！」

辰太郎頭子輪流望著攤在榻榻米上的島次和哭泣的阿高，對一旁無力到快癱軟的手下說：「看來要抓的人不少，你跑一趟附近的辦事處，召集一些幫手過來！」

是──手下不爭氣地怯聲回應，爬著逃到房外。

「啊，好討厭、好討厭，我眼花了，頭好痛。阿母，快帶我離開這裡，拜託。」

「我的胸口⋯⋯房裡到處都是陰魂，陰魂的晦氣害我眼前發黑。」

阿靜抱著頭，阿陸抓著胸口，白子屋和淺田屋眾人圍住兩人，聚成一團。

在場的人，到底誰看得到什麼？誰又看不到什麼？

我看得到，全都看得到。看得到在角落搔著脖子的玄之介大人，也看得到在阿母身後像是守護著阿母、神情哀淒的阿蜜。

還看得到雙腳岔開站在房間中央，雙手無力地垂落兩側，瞇著眼瞪視阿高的銀次。

扮鬼臉 | 395

「阿鈴……」多惠低聲呼喚阿鈴，一把摟住她。多惠睜著圓眼，看著全身顫抖的阿高背影，無比鎮定地柔聲問道：「林屋老闆娘……阿高老闆娘，妳剛才說的都是真的嗎？不要哭成那樣，振作點。」

阿高不斷搖頭，抽抽搭搭地哭了起來。

「林屋老闆娘，」這回說話的是辰太郎頭子。「請妳把剛才說過的話再說一次。妳真的不是胡扯，也不是染上瘧疾在說夢話嗎？」

但辰太郎頭子說的話，大半都沒傳進阿鈴耳裡。因為銀次中途插嘴，他沉重、冷酷的尖銳話聲，蓋過了頭子的聲音。

「阿高……」他呼喚著：「阿高！」

銀次緩緩向前跨出一步，衣服下襬隱約露出蠟白小腿。他走到阿高身旁，從正上方俯視她。

「阿高，看著我，抬頭看著我。」

趴在榻榻米上哭泣的阿高，背部像被鞭子抽打般抖動了一下。她抬起頭，臉頰被眼淚濡濕，頭髮蓬亂。

「是妳毒死我的？」

阿高神情恍惚地半張著嘴點頭，嘶啞地叫著：「銀次。」

「老闆娘，妳在跟誰說話……」

阿先舉手制止辰太郎頭子發問，雙眼直盯著銀次的背，指尖微微顫抖。

「是陰魂，頭子。」阿先哆嗦著低聲說：「這裡有陰魂，頭子也許看不到，但確實存在。」

聽到阿先這麼說，阿由喃喃自語：「這小子是陰魂？真的是陰魂？」

「是，沒錯。」阿先沒有看阿由，但她像要鼓勵又像是斥責阿由，堅定地大聲說：「好好打開妳的眼睛和耳朵，妳可不能變成他那副樣子。」

「喔、喔、喔。」阿高呻吟著，握緊一只拳頭貼在唇邊，眼淚簌簌落下，抽泣著說：「原諒我……銀次，原諒我。」

銀次默不作聲。他的身子如霧靄般搖搖晃晃，瞬間變得淡薄，又馬上恢復原狀。陰魂的內心情感會影響其外形，而內心的情緒起伏也會讓外在變形。

「為什麼？」銀次問。

阿鈴望著銀次。他的雙眼只剩兩個漆黑的深洞，直到剛才為止他還有一對炯炯生光的雙眸。就那光芒是出自憎恨、憤怒及蔑視，那對雙眸的確映照出陰魂銀次的內心。

然而，此刻他的眼底一片漆黑。

不過，阿鈴感覺到一股強烈的情感刺入胸口，剜著自己的心。那是銀次的悲傷。

「快回答！」

銀次的身體浮在空中，低頭望著阿高。

「啊！」阿高大叫一聲，又趴在榻榻米上。「對不起……原諒我，原諒我。」

阿鈴覺得身子逐漸冰冷，四周比剛才更冷了。她感覺到多惠也在發抖。阿蜜無言地搖頭，抬手拔掉梳子，捲成髮髻的一頭長髮無聲地披散下來。

「我……我很怕你。」阿高抽泣著說：「你，你對我，對孩子，完全，不體貼。對生意，很熱心，可是你，很嚴厲，我們，都喘不過氣……」

扮鬼臉 | 397

「我是為了你們賣命工作。」

銀次眨著漆黑的眼窩。

阿高放聲大哭，說道：「比起賣力工作，我更希望你多對我們笑一點。」

「為了讓你們過上舒服的日子，我才那麼賣命工作。」

「我並不是真心想殺你，只是在做老鼠陷阱時腦中閃過的惡作劇而已。我想，要是給你吃一點老鼠藥，就只吃一點，你身體不舒服，會休息幾天不工作。到時你就不會像平常那樣每天神經緊繃，只要不想著生意上的事，你大概會對自己、對老婆和孩子比以前更加體貼疼愛——」

「我是這麼打算的，完全沒有想殺死你的意思！」

「太愚蠢了。」七兵衛呢喃著。阿鈴第一次看到爺爺臉色這麼蒼白。

「可是老鼠藥一點都沒有用，你還是很健康，所以我每天增加一點藥量，但依舊什麼事都沒發生。結果有一天，你突然痛苦起來……」

——那時已太遲，無法搶救了。阿高邊哭邊擦眼淚，向銀次伸出手。

「你倒下之後，身體惡化得很快，我才知道給你吃了過量的藥。我看著逐漸衰弱的你，暗自祈禱你能趕快好起來，在心裡向你合掌賠罪。」

「那時我很痛苦。」銀次對著空中低語。「全身痛得像活生生被切斷一樣。肚子痛，胸口痛，每個地方都痛，痛得連睡都睡不著。」

「原諒我啊。」阿高伸出手卻撲了空。「我當時太害怕，好幾次差點說出來。因為你……你開始責怪島次。你認為，你會這樣一定是島次害的。你懷疑是那小子嫉妒你，也許是他讓你吃下了不好的東西，也許是他下了毒。」

「那時我真的這麼想。」

「是啊，你一直錯怪他。你不是說過，若是你死了，要提防島次？你不是說過，他的目標是我嗎？那都是你在胡思亂想。島次總是為你著想。他老說你們兄弟相依為命，他要幫你的忙。他常一臉開心地跟我說：大嫂，哥哥跟我這個沒用的人不同，有長者之風，將來一定能將林屋的規模擴大，不會只是外送料理鋪的老闆，總有一天他會開一家出色的料理鋪⋯⋯」

「那小子從沒對我這麼說。」銀次眨著漆黑的眼窩，在空中移動身子，回頭俯視著活像一件被人脫下的衣服的島次。「我以為島次討厭我，一心認為他雖然看著我的臉色，一副卑躬屈膝的模樣，但只要一有機會他就會陷害我，奪走我的一切。」

「是啊，你就是這種人，一直對看顧你的我說這種話。」阿高哭叫著扭動身子。「你連對唯一的弟弟都懷著這種扭曲的感情。就連衰弱到臥病在床時，你也滿心憎恨。自從你病倒後，島次從無怨言，連同你的份做了兩倍、三倍的工作。這麼難得的弟弟，自己的親弟弟，你竟然一直懷疑他。那時我覺得看透了你的本性，甚至心想如果你一病不起就好了！」

銀次的身子再度變得淡薄，激烈地搖晃著，一瞬間失去人形，成為似人非人的歪曲異形。

「妳殺了我。」

異形消失，再度恢復成銀次的外形，但他的聲音並沒有恢復。那已不是銀次的聲音，而是一頭負傷野獸的慘叫。

「妳讓我變成死不瞑目的陰魂，還讓我附在弟弟身上殺了他。因為妳的詭計，我成了殺死島次的凶手！」

銀次伸展雙手，十隻手指彎成鉤爪，像要撲殺小鳥的猛禽般撲向阿高。

扮鬼臉 | 399

「妳這賤人！這回輪到妳了！」

銀次輕易地抓起尖叫著想逃開的阿高身體騰空拋出，阿高隨著拖長尾音的尖叫聲被拋向空中，撞在房內另一邊的多寶槅上。槅上的花器香爐，隨著她的身體「嘩啦」掉落在地。

「住手！」

一句嚴厲的叱喝聲傳來，是阿蜜。她迅速站起，擋在仍想追趕阿高的銀次面前。

「滾開！」

「不滾！」阿蜜拒絕，鬆開的長髮如瀑布般飄起。

房內颳起一陣風，風勢夾雜著阿蜜的髮油香，以阿蜜為中心形成氣旋升起。銀次被這股無形的風捲動，在空中東倒西歪地飄蕩。

阿由尖叫著，雙手依舊被綁在身後，滾著逃開。

「真是太好了。」

「我不要，我不要變成像你這樣的陰魂。」

「銀次，聽到了嗎？阿由說她不想成為像你這樣的陰魂。」

一個鎮定爽朗的聲音響起。玄之介慢條斯理地起身，躲開阿由，走到房內中央。

屋內眾人看不到銀次、玄之介和阿蜜，可是本來還在逞強破口大罵的阿由，臉色大變想逃到走廊的模樣，震撼了在場看不到幽靈的人。眾人如咒語束縛被解除般哇哇大叫，或手牽手或攀住對方竄逃，踢翻了食案、踩著食器、連滾帶爬地奔向走廊。

辰太郎臉子臉上罕見地出現狼狽之色，上前抓住逃走的阿由。七兵衛和阿先摟住對方一動也不動，七兵衛看似茫然自失，阿先卻是眼神銳利，散發出絕不屈服的光采。

「阿高老闆娘……」多惠扶起阿高。阿高昏迷不醒，額頭流著血。

「銀次，」玄之介一手放在懷裡，一手摸著下巴，沉重地問：「你要怎麼做？這回打算殺死老婆占據她的身體回到陽世嗎？還是繼續用島次的身體，連你殺死的可憐弟弟的份，盡情享受塵世的快樂？」

銀次敵不過阿蜜召喚來的風，整個人貼在格子紙窗上，手忙腳亂地苦苦掙扎。他瞪著玄之介，吊著眼角。

「如果你們也是陰魂，為什麼要出手阻攔？」他咬牙切齒，不甘心地說：「如果你們也是因為留戀而滯留在陽世，應該明白我的遺憾。你們是嫉妒我已復仇雪恨，才出手阻攔嗎？」

玄之介一手貼在臉頰上，感嘆道：「看來，這小子還是一樣偏執。」

「真是個窩囊的男人。」阿蜜烏黑的長髮隨風飄動。「世人都說羨慕嫉妒是女人的本性，其實男人的嫉妒才更可怕。」

「咯、咯。」銀次在阿蜜招來的強風中，掙扎著離開格子窗。阿蜜又甩了甩長髮，颳起一陣更強烈的龍捲風，再度把他吹飛到格子窗上。

阿鈴覺得很不可思議。她和摟著阿高的多惠、七兵衛和阿先、癱坐在兩人身後的辰太郎頭子、張大嘴巴的阿由，所有人都感覺到這陣風，吹亂了大家的頭髮，不過他們的身體卻可以自由動作，對他們而言，這陣風就像初春第一陣南風般舒服。

「喂，那個女的！阿由！」銀次面目猙獰地叫喚著：「幫我個忙！妳的身體借我用一下！等我解決問題後，再來幫妳！我幫妳解決白子屋，一定幫妳復仇！這樣妳就不會被砍頭了。瞧，辰太郎頭子迷迷糊糊的，根本派不上用場了。」

扮鬼臉 | 401

辰太郎頭子確實如同蠟像般呆呆坐著，聽不見這些失禮的話。辰太郎頭子是怎麼回事？難不成被阿蜜的香味迷住了？

「我……」

阿由的嘴巴一張一合，環視四周，不僅是辰太郎頭子，七兵衛和阿先都一動也不動。

阿鈴大叫：「阿由，不要聽這個陰魂的話！」

玄之介看似有點累，阿蜜則目不轉睛地盯著阿由。

「到我這邊來！」銀次喊道。「到我身邊來碰我，我就能和妳合為一體，就能互相幫助，打倒這些傢伙！妳不想復仇嗎？」

阿由求救似地望著阿鈴，阿鈴反覆地說「不可以」、「不可以」。

「拜託妳，千萬不能聽他的！」

這時，阿由身邊突然出現一道黑影，有個東西閃了一下。是蓬髮。他駝著背、蜷曲著高大的身子，長滿鬍子的長下巴悲傷地低垂著。發出閃光的，是他右手提著的白晃晃刀尖。

「你……」阿由喘著氣說：「你是誰？你也是陰魂？」

蓬髮眨了眨眼睛，微微歪著頭。

「妳，真可悲。」他對阿鈴說。阿由全身僵硬，只能仰望著他。

「妳，不能聽，這男人說的。」蓬髮溫柔地對阿由說：「不能，變成，像男人那樣。」

蓬髮用力甩頭，好甩開垂落眼前的頭髮。他直直地盯著銀次。

「你，跟我，一樣。」

「你是誰?這次又是什麼?」銀次怒不可遏。「你也是陰魂?」

蓬髮沒有回答,轉頭望向玄之介。

「長坂玄之介俊光,」他緩緩說著:「這是,你的,名字。」

「喔。」玄之介回應。他微微蹙眉,看起來十分困惑。

「你,」蓬髮微笑,「忘,了。忘了,很久。忘了,砍我,那事。」

有著阿蜜髮香的風溫柔地拂過臉頰，阿鈴感覺得到那風的溫暖。

不過也僅此如此，一切似乎都靜止了，阿鈴覺得自己也靜止了，只能呆呆地仰望蓬髮。

玄之介大人──砍了蓬髮？他剛剛這樣說？真的這麼說？玄之介困惑不已的臉上閃過其他表情。

因為速度太快，阿鈴看不清那是驚訝或是憤怒。

「你，砍了，我。」蓬髮似乎覺得羞恥，臉上掛著淺笑繼續說：「那事，很正確。是，正確的。」

他慢條斯理地轉過頭，輕飄飄地邁開腳步，挨近阿由，俯視著她。右手依舊提著長刀，刀尖筆直向下，刀背面向阿由。

「妳，回去。」

跟阿鈴一樣愣住的阿由，張著嘴發出類似「啊？」的聲音。

「妳，回去。」蓬髮重複說道。「這裡，不是，妳，待的地方。妳，應該，更早，到其他地方。」

「到哪裡？」

阿由含糊不清、夢囈般不經心地說。阿鈴第一次聽到阿由這麼說話。

「到，妳自己，的地方。」蓬髮笑著說，龜裂的薄唇間露出骯髒的牙齒。「妳，跟陰魂一樣，留下。因為憎恨，留下。妳，到其他，地方去。這裡，已沒有，妳的份。很早以前，就沒有，妳的份。」

這時，阿鈴總算明白蓬髮笨拙話語中的真意。蓬髮說的「這裡」，指的不是船屋，而是白子屋，

扮鬼臉 | 407

是遺棄阿由的父親長兵衛的地方。昔日讓她痛苦的地方。他是這個意思。

蓬髮繼續說：「妳的，父親，妹妹，不是，妳的東西。父親和妹妹，不是妳，的份。是外人。爭，沒有用。當妳，想爭時，跟人爭時，妳想要的東西，妳想要的份，那些東西，就消失了。全部，消失了，全部，沒有了。所以，妳，應該早點，去其他地方。」

這時，樓下正好傳來白子屋和淺田屋眾人不知在為什麼爭吵的聲音。也許他們剛才就在大聲嚷嚷了，只是房裡的人無暇他顧，現在才傳進耳裡。

「夠了！往後我再也不踏進這家鋪子！」

「阿母，我怕。」

「說起來都要怪白子屋老闆你，提議辦什麼無聊的鬪靈比賽⋯⋯」

「唉，淺田屋老闆，你怎麼這樣說？先提議的不是你嗎！」

「這有什麼好爭的？總之逃命要緊。我受不了！」

「可是辰太郎頭子他們⋯⋯」

「別管他們了，和我們無關。哎呀，眞是失禮，那個被捕的女孩是白子屋老闆的女兒。可是，對我們而言，她只是外人啊。所幸淺田屋沒有一看到女人就失去理智、想要染指的色情狂，也沒有跟男人串通恐嚇親生父親的不孝女。」

「你說什麼？再說一次！」

「唉，你沒聽到我丈夫剛才說的嗎？要說幾次都可以。下流女兒和下流父親眞是絕配！」

「那種女人才不是白子屋的女兒！」

「是啊，那種女人才不是我姊姊！」

兩家人只顧著消遣對方，吵鬧不已，間或傳來不知是阿靜還是阿陸的哭聲。又不知是不是大門倒場了，咕咚嘩啦的聲響好不熱鬧。

睜大雙眼跪坐著的阿由，突然止不住地簌簌掉淚。

沒人出聲，也沒有人動。手腳張開貼在格子門上的銀次，不知何時翻起白眼，嘴唇微微抽搐，像瀕死的魚的魚鰭一樣。除此之外，房內還在動的，只剩下不斷簌簌落下的阿由淚珠。

滴答，滴答。

「我、我，」跟眼淚一樣，阿由的嘴巴也掉出話語：「我……為什麼……為什麼……明明……從來沒……思念過阿爸的。」

「如果是這樣，」玄之介緩緩開口：「妳是被並非出自真心的情感蒙蔽了，還為此淪為殺人凶手，真是不幸。」

阿由發出嗚咽聲。

「我是殺人凶手……」

「是的。可是，妳還來得及在淪為比殺人凶手更可恥的東西前止步。」

玄之介微笑著，用下巴示意像十字架般貼在格子窗上的銀次。

「在成為陰魂之前。」

銀次突然哇哇大叫，從張大的嘴裡露出細長的牙齒，阿鈴瞬間看成獠牙。銀次髮髻蓬亂，垂落的頭髮隨著阿蜜操縱的風擺動。他的白眼滴溜溜地轉，好似快要迸出眼窩。銀次大喊：「怎、怎麼可以讓她逃走──！」

阿蜜尖叫一聲，彷彿被隱形的手推開晃了一下。銀次用憤怒戰勝風的束縛，像隻可怕的大蜘蛛伸

扮鬼臉 | 409

展手腳，凌空撲過來。

玄之介伸手探向腰上的佩刀，還沒來得及握住刀柄，蓬髮已舉起右手，動作看似隨意，卻毫不遲疑，刀刃自下而上，像要掬起落下的東西般畫了道弧線，斜斜砍向凌空撲過來的銀次，自他的側腹一直斬至肩膀。

銀次發出野獸般的嚎叫，蓬髮沒有停手，掬起的刀沒有猶豫。他大大地揮動手臂，在空中畫出圓形，又自上往下揮砍，刀刃畫出的軌跡橫切過銀次的脖頸。

銀次張開雙臂，在空中定住不動。阿蜜的風已停止，她大把攏起長髮，悄悄退到阿鈴身後，守護著她。玄之介的手仍放在刀柄上，目不轉睛地盯著銀次。蓬髮揮下的刀尖對著自己的腳，盯著自己腳邊。

銀次的白眼像是蛋白，微微抽搐著，閉上——

剎那間，銀次失去頭顱的軀體無力地滑落，宛如濕浴衣從竹竿上滑落。

阿鈴看到了。那不是人類的眼睛，而是故事中妖魔的眼睛，像是撒了金粉發出精光，瞳眸宛如一根黑針。轉眼間，銀次的髮髻鬆脫，頭髮像無數的蛇蠕動起來。

他張開大嘴，再度露出牙齒，這次真的是獠牙。從兩排尖牙間，伸出一條血紅色的粗大蛇信——是舌頭。那條舌頭彷彿擁有生命，蜿蜒蛇行，在半空中抬起蛇首，環視一圈，最後停在阿由面前。

阿由像是被惡夢迷惑，直盯著銀次的舌頭。

「這是陰魂的真面目。」玄之介說:「是銀次靈魂的最終下場。阿由,妳恨過人,憎惡過人,羨妒過人,受這些情感驅使一再犯下罪行。如果妳就這麼死去,也會變成這個樣子,淪落至這種悽慘下場。要是妳覺得變成這樣也無所謂,我不會阻止妳,隨妳便。妳可以抱住那小子的頭,跟他臉貼臉親熱一番。」

銀次的舌尖像在討好般上下舞動,對著阿由點頭。這場面實在太恐怖、太詭異,讓阿鈴全身毛髮倒豎,雙腿發軟。她第一次在船屋碰到這麼恐怖的事。

「阿由,妳打算怎麼做?」玄之介堅定地問。

阿鈴。有人小聲呼喚她,緊緊地握住她的手,阿鈴回過神來。阿高昏迷不醒,腦袋擱在多惠膝上。多惠正望著阿鈴,原來是伸長了手握住她多惠也很害怕。阿鈴不知阿母究竟看到多少,又能看到她所見的幾成景象。但阿鈴很清楚阿母怕得縮成一團,卻沒有認輸,堅強地想趕走恐懼。

阿鈴回握多惠的手。

「我⋯⋯」

阿由顫抖著說。她的臉頰沾滿淚水,堅決地抬起頭繼續說:「我⋯⋯不要!」

一直在原地不動的蓬髮,這時總算抬起頭,迅速繞到癱坐在地的阿由身後,揮動刀刃斬斷綁住她雙手的繩子。他蹲下身子,像要從背後擁抱阿由般,將手貼在阿由的手背,讓阿由握住刀。

刀尖對準銀次。

刀身映著阿由的臉。阿由看著自己映在刀身上的臉,看著自己的眼睛,最後抬起頭,對著陰魂的

腦袋大喊：「我才不要當陰魂！變成這樣誰受得了！」

阿由還未喊完，銀次的頭已開始膨脹，像是鐵網上的烤年糕，膨脹變形，鼓脹得很大。他的嘴角裂開，吊著眼角，倒豎成漩渦狀的頭髮裡伸出兩隻角過來。

阿由沒有退縮，也沒有閉上眼睛。她縮著肩膀，但握緊長刀的手沒有猶豫。蓬髮的手和阿由的手化為一體，朝撲過來的陰魂頭顱砍去，長刀揮向空中，發出閃光，自化為妖鬼的銀次額頭中央切成兩半！

一聲吶喊。

頭顱沒有流出血，不見血肉也不見骨頭。蓬髮和阿由揮下的刀宛如切開雲朵般，輕而易舉砍進銀次的額頭。那一瞬間，陰魂的頭顱彷彿化為水潑在火盆時激起的飛灰，一團熱氣，砍下去毫無感覺。

然而下一瞬間，卻看到頭顱有表情，竟是充滿憤怒、嘶吼、憎恨。

之後形體逐漸消失，彷彿用木棒在雪地上畫出的一張臉，在陽光照射下逐漸融化般，銀次那張鬼臉逐漸消失，與其說在空中融化，不如說是被吞噬。就像在大水缸裡滴進的一滴墨水，融入水中後瞬間失去原形，連那抹黑也消失了。

阿鈴凝望著，目不轉睛地看著這一切。因此她清楚看見了，過程中陰魂的表情像是在哭泣，不，不只是哭泣，他又哭又笑的。那是喜極而泣的表情，好像在說——啊，總算得救了。

阿鈴確信自己在最後一刻看到了真正的銀次。那是成為陰魂之前，留在銀次體內的最後一絲理智。

阿鈴聽到喘氣聲。是阿由，她的身體仍被蓬髮支撐著，雙手握著長刀，大汗淋漓，喘不過氣。

「做得漂亮。」玄之介說完，總算鬆開放在刀柄上的手。

蓬髮離開阿由，長刀仍握在阿由手裡。阿由像是抓住救生索般握著刀柄，卻不知該拿這把刀怎麼辦，她回頭望向著蓬髮。

蓬髮滿是傷疤的臉上浮現溫柔的笑容，彷彿望著自己年幼的小妹。

「我，跟妳。」

他平靜地對阿由說：「生在，有門第，的家，可是，我，是姨太太，的孩子，是累贅。」

蓬髮像第一次跟阿鈴說話時那樣，口齒不清。不知是講了太多話，還是講到自己的事、轉述自己的感受時才會那樣。

蓬髮憔悴得像個病人——阿鈴突然注意到這件事。蓬髮說是玄之介砍了他，因此喪命。不過，在那之前，他是不是因為喝酒或生病，早就有病在身了？

「自生下來，那時起，我，就沒有任何，安居的地方。所以，我，很羨慕，哥哥。」

「你有哥哥……」阿由問。

「跟妳，一樣。」

「我，跟妳，一樣。」蓬髮微笑著說：「不是，自己的，錯，但總是，累贅。我，恨，大家，恨，嫌棄我的，父親。恨哥哥，擁有，所有我，沒有的東西。」

阿由也恨白子屋長兵衛，恨妹妹阿靜。

「我，愛上，哥哥的，未婚妻。」蓬髮羞恥地垂下眼，「為了，污辱他，讓他，丟臉，我，想，搶走未婚妻。我，做了……很壞，很壞的事。」

「那女人後來怎麼樣了？」阿由問。她的臉幾乎跟蓬髮貼在一起，手握的長刀對著天花板。

「死了……」蓬髮回答。「自盡，死了。」

多惠吐出一口氣。阿鈴望著母親，母親看似噙著淚。阿母，妳也看得到蓬髮嗎？看得到幽靈嗎？蓬髮緩緩地眨著眼。

「哥哥，知道，是我做的，向我，拔刀。所以，我，砍了哥哥。砍了，再出奔。」

「之後，一直，墮落。一直，往下，墮落。為了錢，砍人。砍了，很多人。也，喝酒。用砍死，那人，的鮮血，當下酒菜，喝酒。」

阿蜜撫著頭髮往後退，坐到窗前。她沒看向蓬髮，不是因為不屑，而是出於憐憫不忍看。

「然後，終於……」

蓬髮用手背擦著嘴。

「遇見，跟我，一樣，殘忍的，殺人凶手。遇見那個，殺人和尚。」

蓬髮抬起眼，越過阿由的肩膀望向玄之介，玄之介也迎著他的視線。

「我幫和尚，殺人。殺了，很多人。因鮮血，飛濺，眼睛看不清，喝酒，肚子穿洞，揮舞刀時，搖搖晃晃，腦筋，不正常，說話，也不正常，我，還是，繼續殺人。」

殺人和尚。是興願寺住持，是三十年前那起事件。

蓬髮對著玄之介說：「你來砍，殺人和尚，砍了我。我，想砍你。最後，我還是，跟那和尚同伙……打算砍你。」

「之後，你，砍了我。」蓬髮對著玄之介，皺著眉頭，垂著的下巴幾乎快頂到胸前。他似乎在拚命回憶碰觸不到的遙遠往事。

「你，砍了我。那時，寺院，已起火……可是，你，還是，衝進火中。你，為了，找和尚，衝進火中。我，直到斷氣，始終看著你。」

這麼說來，玄之介是死在寺院內？

「我，成為陰魂。」

蓬髮再度望向阿由，溫柔的目光裡夾雜一種極為悲哀、求助的神色。

「直到，最後，我，一直，不知道，自己，做錯什麼，就死了，所以，成為，陰魂。」

蓬髮緩緩搖頭。

「現在，明白了。看著妳，我，明白了。」

蓬髮又將手貼在阿由手上，讓她手上的刀刀尖對準自己。然後，為了讓阿由能夠揮刀，他後退一步拉開距離。

「妳，不會，像我，這樣。」蓬髮像在鼓勵阿由，堅定地對她說。「妳，能夠，救我。妳，只要，砍我，就不會，變成，我這樣。」

阿由望著蓬髮，又看看手中的長刀，再望向蓬髮。

蓬髮笑了，連蓬亂的頭髮似乎也跟著一起笑了，搖晃著。

阿由重新握住長刀。她雙眼發光，脖子挺直，卻像被人操縱般全身軟綿綿的。

「是興願寺。」蓬髮說。他對著玄之介，像在懇求般加強語氣：「你們，都被，那寺院，束縛。去找。去……回憶。跟我說，一樣。」

然後他望向阿鈴，開心地說：「我，走了。」

阿由的手動了，長刀揮下。

扮鬼臉 | 415

24

船屋一片靜謐，宛如暴風雨過後。

滿地狼藉的杯盤也像暴風雨肆虐後的景象：摔壞的容器與食案、撕裂的紙門、被糟蹋的料理。比這些更慘重的，則是「受創的人」。

令人驚訝的是，經過這麼多事，眾人仍恍恍惚惚無法行動時，最先恢復過來並付諸行動的竟是多惠。受到多惠的鼓舞，阿鈴和阿先也打起精神，三人一起在鄰房鋪上被褥，讓昏迷的阿高和冰冷顏軟的島次並排躺著。

阿鈴以為島次這下真的死去了，但阿先探了探他瘦骨嶙峋的手腕和脖頸，發現還有一絲脈搏。

「這人還活著，不久就會甦醒過來。」

此時男人們總算有所行動，只是似乎不知該怎麼做才好，茫然地袖手旁觀。辰太郎頭子像剛從水裡爬上來的小狗，抖了抖身體，環視房內，拉起看來疲憊不堪、彎著身子低聲啜泣的阿由。

「總之，我先帶妳回辦事處。」

下樓時，他發現昏倒在樓梯上的阿藤，扶她起來後才離開船屋。阿由一直在哭泣，她的側臉和無力下垂的肩膀已失去先前找人吵架的挑釁架勢。

不知何時，玄之介和阿蜜也消失了。阿鈴一直盯著戰戰兢兢環視四周，彷彿在尋找可怕東西的高田屋七兵衛，他緩緩望向阿鈴，猶如探看來歷不明的人物，表情益發黯淡。阿鈴雖然習慣挨七兵衛爺爺的罵，也喜歡被他逗弄，但被他用深沉懷疑的眼神打量，這還是第一次。

「爺爺……」這話不僅是對七兵衛，也是對在場的所有人說：「我有話要告訴你們。」

於是，阿鈴開始講述從搬到船屋之後遇見的幽靈，興願寺以及寺院以前發生的恐怖事件，一五一

十全說出來。

「這麼說來……」

七兵衛雙手抱著頭。阿鈴是第一次看到爺爺這樣。眾人移步到樓下太一郎和多惠的小房間，阿藤一個人坐在距離稍遠的紙門旁，其他人都圍坐在阿鈴身邊。多惠坐在阿鈴身後，像在保護著瘦小的阿鈴。

「真的有陰魂一直住在船屋，惹出了許多事端。阿鈴一開始就知道內情了？」

阿鈴點頭。看著七兵衛沮喪的模樣，她覺得很內疚，也很悲傷。

「可是，爺爺，我不是說過了嗎？玄之介大人、阿蜜與笑和尚他們，都沒有讓我們為難的意思。阿梅也只是對我扮鬼臉而已，那孩子是個孤兒。」

太一郎忽然喃喃重複「孤兒」這個字眼。聽到這句話，所有人都同時望向他，他慌慌張張地摸著臉，小聲補充：「我是在想，這裡也有孤兒的……陰魂嗎？阿鈴和那孩子十分要好？」

「才不好。不過，我應該主動和她交朋友才對。」

「沒錯，應該早點親近阿梅的。」

「總之，這幾個幽靈都沒有做壞事。第一次筒屋宴席時發生的意外，也是蓬髮一時衝動……」

「那個蓬髮武士，剛才升天了吧？」阿先平靜地說，語氣甚至稱得上溫柔。「那人因為一段沒有結果的戀情、對兄長的嫉妒，加上生前殺人無數的懊悔，凝聚成一團混沌的感情。只要感覺附近有年輕女孩鼓動的心，或是手足間爭執和憎恨的情感，就會忍不住出來鬧事。」

「結果他喚來了憎恨島次先生的銀次先生，也喚來了阿由。」多惠接著說。「不過，正因如此，

蓬髮才得以升天，這不是很好嗎？」

太一郎低頭自問：「這算得上好事嗎？」

他無力地垂著肩膀，又說：「這回船屋是真的完了。蓬髮不會再鬧事了。」

「為什麼會完了？」

「妳想想，淺田屋和白子屋的人會怎麼大肆宣揚這件事？壞風評會……」

多惠探出身子，一手撐在榻榻米上，仰望丈夫，鼓勵他說：「至今為止不也是這樣？我們可以再利用那壞風評啊。」

「然後再吸引想辦法驅靈比賽的客人上門嗎？」太一郎搖頭。「那種客人根本不在乎菜餚的好壞。妳看，今天我做的菜，全都白費了。我想做菜，想讓我的廚藝得到世人的讚賞。如果一直拿幽靈當招牌，菜好不好吃根本是其次又其次。」

「是啊，多惠老闆娘。」阿藤在紙門旁嚥著嘴說：「妳也稍微替太一郎老闆想想嘛。」

大概是剛才那場騷動時在樓梯上暈過去一陣子，阿藤的雙眼有點浮腫，臉色也很蒼白。

「可是，大姊……」

多惠想接著說，阿藤卻一臉不快地打斷。

「不用說了，老闆娘。關於這件事，我不贊成妳的意見，我支持太一郎老闆。如果妳無論如何都要在船屋做生意，那妳自己做，我會跟老闆走。」

「阿藤，妳不要誤會，我還沒有決定要離開這裡。」

「可是，不走怎麼做下去？船屋不是廚師待的地方，這裡需要的是法師或和尚。」

扮鬼臉 | 421

阿藤大姨彷彿不吐不快。她從來不曾說話這麼不客氣，簡直像變了一個人。不，難道現在這樣才是真正的阿藤大姨？阿鈴覺得背脊發冷。

「阿藤大姨，妳剛才見過阿蜜吧？」阿鈴不禁脫口而出。「妳看到阿蜜了吧？妳跟她說過話了吧？那人也是陰魂。」

阿藤慌慌張張地挪著屁股後退，「阿鈴，妳在說什麼？」

「阿蜜說，她跟阿藤大姨一樣，對吧？阿藤大姨跟她犯下了同樣的過錯。她還說，那根本不是戀愛，對吧？所以阿藤大姨才看得到阿蜜。」

「戀愛……」多惠喃喃低語，手指抵在嘴上，望著阿藤，又看看丈夫。太一郎則是目瞪口呆地直盯著阿鈴。

阿藤的嘴一張一合，連忙向七兵衛和太一郎喊冤：「這簡直是誣賴！發生這麼多事，阿鈴是不是腦袋不正常了？她說我看到陰魂，這怎麼可能！」

「妳敢說不可能嗎？」阿先平靜的問話聲中透著威嚴，「妳認爲阿鈴只是隨便說說而已嗎？」

「可是，大老闆娘……」

「我相信阿鈴。」阿先堅定地說，環視在場眾人。「我相信阿鈴說的，陰魂恰恰映照出觀者的內心。」

「老公……」

七兵衛忽然喃喃說道：「我什麼也沒看到。」

大家不安地望著七兵衛。他看起來極爲困惑，雙手放在膝上，蜷縮著身子。

「剛才我只看到活人，沒看到任何陰魂，更沒看到那位蓬髮武士。」

七兵衛瞇著眼，疑惑地看著阿先，問：「阿先，妳真的看到蓬頭散髮的武士嗎？」

「是的，我看到了。」阿先輕輕將手放在丈夫膝上。「我確實看到了一個那樣的陰魂。不過，你也聽到阿鈴說的吧？我看到陰魂，是因為我的內心和那位可憐的蓬髮武士一樣，都存在著陰暗的心結。那位武士因此成了陰魂，無法升天。幸好我還活著才沒有變成陰魂，但我很清楚，我的心裡有著不好的執念。」

「阿由也看得到蓬髮。」阿鈴說：「因為她也有著同樣的心結，這種人看得見陰魂。」

阿先彷彿在對孩子說話般放軟了語氣，對七兵衛說：「你從小就歷盡艱難，能走到今天這一步，當然不是一條容易的路。可是，在人生路上，你從來沒怨過誰也沒陷害過別人，更別說做出背叛關照你的人的事。你一直活得堂堂正正，活得坦率，坦率到近乎笨拙。像你這種人，當然也看不到陰魂。」

「所以我當然也看不到陰魂！」阿藤忽然喊道。「我沒做過壞事！我跟大老闆一樣，一心拚命做事，為了太一郎老闆盡心盡力。」

阿鈴耳裡傳來母親微微顫抖的聲音：「對不起，大姊。」

我一直沒察覺妳的心意——多惠說完這句，垂下頭。阿藤抱頭大哭起來。

「在孩子面前……阿鈴面前別這樣，太難看了。」

「太一郎低聲說道。阿鈴猛地抬起臉，厲聲質問：「太難看？太一郎老闆，你說我太難看？」

太一郎別過臉，不看被淚痕弄花臉的阿藤。

「我……可是我……」

「阿藤，別說了。」阿先也制止她。「那件事，以後再說。」

阿藤的表情猙獰起來。或許是一直支撐著阿藤的那根支柱突然折斷了，她連姿勢都顧不得，垮著

「什麼在孩子面前！」阿藤咬牙切齒地說：「又不是親生的孩子，你們不過是把撿來的孩子養大而已！」

太一郎怒吼：「住口！」

阿藤嚇得縮成一團，下一瞬間，她用恨不得殺死兩人的憎恨眼神瞪著太一郎和多惠，轉身離開房間。

又不是親生的孩子——這句話在阿鈴腦中嗡嗡作響。奇怪的是，阿鈴並不覺得心慌。果然是這樣，原來如此，我是撿來的孩子。

「難怪我看得到阿梅。」

實際說出來後，阿鈴覺得眼前的視野開闊起來。

沒有人說「不是」。雙親臉上失去了血色。

放心，我不會哭的——阿鈴正想這麼說，多惠無聲地倒在一旁。

阿先安撫了兩個驚慌失措的男人，再讓多惠在被褥上躺好，才對阿鈴說：「妳阿母不要緊的。阿鈴，來幫大媽做事好不好？樓上房間不清掃不行，阿高和島次也不知怎麼樣了。」

當然阿先的「要求」不止如此，她是想跟阿鈴兩人單獨談話。阿鈴立刻答應了。阿先支開了一臉憂慮的七兵衛和太一郎之後，和阿鈴手牽手登上樓梯。

阿先俐落地下達指令，阿鈴按照吩咐做事，榻榻米房很快就打掃乾淨。

「紙門和格子紙窗都得換了……榻榻米也要翻過來……」阿先用束帶綁起袖子，蒙著頭巾，微歪

阿鈴輕輕打開隔間紙門,探看鄰房。島次依舊保持躺下時的姿勢,阿高可能是聽到聲音,呻吟了一聲,腦袋在枕頭上動一下。

「她快醒了嗎?」阿先小聲問。「先叫醒阿高比較好。要是她一睜開眼,發現島次先生躺在一旁,可能真的會發瘋。」

是啊。阿鈴迅速走近阿高枕邊搖醒她。阿高皺著眉醒來後,突然睜大眼睛,嚇得一躍而起。

「我,我……島、島次呢?他在哪裡?」

兩人安撫阿高,讓她看躺在一旁的島次。阿高縮成一團,阿先使勁按住她的雙肩,直視她的眼睛說:「老闆娘,現在正是妳人生的關鍵時刻,好好聽我說。讓妳痛苦不已的前夫——銀次的怨靈已不在了。他升天了,消失了,所以在這裡的是島次先生。」

儘管如此,阿高仍想逃。

「啊,真是沒出息。就是因為這樣,妳才會親手殺了丈夫,用腦袋想想該怎麼做才能贖罪。這種事根本用不著我來教,妳早該明白的啊。」

「可是,我做了無法彌補的事。」阿高又哭了出來。

「那個『無法彌補』的事指的是殺了丈夫,還是在辰太郎頭子面前坦承妳殺了丈夫?」

阿先是故意要刁難她,阿鈴明白這一點,所以沒有多話,默默地把手巾遞給阿高擦眼淚。

「放心,辰太郎頭子不會逮捕妳的。」阿先說:「今天在這房裡發生的事,不是這個世上會發生的事。在那種時候,一時昏頭的妳不管說了什麼,沒有人會當真。何況,像辰太郎頭子那種死腦筋的

阿先微笑著，又說：「妳痛苦了這麼多年，雖然還不足以贖罪，但銀次先生也升天了。妳老實說出真相，他總算得以解脫。往後妳要認真考慮的，是林屋和孩子們的事。」

阿高不安地看著熟睡的島次，問道：「可是，這個人呢？」

「銀次先生雖然占據了他的身體，但他好像還沒死。雖然很微弱，仍有脈搏。」

阿高倒吸了一口氣，縮著雙手。

「妳打算怎麼辦？」阿先問。「趁著島次先生尚未醒來，逃到遠方，永遠不再跟他見面？帶著孩子們逃，或是妳一個人逃？」

阿鈴無聲地挪動膝蓋，伸手摸了摸島次的臉頰。啊，暖暖的。

「還是向島次先生說出一切，跟他商量往後該怎麼辦、要怎麼做才能得到他的原諒？之後再看島次先生的決定，決定跟林屋和孩子們的下一步吧。」

阿高忽然想起什麼似地掉了一滴眼淚。在阿鈴看來，那滴眼淚的顏色跟她至今為止的眼淚並不一樣。

「我想……他大概不會原諒我……可是，我再也不想逃避了。」

「是的。」阿先用力點頭。「阿高老闆娘，妳一直過著膽顫心驚的日子吧？比起那種苦日子，往後還有什麼好怕的呢？日子再怎麼苦，恐怕都不及從前的一半吧。」

「妳去叫醒島次先生吧。」

阿先說完，對阿鈴喚道：「阿鈴，島次先生的事交給林屋老闆娘，我們有重要的事得商量。」

阿鈴和阿先沿著河道走著。

阿先一走出船屋便停下腳步，感慨良深地望著道路對面曾經是興願寺的廣闊空地，然後轉身朝阿鈴伸出手，兩人手牽著手邁出腳步。

河道水面無聲地映著湛藍的天空，不知何處飄來花香。右手邊是船屋，左手邊是長坂大人的宅邸。來到這裡，阿鈴說出筒屋宴席當天在這裡看到阿梅的事。

「她就出現在丟石子玩的我們旁邊。」

「是嗎？她大概想跟你們一起玩吧。」阿先說。

仔細想想，船屋的幽靈中，只有阿梅離開房子到過外面，一次是在這條河道旁，另一次是乖僻勝住的大雜院。

「那個叫乖僻勝的男孩，綽號真難聽。那孩子個性真的很彆扭嗎？」

「非常乖僻，乖僻得不得了。」

「這說法不對。」阿先斂起笑容，堅決否定。她轉向阿鈴，蹲下直視阿鈴的眼睛。阿先身上比花香更濃郁、更溫暖的氣味，包圍住阿鈴。

「大雜院的大姨說他是孤兒，個性才那麼乖僻。」

聽阿鈴這麼說，阿先忍不住笑出聲。長坂大人宅邸那邊似乎在回應順著水面傳過去的笑聲，傳來汪汪的狗叫聲。是小白。

「妳是個聰明的孩子，想必一直在為這件事情苦惱吧。妳要原諒我們。」

阿先道歉的當下，阿鈴什麼都明白了。自己數度否定的那種可能性──剛才阿爸的冷汗──移開

視線的阿母──

想明白後，阿鈴瞬間覺得輕鬆起來，原來「恍然大悟」就是這麼回事。可是，那一瞬間過去，胸口忽然怦怦跳起來，她幾乎快喘不過氣。

「阿先大媽⋯⋯」阿鈴總覺得自己的聲音聽起來很遙遠。「這麼說，我真的是孤兒嗎？是阿爸和阿母收養我，把我養大的嗎？」

阿先摟住阿鈴的雙肩，直視著阿鈴的雙眼，回答：「妳阿爸和阿母的確不是妳的親生父母。不過，阿鈴，妳不是孤兒。對太一郎和多惠來說，妳是上天賜予的孩子。」

阿鈴不想哭，可是眼淚卻不停湧出，眼前一片模糊。

「我果然是孤兒。」她剛說完，眼淚便簌簌落下。

「不，不是，妳是上天賜予的孩子。」阿先再次強調。「妳可能會認為大媽在哄妳。不過，大媽絕不是想用場面話蒙混過去。阿鈴，妳只要仔細聽，一定會懂為什麼大媽這麼說。」

這是很久以前的事了──阿先娓娓道來──不過，就像是昨天才發生的事，我記得很清楚。「阿大概也知道，太一郎和多惠以前曾有兩個孩子夭折，之後太一郎自暴自棄，有陣子過得很荒唐，七兵衛爺爺一度氣得打算把他趕出高田屋。

那時，太一郎和多惠處得不太好，理由當然不只是連續失去兩個孩子，還有其他原因。再那樣下去，兩人遲早會分開。所以當多惠懷了第三個小孩，大媽都做好心理準備了。不過，太一郎得知後像是從頭頂淋了一桶水，整個人振作起來，大媽高興得簡直快跳起舞來。大媽心想：啊，太好了，這樣兩人應該不會有問題了。

自從上一個孩子過世，多惠傷了元氣，成天病懨懨的，所以這次懷孕，一定得特別留意身子。普

通的孕婦直到臨盆前一月，不管挺著多大的肚子都得繼續工作，多惠前兩胎也是這樣。但這回不一樣，多惠一直到生產前都躲在押上的宿舍裡做些裁縫手工，平靜過日子。因為高田屋的工作很忙，太一郎在高田屋和宿舍之間兩頭跑，留意著多惠的身子，扳著手指數孩子誕生的日子。

可是啊，世事就是這麼不如意。多惠比產婆預計的日子早了二十天分娩。結果孩子⋯⋯生下來就死了。是個女孩。

多惠生產時我也在場，知道嬰兒沒了氣息，我一心想著這下完了，多惠八成活不下去了，嚇得簡直像掉了魂。我衝進寢室，只見多惠的眼睛像兩個黑洞，呆呆地望著天花板，不管我說什麼她都不應。我不停地喚她，她才流下眼淚。那晚她一直無聲無息地哭，後來啞著嗓子說「太一郎一定不會原諒我」。

不知是幸或不幸，因為多惠突然陣痛，還沒來得及向高田屋報告這件事。宿舍裡只有我、多惠和阿藤。於是我告訴多惠：太一郎還不知情，就算知道了，太一郎也不會像妳想的那樣，說什麼不原諒妳，絕對不會。太一郎可能會哭、會感嘆、會悲傷，但絕不會生氣。我現在最擔心的，是比任何人都痛心的妳，在妳冷靜下來之前，我不會遣人到高田屋通知這件事，過一陣子再說。五天、十天都好，直到妳恢復精神，覺得可以跟太一郎見面之前，我不會對任何人說這件事，也不會讓任何人到這裡來，妳儘管放心。

至於這麼做是好是壞，我一直覺得自己沒做錯，多虧了當時那樣處置，第三天的夜裡，死嬰承蒙地主好意幫忙，厚葬在附近寺院的童子塚。儘管我一想到死去的嬰兒就掉眼淚，總算稍微鬆一口氣，結果陪在多惠枕邊照料她時，不小心打起盹。

扮鬼臉 | 429

那時已是半夜,正值九月寒氣增強的時節,四周一片蟲鳴。我醒過來時,發現多惠的被褥是空的。那時我簡直快發瘋了,心想得去找多惠才行。撐著榻榻米好不容易才站起來,我一直在想,多惠一定是不想活了,不是跳河就是上吊,反正一定是想尋死。膝蓋不住哆嗦,不聽使喚。

結果後門卻傳來多惠的呼喚聲。她叫著「老闆娘、老闆娘」。

我幾乎是用爬的來到後門,看到穿著睡衣的多惠抱著一個裏著褓褓的嬰兒,沒有力氣起身,就坐在泥地上。

我問她怎麼了?以為自己在做夢,或是多惠在我打盹時死了,變成幽靈坐在那裡。她那時瘦得可憐,一臉蒼白,氣息奄奄,實在不像活人。

不過,多惠沒有變成幽靈,她好好活著。活著,而且在笑。

老闆娘,真不可思議。我聽到嬰兒的哭聲,以為是死去的嬰兒在叫我,半夢半醒地來到這裡,發現這孩子竟然就在門外,她被放在外面。老闆娘,妳看,睡臉好可愛,是個女孩。

多惠說完,讓我看了那嬰兒。我接過褓褓,感受到剛出生的嬰兒體溫,聞到嬰兒的奶香,也一屁股坐在泥地上。

阿鈴,那嬰兒就是妳。

那晚鈴蟲在叫,像是有成千上萬的搖鈴在搖,聲音清脆,從腳底湧上來包圍我們。

是的。想必是妳的親生母親生下妳後,認為沒辦法養活妳,才決定送給別人。但她沒有把妳丟在路邊或橋下,也沒有把妳丟在寺院前,而是把妳留在高田屋宿舍的後門外。她把妳裏得緊緊的,讓妳不覺得冷,妳那時睡得很香甜。我想,妳的親生母親可能是希望高田屋收養妳,才把妳託付給我們。

多惠也這麼想。

通常撿到孩子時必須到辦事處報案，但多惠不願意這麼做，因為那樣很可能會失去妳。也許辦事處會送給別人，上頭會怎麼做誰也不知道，所以多惠不願意報案。

老闆娘，她是我的孩子，是神送來給我代替死去的孩子。這孩子是我生的，是不是？多惠語帶哀求，我實在不忍心拒絕。那時我也擔心，要是硬去報案，多惠不知會變成什麼樣。不過，不僅如此，其實我也一樣，為妳湊巧來到高田屋，來到多惠身邊，這不可思議的奇蹟而深受感動。回過神來，我已答應多惠。好，這孩子就當是妳生的。萬一上頭發現這件事要懲罰，我一個人承擔。

第二天，我遣人去通知太一郎。起初多惠打算瞞著太一郎，跟他說孩子平安生下來了，但我反對。我認為還是坦白告訴太一郎比較好，夫妻之間不能有事隱瞞。況且，就算死去的嬰兒已在童子塚安息，早就升天了，也許很快就會轉世投胎，但她可能會想見阿爸一面吧。太一郎也會想去墓前合掌祝禱吧。我對多惠說，隱瞞不好。多惠覺得有道理，於是我們全跟太一郎說了。

太一郎和多惠一樣，覺得我和妳之間的緣分很不可思議，非常感謝上蒼。他說，這孩子是我們的孩子，哭著磨蹭妳的臉，當場給妳取名叫「鈴」。因為妳是在鈴蟲鳴叫聲守護下出生的，這名字不是正好？

我們三人商量過後，決定瞞著七兵衛爺爺，告訴他嬰兒平安生下來了。阿鈴，我想妳也清楚，爺爺很頑固……做事中規中矩，當然，他絕不會反對收養妳。可是他經營高田屋這麼大的鋪子，在町內也頗有聲望……站在他的立場，也許會說違反上頭的規定，把撿來的孩子當成自家孩子畢竟不好，不，他一定會這麼說。因為有這層顧慮，我們決定瞞著爺爺。

扮鬼臉 | 431

另外，那時阿藤也在場，她知道來龍去脈，而且她贊成我們的作法。所以這件事可說是我、多惠、太一郎和阿藤四人之間的祕密，我們一直隱瞞到現在。

好了，阿鈴，我全說完了，沒有隱瞞任何事。並不是祕密被揭穿了，我才說出來，我本來就打算等妳長大以後，告訴妳這件事。雖然沒對太一郎和多惠說，但我一直都是這麼打算。

妳沒見過親生父母，就這一點來說，也許妳的確是孤兒，所以妳才看得到那個叫阿梅的幽靈，跟乖僻勝看得到阿梅是一樣的道理。阿梅會接近妳，或許也是因爲這一點。再怎麼說，我今天比看戲更近距離地看得清清楚楚。

不過，阿鈴，妳絕對不孤單。對太一郎和多惠來說，妳是他們無可替代的心愛女兒。對七兵衛爺爺和我來說，妳是這世上唯一的孫女。事到如今才向他坦白這件事，七兵衛爺爺也許會生氣。不過，他是氣我們瞞了他這麼久，不是氣妳。畢竟爺爺有多疼妳，多麼滿心希望妳能幸福，沒人會比我這個大媽更清楚。我可以向妳保證。

如果妳想見親生父母，我們會設法幫妳找。如果妳想跟真正的父母一起住，我們也會認爲那是當然的。雖然傷心，但我們不能攔阻妳的心。不過，阿鈴，要是妳固執地認爲自己是孤兒，對太一郎和多惠來說，再也沒有比這件事更殘酷的懲罰了。對我來說，也是無可挽救的悔恨。他們從來沒當妳是孤兒，一刻都沒有。他們認爲，就算妳不是他們親生的，卻是上天賜予的心愛孩兒。這是個擺在眼前的事實，用不著時時停下腳步、閉上嘴巴、在心裡一一確認。

太一郎和多惠，是妳的阿爸和阿母啊！」

聽著阿先的這一席話，阿鈴不知何時停下了眼淚，也不知臉頰什麼時候乾了。只是，待她察覺到

時，眼前那片迷霧已消失。在一陣清風中，她再次清楚看見彼方的船屋。

「阿先大媽……」

阿鈴清楚地說。她心裡很高興。

「我懂了，我真的明白了。」

阿鈴微笑著。結果，這次換阿先哭了出來，她用袖子遮臉。

又傳來小白的汪汪叫聲，這次的叫聲很接近，像在呼喚阿鈴和阿先。阿鈴回頭望向長坂大人宅邸的方位。

隨意穿著便衣的長坂主水助站在被風雨打壞的板牆外，一手握著小白的牽繩，另一手罩在眉眼上。遠遠望去，他一副吃驚的模樣。

他正望向船屋，睜著那雙酷似鮟鱇魚、間距稍遠的眼睛，入迷地看著什麼。

「噯，」阿先從懷裡掏出手紙擦眼淚，小聲問：「那是鄰家的……」

「嗯，是長坂大人。」

阿先自言自語「可不能失禮」，急忙擦了擦臉，理了理下襬。可是，長坂主水助依舊文風不動。

小白在叫。明明要去散步，主人卻一直不往前走，小白等得不耐煩，汪汪叫著。主水助張著嘴巴。

小白蹦蹦跳跳，把牽繩自主水助的手中扯離，興奮地跑向阿鈴。牠是一隻不認生的狗。阿鈴也跑向小白和主水助。

「長坂大人！」

阿鈴大聲呼喚。對方這才回過神，放下舉起的手，全身震了一下。

扮鬼臉 | 433

「喔,阿鈴,」他直眨著眼,「這真是⋯⋯又碰面了,妳在做什麼?」

「長坂大人出來散步嗎?」

阿鈴安撫著在腳邊撒歡的小白,走到主水助身旁。主水助又張大了嘴,像在腦中搜索話語,嘴巴一開一合地說道:「我看到不可思議的景象。」

「啊?」

「船屋⋯⋯在妳家二樓的窗口那邊,」他瘦削的手指指著窗口說:「站著一個我認識的人。那人正望向這裡,我看得很清楚,嚇了一大跳。」

他擦著臉,抹去汗珠。

「他正是我三十年前過世的叔父大人啊!跟他過世時完全一個模樣。」

「哎呀,是玄之介大人。」阿鈴也遠遠望著船屋的窗口。

「好懷念啊,他的長相跟從前一模一樣,跟我小時候看到的一樣⋯⋯」主水助喃喃自語,似乎忘了身邊的阿鈴和阿先,沉浸在自己的回憶中。

「長坂大人,您一定很喜歡您的叔父大人吧?」阿鈴小聲問道。

「嗯?」長坂大人眨著眼,又用手背擦拭額上的汗,酷似鮟鱇魚的臉上略帶羞怯。

「上次跟妳提過我叔父大人的事了啊。」

「是的,我聽說了。」

這時,阿先以眼神暗示阿鈴,她便向長坂大人介紹了阿先。兩人忽然一本正經地打起招呼,阿鈴覺得很好玩,心情頓時輕鬆起來。

「長坂大人的叔父叫玄之介大人。雖然個性放蕩,劍術卻很厲害,也教過長坂大人,對吧?」

主水助大吃一驚,「是的。可是,我對阿鈴說過這件事嗎?」

阿鈴笑著望向阿先,阿先也微微笑著。主水助一臉困惑,像要找藉口般又說:「我上次也說了,叔父大人當年被牽扯進怪事而喪命。對長坂家而言,他是個麻煩人物,因此從來沒人對年幼的我說明叔父大人臨終前的事,我一直惦記著。現在腦海裡還是時常浮現叔父大人那晚幹勁十足的表情,還會夢到叔父大人。」

叔父大人那晚到底做了什麼事,又是懷著什麼樣的心情離開人世?主水助透過內心的執念和對叔父的思念,才看得見玄之介。

阿鈴內心滿溢著光亮。以這種方式看到鬼魂還不壞嘛,一點也不壞。

「我也很喜歡長坂大人的叔父大人。」阿鈴不禁大聲說道。

「什麼?」

「什麼、什麼?阿鈴到底在說什麼?」

「長坂大人的叔父大人,現下就在船屋。」

「現在可以告訴他事實了吧。他一定會相信的。阿鈴卸下了心防。

迎著吹過河道的風,阿鈴對主水助述說玄之介的事,告訴他船屋眾幽靈的事。聽著阿鈴的話,長坂主水助那轉動的眼睛逐漸穩定下來,回歸原位。

「原來有⋯⋯這種事?」

他歪著下巴,感慨地說,再度仰望船屋的窗口。

「可是,這麼一來,只要問叔父大人⋯⋯啊,不行,既然連叔父大人自己都忘了三十年前那晚的

扮鬼臉 | 435

事……到底該問誰呢?有誰知道興願寺事件的來龍去脈?」

聽他這麼一說,阿鈴想起一件事。對了,還有孫兵衛大雜院的房屋管理人啊,這下更應該去見他了。

「既然如此,我也一起去。事不宜遲。明天我們就去怎麼樣?」

聽到主水助的提議,阿鈴和阿先緊握著彼此的手,點了點頭。

25

暖洋洋的陽光照著孫兵衛大雜院，整座大雜院宛如都在午睡般鴉雀無聲。沒有主婦們做家事的動靜，也聽不到孩子們的叫喊聲。井邊不見任何人，大概哪家的門板搖晃聲。聽得到的聲音只有這門板搖晃個不停。

「明明天氣這麼好，怎麼沒人出來洗東西。」

「到底怎麼回事？阿鈴，這座大雜院的人早上都很晚起嗎？」阿先站在灰塵飛揚的巷子口，像個管家在發牢騷。

阿鈴也不知道該怎麼辦。今天是她第三次來到孫兵衛大雜院，前兩次這裡跟其他大雜院一樣熱鬧，居民也很忙碌，不像現在這樣安靜得像墳場。

「總之，先到房屋管理人家看看。」

長坂主水助的手輕輕放在腰上的刀柄，說完跨出腳步。口氣雖然一如往常悠哉，眉宇間卻帶點嚴峻之色。

「是啊，也許有什麼傳染病之類的隱情。」

阿先回應後，帶著阿鈴往前走。今天阿鈴精心繫上小鼓花紋腰帶。房屋管理人要是沒有披上禮服外掛相迎恐怕會失禮——阿鈴連這種事都想到了。

來到孫兵衛家門口，阿鈴又吃了一驚，因為那個熟悉的燈籠不見了。

「打擾了……」

「請問有人在嗎？」

鄭重喚人，卻沒人應聲。阿先又喚了一次，裡面傳出喀噠喀噠聲，有人緩緩打開拉門。

「乖僻勝！」

扮鬼臉 | 439

阿鈴看到熟人面孔，鬆了一口氣，可是話喊到一半卻成了驚叫聲。乖僻勝受傷了，半邊臉烏青腫脹，額頭有個腫包，裂開的嘴唇黏著紫黑色的瘡痂，鼻子坍塌，面貌判若兩人。

「哎呀、哎呀、哎呀⋯⋯」阿先瞪大眼睛，不由得挨近，拉起乖僻勝的手問：「你怎麼了？怎會傷得這麼重？」

乖僻勝粗魯地甩開阿先的手，護著身子，皺起眉頭。看來，不僅臉和頭部，他的身上也受傷了。主水助慌忙按住乖僻勝的肩頭說：「喂，別逃。我們不是壞人，只是想見房屋管理人孫兵衛。你是孫兵衛家的孩子？」

「阿鈴，這孩子是妳說的乖僻勝？」

「嗯。」阿鈴迅速跨前一步，阻止正要拉上門的乖僻勝，問：「你到底怎麼了？有強盜來了嗎？房屋管理人呢？」

乖僻勝默不作聲。那對比平素更陰沉的眼睛盯著自己的腳，頑固地擋在門口，不讓阿鈴一行人進入。阿鈴彎著身子探看他的眼睛。

「怎麼了？我們有重要的事想找房屋管理人。」

「孫兵衛不在家嗎？」主水助也盯著乖僻勝問。「話說回來，你的傷勢很嚴重，到底怎麼回事？阿先的朋友吧？不用怕，跟我們說好不好？」

阿鈴是你的朋友吧？不用怕，跟我們說好不好？

阿先的手貼在胸前說：「我是阿鈴的祖母，船屋的大老闆娘。勝次郎先生，聽說阿鈴受過你不少照顧，謝謝你。」

乖僻勝故意用力別過臉。這時，他眨了一下眼，訝異地叫著：

「阿梅⋯⋯」

阿鈴順著乖僻勝的視線望去，在距離阿鈴一行人約二間（約三・六公尺），水溝板另一邊堆著壞木桶和廢木片的地方，阿梅確實站在那裡。阿鈴也看到了。

「阿梅。」阿鈴呼喚她。這是阿鈴第一次這麼喚她，覺得格外緊張，而且有幾分羞怯。「來這邊啊，妳也在擔心乖僻勝嗎？」

阿先在阿鈴耳邊小聲問：「阿梅是那個向妳扮鬼臉的孩子？」

「嗯，她在那邊。」阿鈴回答後，再度對阿梅招手。「阿梅，來這邊！」

阿梅雙拳緊握貼在側腹，擺出嚴加戒備的架勢，縮著下巴，目不轉睛地瞪著這邊。阿梅的目光越過了阿鈴頭頂，她在瞪自己，以為她馬上就會扮起那個熟悉的鬼臉，但似乎並非如此。阿梅的目光越過了阿鈴頭頂，正望著房屋管理人家。

「真傷腦筋，阿鈴，到底是怎麼回事？你們說的是誰？」

主水助束手無措。阿鈴想起一件事：啊，這也難怪，長坂大人看不到阿梅，也不像阿先大媽那樣完全理解內情。

「對不起，長坂大人。」

「嗯。阿鈴，妳認識這大雜院的其他人嗎？」

「有個叫阿松的大姨就住在隔壁。」

「我去她家看看，也許她知道些什麼。」

主水助高瘦的身子邁著俐落的步伐走開。乖僻勝僵硬地縮成一團，反對似地小聲說：「沒人會告訴你們的。」

「什麼？」

阿鈴反問。乖僻勝縮著身子，緊閉著嘴。

「乖僻勝，你很奇怪，到底怎麼了？」

這時，阿梅警告般向阿鈴這邊跨出一步。

「有何貴幹啊？」

身後突然傳來聲音，阿鈴和阿先都驚叫一聲，跳了起來。回頭一看，比阿先高出一個頭、骨瘦如柴的老人站在身後。

阿先仰望老人，嘴巴像金魚般一張一合，好不容易才說：「孫、孫、孫兵衛先生嗎？」

「是的，我是孫兵衛。」

老人舉起瘦骨嶙峋的手，親密地搭在乖僻勝雙肩上。阿鈴看到腫脹得判若兩人的乖僻勝臉上，有如毛毛蟲掉進衣領內般，閃過厭惡的神色。

這個爺爺真的是孫兵衛？真的是把乖僻勝養大，年紀很大卻腦袋清楚的老練房屋管理人嗎？如果真是房屋管理人，乖僻勝為什麼會露出那種表情？

阿鈴感到一陣冰涼。轉頭一看，原來是阿梅。她像躲在阿鈴背後似地抬起尖下巴，直瞪著孫兵衛。

「這是誰家的孩子？」

孫兵衛垂下布滿皺紋的臉，望著阿梅。他臉上出現表情時，顯得更瘦──簡直就像骷髏頭上貼著一張臉皮而已，眼神空洞宛若樹洞。那洞又暗又小，在不讓亮光接近的漆黑深處，似乎有什麼東西存在。

不過，這對八字眉……

孫兵衛的眉毛雖然脫落過半，仍看得出是八字眉。如果不是五官瘦成那樣，看上去應該是和藹可親的垂眉。阿鈴心想，這眉毛形狀好像在哪裡看過。究竟是在哪裡呢？是自己多心嗎？不可能看過的。要是沒看過，為什麼會有這種似曾相識的感覺？

「噯……房屋管理人看得到這孩子嗎？」

阿先打起精神，邊整理衣領邊問孫兵衛。阿先本來就看不到阿梅，當她說到「這孩子」時，大略指著剛才阿鈴回頭的方向。結果孫兵衛動了動若有似無的稀疏眉毛，懷疑地歪嘴問：「妳在說誰啊？」

「誰……」

聰明的阿先馬上領悟到，孫兵衛確實看到了阿梅，而他以為阿先也看得到。阿先尋求慰藉似地握住阿鈴的手，阿鈴也用力回握。

「哎呀，是這孩子。她叫阿鈴。」

孫兵衛空洞的雙眼深處有什麼東西閃動了一下，正望著阿鈴。是的，眼睛深處那東西正打量著阿鈴。就像抬頭仰望老樹時，棲息在樹洞內的壞蟲恰好也在望著自己。

「因為您的態度太冷淡了，我以為您看不到我們。噯，我們突然造訪的確失禮，不過有小孩子在場，請不要生氣。」

阿先和緩氣氛般打圓場。不過話講得比平常快，她也在害怕。當事人孫兵衛似乎清楚阿先的恐懼，悠然地望著阿先。骷髏頭上那張臉皮鬆弛了下來，浮出近似微笑的表情。

阿鈴感覺到後頸的毛髮嚇得倒豎，耳朵裡還響起一陣小小的嘎噠嘎噠聲，她以為是自己的臼齒在

打顫。

不是，聲音自乖僻勝身上傳來，是乖僻勝的牙齒在打顫。

「阿……」有人出聲，是女孩的聲音。「阿……阿……」

阿鈴睜大眼睛，原來是一直咬緊牙關瞪著孫兵衛的阿梅在說話。

「阿、阿鈴。」

她叫了阿鈴，阿梅叫了阿鈴。阿鈴發不出聲音，為了表示自己確實聽到了呼喚，目不轉睛地凝望著阿梅。

「回、回去。」

阿梅看似一刻都不能移開視線，監視對方般瞪著孫兵衛，眼睛有一半翻成白眼了。

「回、回去。」

一旁的乖僻勝不僅牙齒在顫動，全身都在抖動，連落在腳邊的影子也在發抖。

「大媽，我們回去。」阿鈴急忙拉著阿先的袖子說：「今天先告辭，房屋管理人，我們改天再來拜訪。」

阿鈴往後退了半步，乖僻勝突然像要追著阿鈴似地抬起眼，她感覺得到乖僻勝的恐懼。

「大、大媽，」阿鈴忍不住尖聲對阿先說：「因為船屋今天人手不足，我們是特來拜託房屋管理人把勝次郎先生借給我們半天的吧？以後來再正式道謝，今天先拜託房屋管理人轉動著眼珠。聰明的她馬上聽出阿鈴的真意，配合著說：「是啊，阿鈴。孫兵衛先生，您意下如何？把勝次郎先生……當然，我們會付日薪給他。」

阿鈴也口沫橫飛，激動地說：「乖僻勝很會用菜刀，我覺得他可以幫船屋的忙，才拜託我阿爸

扮鬼臉 | 445

的。乖僻勝也可以順便學學做菜⋯⋯」

「可以。」臉上依舊掛著得意笑容的孫兵衛，冷淡地打斷阿鈴的話。「去吧，勝次郎。」

「走，乖僻勝。」阿鈴用力拉著他的手，簡直就像逃離現場。明知這樣很奇怪，阿鈴卻忍不住。

「那麼，失禮了，房屋管理人。」

阿先也丟下這句話，快步離開，兩人半拉半推著垂下頭、身體僵硬的乖僻勝，穿過大雜院大門後才又回頭看了一眼。

當然，從這裡已看不到房屋管理人的家，只見明亮的陽光照射在依舊寂靜無聲的孫兵衛大雜院水溝板上。看不見任何人，連一個影子都沒有。

阿梅消失了。阿先催促道：「阿鈴，我們快回家。天哪、天哪，怎會那麼恐怖！」阿先聲音很小，卻像從喉嚨湧出的呻吟。

「可是，長坂大人呢？」

距離大門裡邊兩、三家遠的拉門被拉開，長坂主水助走了出來。他牙痛般皺著臉。

「長坂大人！」

阿鈴拉著他的袖子逃離大門，簡單說明剛才讓人發毛的經過。難怪大雜院的居民嘴巴那麼緊，不肯說⋯⋯」主水助打量似地望著乖僻勝，「其中也有顯然是趁夜逃離的人家。阿鈴認識的那個主婦叫阿松吧，她說房屋管理人被狐狸附身了。」

「原來如此。」

「狐狸附身？」

「嗯。聽說這幾天判若兩人，老是嘀嘀咕咕地自言自語，虐待房客不說，還不分青紅皂白亂打小孩，又亂殺貓狗。勝次郎，這是真的嗎？」

乖僻勝顫抖著，不置可否地搖頭，臉色又比先前蒼白許多。

「我去這裡的辦事處瞧瞧，看情形可能需要町幹部幫忙。」

主水助那悠閒的鮟鱇魚臉上，出現一種阿鈴從未見過的精悍表情，邁步跑開了。

「我們回家吧，阿鈴。」阿先用雙手守護般摟住阿鈴和乖僻勝的肩膀。

「嗯。」阿鈴點點頭，牽著乖僻勝的手往前走。她覺得很奇怪：剛才是自己聽錯了嗎？難道因為太激動，我的耳朵聽到了不存在的聲音？

逃離孫兵衛家時，阿鈴注意到背後有個聲音響起，彷彿聽到嘴角浮出得意笑容的孫兵衛，感慨良深地低聲叫喚著。

──好久不見了，阿梅。

回到船屋，七兵衛已帶太一郎去高田屋，不過多惠醒來了。她按照阿先的吩咐立刻幫忙打理勝次郎，燒了熱水洗淨傷口，再找出乾淨的衣服給他穿上，和藹地說：太一郎的衣服下襬長了些，暫且忍耐一下吧⋯⋯肚子餓了沒？有沒有想吃的東西⋯⋯乖僻勝從頭到尾像塊石頭默不作聲，宛如偶人全身無力地任憑多惠照料。

他已沒有在孫兵衛大雜院時的懼怕神色，不知是不是安心後感到疲累，看似精神恍惚，也可能是來到陌生人家中受到親切照料，他不知該如何應答才好。阿鈴以為乖僻勝會哭出來，看來好像不會。

阿先拿來專治跌打損傷的膏藥，貼在乖僻勝的傷口。沒多久，粥也煮好了。等粥涼得能入口，多惠端著粥過來。

「不用客氣，儘量吃。」

阿先把裝了粥的托盤放在乖僻勝面前。

「看你把肚子瘦成那樣，到底幾天沒吃飯了？孫兵衛先生到底對你做了什麼？」

聽到孫兵衛的名字，乖僻勝又縮起脖子，全身蜷成一團。多惠望著阿鈴，又望著阿先。

「我們大人在場，他會害羞得吃不下。阿鈴，妳負責照料勝次郎先生吧。」

大老闆娘和老闆娘離去後，房內只剩阿鈴和乖僻勝。

「吃啊。」阿鈴催促他。「我現在不會問你任何問題，你快吃。」

乖僻勝瞄了阿鈴一眼，伸手拿起筷子。一開動就愈吃愈快，簡直像狗搶食一樣狼吞虎嚥。阿鈴稍微安心了。她伸直雙腳，坐著吐了一口氣。總之，幸好帶走乖僻勝了，要是讓他留在那裡——

阿鈴無意間望去，發現阿蜜站在紙門前，長髮披肩，只穿一件貼身長內衣，姿態嬌豔。阿鈴第一次看到阿蜜做這種打扮。

「啊，阿蜜。」

阿鈴呼喚。阿蜜歪著頭望向乖僻勝，綻開笑容。

「我正想要洗個頭。」她像是在解釋，伸手摸了摸頭髮。「發現船屋來了一個我不認識的男孩，所以過來看看。」

「這孩子是乖僻勝。真正的名字是勝次郎，人很乖僻所以又叫乖僻勝。」

阿蜜愉快地仰頭笑著。乖僻勝正端起砂鍋刮著黏在鍋底的粥，這時才抬起頭。

「我一個人嘀嘀咕咕在說什麼？」他問。

乖僻勝看不見阿蜜。

「太遺憾了。」阿蜜笑道。

「真是太遺憾了，很想讓他見見妳呢。」

乖僻勝一步步從阿鈴面前後退，差點弄掉了手上的碗，他慌忙捧好。

「妳很怪，是不是腦袋有毛病？」

阿鈴掩著嘴吃吃笑著，乖僻勝總算恢復平日的貧嘴毒舌。

阿蜜在乖僻勝一旁側身輕輕坐下。

「碰到這種時候，當鬼魂實在很無趣。」

「乖僻勝，你身後有鬼魂。」

乖僻勝跳了起來，「什、什、什麼？」

阿鈴笑了出來。

「你明明看得到阿梅，真可惜。」

阿鈴說完，暗自驚訝。對了，為什麼只有我看得到所有幽靈呢？這個疑團還沒解開。

乖僻勝看得到阿梅，阿鈴也看得到阿梅。阿鈴知道原因，因為他們三人都是孤兒。長坂大人看得到玄之介，因為他一直惦記著三十年前那晚。阿藤大姨看得見阿蜜，因為暗藏了跟男人有關的苦戀——

可是，除了阿梅，阿鈴跟其他幽靈談不上有什麼牽連，卻從一開始就看得到每個幽靈。

「怎麼了？這回又不出聲了？」

乖僻勝捧著粥碗，身體像棕刷一樣僵直地問著。

阿鈴一看，發現玄之介站在乖僻勝身旁，揣著手俯視他。

「阿鈴，這小子是乖僻勝?」

阿鈴大聲回答。乖僻勝慌忙沿著阿鈴的視線望去。

「是的!」

「這次又是什麼?」

「真不方便啊，這次這小鬼長相不錯。」

玄之介說完，愉快地晃著肩膀笑，單手貼在嘴巴旁叫著「乖僻勝」。

「乖僻勝，阿鈴一天到晚都在說你的事，害我都吃醋了。」

阿鈴滿臉通紅地說:「胡扯!我才沒說乖僻勝什麼!」

「不是說了嗎?」

「才沒!」

「妳到底在跟誰說話!」

乖僻勝一副想逃走的模樣，差點踢翻了砂鍋。阿鈴慌忙衝過去想按住砂鍋，卻險些撞上人，大叫出來。

是笑和尚。他一如往常掛著陰鬱苦澀的表情問:「是誰需要按摩?」

「爺爺!」

阿鈴睜大眼睛問:「啊?你看得到笑和尚?」

乖僻勝貼在牆上，喘著大氣說:「這個按摩老頭子是誰?」

乖僻勝指著笑和尚說:「什麼看得到看不到，不就在那裡嗎?這老頭子從什麼地方出現的?」

「我很容易被人看到。」笑和尚語氣哀怨。「受傷的人、病人，大家都看得到我。」

「那是因為笑和尚的按摩治療很有效，您想治好病人的心情傳達到病人身上。」

玄之介也說過，笑和尚特別容易被活人看到。

「太好了，乖僻勝，只要讓這位爺爺按摩，你的傷馬上就會好起來。」

乖僻勝一臉不高興，更是緊貼在牆上。

「可是，這老頭子到底從哪裡冒出來的？突然就出現⋯⋯」

「他是陰魂嘛。」

「陰、陰魂？」

「嗯，他是按摩名人，要請他按摩可不容易，你很幸運呢。」

聽阿鈴這樣說，乖僻勝撩起下襬想逃走。「開玩笑，誰要給陰魂按摩啊！」他的聲音嚴厲且尖銳，聽起來威嚴十足。阿鈴和乖僻勝同時僵在原地。

「不要這樣說，先讓他按摩看看嘛——阿鈴正想勸解時，笑和尚的聲音響起。

「不過，被陰魂所傷的傷口，只有陰魂才治得好。」

還沒深究這句話的意思前，阿鈴就看到乖僻勝臉上失去血色。她愣愣地張大了嘴：「乖僻勝？」笑和尚小心不踩到自己的外袍下襬，慢條斯理地端正跪坐，雙手握拳放在膝上。

「這幾天你跟陰魂住在一起吧？那是很邪惡，而且會危害活人的陰魂。我看得出來，因為你臉上有陰影。」

「老爹，真的嗎？」玄之介表情十分認真，「哪裡有那種陰魂？」

笑和尚閉上眼皮，阿鈴卻彷彿看到眼珠子在他的眼皮底下炯炯發光。那是能洞悉一切的智者目光。

扮鬼臉 | 451

「當然有。勝次郎，對不對？」笑和尚對乖僻勝說：「你要是因為害怕而不說出來，災禍只會愈來愈不可收拾。說吧，房屋管理人孫兵衛什麼時候成為陰魂的？」

2

乖僻勝嚇得縮成一團。他像被熱水燙到，叫了一聲，縮回手腳。

「乖僻勝……」

阿鈴挨到他身邊，輕輕碰觸他的手臂。乖僻勝身子蜷縮得更厲害，想逃開阿鈴。那張老是吐出刻薄話的嘴巴在打顫，彷彿快哭出聲來。

「會怕是當然的，」笑和尚溫柔地說：「可是，你現在不是一個人了，對吧？這裡有很多伙伴，你老實說出來。棲息在你養父孫兵衛體內的陰魂，不是你一個人應付得來的。」

「伙、伙伴？」乖僻勝戰戰兢兢地開口：「你們能做什麼？大雜院的人都逃走了。」

阿鈴想起孫兵衛大雜院鴉雀無聲一事，問道：「難道因為房屋管理人的樣子不對勁，大雜院的人都逃走了？」

「怎麼可能。」

他反駁阿鈴的語氣中，還留有一點平素乖僻的味道。

「沒有房屋管理人的同意書根本不能搬家，大家都嚇得躲在家中。」

「這麼說來，大雜院的人也發現孫兵衛變了個人？」玄之介用力揮著下頷坐了下來。阿鈴把玄之介的問題轉述給乖僻勝聽。

「沒發現才怪！」乖僻勝像要咬人般說：「房屋管理人的表情都變了，而且淨做一些我們熟悉的那個房屋管理人絕對不會做的事。他把野貓丟進井裡溺死，還踢打小孩，在大雜院裡閒逛，擅自進到房客屋裡破壞東西、毆打婦女們……」

「真是瘋了。」玄之介摸著下巴問：「什麼時候開始的？」

扮鬼臉 | 455

阿鈴代問，乖僻勝扳指算著。

「三天前……不，四天前。」

「他是突然就變成這樣？」阿鈴追問：「房屋管理人以前就那麼瘦嗎？」

乖僻勝猛力搖著頭說：「他雖然不胖，但以前並沒有瘦成那樣。不過也不是突然瘦下來的，房屋管理人最近身體不太好。」

「什麼時候開始的？你一個人照料他嗎？」

「大概……十天前。他說肚子不舒服，吃不下飯……有時躺著有時起身，不過那時還是平日的房屋管理人，我一個人也照料得來。」

「真是個好孩子。」阿蜜感慨地說，只是這句話顯得跟現場氣氛格格不入。乖僻勝應該聽不見她的話，卻忽然垂頭喪氣地頻頻眨眼，嘴裡低喃些什麼。

笑和尚面不改色，湊近耳朵，問道：「您說什麼？笑和尚，我聽不到。」

阿鈴聽不清楚，湊近耳朵，問道：「您說什麼？笑和尚，我聽不到。」

「我聽到了。」玄之介低聲回應：「老爹，這是真的？」

「你們在說什麼？說清楚點嘛，不然小心我大叫！」

笑和尚板著臉，微微抽動闔上的眼皮，慢條斯理地說：「孫兵衛身體不好，年紀也大了，十天前病倒，四天前的夜裡終於斷氣了吧。」

阿鈴瞪大眼睛，乖僻勝搶先反駁地說：「怎麼可能！房屋管理人明明還四處走動。」

「然後，其他靈魂闖入他成了空殼的軀體。」

笑和尚無動於衷地說：「然後，其他靈魂闖入他成了空殼的軀體。」

換作以往，阿鈴根本不相信會有這種事，但現在不一樣了，畢竟她才看過島次和銀次的例子。

「入侵的靈魂是惡靈，所以孫兵衛房屋管理人才會變成壞陰魂？」

「是的。」

「我不相信那種事。」乖僻勝眼眶含淚，「一定是身上的病蔓延到頭部，房屋管理人才變成那樣，只要病好了他就會恢復原狀，一定會恢復的。」

「誰這麼告訴你的？是大雜院的主婦們？」玄之介問，聲音中透著憤怒。「她們這麼告訴你，叫你忍著點，就把照料房屋管理人的事全都推給你，大家縮成一團躲起來嗎？」

阿鈴轉告這些話後，乖僻勝尖聲應道：「囉唆！」

阿蜜又一次溫柔地說：「這孩子真乖。」這句話不像之前那般突兀了。乖僻勝將拳頭抵在臉上，垂下頭。

「要先確認那個陰魂的真面目。」玄之介回頭望著笑和尚，問：「老爹，你心裡有底嗎？」

笑和尚猛地揚起有若有似無的淡眉，光禿的額頭深刻地聚攏著皺紋。「為什麼問我？」

「我想起了一些事，你也是吧。」笑和尚又望著阿蜜：「姐兒也是吧？有沒有想起一些事？」

阿蜜緩緩搖頭，避開笑和尚的視線，低聲說出完全無關的話：「阿梅在哪裡？」

「我們去找孫兵衛房屋管理人時，她出現了，也許是跟著我們一起過去的。」阿鈴說道：「乖僻勝以前就跟阿梅很要好，對不對？」

乖僻勝已不再流淚，卻因用力擦拭眼睛，眼眶變得通紅。阿鈴代替乖僻勝告訴眾人他和阿梅的事，以及今天阿梅在孫兵衛大雜院現身時的模樣。她還想到一件事。

「對了，阿梅似乎認識占據孫兵衛先生身體的那個陰魂。她瞪著房屋管理人，叫我們回去，像是

扮鬼臉 | 457

「她當然認識。」笑和尚說：「不僅僅是阿梅，我們都認識附在孫兵衛身上的陰魂，才會這麼忐忑不安。」

阿鈴聽不懂笑和尚的話，輪流望著眾人。玄之介彷彿在生氣，面色凝重。阿鈴並不是第一次看到他這樣，之前蓬髮說──「是玄之介砍死他」時，玄之介臉上也是這種表情。

「蓬髮說他是興願寺殺人住持的手下。」笑和尚繼續道：「而且，是玄之介砍死他的，可是玄之介忘了這件事。事後我左思右想，心想或許我也忘了很重要的事。」

「是的，沒錯。」阿蜜歌唱般低聲回應。「我也想了很多。」

「這裡原本是興願寺的墳場，興願寺是三十年前那個殺人住持大開殺戒的地點，而我們也成為陰魂留在這裡。既然我們之中的蓬髮和興願寺住持有關聯，那麼，或許我們也和住持有關。我試著回想這件事。」

「我根本想都不用想。」玄之介笑著對阿鈴說：「阿鈴已在長坂家探聽出我的事。我單槍匹馬殺進興願寺，聽說就死在那裡。雖然不知道有沒有順利殺死住持，可是既然傳聞住持逃走了，那就表示我失敗了吧？」

乖僻勝像在看魔術表演般看得入迷，目不轉睛地盯著阿鈴與笑和尚。阿鈴本來為了安慰他，抓著他的手，回過神來，才發現自己緊靠著他，有種模糊的預感，覺得眼前的霧氣即將要散去。

「我不是正經女人，」阿蜜有點疲累地垂下眼簾，「大概不像阿玄那樣扮演英雄的角色，想必是在興願寺被殺了。」

「我也這麼想。」笑和尚附和：「雖然不知道妳的下場，我也認為自己在寺裡被殺了。」

「再來是阿梅。」玄之介說：「那孩子也一樣，她認識興願寺住持。」

阿鈴想起之前做的夢：掉到井底，在冰冷的水中一點一點化為骨頭，眺望著不斷升沉的月亮。與其說是恐怖，更讓人覺得寒冷孤寂，非常非常悲傷。

當時，阿鈴認為那是阿梅的夢，現在她更加確信。阿梅也是在興願寺被殺的，她的屍體還留在寺院的井底。

「阿鈴……」乖僻勝竊竊私語，「這裡真的有陰魂？」

「抱歉啊，小鬼。」玄之介笑道。「不過我們不會傷害你。阿鈴，妳要他放心。」

阿鈴傳達了玄之介的話，乖僻勝望著笑和尚，又望向應該看不見的玄之介和阿蜜。

「我知道，因為……你們感覺……跟我們一樣，跟活生生的我們一樣。」

乖僻勝支吾了一下，彷彿要一吐為快，堅定地說：「你們和孫兵衛大雜院那個妖物不同，那才不是房屋管理人……真正的房屋管理人……被那個妖物附身，一定很害怕……我卻無能為力……」

「孩子，這不是你的錯，誰都沒辦法呀。」

阿蜜說完，阿鈴又轉述給乖僻勝聽。乖僻勝一臉不可思議地望著阿蜜所在的空中。

「誰都沒辦法……」

乖僻勝總算抬起頭來，對著阿鈴微微一笑。

「附在孫兵衛身上的是興願寺住持。」玄之介冷靜地說，語氣猶如照著紙上的台詞念般平靜。「他或許躲過了那場火災和公役的追蹤，不久前才死去。或者他很早以前就死了，靈魂在人世徘徊，附在孫兵衛身上之前，也曾附在別人身

扮鬼臉 459

「無論如何,住持變成陰魂回到興願寺了。」笑和尚益發緊閉著眼皮。「接下來我們該怎麼辦?」

「上……」

跟著阿鈴到孫兵衛大雜院的阿梅,大概是最先察覺住持的靈魂就在孫兵衛體內的人,才催促阿鈴他們逃走。阿梅此刻在做什麼?住持現下又在哪裡?

走廊傳來「啪嗒啪嗒」的腳步聲,有人在尖叫。是阿藤大姨的聲音?阿鈴和乖僻勝差點跳了起來,兩人緊緊相依。

「發生了什麼事?」

玄之介的聲音響起,同時,有人拉開紙門。

孫兵衛站在眾人眼前。

27

「原來你們都聚在這裡?」

他的嗓音像紙張摩擦的沙沙聲般嘶啞,卻清晰地傳到眾人耳裡。那陰影宛如某種生物在他臉上蠕動,做出各種邪惡的形狀,在孫兵衛——不,曾經是孫兵衛的臉上猙獰地蠕動著。

接著,船屋眾人也跑了進來。

「阿爸!」

「阿鈴!」太一郎大喊,他似乎剛從外面回來。

太一郎怒吼著,抓住孫兵衛的肩膀。

然而,孫兵衛彷彿要揮掉落在肩上的花瓣,隨意晃了晃肩膀,輕而易舉地把太一郎甩到走廊上。

「阿爸。」

孫兵衛悠然地跨進房裡,在玄之介等幽靈以阿鈴和乖僻勝為中心形成的小圈圈外,惡作劇似地繞了半圈,最後背對著格子紙窗站著。阿鈴心想「啊,對方果真是陰魂」,雖然盜用了孫兵衛的身體,瘦得跟枯木一樣的孫兵衛不太可能敵得過阿爸。阿爸力量很大,但他身上那股異樣的冰冷確實是陰魂才會有的,而且眼前的陰魂沒有玄之介和阿蜜那種可以融化冰冷的溫暖笑容。

七兵衛、太一郎、阿先和多惠先後跑進房內。轉眼間,不僅是眾幽靈,連阿鈴的家人也緊密地包圍住阿鈴和乖僻勝。

阿藤在門檻上嚇得爬不起身,不知是怎麼了,臉色異常蒼白。

「我花了好長一段時間才來到這裡。」那妖物以孫兵衛的臉、孫兵衛的聲音開口:「我早就知道你們在這裡,只不過,花了比預期更長的時間才來見你們。」

扮鬼臉 | 463

「房屋管理人，」乖僻勝夢囈般呼喚，「原來你不是房屋管理人？」

「對不起，小鬼。」孫兵衛的臉擠出可憎的笑容，皺成一團。「你的房屋管理人已不在，我花了好長時間才把他趕走。那傢伙就算成了老頭子，還是很難應付。」

阿鈴調勻呼吸，不希望自己的聲音聽起來在發抖。她想像射箭般犀利地投以問話。

「你是不是興願寺住持？」

孫兵衛望向阿鈴。在他的注視下，阿鈴全身毛髮都倒豎起來。那空洞的眼窩深處，確實有東西在蠕動著。

「我都知道了！」阿鈴大聲說：「你回到陽世做什麼？還來這裡做什麼！快把房屋管理人孫兵衛的身體還給我們！」

孫兵衛——不，興願寺住持，雙手插腰朗聲笑著，

「真是個勇氣十足的小姑娘，難怪沒被阿梅嚇倒。」

「阿梅？對了，還有阿梅啊。」

「阿梅在哪裡？你把那孩子抓到哪裡去了？」

「我才沒抓她，她大概就在附近。事到如今，我也不能對她怎麼樣了。」他緩緩起身說：「那晚……我砍了你。」

玄之介一直瞪著眼，像在打量對方般瞪著孫兵衛。太一郎和多惠連忙摟住阿鈴。

「不，不要緊的。阿爸，阿母，你們可能看不到，跟我要好的幽靈們都在這裡，不用擔心！」

太一郎和七兵衛又在疑心阿鈴是不是瘋了，緊張地縮回身子。不過，多惠和阿先的反應大不相同。「原來是這樣！」多惠大聲說道。阿先則拍了拍手，表示領會。

「阿鈴,像之前那樣嗎?」

「嗯!」

玄之介迅速站起身,對孫兵衛說:「我想起來了……」

他的聲音很低,不帶一絲迷惘或懼怕。

「我沒有失敗,我確實殺了你。你在三十年前那晚就死了,對吧?」

孫兵衛歪著嘴角,在嘲笑玄之介。「你忘了?真沒用。」

「我砍了你……」

「是的,你砍了我。我的肉體死了,不過靈魂卻留下來,跟你們一樣。」

「我跟這位按摩師,」阿蜜的手輕輕搭上笑和尚的肩,問道:「都是被你殺死的?」

「你們也忘了?」

「也許是太可怕才忘了。笑和尚,是不是?」

笑和尚一臉哀淒地搖著頭。

「直到幾天前,這裡還有另一個陰魂。」玄之介說。「是被你當成殺人工具的男人,你記得嗎?那男人也在三十年前被我殺死了。」

孫兵衛眨了一下空洞的雙眼,發出精光。

「啊,那瘋子嗎?他來我這裡之前就是殺人兇手了。」

「本人也這麼說。不過,他在這裡遇見船屋的人,對自己犯下的罪孽深深懺悔,已了無牽掛地前往西方淨土。」

「淨土?」孫兵衛——不,興願寺住持的魂魄借用孫兵衛的聲音,不屑地說:「你說淨土?」

扮鬼臉 | 465

那妖物堅決否定「才沒有那種地方」，雙眼的精光彷彿是自妖物體內進出。

「淨土根本不存在，因爲神佛根本不存在。佛教都是胡說八道。」

「可是，你明明是和尙！」阿鈴忍不住大叫。

「正因我是僧侶才知道，才能看穿誆騙芸芸眾生的『神佛』騙局！」

「怎麼可能……」七兵衛呻吟著說。

阿鈴顧不得回答七兵衛，她正竭力阻擋住魂魄發出的強烈惡意。

「神佛不存在，不存在於任何地方，我確認過了。我殺了很多人，藉著他們的鮮血確認過了。砍人、刺人、絞死人、燒死人、剁碎他們的骨頭丟棄時，每次我都會發問，大聲發問。神佛啊，祢究竟存在嗎？如果存在請立即現身，賜予我恰如其分的懲罰。可是，神佛始終沒出現。所以我繼續殺生，繼續呼喚，把嗓子都喊啞了！」

阿藤嚇得魂飛魄散，發出尖叫，抱著頭縮成一團。七兵衛和太一郎凍住般動彈不得。阿先和多惠緊緊把阿鈴及乖僻勝摟在懷中。

「居然爲了這種事殺人……」

阿鈴還沒說完，背後傳來一個叫喚聲，掩蓋了阿蜜的聲音。

「阿爹。」

是阿梅。小小的阿梅直視著住持。

「阿爹。」阿梅再度呼喚，移動小腳飄進房內，毫不猶豫地挨近孫兵衛。

「阿梅是……住持的孩子……」阿蜜呆立原地，喃喃自語。她望著阿梅的背影，重心不穩地跟蹌一步。「啊，原來如此……所以妳才會在這裡……」

阿梅兩隻小手緊緊握拳，毫不畏縮地仰頭看著孫兵衛。而孫兵衛——借用孫兵衛身體的住持，那張瘦削的臉上微微浮出笑容。

「我是服侍神佛的人，沒有孩子。」他斷然說道。「不，是不需要孩子。」

「不需要？但你是她的父親吧？」

孫兵衛望著阿梅，回答玄之介：「這孩子是誤闖寺院、來歷不明的女人生的，她堅持阿梅是我的孩子。既然是我的孩子，我決定用她來尋找神佛。」

「所以你殺了她，親手殺了這孩子？」

孫兵衛慢慢蹲下，湊近阿梅。他像要在沙中尋找一粒小米，直視著阿梅的雙眸，探求阿梅眼中的東西。

「阿梅，」他喚道：「妳看見神佛了嗎？神佛聽到妳在井底的悲嘆，現身了嗎？」

阿梅無動於衷，目不轉睛。

「告訴我，阿梅，妳遇見神佛了嗎？」住持再問一次。「神佛聽到死於非命的幼女呼救聲了嗎？」

阿梅蠕動嘴唇，發出聲音：「我明明叫了『阿爸』，但阿爸在哪裡？」

「我明明叫了『阿爸』，阿爸，你在哪裡？」阿梅繼續說：「我一直在找阿爸。阿爸，你在哪裡？」

住持起身離開阿梅。

阿梅緩緩搖頭，發出悲嘆。阿鈴凝望阿梅小小的背影，不禁全身顫抖。被父親殺死的孩子，被殺掉，被丟進井底。月亮在頭上圓缺，冰冷的水沖刷著身子和骨頭，期間這孩子竟一直在呼喚「阿爸」。

扮鬼臉 | 467

「阿爸在尋找神佛？」阿梅揮舞著拳頭大叫：「神佛一直都在這裡。那邊，這邊，到處都有。不在的是阿爸你！」

阿梅突然雙眼發出強光，刺眼的白光像黎明第一道陽光迸出，銳利地射進住持雙眼。

住持雙手摀住臉，搖搖晃晃跌坐在地，阿梅撲向他。

「阿梅！」

阿鈴彷彿總算解開身上的束縛咒文，大喊出聲。在錯愕呆立的眾人眼前，住持撐著榻榻米掙扎起身，阿梅像隻猴子般靈活地爬到住持身上——孫兵衛那瘦骨如柴的身子。

「妳做什麼！」

阿梅坐在孫兵衛肩上，雙手緊抱他的頭，騎在他的肩上。和普通孩子騎在父親肩頭上不同，阿梅瘦弱的手緊緊蓋住孫兵衛的雙眼。

「來，阿爸。」

阿梅睜著發亮的眼睛，揚聲大叫。

「阿梅來當阿爸的眼睛，阿梅來當阿爸的耳朵。來，站起來，我們走！阿爸，阿梅帶你去看你看不到的東西。」

「不，不要！放手！」

住持搖搖晃晃撐起膝蓋，扶著牆壁起身，又搖搖晃晃地控制不住身子推倒紙門，衝進鄰房。

「阿爸！阿爸！」

阿梅在住持肩上扭著身子，遮擋他眼睛的雙手像吸盤一樣不移動半分，白皙的小腳宛如枷鎖般緊

緊纏著住持的脖子。

「來，可以看到喔。這裡到底死了多少人呢？阿爸絞死的一個人，淹死的一個人，那邊也有，這邊也有。喏，可以看見骨頭，可以看見頭髮！」

住持喝醉般腳步踉蹌，顛來倒去在房內蹣跚走動。當他的身子晃出走廊時，阿梅高興得大叫：

「看，阿爸！這裡有很多小孩！都是被阿爸餓肚子的孩童。」

「放手、放手。」

此刻，住持臉上明顯流露出驚慌失措的表情，他輸給了阿梅。

「那邊有和尚！也有小和尚！」

阿梅彷彿遇到許久未見的老朋友，欣喜地大喊：「看，阿爸！你看得到吧？大家都在這裡。被阿爸殺掉的人，都在這裡等著阿爸呢！」

「喂，」玄之介的聲音微微顫抖，「我們也跟在阿梅後面。」

阿蜜與笑和尚輕輕移動身子，阿蜜牽著笑和尚的手，玄之介領頭，三人緩緩跟在肩上扛著阿梅的住持身後。

阿鈴也悄悄起身。

多惠正睜大眼睛盯著住持的背影，多惠用力扯著阿鈴的袖子，阿鈴回頭看著母親說：「放心，阿母，我們一起去。」

「阿母，妳牽著我的手。」

阿鈴握住母親的手，本想伸出另一手牽太一郎，卻發現一旁翻著白眼、打著哆嗦的乖僻勝。

「乖僻勝，伸出手！」

阿鈴激勵他，牽起他的手。乖僻勝眨眨眼，回過神來，全身顫抖著。

「阿爸，牽著乖僻勝的手！」阿鈴呼喚太一郎。「大家一起去，大家在一起就不怕，跟著阿梅走！」

受到阿鈴的鼓舞，阿先牽起七兵衛的手。嚇破膽癱在榻榻米上的七兵衛，嘴唇不住發顫，仰望著妻子。

於是眾人手牽著手，追在阿梅與住持身後。

「讓她待在這裡好了。」阿先別開視線。

阿鈴瞥見阿藤血色盡失趴在地上，愣愣地睜大雙眼，喚她也沒反應。

「我們跟在阿鈴身後走。」

阿鈴催促住持下樓，他走遍了船屋樓下的榻榻米房、廚房和走廊盡頭。她像個吆喝趕馬的馬伕，用腳踩踢打住持的胸口，遮擋住持雙眼的手用力轉著住持的頭，命令他往左往右。掙扎前進的住持慘叫著：「住手，放開！」

住持奮力想甩落阿梅，她卻毫不費力地變化姿勢，始終不鬆手，口中不斷嚷嚷著…這裡也有，那裡也有！

來到廚房的泥地時，阿梅回頭望向阿蜜說：「阿蜜，妳在這裡！」

阿蜜按住嘴巴說：「阿梅……」

「妳在這裡安眠。這裡有妳的骨頭，和妳的梳子埋在一起。」

阿梅歌唱般說完，在住持肩上蹦跳著。她用腳踩用力踢打住持的胸口，住持的身體又改變方向，

扮鬼臉 | 471

這回走向北邊的廁所。

「笑和尚！笑和尚！」阿梅大叫。「在院子的樹那邊，一直在那邊，現在也還在那邊，想起來了嗎？笑和尚！」

笑和尚蹲下身子，全身顫抖著。阿鈴碰不到笑和尚，無法摟著他的背好好安慰他，她覺得很可惜。甚至無法牽起那雙治癒她的手，阿鈴有些落寞。她是那麼想安慰笑和尚，想跟他一起發抖。

「阿爸！阿爸！」阿梅望向門外。「到寺院！到阿爸的寺院！我們在那邊！阿爸，到我的井那邊！」

「我受夠了！」

哭聲響起，是乖僻勝。「那人不是房屋管理人吧？可是，那是他的身體。房屋管理人到底會怎麼樣呢？」

不知所措的他眼中冷不防湧出淚水，滴落在阿鈴手臂上。阿鈴還沒開口，太一郎先抓著乖僻勝的肩膀，看著他，對他說：「喂，振作點。那不是你的恩人房屋管理人，房屋管理人過世了。」

「我很怕。」

「大家都很怕，可是在一起就不怕了。我們會保護你，我們會在你身邊。來，走吧。奪走房屋管理人身體的惡靈最後下場如何，你得看個清楚。」

乖僻勝低頭哭了一會。他哭得太傷心，令阿鈴也喉頭一緊，忍不住放聲大哭，不過拉著乖僻勝的

眾人終於沒放開。

手始終沒放開。

阿梅和住持已越過道路，踏進雜草叢生的防火空地。住持看起來就像在阿梅領唱下手舞足蹈，輕快地踏著舞步。

兩人身後跟著透明到像霧靄的玄之介、阿蜜與和尚。他們的身影也搖搖晃晃的。

「我認識孫兵衛先生！」阿梅在住持肩上搖來晃去，對乖僻勝說：「孫兵衛先生想阻止阿爸！他想阻止阿爸！」

玄之介停下腳步，刺眼似地瞇起雙眼，望著草地喃喃自語。「是的，我也記得。我殺進興願寺時，孫兵衛也在寺院裡。他被關在寺院居室。」

「玄之介大人！」阿鈴大聲說道：「你想起來了嗎？想起三十年前那晚的事了？」

仰望天空的玄之介，露出青空般的爽朗笑容。

「我追著住持，在寺院內放火。希望能一把火燒掉這座污穢的寺院。火愈燒愈大，我在火中奔跑著，四處尋找住持⋯⋯」

——我因此喪生。

「最後我找到住持，把他砍死，完全不費力氣。可是，那時橫梁遭大火燒毀，掉了下來。」

結果在居室裡發現了孫兵衛，玄之介救出他，又出發去找住持。孫兵衛也跟著一起找。

孫兵衛僥倖逃出這場大火。他燙傷了腳，頭髮也燒焦了，九死一生逃到興願寺外。然而，事情並沒有就此結束。

「阿爸一直在孫兵衛先生的身體裡。」

阿梅扭動著身子，踢打住持，命他繼續前進，一邊大喊：「阿爸附在孫兵衛先生身上。他沒去陰

扮鬼臉｜473

間,逃進孫兵衛先生的身體裡。我知道阿爸附在孫兵衛先生身上,但孫兵衛先生沒有輸給阿爸,所以阿爸一直出不來。直到孫兵衛先生輸給了年紀過世之前,他始終沒辦法占據孫兵衛先生的身體。」

阿爸在草叢中歡呼。

「阿爸、阿爸!看,是井!看到井了!」

「那是我的井!我一直在那裡!阿爸、阿爸,我們走!」

「妳、妳……」

「我,不進,井裡……」

「阿爸,神佛在井裡。看,在那邊,就在那邊!」

不必阿梅說,阿鈴也看到井了,看到石頭做成的井口,腐爛的踏板就在一旁。那個爬滿蘚苔、塵埃滿布、被人遺忘的古井──

「我一直在這裡。」阿梅催促著住持:「我在這裡見過好幾次神佛。阿爸,神佛在這裡。」

「住手……放開我。」

住持扭身掙扎,照理說阿梅的力量應該遠遜於住持,住持卻敵不過阿梅。他踉踉蹌蹌,不情不願地蹣跚挨近井邊。

住持單腳踩在井口上。

「阿梅……」

阿鈴喚出聲後,發現自己在哭。

「妳要走了,我再也不能見到妳了?」

住持背對著眾人，站在井口。阿梅在他肩上扭著脖子，回望阿鈴。

「扮——鬼臉！」

阿梅伸出舌頭，大聲說：「我最討厭阿鈴！最、最討厭了！」

阿鈴站在原地，撲簌簌掉淚。

「妳明明是孤兒卻有阿爸和阿母，為什麼阿爸和阿母那麼疼愛妳，我阿爸卻要殺死我，讓我一直待在井裡？」

啊，是的。為什麼會發生這種事？為什麼世上有小小年紀就得死去的孩子？為什麼世上有殺人凶手？為什麼神佛允許這些事存在於世間？

「阿鈴，不要跟過來！」阿梅嘶啞大喊：「因為我最討厭的阿鈴妳還活著！」

是的，阿鈴還活著。託眾人之福得以留在人世，至今為止一直是這樣，往後也是。

「阿爸，走！」

阿梅在住持肩上蹦跳著。有一瞬間，住持用力穩住雙腳，試圖在井口站定。

「放手、放手，我不要……」

他慘叫一聲，雙腳離開井口。住持的慘叫聲在空中留下微弱的餘音，終至消失無聲。

「阿鈴，不要跟過來！」阿梅嘶啞大喊住持肩上騎著阿梅，像石頭般掉到井內。

「我死在這口井旁。」玄之介低語。

「玄之介大人……」阿鈴顫抖著呼喚他。

玄之介緩緩轉過頭來，低頭看著滿臉淚痕的阿鈴，露出微笑。

「想起來了，我終於想起來了。」

「阿鈴，不要哭，我們總算找到去冥河的路了。這種別離是好事。」

扮鬼臉 | 475

「可是！」阿鈴掙脫多惠和乖僻勝的手，衝到玄之介身邊，但她摸不到也無法抱緊他。

「我們本來就不該留在世上，現在住持走了，我們也該啟程了。」

不知何時，阿蜜已來到身邊。她的長髮隨風飄動，蹲在阿鈴身旁。

「阿鈴，該道別了。」

阿鈴說不出話。她怕一張口，眼淚就會先流出來。

「最後我要拜託妳一件事，不要太生那個阿藤的氣。不過，妳要跟我約定，將來絕對不可以成為那樣的女人。」

「嗯……」

「女人啊，有時候會因為男女關係而走錯路。那人正是個好例子，她的罪孽還不算深，我才不可原諒。我做過許多不可原諒的事，男人一個換過一個，說什麼為了愛啊、為了戀啊，像傻瓜一樣，一直深信戀愛對女人最重要。」

我確實死在這裡，是被興願寺住持殺死的——不知是不是陽光太刺眼，阿蜜瞇著眼說話。

「不過，為什麼我會在這裡呢？很奇怪吧？我又不像蓬髮那樣可以幫忙殺人，也不像阿玄和孫兵衛是來懲罰那個人的。」

「不是被逼來的嗎？」

「不是。」阿蜜緩緩搖頭。「阿鈴，我想起來了，我是那個住持的情婦。直到他厭倦我，殺死我之前，我一直是他的情婦。我老是追求眼前的利慾和戀情，不斷做錯事，那就是我這種人的下場。我是怪物的情婦，所以那人的靈魂一天還在世間糾纏，我就無法前往淨土。」

現在總算可以啓程了……不過，阿鈴……

「以後妳要是想起我，記得唱一段曲子給我聽啊。」

「阿蜜……」

笑和尚迫不及待地站在井口，探看井內。他呼喚著：「再不快點就跟不上阿梅了，我可不想又在黃泉路上迷路。」

眾人回頭一看，原來是長坂大人。他拚命跑過來，一度停下腳步，衣服下襬凌亂。小白也跟了過來，看到阿鈴就汪汪叫著。

突然間，身後有人大聲呼喚：「喂——喂——！」

「發生了什麼事？怎麼？大家在那裡做什麼？」

長坂大人的手放在刀柄上，打算拔腿奔向眾人。這時，他訝異地睜大雙眼，發出驚呼：「喔，叔父大人？您不是叔父大人嗎？」

阿鈴耳邊響起玄之介的聲音：「往後要拜託妳多照顧我那個鮟鱇魚臉的侄子。別看他那副德行，人很不錯的。」

玄之介揚聲呼喚長坂主水助：「喂，小太郎！」

眨眼間，主水助的臉皺成一團，像孩童一樣快哭出來。

「叔、叔父大人……」

「讓你苦惱這麼久，真抱歉啊。你那個沒用的叔父，臨死前其實幹的還不錯。」

「叔父大人，我……」

主水助搖搖晃晃地往前跨一步，玄之介笑道：「不過，你還真是討了個上等貨色的老婆，實在是

扮鬼臉 | 477

羨慕你啊。長坂家會沒落是我的責任，我對不起你們。只是，小太郎，身邊有溫柔的老婆陪著你，就算過著窮日子，也很輕鬆愉快吧？」

主水助垮著雙肩，臉上掛著笑容說：「叔父大人……您跟我記憶中一模一樣，讓你知道臨死前我做了一番好事也不錯。」

剩下的事你問阿鈴吧，玄之介笑道。

「我必須走了，我耽擱太久了。」

玄之介順帶一提似地，在阿鈴耳邊很快說聲「再見，阿鈴」。

阿鈴暗吃一驚，回頭望向井邊。玄之介的背影正好消失在井內。笑和尚接著說：「妳是託我的福才撿回一條命，不好好照顧身體，我絕對不原諒妳。」

「笑和尚，笑和尚爺爺……」

阿鈴情不自禁地伸出手問：「這樣好嗎？您真的要走嗎？您不是說過不想升天嗎？」

笑和尚的眼珠子在緊閉的眼皮底下骨碌碌地轉動著。

「我說過那種話嗎？嗯，對了，的確說過。」

「是啊，您是這麼說的……」

笑和尚沒有受阿鈴的哭聲影響，一如往常冷淡地說：「我啊，曾經治好興願寺住持的病。用我這雙自傲的手，用我的按摩技術治好他。」

「啊？」

「我隱約猜到他是個殺人魔，還是幫他治病，才經常上興願寺。所以在此地被殺？」

「我啊,以為也能治好他的腦袋。」笑和尚低語。「真是太自命不凡了。結果弄巧成拙,害我丟了一條命。對醫術有自信的人,有時會被自負扯後腿。現在一切總算都結束了。」

笑和尚默默地往旁邊走一步,挨近井口。阿鈴感覺到一陣冷氣,是阿蜜穿過身旁。

說完,他便跳進井裡。

「能治好妳實在太好了。」他感慨萬千地說:「我一直受困在陽世,都是因為那男人的執念。」

「再見了,阿鈴。」

「要當個乖孩子,當個好女孩。」

雖然看過很多次了,但眼前那張笑臉還是美得令人屏息。

阿鈴沒時間阻止。三人消失在井口後,阿鈴大叫著想追趕,卻被草叢絆了一跤。她哭著起身,好不容易抬起臉時,眼前已不見那口井,消失了。

「到底是怎麼回事?」

主水助奔過來,臉色蒼白地環視眾人。多惠在哭泣,乖僻勝打著哆嗦。七兵衛和阿先摟在一起,癱坐在地。

「船屋呢⋯⋯」

船屋一如往常地矗立在原地,屋頂映在河道的水面上。

阿鈴「哇」地一聲,號啕大哭。乖僻勝也跟著哭了出來。草叢發出沙沙聲搖晃著,傳來青草香。頭上晴空萬里,小白汪汪叫著追趕小鳥。

終於空無一人的船屋,正耐心等待擦乾眼淚的阿鈴一家人回來。

扮鬼臉 | 479

28

翌晨，阿藤離開船屋。

前一晚阿鈴睡著時，斷斷續續地做著夢，醒來卻記不起夢境的內容，起床後精神恍惚。結果，她剛好目睹阿藤揹著行李，在後門向阿先和七兵衛告別的場面。

阿先和七兵衛昨晚在船屋過夜，兩人看起來也沒睡好，臉有些浮腫。

阿藤大姨在一夜之間變得很憔悴，身體看上去變小許多。阿鈴不忍看這樣的大姨──她當下覺得大姨也許不想讓人看到自己這個樣子，於是躲在柱子後方。

「大老闆娘說的很對。」阿藤聲音嘶啞。「昨天……當大家到外面時，我看到了，我看到陰魂。」

昨天大家手牽手追趕阿梅和興願寺住持，跑到外面時，阿藤待在走廊上。

「那真的……是非常駭人的陰魂。」

「駭人的陰魂？可是，阿藤大姨看到的應該是阿蜜才對。阿鈴記得蓬髮擊退銀次那時，阿蜜曾在阿藤大姨面前現身，教訓她一頓，說她們兩人懷著同樣的心結──喜歡某人，想把那人占為己有──即使是橫刀奪愛⋯⋯」

「上次也是，仔細想想，那大概也是陰魂。我看到一個女人，奇怪的是，那女陰魂知道我暗戀太一郎老闆。」

阿先無言地點頭。是的、是的，那是阿蜜。阿鈴也在心裡點頭。不過，這樣的話，阿藤大姨昨天看到的陰魂是誰？

「昨天我看到的陰魂，跟那個外表和活人無異的女陰魂不一樣，很像妖鬼⋯⋯瘦得要命，手臂都

扮鬼臉 | 483

是骨頭，齜牙咧嘴，雙腳都是泥巴，雙手沾滿鮮血。」

阿藤說到這裡，全身打了個寒顫。

「更駭人的是，他身上穿著高僧才能穿的豪華袈裟。袈裟雖然破爛，但繡著金銀絲線，看起來很重，從肩頭這樣披著……」

昨天阿藤大姨看到的，難不成是興願寺住持的真面目？

「那陰魂往哪裡去了？」阿先平靜地問。

「過了道路到對面空地去了。」

是的，是阿梅帶他過去的。

「很恐怖，真的很恐怖。」

阿鈴聽了也十分難受。

「大老闆娘，那個妖鬼的臉跟我一模一樣啊。」

「阿藤……」

阿藤大姨發出哭聲。阿鈴聽到這裡，趕忙按住嘴巴。

阿鈴幾乎「啊」的叫出聲，趕忙按住嘴巴。

「我不知道那到底是什麼，可是，那妖鬼的臉，確實就是我的臉。當時我明白了，那就是我的末路。要是繼續待在船屋，任由自己放縱慾望，我一定會變成那樣。明白以後，我害怕得不得了，才癱在地上。」

阿藤大姨到底在說什麼？大姨喜歡阿爸，覺得阿母是絆腳石。但她內心扭曲的情感，應該無法讓她看到興願寺住持才對，因為住持是駭人的殺人兇手──

「藥都丟進廁所裡了，實在對不起。」

阿藤深深鞠躬，阿鈴看到七兵衛扶著額頭。

「給多惠老闆娘喝下的……只有一點點而已。我不是在辯解，但應該不至於傷到身體。我也很怕，不敢給她喝太多，可是又不死心，認為只要多惠老闆娘不在……這陣子正是好時機。要是昨天沒發生那種事，我……大概會做出不可原諒的事。」

阿鈴總算理解阿藤大姨在說什麼，不禁跌坐在地。

原來阿藤大姨在對阿母下毒，打算毒死阿母。她趁著阿母生病喝湯藥的這段期間，在湯藥裡摻入毒藥。

阿藤大姨可能會成為殺人凶手，所以昨天她才能看見殺人住持的陰魂。

這就是阿蜜一直擔心的事嗎？

「妳一直都很勤快。」阿先毫無責備意味，溫柔地說：「希望妳能解開心結，重新開始。」

阿藤什麼都沒說，行了個禮，緩緩轉過身，頭也不回地離開船屋。

孫兵衛大雜院眾人失去了像是拐杖和頂梁柱的靠山房屋管理人，不知該如何是好，善後處理費了一番工夫。

大雜院居民都對真相毫不知情。房屋管理人孫兵衛花了三十年擊退在這一帶作惡的興願寺住持，阿鈴認為讓大家知道這件事比較好。

主水助卻反對這麼做。「就連親眼目睹的我，過了一夜以後，都覺得自己彷彿做了一場夢。光是嘴巴說說，大雜院的居民們恐怕很難信服吧。況且，孫兵衛大概也不想張揚自己的功勞。」

接著，主水助悠哉地說：「這種事交給町幹部包辦最好，他們能處理妥當。」明明才那麼說，他

扮鬼臉 | 485

來船屋時竟然又搔著下巴說：「孫兵衛過世了，勝次郎孤零零一個人。所以我想……我和妻子沒有孩子，收養那孩子讓他繼承長坂家也不錯。」

阿鈴嚇了一跳，和阿爸阿母面面相覷。

「可是，長坂家終究只是窮旗本，」主水助害臊地笑著，「或許乖僻勝不想當這種人家的養子。而且那小子相當勤快，聽說之前在孫兵衛家裡，三餐和家事都是他一個人包辦。大雜院的人都這麼說。」

「他也擅長做菜。」

「所以，船屋老闆，」阿鈴緊接著說：「他很會做魚漿，我看過。」

「嗯，是的。何況，開料理鋪不是七兵衛長久以來的夢想嗎？如果讓七兵衛栽培出來的太一郎，和太一郎栽培出來的勝次郎，一起實現這個夢想的話……」

「再也沒有比這更好的報恩方式了。」多惠點頭贊成。「而且要是勝次郎先生到我家來，阿鈴也應該幫得上忙。」

太一郎臉頰放鬆，多惠也笑著。

「就像老闆對待我一樣嗎？」太一郎問。

「是嗎？那小子倒是挺高興的。」

「才不會呢。阿鈴哼了一聲，「我才不會。」

「乖僻勝嗎？長坂大人，您對他提過這件事了？」

「不會呢。阿鈴哼了一聲，「我才不會。」

「乖僻勝嗎？長坂大人，您對他提過這件事了？」

「當然。我問他，去當船屋的孩子怎麼樣？去了就能當阿鈴的哥哥，結果那小子滿臉通紅，高興得很。」

「原來如此，阿鈴的哥哥嗎？」太一郎說完，交抱雙臂，似乎在想什麼。「或許當未婚夫也不錯。」

怎麼可以！「我不要，阿爸，不要隨便決定這種事！」因為受到大人們取笑，阿鈴羞得衝出房間。她「啪嗒啪嗒」地在走廊上奔跑，竟然看到當事人乖僻勝拿著掃把，若無其事在打掃泥地。

「喂，你在那邊做什麼！」

乖僻勝冷不防挨了阿鈴的罵，睜大雙眼問：「做什麼？在掃地啊。」

「你幹麼用我家的掃把？」

「只能用這個啊。長坂大人吩咐我在這裡等著，又說光等也是浪費時間，叫我順便打掃一下。」

阿鈴跳下泥地，從他手中搶下掃把。

「這裡還沒成為你家呢！」

乖僻勝支支吾吾，眼圈發紅地說：「啊？可是我⋯⋯當然，我也沒有打這種如意算盤。」

乖僻勝一瞬間變得十分寂寞的樣子，看上去很溫順，無依無靠。阿鈴舉起的拳頭頓時失去了目標。這根本不像乖僻勝嘛。

「啊，討厭，真是煩人。」

阿鈴大聲說，接著想起一件事。對了，這麼做好了！她將手指貼在眼眶，用力拉下眼皮。

「扮鬼——臉!」

當天晚上,大家都已熟睡,只有月亮還醒著的時刻——

阿鈴感覺枕邊有動靜,暗自吃驚地坐起身。

一個陌生老爺爺端端正正合攏膝蓋坐著,身體是半透明的。原來又出現一個新的幽靈。

不過——阿鈴總覺得在哪裡看過那笑瞇瞇臉上的八字眉。

「爺爺。」

「妳還記得我嗎?忘了嗎?」老爺爺指著自己的鼻尖笑道,眉毛垂得更像「八」字了。「春天時妳差點死掉,在冥河河灘迷路時,不是遇見一個老爺爺嗎?」

「啊,對了!阿鈴拍了一下手,指著老爺爺的八字眉,點點頭說:「是的,爺爺!可是我⋯⋯」

並非只在那時看過老爺爺的八字眉,阿鈴總覺得最近也看過那種形狀的眉毛。

老爺爺彷彿看透阿鈴的心,點點頭說:「我叫孫兵衛,是大雜院的房屋管理人。」

他打趣般把手伸到阿鈴臉龐下方,「妳叫阿鈴吧?眼睛睜那麼大,小心眼珠子掉出來。」

「妳好像也這麼說過?」

在冥河河灘遇見老爺爺時,他好像也這麼說過?

對了,這才是房屋管理人孫兵衛真正的長相。在他死後,長久以來禁閉在他體內的興願寺住持靈魂占據了他的身體。那時他的五官和下巴線條,跟眼前這位孫兵衛完全不一樣。唯一留下的面貌特徵,大概僅剩這對和藹可親的八字眉。

「謝謝妳。」孫兵衛行了個禮。「託妳的福,我也總算可以渡河了。」

「房屋管理人……」

這人長久以來把興願寺住持的靈魂封印在自己體內。對了，第一次見面時，不是說過了？「爺爺抓了一個壞人，不過有時太疲累，才來這裡休息。」

不知該向他說「謝謝」，還是該說「辛苦了」？

「因為那座興願寺和那個住持，房屋管理人想必吃了很多苦頭吧。」

「可以這麼說。這也是一種因緣吧。」

「要不是有房屋管理人，不知道還會發生什麼可怕的事情呢。」

玄之介大人說過，三十年前火災那晚，孫兵衛房屋管理人被關在寺院居室。

「那時您差點就被殺了，是不是？」

「當時我本來是打算去擊退住持，只是沒學過劍術，完全沒辦法。幸好長坂大人趕到，我才撿回一條命，從火場裡九死一生逃出來。」

住持的靈魂卻在那時襲擊孫兵衛，附在他身上──

「我想勝次郎也知道，」孫兵衛微微垂下眼皮，「我並不是始終都是好房屋管理人，年輕時做過許多壞事。為了贖罪，我才想替大雜院的居民做點事。」

「壞事？」

「嗯，做了很多很多。」孫兵衛說完，輕輕捲起袖子。阿鈴看到他的上臂有一圈淺淺的刺青。

「我是年輕時做過的壞事記號。啊，原來如此。

「**大概**是曾經流放孤島的罪人記號。啊，原來如此。那是曾經流放孤島的罪人記號。啊，原來如此。做了壞事，一定會報應在自己身上。妳要把我說的話轉告給勝次郎。」

扮鬼臉 | 489

阿鈴「嗯」地點頭。

「阿鈴，妳能看到跟妳無關的幽靈，是因為妳來過冥河河灘一趟，而且遇見了我。因為這樣，妳才能看到跟興願寺有關的幽靈。」

聽孫兵衛這麼說，阿鈴目瞪口呆，發不出聲音。這就是答案？原來是這樣？

「而且妳那時舔了河水吧？真是不應該。」

孫兵衛和藹地說：不過那也結束了，全部結束了。

最後一個謎團，終於像春天淡雪般消失得一乾二淨。

「勝次郎雖然個性乖僻，但十分善良，妳要好好跟他相處。」

說著說著，孫兵衛身子顯得更加淡薄。

「您要走了？」

「我待得夠久了。」

對了、對了——孫兵衛伸手抽出插在腰間的菸管，把手上刻著一條龍。啊，那次在河灘也看過這支菸管。

「我沒有留下東西給勝次郎，這就算是我的遺物，是我用了很久的東西，妳能幫我交給他嗎？」

阿鈴接過菸管，感覺一陣冰涼，相當重。

下一秒，孫兵衛突然消失無蹤。阿鈴眨眨眼，環視房內。

再見了——她彷彿隱約聽到這句話。

再見，阿鈴小聲說。她就這麼坐在月光下好一會。把菸管交給乖僻勝時，該怎麼對他說明呢？如果問他，房屋管理人孫兵衛生前是怎樣的人，兩人過著怎樣的生活，不知道他會不會告訴我？乖僻勝

那小子拿到遺物時,不知道會不會想哭?到時又該怎麼安慰他呢?

阿鈴胡思亂想一陣,又睡著了。她不會再做夢,也不會看見幽靈,更不會去到冥河河灘,只是理所當然地安睡而已。她發出淺淺的鼾聲,直至早上醒來,船屋嶄新的一天展開為止。

好好睡吧。

解說　陳栢青

大江入海，揚船啟航

（本文涉及故事關鍵情節，未讀正文者請慎入）

也許我們該從「江戶」開始。從「江戶的開始」開始。「江戶」二字，本身便充滿了故事，照字面所解，「江」乃匯流入海之江，而「戶」為出入口，「江戶」正說明其地的由來與位置，當時的「江戶」周遭是鄰隅田川入海的一片窪地，由此丈量擘畫，鑿山填海，開展出一個延「の」字型螺旋擴建，繁華金粉的江戶時代。

沿海而生，時代之城，宮部美幸長篇時代小說《扮鬼臉》，便像是其所描繪的時代一般，以料理屋「船屋」為地圖座標，大船入海，在這座亦正揚帆之城，開啟其故事。

小說《扮鬼臉》以「船屋」老闆之女阿鈴為主角，其父於深川一帶開設料理鋪，阿鈴因大病一場，目能見鬼物幽靈，從而有了之後一番冒險與探祕。料理屋名為「船屋」，固然取自其外型，細究之，深川一區本為海濱，其中河道縱橫，船屋之名正好呼應了地理空間之特色，阿鈴之父太一郎命名乃是希冀船屋是「往後將載著我們一家人往前行駛的船」，作為「家」的譬喻，船屋是阿鈴一家子行於世間波浪的船，而阿鈴淺嘗冥川之水而能見幽靈，介於陰陽之間，「船屋」不也是一介於陰界與陽界的舟筏，生者樓於其間，亡者乘於其上，料理屋之客人流轉，船屋既存在於實體空間，也是阿鈴這一段冒險的工具，讀者的眼睛，隨著船屋開張豪宴設席，緩緩進入故事之海中。

◎宮部美幸的空間美學

如果說，宮部美性的時代小說特色，是由庶民觀點切入，透過一個「向上仰望的」、「平視的」的柔和眼光，平常人說家常事，以對於尋常細節的描述重新建構這個消失的時代，那《扮鬼臉》便是宮部美幸時代小說的一次介面升級，她寫時代之人，也寫隱藏於時代暗角下的鬼魄，在此刻為船屋的這塊地上，過去曾是興願寺改葬之墳場，阿鈴等生人的眼睛看見「現在式」的空間，而鬼魂的眼，則從歷史的暗角透射而來，藉由他們的口，傳述過往經歷，於是小說《扮鬼臉》中所展露宮部美幸的時代小說特色，那視點不只是「平視的」，而且是「透視的」——見到消失的過去，不僅僅是往前看的，更原地向後轉，船屋不再是太一郎一家的船屋，也是玄之介、阿蜜、笑和尚等幽靈各自具有私密意義的船屋，這些「個人的」故事集合起來，空間的故事相疊，便能自其中展現永恆的人性而使讀者受到感質，更重要的是，由這些美好的情念而與「現代」接軌，因為其中所展現永恆的人性而使讀者受到感召。那便是宮部美幸流的時代小說了，既熟悉又遠離，彷彿遙遠，卻又貼近。

《扮鬼臉》以料理鋪為主要情節發展背景，小說家在其中活色生香展現宴席上料理之精巧，而小說中推動情節之重大事件，也多半在宴席中發生，以小說中三次大宴為分界，第一次是筒屋的壽宴，第二次是白子屋與淺田屋的「騙靈比賽」之宴，第三次則是七兵衛為了使白子屋主人長兵衛拋棄的女兒阿由和林屋島次招供而重新設宴。料理是江戶人自豪之處，也是小說中太一郎作為廚師灌注一切的心血，而這三次宴，則成為小說中作者經營最用力之處，宴上人心相鬥，白子屋與淺田屋脣槍舌劍，阿由與白子屋長兵衛的父女口角，阿高於宴中揭露銀次死亡實情，原來已是無比混亂的場景，藉由同一空間的不同存在──鬼魂，更一發不可收拾，幽靈與幽靈互不相讓，阿蜜為銀次闖入而彰顯其

解說｜大江入海‧揚船啓航　493

◎鬼首與鬼臉

　　誰看得見，誰看不見，在小說中成為解讀真相的關鍵方式，時代小說中不乏鬼影，宮部美幸的時代小說亦然。但《扮鬼臉》卻推陳出新，寫鬼，寫人能見鬼，而其所在意的是「人何以能見鬼」？借用小說中的解釋，乃是因為「活人內心的謎題和糾葛、悲哀，正是跟幽靈相通的感情」，彷彿是電台頻率一般，發出的波長相符，便能彼此搭上線，互相看見與溝通。以此為牽引，船屋空間之歷史由阿鈴也藉由此，探知人心的本質。阿先大媽的過往由此瞥見，而阿鈴由此懷疑自己身世、阿藤像苔蘚般滋長於陰暗處的愛戀則經此攤在陽光下眾人的面前，若說「鬼」代表黑暗一面，宮部美幸藉由「視鬼」的過程，反而翻轉了光度，傳達了事件的真相，也揭開人們心中最不堪觸碰的一面。

　　於是「扮鬼臉」在小說中成為謎題，也是解答。阿梅是誰？她為什麼要對著我扮鬼臉？由此引領阿鈴深入調查興願寺之謎，最終也是阿梅以「扮鬼臉」的方式，傳達告別之意。而乖僻勝與阿鈴在小孩子似以打鬧欺侮代替親近之情感中，也藉由「扮鬼臉」隱藏心中情意，有趣的是，誰都可以扮鬼臉，阿鈴可以，縱然如幽靈阿梅亦可。但還有另外一種「鬼臉」，那不是扮出來的，而是真實的情感作用於臉上，再醜惡不過。小說中銀次因為想向世間報復，誘惑阿由遭蓬髮一刀砍下，其首懸空而顯

惡像，與阿鈴、阿梅等人「扮鬼臉」隱藏真實心意相反，鬼首現出的是人世間惡念的具體形象，小說尾巴阿藤也在住持幽靈身上「看到自己的臉」，剝開所謂「鬼臉」，層層疊上反而是所謂「真實」，透過對於「鬼臉」的多層架構，宮部美幸以此透徹人心。

◎宮部美幸的時間術

讓我們回到這篇解說的開端，如果說「船屋」是家的象徵，人的身體不也是一種在時間中居過渡地位的船筏，從生邁向死，於是銀次、興願寺住持等人以侵占活人的肉身為目的，身體成為這個戰場中重要的資產，但一個弔詭是，活人終會死去，正如同興願寺改葬之墳場有一天變成船屋，所以住持可以占據房屋管理人孫兵衛的肉身，這是不是表示，活人如我們，終有一天會輸給這些看不見之物事？

歸根究柢，其原因便在於「時間」，孫兵衛並非敗給住持，而是不敵時間，住持成為幽靈之後以持久戰博得最後之占有權。但更進一步來看，真的如此嗎？我們以為能與時間抗衡，永久存在的幽靈，其實也被困在時間中，藉小說中笑和尚所言：「我一直受困在陽世，都是因為那男人的執念。」對幽靈而言，最大的自由竟也是最大的禁閉，時間成為牢房，對於生者與死者同樣不留情面。

那麼，人終究會輸給時間嗎？宮部美幸用文字給了我們答案。住持得到了身軀，但在阿梅看來，住持依然是「不在」的也是「不再」的。小說最終，幽靈與活人手牽著手，繞行船屋走一遭。成為幽靈依然會讓時間囚禁，但人們卻能以家族、以彼此溫厚之情念與幽靈進行對抗，進而在時間洪流中，以「船屋」──一家人相守，不同心靈彼此互相寄託的信念中，上一代做不到的，交與下個世代，從

解說｜大江入海・揚船啟航　495

七兵衛的包飯鋪到太一郎的料理鋪,由玄之介等人的執念而至阿鈴,這也許便是宮部美幸在小說中寓含的,以空間為戰場,而尋找與時間相處的方式,最終終於馴服了時間。小說開頭所描述的七兵衛,便感嘆「一個小毛賊自淺草天麩羅鋪子前跌跌撞撞走著,居然闖出一條路來了」,但這麼遠的地方,並非是盡頭,大江入海,江之戶是入口也是出口,而他們將持續向前。

作者簡介

陳栢青,一九八三年台中生。台灣大學台灣文學研究所畢業。出版有長篇小說《尖叫連線》、短篇小說集《髒東西》、散文集《Mr. Adult 大人先生》。另曾以筆名葉覆鹿出版小說《小城市》。

扮鬼臉料理帖

監修──鍋家・福田浩

出自慶賀古稀的宴席

前菜

芥末拌油菜花

P.79

〔作法〕

① 在煮沸的熱水中加入一撮鹽,放入油菜花,以筷子迅速壓入熱水中。

② 等幾秒後,一口氣撈起放進竹篩,放冷水沖洗後,將水分擰乾。

③ 將②切成兩、三公分長,拌入芥末醬油。

〔食材〕

油菜花、鹽、芥末、醬油

出自慶賀古稀的宴席

前菜

烤花椒江珧

作法

① 將江珧切成兩、三片。
② 把①烤過後，刷上一層加入花椒粉的醬油。

* 貝類如果烤太久會變硬，需特別留意。

P.79

食材

江珧、醬油、花椒粉

出自慶賀古稀的宴席

銀魚豆腐湯

碗湯

P.79

〔作法〕

① 銀魚用淡鹽水稍微洗過,在小盤上擺上幾條,灑上酒後慢慢蒸。

② 在高湯中加入鹽和少許醬油,煮成清湯,取一部分放入小鍋,對絹豆腐加熱。

③ 把②的絹豆腐放入碗中,擺上銀魚,倒入清湯,再以山椒嫩葉裝飾。

〔食材〕

銀魚、絹豆腐、鹽、酒、醬油、高湯、山椒嫩葉

出自慶賀古稀的宴席

小碗菜

竹筍淋味噌

P.80

食材

竹筍、醬油、西京味噌、八丁味噌、酒、味醂、砂糖

作法

① 先製作田樂味噌。以西京味噌五、八丁味噌一的比例，在鍋裡混合，再加上酒、味醂、砂糖，邊用木勺攪拌，邊用中火煮上三十分鐘左右，仔細揉和。

② 新鮮竹筍經水煮或火烤後，刷上一層醬油。

③ 將②盛進容器，淋上田樂味噌。

出自慶賀古稀的宴席

烤物

煎蛋捲

P.80

食材

蛋、沙蝦、山藥、砂糖、醬油、鹽、酒、高湯、沙拉油

作法

① 把五顆蛋打勻後，加入搗成肉泥的沙蝦、少許山藥泥、高湯五十cc、砂糖三十公克、醬油少許、鹽一撮，再隨個人喜好加入酒，充分混合。

② 銅製的煎蛋鍋加熱後，倒入沙拉油，再放入①，邊烤邊留意火候。

出自慶賀古稀的宴席

烤物

烤鯛魚

P.80

作法

① 對鯛魚肉片撒上些許鹽，靜置十分鐘左右。
② 以水沖洗①，將水分擦乾後，重新撒鹽。
③ 火候調成強火，保持遠距先烤魚皮，再翻過來烤魚肉。

＊烤魚不論是烤全魚還是烤肉片，只要按這樣的步驟處理即可。

食材
鯛魚、鹽

出自慶賀古稀的宴席

筒狀豆腐皮捲

燉煮

P.80

作法

① 將比目魚搗成肉泥,與山藥、蛋白、酒、味醂、少許鹽混合後,再加上切碎的青菜。

② 攤開生豆皮,鋪上切絲的土當歸,包入①捲成筒狀,再以蒸籠蒸熟。

③ 高湯裡加入鹽、少許醬油、葛粉,煮成湯,放入
② 滾開後,盛進容器,擺上燙好的紅豆裝飾。

食材

比目魚、山藥、青菜、土當歸、生豆皮、紅豆、蛋白、酒、味醂、鹽、醬油、高湯、葛粉

出自慶賀古稀的宴席

豌豆飯

飯

P.80

食材：米、豌豆、酒、鹽

作法

① 炊煮前，白米先浸泡三十分鐘左右。

② 往①加入酒和少許鹽，放在火上加熱至沸騰，再放入豌豆，將其炊熟。

＊和白米一起炊煮，豌豆的色相會稍微變差，但風味佳。

出自白子屋vs淺田屋的宴席料理

炸物

炸香菇菌褶

P.227

作法

① 先乾烤星鰻，去皮取肉後搗成肉泥，加入蛋白與少許鹽。
② 生香菇去柄，在菌褶內撒上葛粉，放入①中，先靜置片刻。
③ 製作天麩羅沾汁。以水四、味醂一、醬油一的比例放入鍋中，在火上煮沸後放入柴魚片，熄火待其冷卻再濾過。
④ 以中火油炸②，附上天麩羅沾汁當佐料。

食材

星鰻、生香菇、蛋白、鹽、味醂、醬油、柴魚片、葛粉、炸油

出自白子屋vs淺田屋的宴席料理

燉煮

白南瓜

P.228

作法
① 南瓜去皮放入鍋中,加入水、砂糖、鹽熬煮後搗成泥。
② 雞蛋水煮後剖半,取出蛋黃。
③ 往②的蛋白內側撒上葛粉,塞進①,慢慢蒸熟。
④ 將③盛入容器,在高湯裡加入鹽、少許醬油、融解的葛粉,製成醬汁淋上。

食材
南瓜、蛋、砂糖、鹽、醬油、高湯、葛粉

＊參考《宮部美幸的江戶食譜》(料理・解說/福田浩,攝影/小澤忠恭,出版/PIA)

作品集／23
Miyabe Miyuki

扮鬼臉

國家圖書館出版品預行編目資料

扮鬼臉／宮部美幸著；茂呂美耶、高詹燦譯. - 二版.- 臺北市：
獨步文化：家庭傳媒城邦分公司發行, 2025.06
面； 公分. --（宮部美幸作品集；23）
譯自：あかんべえ
ISBN 978-626-7609-46-0（平裝）
ISBN 978-626-7609-45-3（EPUB）

861.57   114003951

AKANBE
by MIYABE Miyuki
Copyright © 2002 MIYABE Miyuki
All rights reserved.
Originally published in Japan by PHP Institute, Inc., Tokyo.
Chinese (in complex character only) translation rights arranged with
RACCOON AGENCY INC., Japan through THE SAKAI AGENCY.

Illustrations by MIKI Kenji
Recipe by FUKUDA Hiroshi

原著書名／あかんべえ・原出版者／ＰＨＰ研究所・作者／宮部美幸・翻譯／茂呂美耶、高詹燦・責任編輯／張富玲（初版）、陳盈竹（二版）・行銷業務部／徐慧芬、李振東、林佩瑜・編輯總監／劉麗真・事業群總經理／謝至平・發行人／何飛鵬・出版／獨步文化 115台北市南港區昆陽街16號4樓 電話：886-2-25000888 傳真：886-2-2500-1951・發行／英屬蓋曼群島商家庭傳媒股份有限公司城邦分公司 115台北市南港區昆陽街16號8樓・客服專線：02-25007718；25007719 24小時傳真專線：02-25001990；25001991服務時間：週一至週五上午09:30-12:00；下午13:30-17:00・劃撥帳號：19863813・戶名：書虫股份有限公司讀者服務信箱：service@readingclub.com.tw・城邦網址：http://www.cite.com.tw・香港發行所／城邦（香港）出版集團有限公司 香港九龍土瓜灣土瓜灣道86號順聯工業大廈6樓A室・電話：852-25086231 傳真：852-25789337・電子信箱：hkcite@biznetvigator.com・馬新發行所／城邦（馬新）出版集團 Cite (M) Sdn. Bhd.（458372U） 41, Jalan Radin Anum, Bandar Baru Seri Petaling, 57000 Kuala Lumpur, Malaysia. 電話：+6(03)-90563833 傳真：+6(03)-90576622・書封插畫／三木謙次・料理帖插畫／福田浩・封面設計／蕭旭芳・排版／游淑萍・印刷／中原造像股份有限公司・2007年7月初版・2025年6月二版・定價／560元

PRINTED IN TAIWAN   ISBN 978-626-7609-46-0（平裝）ISBN 978-626-7609-45-3（EPUB）

獨步文化
APEX PRESS

廣 告 回 函
北區郵政管理登記證
台北廣字第 000791 號
郵資已付，免貼郵票

115020 台北市南港區昆陽街 16 號 4 樓
英屬蓋曼群島商家庭傳媒股份有限公司
城邦分公司

請沿虛線對摺，謝謝！

獨步文化
APEX PRESS

| 書號：1UA019X | 書名：扮鬼臉 | 編碼： |

獨步文化

請於此處用膠水黏貼

讀者回函卡

謝謝您購買我們出版的書籍！
請費心填寫此回函卡，我們將不定期寄上城邦集團最新的出版訊息。

姓名：＿＿＿＿＿＿＿＿＿＿＿＿＿＿　　性別：□男　□女

生日：西元＿＿＿＿＿＿年＿＿＿＿＿＿月＿＿＿＿＿＿日

地址：＿＿＿＿＿＿＿＿＿＿＿＿＿＿＿＿＿＿＿＿＿＿＿＿

聯絡電話：＿＿＿＿＿＿＿＿＿＿＿＿　傳真：＿＿＿＿＿＿＿＿

E-mail：＿＿＿＿＿＿＿＿＿＿＿＿＿＿＿＿＿＿＿＿＿＿

學歷：□1.小學 □2.國中 □3.高中 □4.大專 □5.研究所以上

職業：□1.學生 □2.軍公教 □3.服務 □4.金融 □5.製造 □6.資訊
　　　□7.傳播 □8.自由業 □9.農漁牧 □10.家管 □11.退休
　　　□12.其他 ＿＿＿＿＿＿＿＿＿＿＿＿＿＿＿＿＿＿

您從何種方式得知本書消息？
　　　□1.書店 □2.網路 □3.報紙 □4.雜誌 □5.廣播 □6.電視
　　　□7.親友推薦 □8.其他 ＿＿＿＿＿＿＿＿＿＿＿＿＿

您通常以何種方式購書？
　　　□1.書店 □2.網路 □3.傳真訂購 □4.郵局劃撥 □5.其他

您喜歡閱讀哪些類別的書籍？
　　　□1.財經商業 □2.自然科學 □3.歷史 □4.法律 □5.文學
　　　□6.休閒旅遊 □7.小說 □8.人物傳記 □9.生活、勵志 □10.其他

對我們的建議：＿＿＿＿＿＿＿＿＿＿＿＿＿＿＿＿＿＿＿＿＿
＿＿＿＿＿＿＿＿＿＿＿＿＿＿＿＿＿＿＿＿＿＿＿＿＿＿＿＿
＿＿＿＿＿＿＿＿＿＿＿＿＿＿＿＿＿＿＿＿＿＿＿＿＿＿＿＿

為提供訂購、行銷、客戶管理或其他合於營業登記項目或章程所定業務需要之目的，家庭傳媒集團（即英屬蓋曼群島商家庭傳媒股份有限公司城邦分公司、城邦文化事業股份有限公司、書虫股份有限公司、墨刻出版股份有限公司、城邦原創股份有限公司），於本集團之營運期間及地區內，將以mail、傳真、電話、簡訊、郵寄或其他公告方式利用您提供之資料（資料類別：C001、C002、C003、C011等）。利用對象除本集團外，亦可能包括相關服務的協力機構。如您有依個資法第三條或其他需服務之處，得洽詢本公司服務信箱cite_apexpress@cite.com.tw請求協助。相關資料不提供亦不影響您的權益。

□我已詳讀權利義務之相關條款，並同意遵守。

請於此處用膠水黏貼